闇《やみ》に願いを

クリスティーナ・スーントーンヴァット

こだまともこ・辻村万実 訳

静山社

父と母へ

A Wish in the Dark

Published by arrangement with Walker Books Limited, London SE11 5HJ.
through Japan UNI Agency, Inc., Tokyo

闇に願いを

1

ナムウォン女子刑務所《けいむしょ》の中庭には、化け物のように巨大《きょだい》なマンゴーの木がある。緑の葉を豊《ゆた》かにしげらせた枝《えだ》は、ひび割《わ》れたコンクリートの塀《へい》をゆうゆうと越《こ》え、刑務所《けいむしょ》の横を流れるチャッタナー川の上まで届《とど》いている。囚人《しゅうじん》の女たちは、日がな一日マンゴーの木かげで過《す》ごし、刑務所《けいむしょ》の門の外では、スープのように茶色くにごった川面《かわも》を小舟《こぶね》が行《い》き交《か》っていた。

ナムウォンで暮《く》らす十人かそこらの子どもたちもまた、昼日中はたいていマンゴーの木かげでごろごろしていた。だが、実がなる季節だけは別だ。いま、まさにその季節がやってきていた。マンゴーの木は、天から滴《したた》りおちた黄金の雫《しずく》のような実をたわわにつけ、子どもたちの手の届《とど》かないところでゆらゆらと枝《えだ》をゆらしている。

子どもたちはもう、木の下で大さわぎだ。

マンゴーの実めがけて、さけぶわ、コンクリートのかけらを投げて落とそうとするわ。しまいに、どうしても実が落ちてくれないとわかると泣きだし、はだしの足でじだんだをふんだあげく、どうにもこうにも気分がおさまらなくて地面に転がっている。

ポンという名の男の子は、そんな子どもたちの仲間に入っていなかった。マンゴーの木の根もとに腰《こし》をおろして幹《みき》によりかかり、両手を頭の後ろに組んでじっとしていた。眠《ねむ》っているように見えるが、じつは油断《ゆだん》なく見張《みは》っていたのだ。

ポンは何週間もずっとマンゴーの木を見守っていた。だから、いちばんはじめに熟《う》れはじめた実がどれなのか知っていた。その実が、トカゲのような緑色からカボチャのような黄色に輝《かがや》きだしたときも、すぐに気がついた。あっちの実からこっちの実へとわたりあるくアリが、どの実で止まって甘《あま》い汁《しる》のにおいをかぐのかということも。

ポンは友だちのソムキットに目をやると、軽くうなずいてみせた。ソムキットもまた、マンゴーの実にむかってわめいたりしていない。ポンにいわれた枝《えだ》の下にすわり、じっと待っている。すでに小一時間もそうしていたが、あと何時間待っていたって平気だ。ここナムウォンでは、いくら待とうがぜったいに手に入れたいものは、マンゴーくらいしかない。

ポンとソムキットは同い年の九歳《さい》で、ふたりとも孤児《こじ》だった。ソムキットは、ポンより頭ひとつ分だけ背《せ》が低くて、やせっぽちだ――囚人《しゅうじん》はみんなやせているが、ソムキットほどやせている者はいない。幅《はば》の広い、まん丸な顔をしているので、串団子《くしだんご》そっくりと、ほかの子どもたちにからかわれている。子どもたちは、チャッタナー川を行ったり来たりする小舟《こぶね》でばあさんが売っている串団《くしだん》子《ご》を見たことがあるのだ。

ポンの母親とソムキットの母親は、ナムウォンのほとんどの囚人《しゅうじん》と同じように盗《ぬす》みの罪《つみ》で捕《つか》まった。そして、ふたりともわが子を産みおとしたときに亡《な》くなったのだが、ソムキットが生まれたときのようすは、いまだにナムウォンの女たちのあいだで語り草になっている。なにしろ頭ではなく足から出てくる逆子《さかご》の状態《じょうたい》で生まれたとかで、そのありさまはいまでも目に焼きついているそうな。

ポンは人差し指をふって、ソムキットにもう少し左へよれと合図した。

もうちょっと。

もうちょっと。

そう、そこだ。

待ちに待ったポンの耳に、ついにプチッという小さな音が聞こえた。マンゴーの実が枝《えだ》から離《はな》れた音だ。ポンは息をのみ、それからにっこり笑った。今年はじめてのマンゴーが、待ちかまえたソムキットの腕《うで》のなかに、まっすぐに落ちたのだ。

ところが、ポンがソムキットのところにいって「やったね」とよろこぼうとしたとき、年上の女の子がふたり、ソムキットがかかえているものに気がついた。

「ちょっと、あれ見たか?」ひとりが骨《ほね》ばった両ひじをついて起きあがる。

「ああ、見たよ」もうひとりが、かさぶただらけのこぶしをパキパキ鳴らしながら、ソムキットに声をかける。「おーい、骨《ほね》と皮のやせっぽち。あたしにくれるもの、持ってるだろ?」

「うわっ！」ソムキットは大切なマンゴーの実を片手《かたて》でかかえ、もういっぽうの手をついて立ちあがった。

ソムキットはけんかがからっきし弱いので、ほかのだれよりもけんかをふっかけられる回数が多い。そのうえ、ちょっと走れば咳《せ》きこんでしまうから、いつもさんざんな目にあうのだ。

ポンは、あわてて背後《はいご》にいる看守《かんしゅ》たちのほうにふりかえった。塀《へい》にもたれている看守《かんしゅ》たちは、囚《しゅう》人《じん》たちと同じぐらいナムウォンの暮《く》らしにうんざりしているように見える。

「あの、すみません」ポンは看守《かんしゅ》たちに近づくと、おじぎをしながら、ひとりに声をかけた。

看守《かんしゅ》はチッと舌打《したう》ちしてから、片方《かたほう》の眉《まゆ》をゆっくりあげる。

「あそこの女の子たちだけど、あの子たちが……」

「で、あたしになにをしろっていうんだい？」看守《かんしゅ》は、しかりつけた。「ガキのことは、ガキのあいだでかたをつけな」

もうひとりの看守《かんしゅ》が、フンと鼻先で笑う。

「ちっとばかり、けとばされるのもいいんじゃないか。鍛《きた》えられるってもんだよ」

ポンの胸《むね》に、熱い怒《いか》りがわきあがった。そうさ、看守《かんしゅ》たちは助けてくれっこない。これまでだって、助けてくれたことがあるかよ。ポンは、囚人《しゅうじん》たちのほうに目をやった。囚人《しゅうじん》たちは、すべてをあきらめたようなうつろな目でポンを見返すだけだ。たったひとつのあわれなマンゴーの実なんか、気にかけてくれるとは思えない。

囚人《しゅうじん》たちに背《せ》をむけると、ポンはすぐさまソムキットにかけよった。女の子たちは、わざとゆっくりソムキットに近づいてくる。弱い者いじめが楽しくてしかたないのだ。

「早く、乗れ！」

ポンは、片方《かたほう》のひざを地面についてしゃがんだ。

「えっ？」

「いいから、背中《せなか》に乗るんだ！」

「こんなことしたら、もっとひどい目にあうのに……」

ソムキットは、ぶつぶつ文句《もんく》をいいながら、ポンの背中《せなか》におぶさった。マンゴーの実は、しっかりかかえている。

ポンだってひどい目にあうのはわかっていたが、こうせずにはいられなかった。注意深いことにかけては、だれにも負けなかったし、ソムキットと同じぐらいしんぼう強く待つことだってできる。だが、不正に目をつぶることにかけては、下手くそもいいところだ。

そして、ナムウォンでもっとも大切なのは、公平や不正などという言葉を忘《わす》れてしまうことだ。

「どこへ行こうってんだよ」骨《ほね》ばったひじの女の子が、大またで近づいてくる。

「おれたちは、このマンゴーをちゃんとしたやり方で手に入れたんだ」

ポンは、ソムキットを背負《せお》ったままあとずさりした。

「へぇえ」かさぶただらけの手の女の子がいった。「いますぐそのマンゴーをよこせば、パンチはひとりにつき一発ずつにしといてやる。どう、ちゃんとしたやり方だろ？」

「いうとおりにしようって」ソムキットがささやく。「マンゴーひとつで意地をはったって……」

「欲《ほ》しいからって、なんでも手に入るわけじゃない」ポンは、女の子たちにきっぱりといった。「とれるもんなら、とってみろ」

「やるんだな」女の子たちは、声をそろえる。

「なんだよ、もう」ソムキットは、ため息をついた。「逃《に》げろっ！」

女の子たちが金切り声をあげるのと同時に、ポンは逃《に》げだした。女の子たちが追いかけ、ポンは子ザルみたいにしがみつくソムキットを背《せ》に、中庭を何周も全速力で走る。

「いつだって、わざわざ危《あぶ》ない目にあうんだから！」ソムキットが、背中《せなか》でわめいた。

「ぜったい……あいつらなんかに……わたすもんか！」息を切らしながら、ポンはいう。「その実は、おれたちのもんだ！」

ポンは、年下の子どもたちをよけながら走りつづけた。子どもたちは、ゲラゲラ笑いながら見物している。ボコボコにされるのが自分じゃなくてよかったと、ほっとしているのだ。

「なにいってんの？　マンゴーの実ひとつでボコボコにされちゃ、たまったもんじゃないよ」ソムキットは、後ろをふりかえった。「もっと速く……ああ、捕《つか》まっちゃう！」

看守《かんしゅ》たちは、塀《へい》にもたれたまま追いかけっこをながめて、大笑いしている。

「さあさあ！　早くやっちまいな！」

ひとりが、女の子たちをけしかけた。

「まだまだ」もうひとりの看守《かんしゅ》がいう。「この一週間でいちばんの見ものじゃないか！」

「おれ……そろそろ……だめだ」ポンは、あえぎながらいった。「マンゴー……食っちゃえ！　おれが倒《たお》れる前に」

温かいマンゴーの果汁《かじゅう》が、ポンの首の後ろをつたった。ソムキットが、マンゴーにかぶりついたのだ。

「うわあ、おれ、まちがってた。これが食べられるなら、ボコボコにされたっていいよ」

ソムキットは背中《せなか》から手をのばして、ポンの口にちぎったマンゴーを押《お》しこんだ。

熟《じゅく》していて、その甘《あま》いことといったら。もちろん、筋《すじ》ばってもいない。まさに、天にも昇《のぼ》るほどのうまさだ。

2

さわぎから数時間あと。ポンとソムキットは、川に面した門のそばで、あおむけに寝《ね》ころんでいた。ポンはソムキットに、あのマンゴーがどれくらいうまかったか、くりかえししゃべっている。日が沈《しず》みはじめ、金茶色に輝《かがや》いていたふたりのほおやすねは、夕空と同じ紫《むらさき》に染《そ》まった。

ソムキットは、ほおのあざをさわりながら顔をしかめた。

「おれ、なんでこんな口のへらないやつと、友だちやってんのかなあ？」

ポンが、にーっと笑う。

「ほかにおまえと仲良くしたがるやつがいないからさ」

ソムキットは手をのばして、ポンの耳を指ではじいた。

「いてっ！」ポンは首をすくめる。「ふたりきりのときは、おまえのほうがでかい口たたくのにな」

「けど、看守《かんしゅ》やいじめっ子たちの前では、ちゃんと口を閉《と》じてるもん」ソムキットがいいかえした。「ボコボコにされたくなかったら、がまんしなきゃいけないときもあるからね。なのに、ポンはどうなの？　だまってやりすごすってこと、わかってないんじゃないの」

「わかってるって」ポンは片方《かたほう》の腕《うで》を曲げ、頭の下に入れた。「けど、あのマンゴーは、おれたちが手に入れたんだ。だいたい、実が落ちてくるまで待たなきゃいけないなんて、バカみたいだよ。看守《かんしゅ》たちが木に登らせてくれればすむ話なのに。まるで、おれたちにけんかしろってけしかけてるみたいでさあ」ポンは、指を二本立て、胸《むね》のまんなかの骨《ほね》にあてた。「ああいうとき、ここがさ、なんていうか――すごくかーっとするんだ。このへんが燃《も》えてるみたいに熱くなって……」

「それって、胸《むね》やけじゃないの」ソムキットが口をはさむ。「あのね、来年になったら、あのバカな女の子たちは十三歳《さい》になって、ここを出ていくんだよ。そしたら、おれたちがいちばん年上になるから、だれにもじゃまされずマンゴーを食べられるじゃないか」

ナムウォンで生まれた子どもたちは、母親の刑期《けいき》が終わるか、十三歳《さい》になるか、どちらか早いほうのタイミングで出所することになっている。

だが、ポンは女の子たちが出所する日なんかどうでもよかった。むしろ、女の子たちのほうが先に出ていくことが、少しばかり不公平に思えてならない。ポンとソムキットが十三歳《さい》になるまでには、四年もある。四年。気が遠くなるほど長い年月だ。

ソムキットのほうをむいていたポンは、今度は門の鉄格子《てつごうし》の外をながめた。ナムウォン刑務所《けいむしょ》は、チャッタナーの街から川をややさかのぼったところにある。ここからは、街の明かりがひとつ、またひとつと灯《とも》っていき、ついには何千もの明かりが、街をふたつ作りだすのが見えた。ひとつは岸にある街、もうひとつは川面《かわも》にうつる街。どちらもまばゆいばかりに輝《かがや》いている。

夕暮《ゆうぐ》れどきは、いつもならポンとソムキットが夢《ゆめ》を語りあう時間だった。ここを出たら街でどんな暮《く》らしをしたいとか、食べたいものや買いたい船のことをかわるがわる話すのだ。ソムキットは、船を少なくとも三艘《そう》は手に入れるといっている。ひとつは住まいにする船、もうひとつは漁船、最後のひとつは猛《もう》スピードでぶっとばすためだけに特注の発動機をつけた高速ボートだ。いっぽうポンは、まともな仕事について食うことにこまらない大人になり、ソムキットが運転するぴかぴかの高速ボートの後部座席《ざせき》でくつろぐ姿《すがた》を夢《ゆめ》みていた。

頭上のマンゴーの枝《えだ》につるされた、たったひとつのガラス玉の明かりがゆれている。その暗い紫《むらさき》の光は、向こう岸のまばゆい輝《かがや》きとは大ちがいだ。あの街にくらべると、ナムウォンは洞窟《どうくつ》のなかのように暗い。ナムウォンの囚人《しゅうじん》たちが、これほど不公平な暮《く》らしをしているのは、おかしくないか？　だいたい、こんな真《ま》っ暗闇《くらやみ》に公平だの正義《せいぎ》だのが入りこめるすきまがあるだろうか？　だが、いったんここを出れば、あのまばゆい光のもとに行きさえすれば話はちがう。けんかをせずにマンゴーを食べられるし、助けを求めれば耳をかたむけてくれるひとがいるだろう。

ソムキットが体の向きを変えて、うめき声をあげた。

「ああ、体じゅうの骨《ほね》が痛《いた》くてたまんないよ！　つぎからは、おとなしくするって約束してくれる？　とりあえず来週だけでいいからさ」

「来週だけ？　どうしてだよ？」

ソムキットは、やれやれと目玉を上にむけてから、かぶりをふった。

「ポンったら、マンゴーの木の下で何時間もすわって音を聞くことはできるくせに、すぐそばにいるひとの話はちっとも耳に入らないんだね！　今日、料理人たちが、うわさしてただろ。来週ここに、総督《そうとく》が視察《しさつ》に来るって」

ポンは、あばら骨《ぼね》が痛《いた》いのもかまわず飛びおきた。

「総督《そうとく》が来るって！」

「そうそう」ソムキットが舌《した》なめずりをした。「その日だけは、ちゃんとした食事を出してもらえるよ。鶏《とり》を山ほど焼くって、料理人がいってたもん」

ポンは、食事のことなどどうでもよかった。視察《しさつ》に来るひとのことで、頭がいっぱいになった。チャッタナーのほとんどの住人は、総督《そうとく》を尊敬《そんけい》している。街のために総督《そうとく》がしてくれたことを思えば、それは当然だった。総督《そうとく》は英雄《えいゆう》だ。だが、ポンにとっては、それ以上に特別なひとだった。

ポンは、教科書にのっている肖像画《しょうぞうが》でしか総督《そうとく》を見たことがなかったが、それでも総督《そうとく》なら自分のことをわかってくれると信じていた。ナムウォンにはびこる不正に目をつぶるようなことはせず、ここの状況《じょうきょう》を知れば、なんとかしてくれるはず。そう、物事をすべて正してくれるひとだ。

ポンには、ずっと秘密《ひみつ》にしている、とてつもない夢《ゆめ》があった。口に出すのはあまりにもはずかしいので、ソムキットにも打ちあけていないが、いつの日かチャッタナーの偉大《いだい》な指導者《しどうしゃ》のもとで働きたいと思っていたのだ。総督《そうとく》のそばで、助手か相談役か、そうでなくても大人になったらできるなにかの仕事についている自分の姿《すがた》を心のなかで思いえがいていた。総督《そうとく》といっしょに、ひとびとの暮《く》らしをもっと光《ひか》り輝《かがや》くものにしたい。

総督《そうとく》がナムウォンに来るのは、ただの偶然《ぐうぜん》とは思えなかった。なにか意味があるはずだ。もしかしたら、いつの日かポンの夢《ゆめ》がかなうということなのかもしれない。

「おーい」ソムキットが、ポンの顔の前で指をパチンと鳴らした。「そんな顔しちゃってさ。また、なにかおかしなことを考えてるんだね。ねえ、約束して。たったいまから、よけいな口はきかないって。もうやっかいごとは起こさないって。わかった？」ソムキットは、ポンに顔を近づけ、目を大きく見ひらく。「わかったね？」

ポンは、目を細めて街を見た。光の点々が、ぼやけてひとつになる。

「わかった。約束する。もうめんどうなことは起こさないよ」

このときは、たやすく守れる約束だと思っていた。

3

しきりに眼鏡《めがね》をふいている父親を見ながら、ノックは背中《せなか》の後ろで人差し指と中指を交差させて、幸運のおまじないをした。どうか、お父さんが失敗しませんように。朝から、もう百回は眼鏡《めがね》をふいている。どうにもこうにも落ちつかなくって――そんな父親の気持ちがノックにも痛《いた》いほどわかった。

ノックの父、ナムウォン刑務所長《けいむしょ》のスィヴァパン氏は、刑務所内《けいむしょ》のすべてのひとの上に立ち、すべての物事をとりしきることになっている。せめて今日だけは、そんな所長らしくふるまってほしいと、ノックは願っていた。

「ノック姉ちゃん……」妹のティップが、泣き声をあげた。「もう、息ができないよお！」

ティップは、ブラウスのフリルつきの立て襟《えり》に、指を入れて引っぱっている。指を離《はな》したとたん、パチン！　襟《えり》はまた首のまわりにはりついてしまった。

ティップの双子《ふたご》の妹のプロイが、くすくす笑う。

「引っぱっちゃだめ」ノックはティップの襟《えり》もとを整え、ついでにプロイの飾《かざ》り帯を結びなおした。

「文句《もんく》ばっかりいって、はずかしくないの？　今日は、特別な日なんだからね」

妹たちの服は半袖《はんそで》だから、まだましなはずだ。ノックは、ちくちくする長袖《ながそで》のワンピースの袖口《そでぐち》を引っぱりながら、ああ、腕《うで》をひっかきたいとじりじりしていた。槍《やり》の試合用の道着の、ゆったりとした着心地《きごこち》が恋《こい》しい。とっさにパンチをくりだせない服なんて、どれもこれもバカみたいだ。でも、もちろん不平をいうつもりはない。とりわけ今日は、総督《そうとく》が刑務所《けいむしょ》の視察《しさつ》に来る特別な日なのだから。

母親が、足どりも軽《かろ》やかにやってきた。淡《あわ》いブルーの絹《きぬ》のドレスに身を包んだその姿《すがた》は、まさしく双子《ふたご》の妹たちのおばさん版《ばん》だ。

「さあさあ、みんな準備《じゅんび》はできたの？　わたしが教えたようにあいさつするんですよ。今日は、けっしてはずかしいまねはしないように――いいこと？」

「ぼくたちは、だいじょうぶだけどさ」ノックの兄が髪《かみ》をなでつけながらいい、小声でつづけた。「お父さんにも注意したほうがいいんじゃないの？」

ノックは兄をにらみつけた。

母親が指をパチンと鳴らして、いよいよ出かける時間になった。一家は、一列になって歩きだす。双子《ふたご》の妹たちの前がノック、ノックの前が、この日のために大学の下宿先から帰ってきた兄、兄の前が一家の影《かげ》のリーダーである母親。母親は世間体《せけんてい》を気にして、先頭にたった父親の後ろを歩いていく。

一家は、川に面した門のそばにある大きなマンゴーの木かげで一列にならんだ。囚人《しゅうじん》たちも整列することになっていたが、子どもたちは門にかけより、総督《そうとく》の船があらわれるのを待っている。

「あの子たち、かわいそう」プロイが、ノックと手をつなごうとしながら、こっそりといった。「牢《ろう》屋《や》で暮《く》らさなきゃならないんだもん。こわくない？」

「牢屋《ろうや》じゃないでしょ」ノックはたしなめた。「更生施設《こうせいしせつ》だよ」

ノックたち兄妹《きょうだい》は、めったに父親の職場《しょくば》には来ない。その日の朝、ノックは正門にかかっている「ナムウォン女子更生施設《こうせいしせつ》」という正式名が書かれた看板《かんばん》を妹たちに示《しめ》して教えていたが、実際《じっさい》のところ、この場所はだれからも刑務所《けいむしょ》と呼《よ》ばれていた。

「どうしてお父さんは、あの子たちを出してあげないの？」プロイがきいた。

ティップが、プロイに顔を近づけてささやいた。

「いつもお母さんがいってるよ。木は真下に実を落とすって」

「えっ、バッカじゃないの。木の実のことなんかきいてないよ。あの子たちのことをきいてるの！」

ノックはため息をついた。

「あのねえ、プロイ。お母さんは、子*どもは親に似《に》るっていってるんだよ。あの子たちの親は犯罪《はんざい》者《しゃ》だから、あの子たちのことも、ちゃんと見張《みは》っておかなきゃいけないの。それに、ここを出たらどこに行くの？　親のない子もいるんだからね。そういう子たちは、家がないから道路で暮《く》らさなきゃいけないでしょ。ここなら、ちゃんとご飯も食べられるし、学校にも通える。ここにいるほうが幸せなの」

たしかに、子どもたちは幸せそうに見えた。少なくとも楽しそうにはしゃいでいる。だが、ノックは気がついた。ふたりだけ、門にへばりついていない男の子がいる。ひとりは、満月みたいな丸顔のやせっぽちで、つま先立ちをしていた。女の子がふたり、わざとじゃまをしているせいで、前が見えないのだ。

もうひとりは、丸顔の子の友だちだろうか。同じような年ごろで、頭のてっぺんの髪《かみ》がつんつんと逆立《さかだ》っている。その男の子も、子どもたちのずっと後ろでマンゴーの木のそばに立っていた。だが、門のほうを見ようとはせず、枝《えだ》を見あげている。低いところになっている実のほうに耳を近づけ、まるでマンゴーの実の音を聞いているように見えた。

変な子、とノックは思った。マンゴーの実に耳をすますなんて、聞いたことがない。

「来たぞ！」子どもたちが大声をあげた。

「総督《そうとく》の船だよ！　ほら、あそこ！」

＊日本にある「木の実は本に落ちる」というよく似た諺《ことわざ》は「物事はすべて、その元に帰る」という意味。

ノックの母親が指をパチンと鳴らし、押《お》しころした声で子どもたちに命令した。

「もどりなさい！　さっさと位置につきなさい！　さあ、急いで！」

総督《そうとく》を乗せた豪華《ごうか》な船が、すべるように刑務所《けいむしょ》の船着き場に近づいてくる。船の側面にはられたチーク材の板が日光に照らされて輝《かがや》き、舳先《へさき》では白い花飾《はなかざ》りがいくつもゆれている。

船は低いうなりをあげながら船尾《せんび》の水をかきまわすと、ゆっくり旋回《せんかい》して船着き場に停《と》まった。スイカほどの大きさのガラス玉の明かりが、船の発動機からつきでている銀色の突起《とっき》の上につられている。ガラス玉が放つ翡翠《ひすい》色の光のまぶしいことといったら。まばたきをしても、ノックの目にはまだ残像《ざんぞう》が見えた。

川に面した門の鉄格子《てつごうし》の扉《とびら》が、内側に開いた。船から降《お》りてきた制服姿《せいふくすがた》の護衛《ごえい》たちが、気をつけの姿勢《しせい》をとった。総督《そうとく》の光沢《こうたく》のある礼服がちらりと見えると、母親がまた指をパチンと鳴らす。囚《しゅう》人《じん》たちはみな、両手を合わせてひざまずいた。

ノックも深く頭をたれた。胃《い》がでんぐり返りしている。これは、本当に起こっている出来事なのだろうか。いまのノックを学校の友だちが見たら、どんなにうらやましがることか。これから、チャッタナーのだれもが崇拝《すうはい》しているひとに会おうとしているのだから。総督《そうとく》は歴史《れきし》の授業《じゅぎょう》で習う英雄《えいゆう》であり、総督《そうとく》がこれまでにいった数々の格言《かくげん》は、小学校に上がる前の子どもでも暗記している。なによりも総督《そうとく》は、この街を壊滅《かいめつ》の危機《きき》から救《すく》った人物なのだ。

チャッタナーの子どもは、だれでもこの話を知っている。

その昔、チャッタナーは魔法《まほう》にあふれた、すばらしい街だった。ヤシの木のように大きな巨人《きょじん》が川のなかを歩きまわり、その足もとには歌をうたう魚の群れが泳いでいた。水上市場では、小舟《こぶね》に店をかまえた商人たちが、ありとあらゆる魔法《まほう》の食べ物を売っていた。口にしたら、たちまち恋《こい》に落ちる洋ナシ、幸運を招《まね》く砂糖《さとう》をふりかけた焼き菓子《がし》、それに眠《ねむ》っている赤んぼうそっくりの形をした、世にもめずらしい果物もあった。この果物をひと口で食べれば、千と三年のあいだ長生きできた。

街のひとたちは、それは幸せに暮《く》らしていた。遠くの山から賢《かしこ》い老人たちがはるばる街に下りてきて、ひとびとに知恵《ちえ》を授《さず》け、病気を治し、願いをかなえてくれた。チャッタナーのほとんどのひとは、欲《ほ》しいものはすべて持っていると思っていた――そのころは。

やがて街は栄え、大きくなった。家の上にまた家を作り、建物はどんどん高くなった。水路はどこもかしこもひとでいっぱいになった。だが、あいにく魔法《まほう》は、ごみごみした場所が好きではない。チャッタナーの街が大きくなるにつれて、不思議な出来事は起こらなくなった。はずかしがりやの巨人《きょじん》は北にむかって歩きはじめ、二度ともどってこなかった。歌をうたう魚は網《あみ》で捕《と》らえられ、お金持ちの食卓《しょくたく》のごちそうになった。菓子屋《かしや》は、焼き菓子《がし》に幸運の砂糖《さとう》ではなく、ただの砂糖《さとう》をまぶして売るようになった——そのほうが安く作れたし、どちらも見た目はきらきらしていたからだ。そして、賢《かしこ》い老人たちは山から下りてこなくなった。

しばらくのあいだ、チャッタナーのひとたちは、街の変化を気にしていなかった。商売に成功していそがしくなり、古くさい魔法《まほう》のことなど気にするひまがなかったのだ。街はますます広がり、建物もいよいよ高くなった。あらゆるものがあふれていたが、もうじゅうぶんだと思うひとはいなかった。欲《よく》にかられたひとびとは注意をおこたるようになり、それが大きな災難《さいなん》を招《まね》いてしまった。

その大火の原因《げんいん》がなんだったのか、いまだにだれもわからない。ある夜のことだった。一滴《てき》の雨も降《ふ》らなかったその夜のあいだに、チャッタナーは魔法《まほう》の街から灰《はい》の街へ姿《すがた》を変えた。すべての建物が焼けおち、ほとんどの船が燃《も》えてしまった。チャッタナーは、もともとまわりの地域《ちいき》から孤立《こりつ》していたが、そうでなくても、それほどの大火では、だれも助けに来ることなどできなかっただろう。大火を生きのびた数少ないひとたちを、さらなる苦難《くなん》が襲《おそ》った。昼は灼熱《しゃくねつ》の太陽が照りつけ、夜は土砂《どしゃ》ぶりの雨から逃《のが》れる場所もなかった。疫病《えきびょう》がはやり、わずかな食料をめぐって争いが起こった。

そのときになって、ようやくひとびとは魔法《まほう》があればと思った。だれもかれも絶望《ぜつぼう》していた。近いうちに、ひとり残らず死んでしまうだろう。だが、瓦礫《がれき》のどこかに、幸運の砂糖《さとう》をかけた焼き菓《が》子《し》がひとつだけ残っていたにちがいない。森のなかから、ひとりの男があらわれたのだ。その男は、百年以上だれも目にしたことのなかった魔法《まほう》の力を持っていた。

その男のおかげで、すべてが良い方向に転がりだした。たったひとりの男が、チャッタナーをよみがえらせたのだ。

4

ノックは頭をたれたまま、好奇心《こうきしん》に負けて片目《かため》をそっと開いた。ちょうど総督《そうとく》が前を通りすぎるところで、ふわっとレモングラスの香りがただよう。

母親がふたたび指をパチンと鳴らすと、囚人《しゅうじん》たちはいっせいに顔をあげ、胸《むね》の前で両手を合わせたまま正座《せいざ》をした。ノックは思わずまばたきをした。ここからほんの二、三メートルのところに、チャッタナーの偉大《いだい》な英雄《えいゆう》がいるなんて信じられない。

総督《そうとく》は、見た目はごく普通《ふつう》のひとだった。なにを期待していたのか、ノックは自分でもわからない。雲に乗ってあらわれると思っていたわけではないが、目の前の総督《そうとく》は、どこにでもいそうな男のひとだ。父親より背《せ》は高いが、それほど大きいというわけではない。顔はしわひとつなくなめらかで、ミルクのたっぷり入った紅茶《こうちゃ》のような薄《うす》い肌《はだ》の色をしている。父親があいさつをすると、総《そう》督《とく》はかすかにほほえみ、そのときだけ目じりに小じわがよった。

父親もまた、総督《そうとく》を前にかしこまっているようだった。それとも、とんでもないへまをやらかすのではとおそれているのだろうか。総督《そうとく》の目をまともに見ることもできないまま前に出て、またしても眼鏡《めがね》をふいている。

「本日は、わたくしどもにとって、まことに特別な日であります」父親は、囚人《しゅうじん》たちにむかって話しはじめた。「恐《おそ》れ多《おお》くも総督閣下《そうとくかっか》が、こうしてわたくしどものもとにお越《こ》しくださるとは、なんとも光栄なことではありませんか。みなも知ってのとおり、閣下《かっか》は、あなたがたの更生《こうせい》にいたく関心をよせておられます。閣下《かっか》、わたくしどもは……」

そこで父親は、正座《せいざ》している囚人《しゅうじん》たちをちらっと見下ろした。すると、眼鏡《めがね》の奥《おく》の目がふっと生気を失って悲しげに曇《くも》り、声が消えいりそうになった。

しっかりして、お父さん。お父さんならできるよ。ノックは、胸《むね》のなかで祈《いの》った。

母親が、ひかえめに咳《せき》ばらいをする。

「わた……わたくしどもは、本日、このように閣下《かっか》をお迎《むか》えできたことを、このうえなく幸せなことと思っております」父親は、つっかえながらつづけた。本来は、もっと長いあいさつをしなければならないのに、忘《わす》れてしまったにちがいない。「さて、それでは食事にいたしましょう。そのあと、わたくしの妻《つま》が、歓迎《かんげい》の催《もよお》し物《もの》を用意しております」

こわばった笑《え》みを浮《う》かべた母親が、厨房係《ちゅうぼうがかり》にむかって指をパチンと鳴らした。

ノックの鼻を、ニンニクと肉のにおいがくすぐる。料理人たちが厨房《ちゅうぼう》から、湯気のあがる大鍋《おおなべ》をいくつも運んできた。すでに中庭には大きなテントがはられ、テーブルがならべられていた。料理人が大鍋《おおなべ》を脚《あし》のついた鉄製《てっせい》の支《ささ》えにのせると、下にすえられた深紅《しんく》色の光の玉に温められて、大鍋《おおなべ》がグツグツと煮《に》えたつ。

料理を見るやいなや、子どもたちがさわぎはじめた。丸顔の男の子は、舌《した》なめずりまでしている。閣下《かっか》の前で、ガツガツしているようすを見せませんようにと、ノックは心のなかで願った。

囚人《しゅうじん》たちは一礼をして立ちあがると、きちんとならんだまま、せかせかとテントに入っていく。ノックは、兄の後ろで妹たちとならび、総督《そうとく》にあいさつをする順番がまわってくるのを待った。緊《きん》張《ちょう》しなくてもだいじょうぶと、自分にいいきかせる。何週間もかけて暗記してきたんだから。

待っているあいだ、ノックは、あのつんつん髪《がみ》の男の子のほうに、なにげなく目をやった。列の前のほうにならんでいたから、もうお椀《わん》のなかのものを食べおわりそうだ。じろじろ見てはだめと思ったが、どうしても男の子から目が離《はな》せない。その子は、ほかの子どもたちとまるっきりちがっていた。ぐるりとあたりを見まわし、なにひとつ見逃《みのが》すまいとしているようだ。食事を終えたいまは、閣下《かっか》をじっと見つめている。もちろん、失礼にならないように近づいたりはしないが。

と、その子は、丸顔の男の子のほうを見るなり、さっと立ちあがって走りだした。丸顔の子は、ふっくらとしたほおに、涙《なみだ》を流している。足もとには、お椀《わん》についでもらったひとり分の鶏肉《とりにく》とご飯がそのままちらばっていた。

そばに年上の女の子がふたりいて、こぶしをパキパキ鳴らしている。つんつん髪《がみ》の子は、背《せ》の高い女の子に近づくと、いきなりその子のはだしの足をふみつけた。ノックは息をのんだ。

「ノック！」

母親の声に、ノックはわれにかえった。

ふりかえると、家族全員がこっちを見つめている。父親まで、はずかしそうな顔をしていた。

ノックは、真っ赤になった。あいさつをする番が来ていたんだ……。

暗記したはずのあいさつの言葉が、どこかへ飛んでいってしまった。顔を火照《ほて》らせたまま、ノックは総督《そうとく》に頭を下げた。

「閣下《かっか》、よそ見をしていて、ごめんなさい。わたしはただ……」

「ただ、なんです？」母親が、いらいらとした声でたずねる。

ノックは、ワンピースの袖口《そでぐち》を引っぱった。

「ただ、あそこにいる子が、けんかしてるみたいだから」

母親はぎょっとして、口をぽかんと開けた。

「どの子のこと？」

ノックは、つんつん髪《がみ》の子を指さした。そばでは、女の子がふまれた足を両手でつかみながら、なにやらわめいている。

母親がつかつかと歩みよった。

「あなた、いったいなにをしてるんですか？」

男の子は、その場に凍《こお》りついた。

「あの、おれはその、見ちゃったから――」

「わたくしたちがいそがしくしているのを見ちゃったから、いまなら悪さをできると思ったのね。そうでしょ？」

「ちがいます、そんなんじゃないんだ。この子たちが――」

足をふまれた女の子は、ふまれていないほうの足でぴょんぴょん跳《と》びながら、おおげさに泣きさけんでいる。

「おだまりなさい！」母親は、しかりつけた。「よりによって、こんな日にけんかをするなんて、いったいどういうつもりですか」いまにも男の子を丸のみにしそうな勢《いきお》いだ。

すると男の子は、背筋《せすじ》をぴんとのばすと、母親をまっすぐに見た。ノックは、自分の目が信じられなかった。まるで自分のほうが正しくて、お母さんがまちがってるといってるみたい……。

「おれの友だちは、ちゃんと列にならんで料理を待っていたんです。なのに、この子たちが――」

「よくも、わたくしに口答えをしたわね！」

すると総督《そうとく》が、男の子のほうにゆっくりと歩いていき、よく響《ひび》くなめらかな声でいった。

「スィヴァパン夫人。この場はわたしにまかせてもらえますか」

中庭は静まりかえった。母親は髪《かみ》をなでつけながら、後ろに下がって場所をあける。

「ありがとうございます、閣下《かっか》」

男の子は、ごくりとつばを飲みこみ、ズボンのわきで両手の汗《あせ》をぬぐった。それから、総督《そうとく》にむかって深々と頭を下げた。顔をあげた男の子は、期待に満ちた、それどころか幸せでたまらないというような目をしている。

囚人《しゅうじん》と刑務所《けいむしょ》の職員《しょくいん》は、いったいなにごとかと身を乗りだした。食事をしているふりをしながら、じっと耳をすましている。

「本当かね？」総督《そうとく》がきいた。「けんかをしていたのか？」

「とうとう閣下《かっか》に会えて、とっても光栄です」男の子は、息もつかずにいう。「みんながあなたのことを――」

「チッチッ」総督《そうとく》は、舌打《したう》ちをしてさえぎった。「いまは世辞をいわんでもよろしい。真実を明らかにしなくてはな。正直に話してごらん。この少女を傷《きず》つけてはいないというのか？　それともけがをさせたというのは、本当かね？」

男の子は目を見ひらき、口をぽかんと開けた。それから、こくりとうなずく。

「わたしがどうしてここに来たか、わかるかね？」

「それは……それは、おれたちが公平にあつかわれているかどうか確《たし》かめるためですか？」

落ちつかなくなるくらい長いあいだ、総督《そうとく》は男の子を見つめた。

「わたしが来たのは、法を破《やぶ》ることの代償《だいしょう》をみなに思いださせるためだ。どうだね？　ナムウォンの夜はさぞかし暗かろう」

男の子は、またうなずいた。

「当然だ。なるほどチャッタナーは光の街だが、光はだれかれかまわず与《あた》えるべきものではない。だから、わたしは、街外れのこの場所に更生施設《こうせいしせつ》を作ったのだよ。悪事を働けば報《むく》いを受けるということを、みなが忘《わす》れないようにな。いいかね、光は価値《かち》ある者のみを照らすのだよ」

男の子は、だまったまま、じっと総督《そうとく》を見つめている。と、総督《そうとく》は半歩後ろに下がり、手のひらを上にして両腕《りょううで》を広げた。たちまち嵐《あらし》の前のように、あたりの空気が濃《こ》くなる。ノックの腕《うで》のうぶ毛が逆立《さかだ》ち、頭がじんじんしてきた。

中庭にいる全員が、息をつめている。すると、総督《そうとく》の片方《かたほう》の手のひらの上に針穴《はりあな》ほどの光があらわれ、ホタルのように宙《ちゅう》に浮《う》かんだ。光は、ますます輝《かがや》きを増《ま》し、ビー玉ほどの大きさになる。

そのまばゆいこととき たら、総督《そうとく》の船にとりつけられている光の玉よりも明るいくらいだ。だが、熱は持っていないらしい。むしろ中庭は、さっきよりもひんやりしている。

ノックのうなじに、寒気が走った。生まれてからずっと総督《そうとく》の魔法《まほう》に囲《かこ》まれて育ってきたが、その力を目《ま》の当《あ》たりにできる者はめったにいない。興奮《こうふん》と同時に恐怖《きょうふ》で体が震《ふる》えた。見た目はごく普《ふ》通《つう》でも、閣下《かっか》はまちがいなくすばらしいひとだ。

チャッタナーにあるすべてのもの――光の玉も、調理用コンロも、船の発動機も、総督《そうとく》の作りだす光で動いている。総督《そうとく》があらわれてからは火を使う必要がなくなり、街のひとの暮《く》らしは安全になった。光の玉は夜を照らし、巨大《きょだい》な機械を動かし、チャッタナーにふたたび繁栄《はんえい》をもたらした。

それだけでなく、街はさまざまな面で変化した。総督《そうとく》は、光だけでなく法律《ほうりつ》も作った。チャッタナーは、規則《きそく》と規律《きりつ》の街になった。これからは、けっしてあのような大火が起こることはない。街のひとたちが、あのときのような苦しみを味わうことは二度とないだろう。

総督《そうとく》は、あいているほうの手で、礼服のポケットからシャボン玉のように透明《とうめい》で薄《うす》いガラス玉をとりだした。

「光は価値《かち》ある者のみを照らす」先ほどの言葉をくりかえしながら、総督《そうとく》はガラス玉を男の子の手のひらに置く。「そのほかの者は闇《やみ》に落ちる。どうだね？　永遠《えいえん》に闇《やみ》のなかにいたいかね？」

男の子は、ごくりとつばを飲みこみ、首を横にふった。

総督《そうとく》は自分の手のひらの光を指で包みこむと、男の子が持つガラス玉にふれた。総督《そうとく》と男の子のあいだで空気がゆらめき、パチパチと音を立てる。つぎの瞬間《しゅんかん》、中庭にいる全員が息をのんだ。

総督《そうとく》の手から光が消えている。光はいまや男の子の手のひらに移《うつ》り、ガラス玉のなかを金色の輝《かがや》きで満たしていた。ガラス玉のなかに閉《と》じこめられてもなお、光はじゅうぶん明るいが、さっきほど荒々《あらあら》しく、おそろしい感じはしない。

「答えなさい」総督《そうとく》がいった。「今日から、良い子になるかね？」

男の子は言葉を失ったまま、手のひらの光を見つめている。こんなに近くで金色の光の玉を見るのははじめてなのだろうと、ノックは思った。

ノックの母親が、進みでた。

「いい子になりますとも、閣下《かっか》——もちろん、わたくしどもも、しっかりと見ておきます」それから、母親は男の子にむかっていった。「閣下《かっか》の寛大《かんだい》なお心に感謝《かんしゃ》なさい！　光を——それも金色の光を！——いただけるなんて、身にあまる光栄ですよ。それでは、閣下《かっか》。いらしていただいた感謝《かんしゃ》のしるしに、わたくしどもに歌を披露《ひろう》させてくださいませ」

母親が頭の上でパンパンと手をたたいたのを合図に、囚人《しゅうじん》たちは、この日のために練習してきた歌をうたいはじめた。

せまい中庭に、歌声が響《ひび》きわたる。母親は満面の笑《え》みを浮《う》かべた。兄と双子《ふたご》の妹たちも、負けじと笑顔《えがお》を作ってみせる。すべてがもとにもどり、とどこおりなく進みはじめた。

みんなが見守るなか、総督《そうとく》は強情《ごうじょ》っぱりな男の子のほうに身をかがめ、最後になにやら励《はげ》ましの言葉をささやいてから、囚人《しゅうじん》たちの出し物を見物しはじめた。

だが、ノックは男の子から目を離《はな》せなかった。その子は立ったまま、手のひらのガラス玉をじっと見つめている。さっきまでの期待に満ちたうれしそうな目は、もうしていない。
男の子の手のなかのガラス玉の光は、すでに消えていた。

5

「ポンってさあ、ちっともおもしろくなくなったね」

このごろソムキットは、そればかりいっている。

「おとなしくしろっていったの、おまえじゃないか」ポンがいいかえした。「めんどうを起こすなっていったろ？」

「だけど、棒《ぼう》っくいみたいにだまってろなんていってないよ。それに、いつからおれのいうことを聞くようになったの？　ほんとに、どうしちゃったのさ」

ポンは、さあねというように肩《かた》をすくめた。変わったのは自分でもわかっている。年上の女の子たちとつかみあいのけんかをしなくなったし、看守《かんしゅ》に口答えするのもやめた。たしかに、ポンは無口になった。口を開く気になれないのだ。

総督《そうとく》が視察《しさつ》に来た日から、三か月がたっていた。あの日、ポンはわくわくと胸《むね》をふくらませていたが、まさか尊敬《そんけい》の気持ちを総督《そうとく》に自分の口から伝えられるとは思ってもみなかった。そして、そのまさかのチャンスがめぐってきたとき、ポンの世界はぐるりと暗転した。もしも光の消えたガラス玉がなければ、ポンは、あの日のことをただの悪夢《あくむ》だと思ったことだろう。

毎晩《まいばん》、ポンは少年用の寝棚《ねだな》に寝《ね》てから、マットの下に隠《かく》したガラス玉をこっそりとりだして顔のそばに引きよせた。いまでも、あの美しい金色の光が目に浮《う》かんでくる。そのまぶしさときたら、ナムウォンに灯《とも》る暗い紫《むらさき》の光とはくらべようもなかった。そして、総督《そうとく》の言葉が聞こえてくる。いや、総督《そうとく》のあいさつに散りばめられた格言《かくげん》、ポスターや学校の教科書に書かれている有名な言葉ではない。ポンの頭から離《はな》れないのは、囚人《しゅうじん》たちの合唱が始まる直前に、総督《そうとく》が耳もとでささやいた言葉だ。

「あの女たちを見てごらん」総督《そうとく》は囚人《しゅうじん》たちのほうにあごをしゃくって、声をひそめた。「あいつらは、出所してもかならずここにもどってくる。もう何年も牢屋《ろうや》は罪人《ざいにん》でいっぱいだ。世界は闇《やみ》に満ちており、それはけっして変わらない」総督《そうとく》は、わずかに顔を近づけ、ぞっとするような冷たいまなざしでポンの目をのぞきこんだ。「闇《やみ》に生まれた者は、かならず闇《やみ》に帰る。いまにわかるぞ。おまえとわたしは、いつかまた会うだろうよ」

そして、総督《そうとく》がぎゅっと手をにぎりしめると、ポンの手のガラス玉のなかが闇《やみ》になった。

そのときになってはじめて、ポンは自分のおろかさに気づいた。大人になれば総督《そうとく》のもとで働けるなどと、なぜ本気で思っていたのだろう。総督《そうとく》は、ポンのような人間をけっして近づけようとはしないのだ。ナムウォンを出たあとの夢《ゆめ》は、一瞬《いっしゅん》にして消えうせた。刑務所《けいむしょ》の外に出ても、なにひとつ変わりはしない――ポンにとっては。

――世界は闇《やみ》に満ちており、それはけっして変わらない。

ポンやソムキットがなにをしようと、何歳《さい》になろうと意味はない。どこに行っても、闇《やみ》のなかで生きるしかないのだ。

ソムキットには心のうちを話さなかった。胸《むね》のなかにしまいこむうちに、総督《そうとく》の言葉は心を囲《かこ》う強固な箱になっていった。夜の帳《とばり》が下り、向こう岸のチャッタナーの街にまばゆい光が灯《とも》るころ、ソムキットは光の玉の発動機や最新の高速ボートのことをあきることなくしゃべりつづけ、ポンはだまりこくっていた。川に面した門から、ポンは顔をそむけた。対岸の光を見れば見るほど、ナムウォンの闇《やみ》はますます暗さを増《ま》していく。

このように夕方から夜はすっかり変わってしまったが、昼間のうちは、ポンもソムキットも変わりばえのしない日々を送っていた。ソムキットは、しょっちゅう果物の食べかすを漁《あさ》っていた。囚人《しゅうじん》たちが口にできる果物はマンゴーだけで、それも運よく腕《うで》のなかに落ちてきたときにかぎられている。いっぽう看守《かんしゅ》たちのほうは、チャッタナーのほとんどの住人と同じように、果物を食べるのをなによりの楽しみにしていた。週に一度の給料日が来ると、看守《かんしゅ》たちは船着き場で待ちかまえ、チャッタナーの水上市場にむかう果物売りの小舟《こぶね》を、手をふって呼《よ》びとめる。

子どもたちは、門の鉄格子《てつごうし》に顔を押《お》しつけ、マンゴスチンやランブータンの甘《あま》い香りや、ザボンやグリーンオレンジのさわやかな香りをかぐ。そうして鼻から吸《す》いこんだ果物のにおいを、舌《した》の上で転がして楽しむのだ。そんな子どもたちでも、けっしてにおいをかぎたがらない果物がひとつだけあった。

「果物の王様」と呼《よ》ばれているドリアンだ。そのとろりとした濃厚《のうこう》な果実は、カスタードやプリンのようで、とても木になっている果実とは思えない。口に入れると、くせのあるバターのような風味が広がる――最初は甘《あま》くて、最後は舌《した》にぴりっとくる。そして、首の後ろあたりが、かーっと熱くなる。まさに天国のような味だ。

だが、その臭気《しゅうき》ときたら天国どころか……。

ドリアン売りの小舟《こぶね》を止めると、看守《かんしゅ》たちは皮にとげのある大きなドリアンの実を、看守専用《かんしゅせんよう》の日よけテントの下にある木のテーブルまで運んでいく。それから、手や服に汁《しる》がつかないように気をつけながら、鉈《なた》でたたき割《わ》る。なかの黄色い果実をスプーンですくって口に入れ、あまりのうまさに白目をむく。

一時間もたつと、テーブルのまわりの地面はドリアンの皮だらけになる。そのにおいは、死にかけのマングースのように強烈《きょうれつ》だ。ここでソムキットの出番になる。

ソムキットは、ナムウォンでただひとり、ドリアンのにおいをかいでも平気な子どもだった。悪《あく》臭《しゅう》のするべとべとの皮を手早く集め、船着き場のそばにあるゴミを入れる大きな籠《かご》に捨《す》てにいく。そのごほうびに、看守《かんしゅ》たちはソムキットが皮にわずかに残った果実を食べても大目に見ていた。籠《かご》に捨《す》ててもにおいはもれてくるが、その日の夕方にはゴミ集めの小舟《こぶね》がやってきて、籠《かご》を下流のゴミ捨《す》て場《ば》まで運んでいくことになっていた。

ある暑い日の午後、看守《かんしゅ》たちが、いつもより熟《う》れて、とびきりくさいドリアンを食べおわったあと、ふだんよりたくさんの皮がテントの下に散らばっていた。

ソムキットは皮を一枚《まい》拾いあげ、残っている果実を指ですくいながらいった。

「おーい、ポン。捨《す》てにいくの手伝ってよ」

「やだね」ポンは鼻をつまみ、口で息をしながらいった。「おまえの仕事だろ。おれには関係ないよ」

「もう、そんな意地悪いわないでさあ」

ソムキットは、そういいながら咳《せき》をした。

ポンは、ソムキットのかすれた咳《せき》にじっと耳をかたむけた。ソムキットは、胸《むね》があまりじょうぶではない。走ったり、きつめの作業をしたりすると、咳《せ》きこんで倒《たお》れることがある。これまでも何度かひどい発作《ほっさ》を起こしたことがあって、そんなときは陸にあげられた魚のように口をぱくぱくさせてあえいでいた。

「だいじょうぶか？」

「うん、だいじょうぶ」

そういうそばから、立てつづけに三回も咳《せ》きこむ。咳《せき》をするたびに、だれかにわき腹《ばら》をつつかれているように、両方の眉《まゆ》をおおげさにつりあげている。

これはもう、仕事がいやで、わざと咳《せき》をしているのにきまっている。ポンは、しょうがないなあと目玉を上にむけてから、しぶしぶいった。

「わかったよ。さっさとかたづけようぜ」

大きく息を吸《す》いこんでから、散らばっている皮を指でつまんで集めはじめた。ソムキットのあとについて集めた皮を手に、ゴミの籠《かご》にむかうあいだに、汁《しる》が手首までつたってきた。

ゴミの籠《かご》は、船着き場のそばにある物置の裏手《うらて》にならんでいる。あたりには、一日じゅう日なたにほうっておいた生の鶏肉《とりにく》のような、なんともひどいにおいがただよっていた。籠《かご》のふたを開けたとたん、ドリアンの悪臭《あくしゅう》に、バナナの皮やら、オレンジの皮やら、卵《たまご》の殻《から》やらのにおいが混《ま》ざりあって鼻を襲《おそ》い、吐《は》きそうになった。ポンは息をつめて、持っていたドリアンの皮をほうりこんだ。

「残りの皮を集めてくるね。そのあいだにゴミを押《お》しこんで、上のほうをあけといてくれる？」

「えーっ、やだよ」

「いいから、やっといてよ」ソムキットは、またもや咳《せき》をしながら両眉《まゆ》をつりあげてみせ、「すぐにもどるからね」といって行ってしまった。

ポンは、ドリアンくさい籠《かご》から顔をそむけて待った。だが、ソムキットがなかなか帰ってこないので、物置の角から顔を出して目で探《さが》した。一日のうちでもっとも暑い時間帯だ。囚人《しゅうじん》たちは中庭のむこうの木かげで、昼寝《ひるね》をしたり、おしゃべりをしたりしている。腹《はら》いっぱいの看守《かんしゅ》たちは、満足げに階段《かいだん》のところでくつろぎながら、爪楊枝《つまようじ》で歯をほじっているところだ。

ポンは、看守《かんしゅ》たちの一日の行動を覚えていた。交代の時間になるまで、あと四十分はあそこから動かないだろう。この時間は、あたりのようすを気にしている者などひとりもいない。

ポンは、それまで一度もナムウォンから逃《に》げだそうと考えたことはなかった。ところがたったいま、そのチャンスが泥《どろ》にひそむトビハゼのようにひょっこりと顔を出し、尻尾《しっぽ》でポンの横《よこ》っ面《つら》をぴしゃりと打った。ナムウォンから出られる。十三歳《さい》になるまで待たなくてもいい。やるならいまだ。

即座《そくざ》に心を決めたポンは、籠《かご》のふたを開けてなかに入った。最後に外の生ぬるい空気を胸《むね》いっぱいに吸《す》いこんでから、ゴミの下にもぐる。こみあげてくる吐《は》き気《け》をこらえながら、ドリアンやオレンジやバナナの皮のあいだに入りこみ、頭の上や顔のまわりをゴミでおおった。

口からできるだけ浅く息をする。わらで編《あ》んだ籠《かご》のすきまに片方《かたほう》の目をつけてのぞくと、金色がかった外の景色がぼんやりと見えた。

ふいに足音が近づいてきて、ポンは身をすくめた。だれかが籠《かご》のふたを開けたが、そのまま閉《し》めようとしない。耳をすましてみても、だれなのかはわからない。ソムキット？　看守《かんしゅ》？　だれであれそいつは、ふたを閉《と》じて立ちさった。

いまごろソムキットは、ポンがどこに消えたのか不思議がっていることだろう。まわりのひとに、ポンを見なかったかきいてまわっているはずだ。だが、ポンを呼《よ》ぶ声は聞こえてこず、ソムキットももどってこなかった。

ポンは、籠《かご》のなかで吐《は》き気《け》と闘《たたか》っていた。ひどいにおいの汁《しる》が、髪《かみ》をつたって眉間《みけん》のあたりまで流れてくる。ゴミを収集《しゅうしゅう》する作業員が来るまで、がまんできるだろうか。なんてバカなことをしてしまったんだろう。あきらめて外に出ようか。でも、もう看守《かんしゅ》たちが見張《みは》りにもどっているから、出ていけば見つかってしまう。見張《みは》りの交代がある日没《にちぼつ》まで待つしかない。

日が沈《しず》みはじめるころ、やっと作業員がやってきた。口笛が聞こえてくる。ポンはおそろしさのあまりちぢみあがった。籠《かご》を持ちあげられたら、いつもより重いと気づかれてしまうかもしれない。胃袋《いぶくろ》が、桶《おけ》のなかのウナギみたいによじれた。いったい、なにを考えていたんだよ。すぐにでも、捕《つか》まってしまうにきまってるじゃないか。そうなったら、どういいわけすればいいんだよ——あのう、うっかり籠《かご》のなかに落ちちゃって。助けてくれってさけんだけど、だれも気がついてくれなかったんです。お願い、独房《どくぼう》に監禁《かんきん》したりしないでください。ドリアンの皮といっしょに籠《かご》のなかにいたんだから、もうたっぷり罰《ばつ》を受けてますよね……。

まともな食事を与《あた》えられていないのが幸いして、ポンの体重は軽かった。作業員の男は、いつもより少しだけ重いゴミの籠《かご》を持ちあげると、船着き場まで運んでいって小舟《こぶね》にどさっと乗せた。

外のようすはよくわからなかったが、門のそばに影法師《かげぼうし》のように立っているソムキットの姿《すがた》が、たしかに見えた。ふいに、ポンは気づいた。おれは、なにもかも置きざりにしたまま、ナムウォンから出ていこうとしている。だめだ！　待ってくれ！　ポンは心のなかでさけんだ。ソムキットをひとりぼっちにしたまま逃《に》げるなんてできないよ！

だが、もう遅《おそ》い。男が船着き場のへりをはだしの足でけると、ポンを乗せた小舟《こぶね》はゆっくりと川を下っていった。

6

しゃがみこんだ姿勢《しせい》のまま、ポンは片目《かため》を籠《かご》のすきまにあてて外を見ようとした。だが、すでに日はとっぷりと暮《く》れ、目をこらしてもなにも見えない。籠《かご》のなかにいても、素《す》っ裸《ぱだか》にされたように心細かった。ゴミのなかにさらに深くもぐりこむと、ドリアンの皮のとげが肌《はだ》にささって、思わず顔をしかめた。

小さな光の玉をとりつけた発動機の、ブーンという音が高くなり、小舟《こぶね》は川の中流にむかって方向を変えた。ソムキットがこの場にいれば、音を聞くだけで発動機の種類をいい当てられたことだろう。

もっと強力な発動機をつけた大きな船がそばを通るたびに、大きな波が立って小舟《こぶね》がゆれる。川岸にならぶ家から、針先《はりさき》ほどの小さな明かりがもれているのが、ぼおっと見えた。下流にむかうにつれ、明かりと船の数は増《ふ》えていく。

ポンの胃袋《いぶくろ》は、またもやでんぐり返しを打っていた。今度は恐怖《きょうふ》からではなく、興奮《こうふん》のせいだ。とうとう、この目でしっかりとチャッタナーの街を見ることができる!

最初に音が聞こえてきた。たくさんの光の玉が、こっちにむかって飛んでくるミツバチの群れのようにブンブンとうなりをあげている。それから、川岸の大声と笑い声。バンドの演奏《えんそう》、そして女がうたっている。「この手をとって、愛《いと》しいひと。どうかわたしといっしょに踊《おど》って……」

ふいに星のなかに入ったように、夜の闇《やみ》がまぶしい明かりでいっぱいになった。

チャッタナーの中心に着いたのだ。

川沿《かわぞ》いの家や店やレストランは上へ上へと階を重ね、天井《てんじょう》から床《ゆか》まであふれる虹色《にじいろ》の明かりが混《ま》ざりあって、籠《かご》の小さなすきまからぼおっと差しこんでくる。客が大声で注文をする声や商品を値《ね》切《ぎ》る声、赤んぼうが母親を求めて泣く声。さらにナマズの皮が焼ける香《こう》ばしいにおいや野菜入りの肉団子《にくだんご》のにおい、密集《みっしゅう》して暮《く》らしている、大勢《おおぜい》のひとたちのにおいも。

とつぜん、バタバタという足音が聞こえてきた。はだしの子どもたちが、かん高いさけび声をあげながら、川に沿《そ》った板張《いたば》りの通路を走ってきたのだ。笑い声につづいて、バシャバシャと小舟《こぶね》の近くに飛びこむ水音がする。

「おい、こらっ、じゃまするな！」作業員の男が、発動機を止めてどなった。「なまけ者のガキどもめ！　おれがおまえらの年のころは、もう働いてたぞ！」

男は櫂《かい》をこいで小舟《こぶね》の向きを変えると、川の主流から分かれる水路に入った。チャッタナーは、いってみれば水上に築《きず》かれた街で、道路のかわりに水路が張《は》りめぐらされている。街のひとたちは、小舟《こぶね》に乗ったり、いつも混雑《こんざつ》している板張《いたば》りの通路や橋を行き来したりして暮《く》らしていた。

男は、水路から水路へ移動《いどう》しながら生ゴミの入った籠《かご》を集め、ふたたび多くの船が行き交《いか》う川の主流にもどった。小舟《こぶね》は大きな船が立てる波を受けて上下にゆれながら、チャッタナーの西岸にむかっている。西岸もまた朝日に照らされたように輝《かがや》いていたが、東岸とは少しばかりちがっていた。東岸は虹《にじ》のように色とりどりの光にあふれていたが、西岸に灯《とも》る光はすべて金色だ。

ポンの胸《むね》は、ぎゅっとしめつけられた。この西岸こそ、川に面した門から毎晩《まいばん》のようにソムキットといっしょにながめていた街、いつかその明かりの下を自由に歩きまわりたいと夢《ゆめ》みていた場所なのだ。そしていま、その光は手が届《とど》きそうなところにある。

西岸はとても静かだった。木につるされた光の玉はほとんど音を立てず、どこからか聞こえてくる音楽も静かだ。空気でさえ、清潔《せいけつ》な、いいにおいがしている。東岸と同じように川からいくつもの水路が枝分《えだわ》かれしていたが、板張《いたば》りの通路はそれほど混雑《こんざつ》していない。籠《かご》の小さなすきまからのぞくと、建物がきちんとならんでいるようすがかろうじて見えた。

作業員の男も、ほとんど音を立てずに船着き場のひとつに小舟《こぶね》を停《と》めた。お屋敷《やしき》の使用人たちが、こちらも無言で持ってきたゴミの籠《かご》を小舟《こぶね》に乗せる。男はふたたび発動機をけって動かすと、下流にむかって出発した。

小舟《こぶね》が上下にひどくゆれるので、またもや胃袋《いぶくろ》のウナギがのたうちはじめる。今度は、船酔《ふなよ》いのせいだ。

吐《は》くな。吐《は》いたらだめだぞ。必死でいいきかせたが、悲しいかな胃袋《いぶくろ》はポンの頼《たの》みをきいてくれなかった。籠《かご》の内側に両手の爪《つめ》を食いこませたが、頭がぼおっとして視界《しかい》がかすんでくる。

そのあいだも小舟《こぶね》は、川の両岸をジグザグによりながら南にむかっていた。船酔《ふなよ》いでぐったりしていたポンは、小舟《こぶね》が停《と》まったことに、すぐには気がつかなかった。

ふいに籠《かご》が持ちあげられ、ポンは目を開けた。つぎの瞬間《しゅんかん》、ゴミといっしょにほうりだされ、黒い水のなかに転がりおちた上から腐《くさ》ったドリアンの皮がざあっと降《ふ》ってくる。

生まれてからずっと川のすぐそばで暮《く》らしていたのに、ポンは泳ぎを知らなかった。

必死で足をばたつかせ、薄明《うすあか》るい水面《みなも》にむかってバシャバシャと水をかきわける。そうこうしているうちに、なんとか水の上に顔が出た。大きく息をしたが、とたんに水をがぶりと飲み、ふたたび沈《しず》んでしまう。もう見つかって刑務所《けいむしょ》に連れもどされたってかまうものか。バシャバシャ、あっぷあっぷしながら、せいいっぱいのばした両手を、死にものぐるいで男にふった。

あいにくゴミ集めの男のほうは、一刻《いっこく》も早く仕事を終わらせて、明かりの輝《かがや》く街に帰りたかったようだ。発動機の回転速度が上がると、小舟《こぶね》は猛《もう》スピードで上流にもどっていく。ポンが上げるあわれな水しぶきなど、男の目には止まらず、耳にも入らなかった。

集めたゴミを捨《す》てる場所は、法律《ほうりつ》によって街の境界《きょうかい》の外と決まっていた。川はそこで大きく曲がって流れがゆるやかになり、川面《かわも》はありとあらゆるゴミでうめつくされていた。果物の皮、つぶれた箱、やぶれた漁網《ぎょもう》、空っぽの米袋《こめぶくろ》、そして九歳《さい》の脱獄囚《だつごくしゅう》……。

くたくたに疲《つか》れたポンは、もがくのをやめた。すると、どういうわけかわきの下や足の裏《うら》にゴミが集まってきた。川底の暗がりに沈《しず》む前に、もう一度だれかの役に立ちたいとでも思ったのだろうか。ポンは、すばやく近くのベニヤ板をつかんだ。すぐさま沈《しず》むかと覚悟《かくご》したが、ちゃんとゴミのなかに浮《う》いている。

ポンを浮《う》かべたまま川は大きく曲がり、ふたたび幅《はば》がせばまると、流れがいくらか速くなった。ポンは、命綱《いのちづな》のベニヤ板にしがみついたまま、下流に流されていく。いまだ！　思いっきり足で水をけり、体をくねらせて岸を目指した。

やっと岸辺に着いたものの、チャッタナーからはるか遠くまで流されてきたのがわかった。どこまでもつづくぬかるんだ川岸にはいあがったが、すっかり息が切れ、ぬれた服が肌《はだ》にまとわりついて震《ふる》えが止まらない。空を見あげると、チャッタナーの明かりよりも暗くて小さな無数の星がまたたいている。

ついにやった。逃《に》げだせたぞ。生まれてはじめて、外の世界に出られたんだ。

暗闇《くらやみ》のなか、ゴミだらけの泥《どろ》の上にひざをついたポンは、声をあげて泣きだした。

7

目をさますと、ニワトリが足をつついている。

「こらっ！　あっち行け！」

ポンは悲鳴をあげて、がりがりにやせたニワトリをけとばした。

ニワトリはコケーッと一声鳴くと、羽をばたつかせて、やぶのなかに逃《に》げこんだ。

あぐらをかいて、つつかれた足を太ももの上にのせた。ニワトリがつついたのも無理はない。ひと晩《ばん》じゅうぬかるみに寝《ね》ていたせいで、足の指は白くふやけてしわしわになり、ウジ虫そっくりだ。

立ちあがると、灰緑《かいりょく》色の川の向こうを見た。岸辺からみっしりと木が生《お》いしげっている。今度は、頭上に目をやった。岸のこちら側も、大きな木が密生《みっせい》している。街もなければ家もなく、人影《ひとかげ》すらない。じっさいにはチャッタナーの街から南に数キロ流されただけだったが、ポンはまるで未開の大自然にふみこんだような気がしていた。自分がトラに肉を引きさかれたり、大蛇《だいじゃ》にゆっくりとしめ殺《ころ》されたりするありさまが目に浮《う》かぶ。

これからどうしよう。どこに行けばいい？　左右のわき腹《ばら》がくっつきそうなくらい腹《はら》がへっている。いまごろ、ソムキットは朝食をとっているにちがいない。

いままでは、たった数分でもソムキットと離《はな》れたことはなかった。あらためてソムキットと自分のあいだの距離《きょり》を思うと、そわそわと落ちつかなくなり、新たな恐怖《きょうふ》が襲《おそ》ってきた。

上流で汽笛が鳴り、大きな貨物船がゆっくり近づいてくる。さっと泥《どろ》の上にうつぶせになった。そのまま貨物船が通りすぎるのを待ちながら、ふと左手首に目をやった。鮮《あざ》やかな青い色の入《い》れ墨《ずみ》を、親指の腹《はら》でこする。いくらこすっても、消えるはずがない。

チャッタナーの受刑者《じゅけいしゃ》たちは全員、左手首に刑務所《けいむしょ》の名前を印《しる》した入《い》れ墨《ずみ》がある。ポンとソムキットも、赤んぼうのときに入れられた。強力な金色の光の玉が放つ光線で印《しる》されているから、けっして消すことができない。その光の玉は総督《そうとく》の執務室《しつむしつ》だけに置かれていて、総督《そうとく》以外に消すことができるひとはいない。

入《い》れ墨《ずみ》を見られたら最後、脱獄囚《だつごくしゅう》だとばれてしまう。正式な手続きを経《へ》て出所する者の入《い》れ墨《ずみ》は、刑務所《けいむしょ》の名前が線で消されて小さな星の入《い》れ墨《ずみ》が加えられることになっていた。その鮮《あざ》やかな青い星がなければ、ひと目で脱獄囚《だつごくしゅう》とわかってしまう。まんいち捕《つか》まったら、すぐさまナムウォンに連れもどされるだろうし、さらに運が悪ければ、男の罪人《ざいにん》が送られるバングラット刑務所《けいむしょ》に入れられてしまうかもしれない。看守《かんしゅ》の話によると、バングラットというのは最悪の刑務所《けいむしょ》で、それにくらべればナムウォンなんぞ、おしゃれなホテルのようなものだそうな。またしても、頭のなかにひそんでいた総督《そうとく》の言葉が、内側からポンのこめかみを激《はげ》しくたたいた。闇《やみ》に生まれた者は、かならず闇《やみ》に帰る。いまにわかるぞ。

ポンは、ぶるっと身ぶるいをして、むきだしの両腕《りょううで》をさすった。おそらくゴミ集めの小舟《こぶね》に乗っていたときが、チャッタナーの光の下を自由に歩くという夢《ゆめ》にもっとも近づいた瞬間《しゅんかん》だったにちがいない。いまは捕《つか》まらずにすむことを、ひたすら願うしかなかった。

雲が、どんよりとたれこめていた。すぐにでも雨季が来る。雨季になれば川の水があふれ、道がなくなってしまう。先に進まなくては。でも、どこへ？

街にはもどれないが、川の流れに沿《そ》って歩いていけば、しまいには海にたどりつくはずだ。陸地から離《はな》れさえすれば、総督《そうとく》も、警察《けいさつ》も、刑務所長《けいむしょ》も、ポンに手出しはできない。船に乗って、彼《かれ》らの力がぜったいにおよばないところへ行こう。だれひとりナムウォンの名前を聞いたことがなく、入《い》れ墨《ずみ》の意味も知らないところへ。

一度だけ、ポンは本で海の絵を見たことがあった。その海は、川のような灰緑色《かいりょく》ではなかった。青かった。うつむいて南にむかって歩きだすと、ポンの頭のなかは海の青でいっぱいになった。

ひたすら、川沿《かわぞ》いの道のわきにある溝《みぞ》にそって歩いた。そうすれば、牛に引かれた荷車がゴトゴト近づいてきても、すぐさま溝《みぞ》に飛びこんで隠《かく》れることができる。気温がぐんぐんとあがり、むし暑くなってきた。玉のような汗《あせ》が鼻のわきをつたい、口のなかに入ってくる。ああ、雨が降《ふ》ってほしい。雨水が飲みたい。運よく道ばたに青くてかたいバナナがひと房《ふさ》なっているのを見つけて食べたが、正午になるころには空腹《くうふく》のあまり気を失うかと思った。

歩きつづけているうちに、低い山がいくつも重なりあっているところにどんどん近づいてきた。どの山も頂上《ちょうじょう》のあたりはこんもりと木が生《お》いしげっているが、その下はけわしい崖《がけ》で、灰《はい》色の岩肌《いわはだ》には植物がまったく生えていない。大きく右に曲がる道を歩きつづけ、ふたたび左に折れて、気がつくと目の前に山がそびえたっていた。そこから道は二手にわかれている。広いほうの道は内地の方角に曲がり、川からどんどん離《はな》れていく。細いほうはまっすぐに山にむかっていて、牛の引く荷車がやっと通れそうな幅《はば》しかない。

ポンは眉間《みけん》にしわをよせて考えた。細い道を行くしかないのだろうか。いまいましい山々は川に沿《そ》ってどしんと腰《こし》をすえ、ポンと海のあいだを通せんぼしている。腹《はら》のなかに青いバナナしか入っていないのに山を登るなんて、考えただけでぞっとした。だが、広いほうの道が海につづいていなかったら？　どこかの町に着いてしまったら？　だれかに声をかけられて、なにかきかれたら？入《い》れ墨《ずみ》を見られても、もう走って逃《に》げる力は残っていない。

けっきょく、山へつづく細い道を選んだ。

こっちの道を選ぶなんて、おまえはほんとに賢《かしこ》いやつだよ。ポンは、ハアハア息を切らして自分に文句《もんく》をいいながら山道を登っていった。曲がりくねった道を上るにつれ、灰《はい》色の崖《がけ》の下に見える川はどんどん遠ざかっていく。

おまえはほんとに賢《かしこ》いやつだよ。日がとっぷりと暮《く》れると、ポンは道ばたのしげみにもぐりこみながら、またもやそう思った。体を丸めたら、背中《せなか》のほうは道にはみでてしまった。そして、ついにたれこめていた雲が割《わ》れ、滝《たき》のような雨が降《ふ》りだした。

8

目を開けた。なにしろ腹《はら》がへっていて、そのうえびしょぬれで、泥《どろ》まみれで、寒い。雨はすでにやみ、空が白みはじめている。体を起こすと、なにかのにおいがした。

肉の脂《あぶら》が焦《こ》げたにおいだ。

鼻に釣《つ》り針《ばり》を引っかけられた魚のように、ポンはにおいのほうに引きよせられていった。山道を登っていき、とちゅうで曲がると、木立のなかに小さな木の家が一軒《けん》ある。家というよりただの小屋だが、ポンは目を見張《みは》った。入り口のあたりが、なんともやさしい金色の光で包まれているのだ。

ナムウォンにあった光の玉は、紫《むらさき》（中庭と教室につるされている）と深紅《しんく》（調理と洗濯物《せんたくもの》の煮沸《しゃふつ》に使われている）のものだけだった。ゴミ集めの小舟《こぶね》にひそんで、チャッタナーの街のあたりを通りすぎたときは、ほかの色の光もちらっと目にした。青、琥珀《こはく》のような黄色、翡翠《ひすい》のような明るい緑、そして――西岸の――金色の光だ。

だが、小屋を照らしている光は、光の玉のものとはちがった。ゆらゆらとゆれて、踊《おど》っているようだ。やわらかく暖《あたた》かく、ブンブンという音も立てていない。ポンの耳に届《とど》いたのは、まるでちがう音だ。パチッパチッ。

もう少し近づいて、ゾウの耳そっくりの葉っぱのかげに隠《かく》れた。

ぽこんと丸い腹《はら》をした背《せ》の低いおじいさんが、こちらに背《せ》をむけて立っている。ジュージューと音がするものを、つぎからつぎへすばやくひっくり返していた。まだ暗い空に、一条《ひとすじ》の煙《けむり》が立ちのぼっていく。ポンは、びっくりぎょうてんして、口をぽかんと開けた。

なんと、火を使って料理をしているのだ。

ポンは、じっさいに火を見たことは一度もなかった。例の大火のあと総督《そうとく》があらわれてからは、いついかなるときも街で火を使うのは法律《ほうりつ》で禁《きん》じられている。ナムウォン刑務所《けいむしょ》にある学校の授業《じゅぎょう》は、なんともおそまつなものだったが、ひとつだけ耳にタコができるほど教えこまれたことがあった。世界でいちばん危険《きけん》なものは火だということだ。

ポンは、串《くし》にささった肉を炎《ほのお》がなめていくようすを、うっとりとながめた。大きく口を開け、豚《ぶた》肉《にく》の味がする空気を舌《した》で受けとめる。

「おまえさん、いつまで、ぐずぐずしてるんだね！」

とつぜん声がした。おどろいたポンは、葉っぱの奥《おく》にあとずさりした。

「早くしなきゃ、まにあわないだろうが！」

「せいいっぱい急いでるんだよ！」たいこ腹《ばら》のおじいさんが、いいかえした。「ほら、その皿を持ってきてくれ。そろそろ焼けたぞ」

ポンは、ゾウの耳のような葉のあいだから、ようすをうかがった。おじいさんは、煙《けむり》の立つ焼《や》き網《あみ》から豚肉《ぶたにく》の串焼《くしや》きをとってては、つぎつぎに木の皿にのせている。肉の脂《あぶら》が炭火の上にしたたり落ち、ジュージューと音を立てる。危険《きけん》きわまりない火からわずか数センチのところで、おじいさんの手がせわしなく動いているのを、ポンは息をつめて見守った。

小屋からおばあさんが出てきた。湿《しめ》った粉《こな》おしろいを顔に分厚《ぶあつ》くぬりたくっている。おばあさんは、串焼《くしや》きのとなりに緑色のネギや香草《こうそう》を盛《も》りつけてから、おじいさんの背中《せなか》をぴしゃりとたたいた。

「さあさあ、お坊《ぼう》さまがたが、すぐにお寺にもどってくるよ。まっすぐにお堂《どう》に持っていかなきゃ」

「わかった、わかった。行くよ、行きますよ」

そういいながら、おじいさんは履物《はきもの》をはいた。

それから、足を引きずりながら山道に出て登っていく。ポンは、ひと息おいたあと、しげみに隠《かく》れながらあとを追った。

ハアハア息を切らしながらおじいさんが登っていくと、皿に盛《も》った串焼《くしや》きの山がゆれて、いまにも崩《くず》れそうだ。一本でいいから落ちてくれますようにと、ポンは必死に願った。だが、おじいさんはまるで曲芸師《きょくげいし》のように一本も落とさない。森のなかの曲がりくねった小道を行くうちに、広い道に出た。あたりに民家はあるものの、ほんの数軒《すうけん》にすぎない。明け方の薄暗《うすくら》がりのなか、ポンは木立に隠《かく》れながらおじいさんについていった。

ふいに木立と道がとぎれ、寺院があらわれた。境内《けいだい》にはお堂《どう》がいくつかあり、尖塔《せんとう》のような瓦屋根《かわらやね》が空へのびている。寺院を訪《おとず》れたことは一度もなかったが、本のなかで見た絵とくらべると、ずいぶん地味な寺院だ。瓦屋根《かわらやね》には色がついているものの、境内《けいだい》には仏像《ぶつぞう》も、見事な彫刻《ちょうこく》も見当たらない。

焼いた豚肉《ぶたにく》のなんともうまそうなにおいに混《ま》じって、線香《せんこう》の香りがただよってきた。おじいさんは肩《かた》で息をしながら、手前のお堂《どう》の階段《かいだん》を上っていく。ポンは、階段《かいだん》の下に身をひそめて、ようすをうかがった。

おじいさんは、お堂《どう》のまんなかに置かれた低いテーブルの上に、串《くし》焼《や》きの皿を置いた。ほかにも料理がならんでいる。野菜のニンニク炒《いた》め、鶏《とり》のからあげ、つやのあるバナナの葉っぱに包まれた謎《なぞ》のごちそうもある。朝の托鉢《たくはつ》に出た僧侶《そうりょ》たちが、村人たちからもらった料理を持ちかえったのだろう。

それからおじいさんは、だれも見ていないのに正座《せいざ》して、深々と頭を下げた。境内《けいだい》の奥《おく》にある別のお堂《どう》から、低い読経《どきょう》の声が響《ひび》いてくる。

うめき声をもらして立ちあがると、おじいさんはよたよたと階段《かいだん》を下り、薄暗《うすぐら》い山道に消えていった。ポンの口は、もうよだれでいっぱいだった。すぐにでも僧侶《そうりょ》たちが、朝食をとりにやってくる。やるならいまだ。

一足飛びに階段《かいだん》をかけあがると、ポンはテーブルの上の皿から串焼《くしや》きを二本引っつかんだ。一本を手に持ち、もう一本を口にくわえ、くるりと後ろをふりむく。と、粉《こな》おしろいをぬりたくった顔が、目を丸くして、まじまじと見つめてくるではないか。

さっき見かけたおばあさんが、夫が忘《わす》れたご飯の籠《かご》を手に立ちすくんでいる。おどろきが怒《いか》りに変わるにつれて、顔にぬった粉《こな》おしろいがぱらぱらとはがれ落ちた。

「おまえ、まさか。盗《ぬす》もうってのかい？　お坊《ぼう》さまの食事を？」

ポンは、とっさにくわえていた串焼《くしや》きを左手で持ち、背中《せなか》の後ろに隠《かく》した。それから、右手に持っている串焼《くしや》きを、顔の前でちがう、ちがうとふってみせた。ウソが、ころころと口をついて出てくる。

「そうじゃない！　ちがうんだ！　盗《ぬす》んでなんかいないよ！　お坊《ぼう》さんが、食べていいっていったんだ！」

おばあさんのとまどった顔を見て、一瞬《いっしゅん》信じてくれたのかと思った。そのとき、オレンジ色の僧《そう》衣《い》の裾《すそ》を腕《うで》にかけた僧侶《そうりょ》たちが、こっちにむかって歩いてくるのが見え、胃《い》のあたりがずしんと重くなった。

おばあさんは、しかめっ面《つら》をしてかがむと、ポンの顔をのぞきこんだ。

「ほうら、すぐにばれっちまうよ、ちびの盗《ぬす》っ人《と》めが！」

9

わきをすりぬけて逃《に》げようとしたポンを、おばあさんは腹《はら》で押《お》しかえし、ご飯の籠《かご》で頭をなぐる。お堂《どう》の縁側《えんがわ》にはだしの足音がパタパタと響《ひび》いたかと思うと、五、六人の僧侶《そうりょ》が走ってきてふたりをとりかこんだ。

「ビィブーンさん、どうしたんですか？」

若《わか》い僧侶《そうりょ》がきく。

ビィブーンさんと呼《よ》ばれたおばあさんは、僧侶《そうりょ》のひとりひとりに、うやうやしくおじぎをした。

「今朝、うちのだんなが食事を届《とど》けにあがったとき、ほれ、このご飯を忘《わす》れちまってね」そういいながら、おばあさんがご飯の籠《かご》を威勢《いせい》よくふりまわすものだから、ポンはまたまた籠《かご》で横《よこ》っ面《つら》をひっぱたかれそうになった。「だもんで、これを持ってきたら、この子がお坊《ぼう》さまに用意したお皿に手をつけていて。あたしがとがめると、ウソをついたんだよ。なんとまあ、お坊《ぼう》さまにもらったんだなんて！」

僧侶《そうりょ》たちは、きれいに剃《そ》った頭をかしげながら、とまどったようすでポンを見つめていたが、ふいにさっと分かれて道をあけた。杖《つえ》をつきながらあらわれたのは、年老いた僧侶《そうりょ》だった。着ている僧衣《そうい》の色は、ほかの僧侶《そうりょ》のものよりも濃《こ》い、赤みがかった茶色で、禿《は》げた頭に染《し》みがいくつも浮《う》いている。

おばあさんは、さっきよりさらに深く頭を下げた。

「チャムさま、朝の読経《どきょう》のおじゃまをして、すいませんです。けど、このちびときたら！　あなたさまが食べてもいいといったなんて、ぬけぬけとぬかすもんで。ウソにきまってるじゃないかね！　まったく、とんでもないガキだよ！　よりによって、お寺で盗《ぬす》みを働いたうえに、ウソまでつくんだから！」

老僧《ろうそう》は、おもしろそうにポンをながめている。ポンは僧侶《そうりょ》と話したことは一度もなかったが、僧《そう》侶《りょ》が毎日、正午から翌日《よくじつ》の夜明けまで断食《だんじき》することは知っていた。それに、自分たちで食事を用意せずに、もっぱら信徒たちがほどこしてくれたもので暮《く》らしていることも。ビィブーンさんとやらは、なにがなんでもとっちめようとしているようだが、ポンはこれ以上ぐずぐずするつもりはなかった。

逃《に》げ道《みち》を探《さが》し、さっと走りだそうとしたそのとき、チャム師《し》がすぐさまポンの前に立ちはだかり、持っていた杖《つえ》で行く手をふさいだ。ずいぶん年をとっているのに、なんとすばやい身のこなしだろう。びっくりしたポンは、大切な豚肉《ぶたにく》の串焼《くしや》きを土ぼこりをかぶった縁側《えんがわ》に落としてしまった。

「おやおや」チャム師《し》は、おだやかな声でいった。「おまえは、わたしのいいつけどおりにしなかったのだな」

「ええっ——なに？」ポンは、うわずった声できかえした。「ど、どういうこと？」

「まず最初にお墓《はか》に行って、お供《そな》えしなさいといったではないか。そのあとで、おまえが食べてもよいと。だが、まだお供《そな》えしていないのだろう？」

ポンはわけがわからず、目をぱちぱちさせながら老僧《ろうそう》を見つめた。もう一度逃《に》げだそうとしたが、またもやチャム師《し》にうまく道をふさがれてしまう。

チャム師《し》は、軽く舌《した》を鳴らしてかぶりをふってから、おばあさんにいった。

「食べてもいいとはいったのだが、どうやら気がせいて、いいつけを最後まで聞いていなかったようだのう」

「おやおや、そうだったのかい。あたしゃてっきり、そのう……」

「ともあれ、知らせてくれてありがとうよ、ビィブーンさん。この子には、しっかりと教えてやらなくてはな」チャム師《し》は厳《きび》しい黒い目で、ポンを見下ろした。「おまえはまちがいをおかしてしまったのだから、わたしについてきて、祈《いの》らなければいけないぞ。これからはひとの話をよく聞けますようにとな。それから、食事は、みなが食べおわってからとるように」

「おれが？　けど、なんで……」

「チャムさまに口答えするんじゃない！」ビィブーンさんが、しかりつけた。「いい子になれるように教えてくださるっていうんだから、なんとまあ、ありがたいことじゃないかね。あたしなら、鞭《むち》でひっぱたいてやるところだよ！」

チャム師《し》はポンの肩《かた》をぎゅっとにぎってから、ビィブーンさんにほほえんだ。

「いつも気づかっていただき、感謝《かんしゃ》していますよ。ご夫君にも、食事の礼をお伝えくださるかな。それから、明日は特別な祈祷《きとう》があるから、寺にお越《こ》しください、と。さあさあ、おまえはこっちに来なさい」

チャム師《し》は、ポンを連れて、ほかの僧侶《そうりょ》たちの前を通りすぎる。僧侶《そうりょ》たちも、ポンと同じようにキツネにつままれたような顔をしていた。ポンは足を引きずりながら、チャム師《し》に遅《おく》れないようについていった。チャム師《し》は鼻歌をうたいながら外に出ると、別のお堂《どう》の階段《かいだん》を上っていく。お堂《どう》の奥《おく》まで行くと、チャム師《し》は低い腰《こし》かけにすわって目を閉《と》じた。ポンは、ちらりと後ろをふりかえった。僧侶《そうりょ》たちはまだ向こうのお堂《どう》にいて、ビィブーンおばあさんが給仕《きゅうじ》をしはじめている。みんな、いそがしそうだ。いまなら、ここから逃《に》げだしても捕《つか》まらないだろう。だが、ポンはそうはせず、チャム師《し》の前で正座《せいざ》をした。

両手を合わせ、親指におでこをつけるように頭を下げる。それから片目《かため》をそっと開け、あたりのようすをうかがった。チャム師《し》の背後《はいご》では、金色の仏像《ぶつぞう》が何十本もの細い棒《ぼう》に灯《とも》された小さな炎《ほのお》に照らされている。ここにもまた、火があった。

チャム師《し》が祈祷《きとう》を終えるのを待っているうちに、ポンの心臓《しんぞう》は早鐘《はやがね》を打ちはじめた。これから、いったいどうなるのだろう。どうしてチャム師《し》は、食事のことで、あのおばあさんにウソをついたのか。お坊《ぼう》さんはウソをつかないと、これまで教わってきたのに……。

しばらくして、チャム師《し》は目を開けた。両手をひざの上に置くと、ほほえみかけてくる。

「名はなんという？」

「ポ、ポンです。お坊《ぼう》さま」

「ナムウォンでは、名字を教えてくれなかったのかな？」

背筋《せすじ》にぞくっと寒気が走った。入《い》れ墨《ずみ》のある左手を背中《せなか》の後ろに隠《かく》したが、もう遅《おそ》い。

「お坊《ぼう》さまが考えてることは、わかってるんだ」親指で入《い》れ墨《ずみ》をこすりながら、口走っていた。「だけど、ちがうよ。母さんとおれは、ちゃんと出所したんです。けど、看守《かんしゅ》がまちがえて、おれの入《い》れ墨《ずみ》に線や星印を入れるのを忘《わす》れちゃって。で、母さんがおれを連れて、これからナムウォンに直してもらいに行くところだったんだけど、とちゅうではぐれちゃったんです。で、これから待ちあわせ場所の海まで行こうと思って……」

ポンの口から、水差しの水を注ぐように、とめどなくウソがあふれでてくる。チャム師《し》は静かにうなずきながら、つぎからつぎへと出てくるポンのウソを聞いていた。どんなにバカみたいな、ありえないことをいっても、口をはさまない。

ポンの腹《はら》のなかに、熱い怒《いか》りがふつふつとわいてきた。いまやポンは、脱獄囚《だつごくしゅう》で、泥棒《どろぼう》で、ウソつきだ。もしも寺院のなかで住職《じゅうしょく》にウソをついて侮辱《ぶじょく》する罪人《ざいにん》を指す言葉があるとすれば、それにもなってしまった。なんとすばやく堕落《だらく》してしまったことだろう。わずか二、三日のうちに、総督《そうとく》がいうとおりの悪人になってしまったではないか。

ポンは、さっと立ちあがって、あとずさりした。すわっている僧侶《そうりょ》を見下ろすほど無礼なこともないが、いまはそれどころではない。

「なにをするのか、おれ、わかってるんだ」震《ふる》え声《ごえ》でいった。「警察《けいさつ》を呼《よ》んで、おれを刑務所《けいむしょ》に送りかえすんだな。けど、そんなことできるもんか。ナムウォンにはぜったいにもどらないぞ。やれるもんならやってみろ！」

「送りかえす？」チャム師《し》は、おだやかな声できかえした。「もちろん、そんなことをするつもりはない。さっき、ちゃんと出所したといっておったではないか。それなら送りかえしたって、むだというものだ」

ポンは、言葉につまった。

「……そ、そんなの、信じるもんか」

チャム師《し》は、肩《かた》をすくめた。

「なにを信じるかは、おまえしだいだ。もちろん、いますぐにここを出て、母親に会いにいってもいい。だが、おまえを送りだす前に腹《はら》ごしらえをさせて、おまえのために祈《いの》ってやりたいと思っておるのだよ」

ポンは、チャム師《し》をまじまじと見つめた。老僧《ろうそう》は、ポンがいままでに会っただれにも似《に》ていなかった。だいいち、だれよりも年をとっている――耳にまでしわがよっていた。だが、それ以上に、言葉にできないなにかがチャム師《し》にはあった。なにか輝《かがや》かしい澄《す》みわたったものが、その目のなかにある。仏像《ぶつぞう》の前にある細い棒《ぼう》に灯《とも》された、奇妙《きみょう》な炎《ほのお》のようなものが。

「おれのために祈《いの》るだって？」

チャム師《し》がにっこり笑うと、ますます顔のしわが深くなった。

「さよう、母親に会いにいく道中の無事を祈《いの》ってやろう」

知らぬまに、ポンはふたたび敷物《しきもの》の上に正座《せいざ》をしていた。

チャム師《し》は、漆塗《うるしぬ》りの小さなたんすに手をのばした。引き出しのひとつから、ひと巻《ま》きの白いひもと鋏《はさみ》をとりだしている。

適当《てきとう》な長さのところでひもを切ってから、チャム師《し》はそれを両手にはさんで祈《いの》りはじめた。祈祷《きとう》がすむと、そのひもをポンの左の手首に巻《ま》きながら、「蛇《へび》の巣をふまぬように」と願いごとを唱えた。

こうして、祈《いの》っては唱え、祈《いの》っては唱えしながら、チャム師《し》はさらに十本以上のひもをポンの左手首に巻《ま》き、右手首にも同じように何本か巻《ま》きつけた。祈祷《きとう》のあとの願いごとは、それこそさまざまで、なんとも奇妙《きみょう》なものだった。「生焼けの鶏肉《とりにく》にあたって、腹《はら》をこわさぬように」とか、「スズメバチに手のひらや足の裏《うら》をさされぬように」とか。どれもやけに細かすぎるし、だいいち起こりそうにないものばかりだ。

「さてさて」チャム師《し》は満足そうな笑《え》みを浮《う》かべて、きちんとすわりなおした。「どうかのう？どっさり祈《いの》っておいたが」

ポンは、左腕《ひだりうで》をながめた。手首に白いひもが幾重《いくえ》にも巻《ま》かれている。入《い》れ墨《ずみ》はすっかり隠《かく》れていた。

「母親とは、海で会うといっておったな？」

ポンはおずおずとうなずいた。やはり、ウソだと思われているのだろうか。

「そうさな、ここから海まで歩いていくには何週間もかかる。船の切符《きっぷ》がなければ、山をぐるりとまわっていくしかあるまい。おまえのような子どもには、さぞかしつらい旅になるだろうな」

ポンは顔をしかめた。山をぐるりとまわるには、あの広い道を行くしかない。そうしたら村を通ることになり、村人たちにあれこれときかれてしまうだろう。

「おお、そうだ」チャム師《し》が、ふと思いついたようにいった。「この寺にしばらくいてはどうかのう。そのあいだに母親に連絡《れんらく》をとって、寺に来てもらえばいい」

ポンは顔をあげて、チャム師《し》の目をみつめた。

「それと、ほれ……」チャム師《し》は、ポンの左手首に目をやった。「ここにいるあいだは、そのひもが切れたら、すぐに新しいものにとりかえられる。だが、どうするかは、おまえが決めなさい。わたしのほうから、あれこれいうつもりはないぞ」

ポンは、手首のひもを指先でなでた。あの海の青を頭のなかによみがえらせようとしたが、どういうわけかうまくいかない。

ふいにポンを、とてつもない疲労《ひろう》と空腹《くうふく》が襲《おそ》った。これほどひもじい思いをしたことは、いままでになかった。そうだ、ここにいれば安全だろう。しばらく休んで腹《はら》ごしらえをしてから、二、三日あとに南にむかえばいい。

「ここにいてもいいかな」ポンは、小さな声でいった。「ちょっとのあいだだけなら」

「けっこう、けっこう！」チャム師《し》は、人差し指であごを軽くたたいた。「さきほどビィブーンさんに、おまえに教えることがあるといったが、たったいま、すばらしい教えを思いついてな」

「それはなんですか、お坊《ぼう》さま？」

老僧《ろうそう》は、にっこり笑っていった。

「豚肉《ぶたにく》の串《くし》焼《や》きにあうたれの選び方だよ」

10

一日が二日に、二日が一週間に、そして数か月になるにつれ、ポンは、この寺――タナブリ村のシン寺院にいるほうがいいかもしれないと考えるようになった。すぐにでも出発して海を目指さなければと自分にいいきかせてはいたが、頭をきれいに剃《そ》って、僧侶《そうりょ》になる誓《ちか》いを立てていたのだ。

こうして「少年僧《そう》」になったポンは、チャム師《し》のもとで修行《しゅぎょう》を始めた。ほかの僧侶《そうりょ》たちが入《い》れ墨《ずみ》を目にしたり、ポンがでっちあげた母親の話を耳にしたりすることはなかった。それにチャム師《し》も、あのとき以来母親のことはいっさいたずねなかった。ポンの両手首のひもがすりきれてしまいそうになると、チャム師《し》はいつも新しいものにとりかえてくれた。僧侶《そうりょ》たちはみな、ポンのことを老僧《ろうそう》の遠い親戚《しんせき》の子どもだと思っていた。さもなければ、どこにでもいそうな口数の少ない子どもが、あれほどたくさんの祈祷《きとう》をしてもらえるわけがない、と。

そう考えると、ほかのことにも合点《がてん》がいった。たとえば、僧侶《そうりょ》は正午を過《す》ぎるとなにも食べてはいけないことになっているが、ポンは腹《はら》がすいたと不平をもらしたことはない。それに寺の暮《く》らしは、朝早くから夜遅《よるおそ》くまでほとんど同じことのくりかえしだが、退屈《たいくつ》だと文句《もんく》をいったこともなかった。

ポンが、生まれてこのかたシン寺院の食事ほどうまいものを食べたことがなかったことなど、僧《そう》侶《りょ》たちは知る由《よし》もなかった。じっさい、ビィブーンさんの豚肉《ぶたにく》の串焼《くしや》きのおかげで、あんなにやせていたポンは太ってきた。ナムウォンで出されていた冷たいカブとご飯だけの食事とは大ちがいだった。

それに、ポンが何時間も静かにすわって瞑想《めいそう》できるのがナムウォンのおかげだということも、僧《そう》侶《りょ》たちは知らなかった。じつは、マンゴーの木をじっと観察したり、看守《かんしゅ》の棍棒《こんぼう》をくらわないように注意をおこたらなかったりしたことが、なによりの練習になっていたのだ。

そう、寺の暮《く》らしはある点で、いままでの生活に似《に》ていた。だが、それ以外は天と地ほどちがっていた。シン寺院では、ポンは僧侶《そうりょ》たちから実の家族のようにかわいがられ、弟と呼《よ》ばれていた。ポンはみんなにめんどうをみてもらい、ポンもまた僧侶《そうりょ》たちのためにせいいっぱい働いた。だが、いちばん大きなちがいはチャム師《し》だった。

ナムウォン刑務所《けいむしょ》では、肩書《かたが》きや年齢《ねんれい》によって上下関係が決まっていた。だが、チャム師《し》は、すべてのひとに平等に接《せっ》していた。ポンは、一度だってそんなひとを見たことがない。ふもとの村から物乞《ものご》いがやってきたときも、老僧《ろうそう》は地位の高いひとが訪《たず》ねてきたかのように寺に招《まね》きいれ、食事でもてなし、長いことおしゃべりを楽しんでいた。子どもにも見下すような口はきかない。ポンのことも、最年長の僧侶《そうりょ》たちと同じように一人前にあつかってくれた。ポンは、生まれてはじめて、ひとりの大人に心配してもらい、気にかけてもらい、なにかを教えてもらった。そしてチャム師《し》は、折にふれて「ポンや、おまえは善良《ぜんりょう》な心の持ち主だのう」といってくれた。

だが、本当にそうだろうか？

夜になると、ポンは自分に与《あた》えられた小部屋の床《ゆか》に横たわり、木々の梢《こずえ》をぬらす雨音に耳をすました。昼間は、おだやかな気持ちで過《す》ごしているが、こうしてひとりでいるときは、これまでにおかした悪事の数々が頭のなかをかけめぐった。

刑務所《けいむしょ》から脱走《だっそう》した。

親友のソムキットを置きざりにして、ひとりぼっちにした。

お坊《ぼう》さまたちにウソをついた。

総督《そうとく》の言葉から逃《に》げようとすればするほど、その言葉どおりの人間になってしまうような気がした。僧侶《そうりょ》たちの親切につけこむ脱獄囚《だつごくしゅう》、それが自分だ。もしもだれかにばれたら、刑務所《けいむしょ》に連れもどされるにちがいない。もっと悪ければ――脱獄囚《だつごくしゅう》をかくまったかどで、チャム師《し》がめんどうなことに巻《ま》きこまれるかもしれない。そう考えると、吐《は》き気《け》がした。

そこで、いままでの悪事が隠《かく》れるくらい、山ほど良いことをしようと心に決めた。朝夕二回、寺の境内《けいだい》を掃《は》ききよめた。歩きながら瞑想《めいそう》の修行《しゅぎょう》をするときに通る山道を、岩肌《いわはだ》が顔を出すまで何度もたどった。仏陀《ぶっだ》の教えが書かれた教本を数えきれないほど読みかえし、しまいにはすべて暗記してしまった。

そのあいだにも、総督《そうとく》のあの言葉は、けっしてポンから離《はな》れようとはしなかった。それは心を囲《かこ》う強固な箱となって胸《むね》の奥深《おくふか》くとどまり、静かに座禅《ざぜん》を組んでいると、いつも頭のなかにささやきかけてきた。

――闇《やみ》に生まれた者は、かならず闇《やみ》に帰る。

それでも、シン寺院で暮《く》らしているあいだに、ポンはすくすくと育っていった。そして、四年という月日がたつころには、海を夢《ゆめ》みることもやめていた。

ナムウォン刑務所《けいむしょ》や看守《かんしゅ》たちの記憶《きおく》も薄《うす》れはじめ、向こうもまた忘《わす》れてしまったにちがいないと、自分にいいきかせるのだった。

11

　ポンは、ほとんど寺の敷地《しきち》のなかで日々を過《す》ごしていたが、十三歳《さい》になると、チャム師《し》に連れられて、タナブリ村や近隣《きんりん》の地域《ちいき》に出かけるようになった。

　老僧《ろうそう》は、杖《つえ》の音をコツコツと響《ひび》かせながら歩いていく。そして、あいさつをしに出てくるひとたちに、声をかける。

「こんにちは、トリースワンさん！　今日は、ずいぶんとうれしそうですな。ひょっとして、弟さんのぐあいが良くなってきているのかな？　これはこれは、プラサートさん。今年、ご子息が学校を卒業されるそうで。時がたつのは早いのう！」

　村の広場を横切りながら、出会ったひとたちと言葉を交《か》わすうちに、ポンは気持ちがうきうきしてきた。タナブリは、どこにでもあるような小さな村だが、ポンはごく普通《ふつう》の暮《く》らしを見るのが好きだった。洗濯物《せんたくもの》を干《ほ》したり、玄関先《げんかんさき》をほうきで掃《は》いたり、近所のひととおしゃべりしたり、朝食のしたくをしたり。そういうなにげない日常《にちじょう》の風景のなかをチャム師《し》に連れそって歩いていると、心が安らいだ。入《い》れ墨《ずみ》や過去《かこ》の悪行のことを忘《わす》れた。師《し》について歩いている、ただの村の少年になった気がした。

　ふたりは、山の向こう側につづく道のほうに曲がった。

「今日は、村の学校に行くんですよね」ポンは、老僧《ろうそう》の足どりにあわせて歩みをゆるめた。「子どもたちにお話をするんですか？」

「いいや。今日は特別な用があってな。赤んぼうに会わねばならん」

「赤んぼうに？」

　チャム師《し》はうなずき、軽く舌打《したう》ちをした。

「うむ、みなしごだよ、かわいそうにのう。農家のひとが、山のふもとの十字路のところで、毛布《もうふ》にくるまれた女の子を見つけたそうな」

「道ばたに赤んぼうを置きざりにするなんて、どんなやつがそんなひどいことをするんでしょう」

　チャム師《し》は、答えなかった。うつむいて、足もとの砂利《じゃり》のことを一心に考えているようだ。

「チャムさまだって、道ばたで赤んぼうを死なせるような親をかばうなんて、できませんよね。それ以上のむごい仕打ちはないもの」

　チャム師《し》は、人差し指の腹《はら》で鼻のわきをこする。ふたりは、だまったまま歩きつづけた。ポンは、師《し》がそういう態度《たいど》をとるわけを知っていた。チャム師《し》がだんまりを決めこんでいるときは、ぜったいに口を開かせることはできない。そうやって、弟子《でし》たちのほうにしゃべらせようとしているのだ。

しばらくすると、ポンはため息をついてこういった。

「もしかして、赤んぼうの親は食べ物がなくて苦しんでるとか、そういうことかも」

「なるほどなあ、そうかもしれんのう」チャム師《し》は、まるでポンが自分で思いついたかのように感心している。本当は、チャム師《し》に導《みちび》かれて出した答えなのに。「それは、しごくもっともな考えだ。世の中には、飢《う》えに苦しむひとがたくさんいる。そうだろう？」

ポンはうつむいて、歩いている道を見つめた。

「それに、ほかにも子どもがいて、全員に食べさせられないとか」

「どの子を手放すか決めねばならぬ親のつらさが想像《そうぞう》できるかね？」

チャム師《し》が、悲しげにいった。

「それに、えーっと……」ポンは、話しながら考えていた。「親は、この村のだれかが赤んぼうを見つけて育ててくれるとわかってたのかも」

チャム師《し》は、またうなずいた。

「たしかに、朝方に捨《す》てられたようだのう。農家のひとが米俵《こめだわら》を積む手押《てお》し車《ぐるま》を押《お》して通りかかる時分に。それに、このあたりではタナブリは捨《す》て子《ご》を受けいれる村として知られておる」

「そうなんですか？」

「ああ、ずいぶん昔からな」チャム師《し》は、遠い目で木々の梢《こずえ》を見あげた。「チャッタナーで大火が起こったあとの数年間は、それは厳《きび》しい時期がつづいてのう。食料が不足して、たくさんのひとが亡《な》くなった。そのうちに、村の漁師《りょうし》たちが、赤んぼうの入った籠《かご》が川を流れてくるのを見つけるようになった。赤んぼうにそえられていた手紙は、どれも心が痛《いた》むものでのう。親は子どもに食べさせてやるものがなにもない。だから、飢《う》えるわが子をただながめているよりは、川に流して、だれかが見つけてくれることに賭《か》けたのだ。しばらくのあいだは、魚よりもたくさんの赤んぼうが見つかるありさまだったよ！」

チャム師《し》は、ふいに立ちどまり、杖《つえ》によりかかった。杖《つえ》の先を確《たし》かめるようなふりをしているが、みだれた息を整えているようだ。ポンは、体を起こそうとする師《し》に手を貸《か》した。

「そこで、わたしは、そこいらじゅうに知らせを出した。このタナブリ村は、チャッタナーの子どもだけではなく、どんなところの、どんな子でも育てるつもりがあるとな。それから、赤んぼうは山のふもとの十字路のところに置いて、ぜったいに川に流したりしたらいかんと。川には、ワニがうようよしておるからな！」

「みんな、チャムさまの知らせどおりにしたんですか？」

「ああ、この村は、なんと何十人もの赤んぼうを受けいれてのう！」老僧《ろうそう》は、ほほえみを浮《う》かべて道の先を指さした。「それで、あの学校を建てることにした。子どもたちみんなのためにな」

ひと息いれてから、チャム師《し》はポンの肩《かた》をたたいて、満面の笑《え》みを浮《う》かべた。

「ありがとうよ、ポン」

「えっ、なんで？」

「苦しんでいるひとを責《せ》めるのではなく、思いやらねばいかんと、わたしに教えてくれたではないか」

自分が教えたわけじゃないといおうとしたが、老僧《ろうそう》はすでに歩きはじめている。

「大火が起こったのはずいぶん前ですよね、チャムさま。なのに、まだ赤んぼうが見つかるんですか？」

チャム師《し》はふりかえって、おどろいた顔をした。まるで、持っているものから手を離《はな》すと落ちますかとたずねられたように。

「むろん、まだ見つかる」老僧《ろうそう》は、悲しげにいった。「苦しんでいるひとは、まだまだおるでのう」

道を曲がると、漆喰壁《しっくいかべ》の低い建物が見えてきた。タナブリ村学校だ。ほとんどの村の学校は職業《しょくぎょう》訓練の場で、子どもたちは布《ぬの》の織《お》り方《かた》や木工品の作り方など、大人になったときに安定した仕事につくための技術《ぎじゅつ》を学ぶ。だがチャム師《し》は、技術《ぎじゅつ》だけでなく国語や数学も教えるべきだと強く主張《しゅちょう》したそうだ。タナブリ村の教育は、ポンが刑務所《けいむしょ》で受けていたものよりもはるかに優《すぐ》れていたし、チャッタナーにあるいくつかの私立《しりつ》学校の教育にも引けをとらなかった。

「まあ、チャムさま、よくいらしてくださいました！」校門をくぐると、校長先生がおじぎをして出迎《でむか》えた。「いつもいらしていただき、ありがとうございます」

「知らせを寺で受けとりましての。もっと早く着く予定だったが、なにしろわたしの友だちの足が遅《おそ》くて」チャム師《し》は、ポンに片目《かため》をつぶってみせた。「さて、その子はどこにおるのかな？」

校長先生は、にっこり笑った。

「校長室ですわ。こちらへどうぞ」

ポンは、ふたりのあとについて、教室がならんでいる廊下《ろうか》を歩いていった。なかをのぞくと、子どもたちが机《つくえ》におおいかぶさるようにして問題集を解《と》いている。ポン自身は、けっして村の学校には通わなかった。入《い》れ墨《ずみ》を見られるような危険《きけん》をおかしたくなかったのだ。だが、遠くから子どもたちをながめるのは好きだった。いつも男の子たちのなかにソムキットの姿《すがた》を探《さが》しては、にーっと笑いかえしてくれるのではないかと思っていた。ありえないことだとは、わかっていたけれど。

校長室に入ると、チャム師《し》は杖《つえ》によりかかりながら、かがみこんだ。床《ゆか》に置かれた洗濯籠《せんたくかご》のなかに、赤んぼうが寝《ね》かされている。

「おうおう、なんともかわいい子だのう！」老僧《ろうそう》は、ポンが聞いたこともない高い声で赤んぼうをあやした。「ちっちゃな、甘《あま》いウリのようではないか！　よーし、よしよし、こちょこちょこちょ……」

チャム師《し》が足の裏《うら》をくすぐると、赤んぼうはうれしそうにキャッキャッと声をあげる。

老僧《ろうそう》がなんともじょうずに赤んぼうをあやすものだから、ポンと校長先生は笑いだした。

「チャムさま。ここに運ばれてきたときは、かわいそうに泥《どろ》だらけだったんですの。すぐにお風呂《ふろ》に入れましてね」

「おかげで、いまは、どこもかしこもぴかぴかだ」チャム師《し》は、にっこり笑った。「あまり太っていないようだが、すぐにまるまると肥《こ》える。それはいいとして」チャム師《し》の笑顔《えがお》の上に、さざ波が立つように心配が広がった。「この子の引きとり先は決まったのかな？」

「ええ、うれしいことに、となり村の農家の夫婦《ふうふ》が、この子をもらいたがってるんですよ。ふたりには子どもができないそうで」

「ああ、スリナコールさんたちだな――ふたりのことは知っている。きっと、この子を大切に育ててくれるはずだよ。さてさて、このかけがえのない子に、わたしがなにをしてやれるかのう。おう、そうだ。いちばん弱い者にこそ、最大の願いごとを祈《いの》ってやらねばならん。そうだろう？」

チャム師《し》は、腰《こし》にさげていた袋《ふくろ》から長い組みひもを取りだした。ポンがいつも結んでもらっている白いひもとはちがって、特別な組みひものようだ。赤いひもと金色のひもを編《あ》みあわせ、太く、しっかりとしている。

洗濯籠《せんたくかご》の上に身をかがめると、老僧《ろうそう》は赤んぼうの手首に組みひもを巻《ま》いた。巻《ま》きながら祈《いの》りをささげ、ポンがいままでに寺で百回も聞いたような願いごとをいくつも唱えている。だが、最後にかけた願いごとだけは、ほかとはちがうものだった。

「世界のどこにいても、心安らかに歩めるように」

さっきまでもぞもぞと動き、足をばたばたさせていた赤んぼうが、ふいにけるのをやめておとなしくなった。チャム師《し》のしわだらけの顔を、黒く輝《かがや》く瞳《ひとみ》でじっと見つめている。

そのとき、外のサッカー場から、子どもたちのわめき声が聞こえてきた。赤んぼうをのぞきこんでいた校長先生が顔をあげて、窓《まど》の外を見た。

「こらこら！」校長先生が、大声を出した。「また、とっくみあいのけんかをして。いつもいってるでしょう――」

校長先生の視線《しせん》の先を見ようとしたとき、ポンの目のはしになにかがうつった。天井《てんじょう》のあたりで、光がゆらゆらと、さざ波のようにゆれている。頭上で踊《おど》る金色の光を目でたどっていくと、赤んぼうの籠《かご》にたどりついた。ポンは、はっと息をのんだ。日光のようにまばゆい光が、赤んぼうの組みひもを結んでいるチャム師《し》の指先から出ているではないか。

校長先生が、ポンが息をのむ音に気がついていった。

「どうかしたの？」

ポンは校長先生のほうをむいてから、チャム師《し》に視線《しせん》をもどした。老僧《ろうそう》の指先に宿っていた不思議な光は消えている。

「あれは……？」

　ポンはつぶやいた。太陽を長く見すぎたときのように、目の前で光の点々がちらちらと踊《おど》っている。

　赤んぼうは、まだ歯の生えていない歯ぐきで手首に巻《ま》かれた組みひもにかみつき、よだれでぬらしている。ポンは、あっけにとられて校長先生の顔を見た。校長先生は二、三度まばたきをしたが、さっきの不思議な出来事には気がついていないようだ。

　杖《つえ》にすがって立ちあがろうとしたチャム師《し》が、うめき声をもらした。ぐらりとよろめき、その場で倒《たお》れそうになる。ポンはあわててかけよると、師《し》の身体《からだ》を支《ささ》えた。

「チャムさま、だいじょうぶですか？」

　校長先生が、心配そうにたずねた。

「なんのなんの」チャム師《し》は、笑顔《えがお》を作ってみせた。「年寄《としよ》りなもので、ガタがきておるだけだわい」それから、赤んぼうの頭をやさしくなでた。「この子は、新しい家族に多くの幸せをもたらすだろうよ。わたしたちも、この子に会えて本当によかった。さて、そろそろ寺にもどらねば。行くかのう、ポン」

　チャム師《し》は、ポンの腕《うで》にしがみついた。

「用務員《ようむいん》さんが村に用事があるといってるんですよ。いっしょに行かせましょう」

そういって、校長先生はポンに目くばせをした。チャム師《し》がまた転ばないように、用務員《ようむいん》に送らせようとしているらしい。だが、老僧《ろうそう》は手をふっていった。

「そんな迷惑《めいわく》をかけるわけにはいかん！　この足の遅《おそ》い友だちも、なんとかわたしについてこられるだろうよ」

チャム師《し》は、杖《つえ》でポンの足を軽くたたいた。

学校をあとにする前に、ポンは校長先生に手招《てまね》きされた。校長先生が、声をひそめていう。

「チャムさまから目を離《はな》さないでね。もうお若《わか》くないんですから。みんなの前では年をとらないようなふりをしていますけど、わたしの目はごまかせません。ほかのひとは気がつかなくても、わたしにはよくわかるの」

学校の外に出ると、ポンは咳《せき》ばらいをしていった。

「チャムさま、さっきの――」

「あとにしておくれ」

チャム師《し》は、一歩進むごとに苦しそうな息をしている。

ポンは、いったん口を閉《と》じた。そのままだまって歩きつづけるうちに、学校が見えなくなるところまで来た。

「もうきいてもいいですか？」ポンは、これ以上だまっていられずに切りだした。「さっき学校で……赤んぼうのそばにいたとき、なにかが見えたような気がして……」

チャム師《し》は、わずかに首をかしげた。

「ほほう、なにが見えたのかな？」

「あの……はっきりとはわからないけど」まだ目の前が、少しばかりぼんやりしている。「光が見えたような気がして。とっても明るい光なんです。だけど、ほんのちょっとのあいだだけで。よく見ようとしたら、消えちゃって……」

チャム師《し》は足を止めると、ポンの腕《うで》を引いた。

「あれが見えたのか？」

ポンはうなずいた。

チャム師《し》は、ポンの顔をまじまじと見ていたが、またにっこり笑った。

「寺のみんなが、おまえには最初に実がなる木を見つける力があるといっておった。だが、おまえに授《さず》けられた力は、それ以上のようだのう」

それはどういう意味なのか、さっき校長室でなにが起こったのかきこうとしたとき、大勢《おおぜい》のひとのさわぐ声が聞こえてきた。すでに村のはしまでたどりついていたが、道ばたに村人の半数ほどが集まっており、人垣《ひとがき》の中心に馬車が停《と》まっている。ポンは、目を見張《みは》った。村には馬を持てるような金持ちはいない。

「どうやら、客人が来たようだ」チャム師《し》は、杖《つえ》の先を馬車のほうにむけた。「なんとも豪勢《ごうせい》なものに乗っておるのう」

馬車の扉《とびら》が大きく開くと、役人の制服《せいふく》を着た男につづいて、金色の小さな水玉もようのドレスの女が降《お》りてくる。そのあとから、さらに少女があらわれた。短く切った髪《かみ》に、鋭《するど》い黒い目。槍《やり》の試合用の道着を着ている。

ポンの心臓《しんぞう》は、コショウの粒《つぶ》ほどにちぢみあがった。

ナムウォン刑務所《けいむしょ》長のスィヴァパン氏が、どういうわけか家族といっしょにこんな山村までやってきたのだ。

12

ノック・スィヴァパンは、タナブリ村で馬車から降《お》りたとき、ポンがその場にいることにまったく気がつかなかった。げっそりとやせていたポンのほおは、毎日の食事のおかげでふっくらとしていたし、いまでは背丈《せたけ》もノックより七、八センチくらい高くなっている。つんつん髪《がみ》はきれいに剃《そ》っていたし、おまけに僧衣《そうい》をまとっていたので、気がつかなかったのも無理はなかった。

いっぽうのノックは、ときどきナムウォン刑務所《けいむしょ》を訪《おとず》れていた鋭《するど》い目つきの女の子が、そのまま大きくなったように見えた。ポンとはちがって、背丈《せたけ》はさほどのびていない。どちらかといえば小《こ》柄《がら》なほうだが、熱心に槍《やり》の稽古《けいこ》に打ちこんでいるせいで、たくましい体つきになっていた。あいかわらずまっすぐな髪《かみ》を肩《かた》のところで切りそろえ、油断《ゆだん》のない、きまじめな目つきをしている。

だが、もしもポンが若《わか》い修行僧《しゅぎょうそう》のかっこうをしていなくても、ノックは気づかなかったことだろう。なぜならノックはこのとき、あることで頭がいっぱいで、うわの空だったのだ。

スィヴァパン一家は、めったにチャッタナーの街を離《はな》れなかったから、山奥《やまおく》の小さな村への旅は慣《な》れないことばかりだった。双子《ふたご》の妹は家に残し、ノックと両親はまず船で川を下って山のふもとに到着《とうちゃく》し、そこから馬車に乗りかえることになった。

「馬ですって？」船着き場にガラガラとあらわれた馬車を目にして、母親はぎょうてんした。ドレスの袖《そで》で鼻をおおい、馬のむっとするにおいをかぐまいとしている。「あなたがどこのだれか、話してなかったんですか？　あなたくらいの身分なら、光の玉の発動機がついた乗り物を用意しなきゃいけないのに！」

父親はため息をついた。

「こんなにへんぴな村には、光の玉で動く乗り物などないんだよ。とにかく乗ろうじゃないか。なあに、くさくなんかないさ」

とたんに馬の一頭がひょいと尻尾《しっぽ》をあげ、くさいものをドサッと落とす。ノックは馬車に乗りこむ母親に手を貸《か》した。御者《ぎょしゃ》がチッチッと舌《した》を鳴らすと、馬車はのんびりと動きだす。

母親は、ハンカチでしきりに鼻の頭の汗《あせ》をふきながら、心配そうに窓《まど》の外に目をやった。

「こんな調子じゃ、日が暮《く》れる前に到着《とうちゃく》できないわね！　もっと早く出発しましょうっていったのに。夜に田舎道《いなかみち》を行くなんて、まっぴらごめんだわ」

父親は手をのばし、母親のひざを軽くたたいた。

「しかたないだろう？　タナブリ行きの船は一日に一本しかなくて、それに乗ってきたんだから。とちゅうで寺に立ちよっても、家にむかう時間は、まだたっぷりあるよ」

「家なんて呼《よ》ばないでくださいな」母親は、父親の手を押《お》しのけた。「仮《かり》の宿なんですからね。水道だってないのよ！　忘《わす》れないで！」

「この山のなかでは、いちばん上等な家なんだよ」父親は、しんぼう強く母親をなだめながら、こっそりノックにほほえんでみせた。「村を訪《たず》ねる役人専用《せんよう》の宿舎《しゅくしゃ》だ。それに、どうしようもないだろう？　田舎《いなか》なんだから。チャッタナーみたいなぜいたくは、ここではできないんだ——まあ、この訪問《ほうもん》をきっかけに、変わってくれないとこまるがね」

一家がタナブリに来ることになったのは、光および法律《ほうりつ》規制《きせい》局《きょく》の職員《しょくいん》が、この村ではだれひとり光の玉を買ったことがない事実に、ようやく気がついたからだ。少なくとも、タナブリ村の者がどこかの充光所《じゅうこうしょ》を訪《おとず》れたという記録はひとつもない。どの地域《ちいき》の住民も、ほぼ例外なく、総督《そうとく》が作りだす大量の光を蓄《たくわ》えた充光所《じゅうこうしょ》から少しずつ光を買っているというのに。

ひょっとしてタナブリ村のひとたちは、火を使っているのだろうか？　ノックの父親は、村のひとを逮捕《たいほ》する気はなかったが、村の長《おさ》にきつく注意をするつもりでいた。たしかにタナブリ村は学校とちっぽけな寺院がひとつずつあるばかりのとるにたらない集落だが、ほかの地域《ちいき》と同じ規則《きそく》を守るべきではないか。そろそろ中央から役人が出向いて、貧《まず》しい村人たちに光の玉のすばらしさと、総督《そうとく》の偉大《いだい》な力について教えてやるべきだ。これが、ノックの父親がこの地におもむいた理由のひとつだった。

だが、理由はそれだけではない。それはノックも、よくわかっていた。

「考えてもみてくださいよ」母親が、またぶつくさ文句《もんく》をいう。「総督直属《そうとくちょくぞく》の法務局長《ほうむきょく》が、屋外便所を使うことになるなんて！　そんな目にあいたければ、東岸の貧民街《ひんみんがい》に行けばいいんですよ」

両親は、タナブリ村にいったい何日いるつもりかとか、それが長いとか短いとかいい争っている。

窓《まど》の外の景色は、背《せ》の高いサトウキビが植えられた畑から整然とパパイアの木がならぶ果樹園《かじゅえん》に、さらに森へとかわっていき、馬車はガタゴトと音を立てながら、ゆっくりと山道を登っていく。両親がだまっていてくれれば、静けさにひたることができるのに。

ノックは、こうして静かな自然をながめるのが好きだった。この旅も、自分が連れてこられた理由に気がついていなければ、さぞかし心休まる楽しいものになったことだろう。だがノックは、両親がひた隠《かく》しにしている事実を知ってしまった。

おおかたの親と同じように、ノックの両親も子どもに隠《かく》しごとをするのが下手だった。公務員《こうむいん》の父が配置換《が》えになったときも、ふたりは、ノックたち兄妹《きょうだい》に本当のことをいわなかった。その話をするときには、いつも「昇進《しょうしん》」という言葉を使ったが、兄妹《きょうだい》はそんなものではないと知っていた。

「昇進《しょうしん》」とは、給料が増《ふ》えて地位が高まることで、その逆《ぎゃく》ではない。スィヴァパン氏の最初の「昇《しょう》進《しん》」は、四年前のことだった。ノックは九歳《さい》で、まだ父親はナムウォンの刑務所《けいむしょ》長をしていた。その年、ひとりの男の子が刑務所《けいむしょ》から姿《すがた》を消したが、その子の身になにが起こったのかは、まったくの謎《なぞ》だった。ある男の子は、いなくなった子がマンゴーの木に登り、川の上までのびている枝《えだ》をつたっていくところを見たと証言《しょうげん》した。ことによると川に落ちたのかもしれない。けっきょく、公式には川でおぼれて死んだということになったが、だれもかれもノックの父親のかげぐちをたたいた。子どもを逃《に》がしてしまうなんて、とんでもない刑務所長《けいむしょ》だ、というわけだ。

この事件《じけん》をきっかけに、ナムウォン刑務所《けいむしょ》に調査《ちょうさ》が入った。総督《そうとく》のもとから派遣《はけん》された役人たちが確認《かくにん》した記録から、スィヴァパン氏がまじめに刑務所《けいむしょ》の運営《うんえい》をしていなかったことが発覚した。ほとんど職場《しょくば》におらず、就任《しゅうにん》当初から、まったく気の向かない仕事だと思っていたようだ。

そういうわけで、ノックの父親は「昇進《しょうしん》」し、裁判所《さいばんしょ》で事務《じむ》の仕事をすることになった。静かな裁判所《さいばんしょ》での業務《ぎょうむ》は父親にぴったりだと、ノックは思った。父親は、書類を読んだり調べものをしたりして、ひとりで過《す》ごすのが好きだ。刑務所《けいむしょ》の運営《うんえい》のような大仕事より、机《つくえ》の前の仕事のほうが向いている。母親がじゃまさえしなければ、そこで幸せに過《す》ごしていたことだろう。とはいえ、裁判所《さいばんしょ》の職員《しょくいん》は給料が安かった。ノックの兄は、学費《がくひ》の高い大学に通っていたし、双子《ふたご》の妹たちも、まもなくノックと同じ私立《しりつ》学校に入学する。そこで、母親は社交界の友人たちに頼《たの》みこみ、ありとあらゆる手を使って、まるで奇跡《きせき》のように、夫をそれまでよりも条件《じょうけん》のいい職《しょく》である法務局《ほうむきょく》長の地位にねじこんだのだ。

部下はひとりもおらず、責任《せきにん》もほとんどない——ただ地方を巡回《じゅんかい》して、裁判《さいばん》記録に目を通すだけの仕事だ。なによりもいいのは、たっぷり給料がもらえることだった。スィヴァパン一家は、西岸のなかでも指折りの高級住宅街《じゅうたくがい》に引《ひ》っ越《こ》し、それまでよりも大きなお屋敷《やしき》に住みはじめた。母親は、ふたたび華《はな》やかなパーティーの招待客名簿《しょうたいきゃくめいぼ》に名を連ねるようになった。一家にとって、なにもかもがうまくいっており、両親は幸せなはずだった。

だが、どういうわけか、これでめでたし、めでたしとはいかなかった。

母親は、ノックをじっと見ていることがよくあった。いまも、ギイギイいいながら山道をのろのろ登っていく馬車のなかで、ノックは母親の視線《しせん》を感じていた。その目には、失望と悲しみがあふれているように見える。

まるで、ノックがなにか悪いことをしたような。だが、そんなことはありえない。ノックは、これまでただの一度もまちがったことをしたことがない完璧《かんぺき》な娘《むすめ》だ。これは自慢《じまん》ではない。そのために血のにじむような努力をしてきたのだから。

学校の成績《せいせき》はクラスのトップで、同学年の生徒のなかでも群を抜《ぬ》いている。そのうえ、先月はチャッタナーで開かれた槍《やり》の大会に出場し、同い年の生徒と競《きそ》って優勝《ゆうしょう》した。チャッタナーじゅうのひとたちが、その試合を見にきていた。母親にじっと見られているとはじめて気がついたのは、そのときだった。

あれは、いままでの人生で最高の夜だった。優勝《ゆうしょう》争いの相手は、いつも大口をたたいている、ブルという名前の背《せ》の高い少年だった。ブルドッグというより、まるでネズミだね――相手のひざ裏《うら》に足をかけ、マットの上にあおむけに倒《たお》しながら、ノックはそう思った。ブルはすぐさま立ちあがり、槍《やり》をかまえる。だが、目を見れば、うろたえているのがわかった。知っているひとたちの前で、自分よりも小さな相手に負かされるかもしれないと、おじけづいているのだ。

いっぽうノックは、いままでにないほどすばやく動くことができた。相手が動く数秒前に、その動きが見えるようだ。槍《やり》をしっかりとにぎりしめ、攻撃《こうげき》をやすやすと防《ふせ》いでいく。対するブルの手もとは、槍《やり》どうしがぶつかるたびに震《ふる》えている。ノックは、長年の稽古《けいこ》でつちかった強さが筋肉《きんにく》という筋肉《きんにく》にみなぎり、体の芯《しん》でエネルギーのかたまりになるのを感じていた。

ブルは、何度目かの攻撃《こうげき》をノックにブロックされたとき後ろによろめいた。ついに勝負をつけるときが来た。ノックは、槍《やり》を頭上にふりあげ、勢《いきお》いよく床《ゆか》にふりおろした。それは、槍《やり》の達人だけがくりだすことのできる大技《おおわざ》だ。エネルギーのかたまりが、ノックの腕《うで》から手に、そして槍《やり》の穂先《ほさき》へ流れこみ、そこから周囲《しゅうい》に放たれて、激《はげ》しく床《ゆか》を震《ふる》わせた。ブルは立っていられず、あおむけにひっくり返った。さらにノックが放った一撃《いちげき》の余波《よは》が、前から三列目までの観客席にすわっていたひとたちの髪《かみ》を後ろになびかせた。観客はおどろきのあまり声も出ないありさまだったが、心臓《しんぞう》が二拍《はく》打ったあと、にわかに立ちあがり、大声でノックの名前を呼《よ》びはじめた。

大会が終わると、ノックは両親にはさまれて優勝《ゆうしょう》トロフィーを手にしていた。ぐったりと疲《つか》れてはいるが、うれしくてめまいがするようだ。父親の同僚《どうりょう》たちがやってきて、お祝いの言葉をかけてくれた。

「ありがとう、ありがとう！」しきりに礼をいいながら、父親は同僚《どうりょう》たちと握手《あくしゅ》を交《か》わした。「どうです、すごかったでしょう？　そうなんだよ、この大会にむけて、それはいっしょけんめい稽古《けいこ》をしてたからね。毎日、毎日、何時間も！」

ノックは、思わず笑いだしそうになった。こんなにおしゃべりな父親は、見たことがない。鼻の上の眼鏡《めがね》はななめにずれているし、大口を開けて笑っているせいで奥歯《おくば》が丸見えだ。

「いい試合だったね、ノックさん！」父親の同僚《どうりょう》のひとりが、声をかけてきた。「ご両親はさぞかし鼻が高いだろうな」

「本当に、がんばり屋だ。お父さんによく似《に》ているね」別の同僚《どうりょう》が、ノックの肩《かた》をぽんぽんとたたく。「それに、見た目もそっくりだよ！」

ノックは、すばやくうつむいて足もとを見つめた。これ以上、父親とくらべてほしくない。だれが見ても、ノックのしっかりしたあごとえくぼは父親ゆずりだ。ノックの兄と双子《ふたご》の妹たちも、そこはよく似《に》ているが、いっぽうで母親ゆずりのところもあった。三人ともサギのようにすらりとして手足が長く、指もほっそりしている。いっぽうノックは背《せ》が低く、槍《やり》の稽古《けいこ》で鍛《きた》えた筋肉質《きんにくしつ》のたくましい体つきをしていた。

「きっと、遠い親戚《しんせき》のだれかに似《に》ているんだよ」いつからか、家族がそんなことをいうようになった。「ずっと昔のご先祖《せんぞ》さまに」

「そうそう、ずっと昔のひとにね」と、母親はいう。似《に》ているかどうかくらべられないくらい遠い昔のひとに。

それでも、母親はノックをじっと見ることをやめない。たえずながめては、なにごとか考えているのだが、ノックにはそれがなにか見当もつかなかった。

そして、タナブリ村にむかう数日前のあの夜、ノックがベッドで寝《ね》ていると、両親の話し声が聞こえてきた。父親が、ぼそぼそと低い声で、なにかを話している。そして、もうひとつ、なんだかわからない高い音がしていた。

ノックはベッドから抜《ぬ》けだし、つま先立ちで部屋を出ると、廊下《ろうか》を歩いていった。槍術《そうじゅつ》は長い歴《れき》史《し》のある武術《ぶじゅつ》のひとつで、「無の歩み」という技《わざ》がある。まったく音を立てずに歩く技《わざ》で、だれにも、ほこりにさえ気づかれずに動くことができる。

両親の部屋の近くまで行ったものの、まだ明かりが灯《とも》っているので、光の玉のブンブンという音がじゃまをして話がよく聞こえない。すぐそばまで行ってドアに耳をあてたとき、さっきの高い音の正体がわかった。

母親が泣いているのだ。

「ほらほら」父親が、なだめている。「そんなにかっかしなくてもいいじゃないか。いままでだって、ずっとだいじょうぶだったんだから、このままやり過《す》ごせるさ。だれも気づいてやしないよ」

「気づかれてるわ、気づかれてますって」母親は、泣きじゃくっている。「家族で出かけるときに、感じるんですよ。街のひとは、みんなわかってるって。だれの目にも明らかじゃありませんか。わかっていないのはあなただけよ！」

「なあ、おまえ」父親は、やさしい声でいった。「本当にすまないと思ってる。でも、過去《かこ》は変えられないんだ。このことは、何度も話しあったじゃないか。あのとき、おまえも承知《しょうち》してくれただろう？　あれは、正しい判断《はんだん》だった。わたしと同じぐらい、おまえもこうすることを望んでいたじゃないか」

「ええ、そうよ……いまでも、そう思ってるわ。でも、わたしの身にもなって……」母親は声を震《ふる》わせ、大きくひとつ息を吸《す》った。それで落ちつきをとりもどしたのか、今度は感情《かんじょう》をおさえた静かな声でつづける。「息子《むすこ》のことも考えてくださいな。来年、あの子は大学を卒業して社会人になる。そしたら、良家のお嬢《じょう》さんとお見合いができるようになるの。でもね、本当のことが明るみに出たら、だれもあの子によりつかなくなるわ。だれだって、こんなことに巻《ま》きこまれるのはごめんでしょうからね！」

部屋のなかから足音が聞こえた——父親が、うろうろと歩きまわっている。

「それで、なにがいいたいんだ？　うわさ話がこわいから、家族が壊《こわ》れてもいいのか？　いまここで、なにもかもめちゃくちゃにするなら、これまでの苦労はなんだったんだね？」

「おおげさなことといわないでくださいな」母親がいいかえした。「めちゃくちゃにするなんてとんでもない。わたしだって、あなたと同じぐらい、あの子がかわいいんですから。でも、だれかが、家族みんなにとってどうするのがいちばんなのか考えなくちゃいけないの。一家の名声に傷《きず》がつけば、あの子にとってもよくないわ。そうなる前に、ひとのうわさの届《とど》かない、居心地《いごこち》のいい場所に送りだしてやりましょうよ。そういうところなら、のびのびと楽しく暮《く》らせるし、そのうちに地方の男のかたとのいいご縁《えん》に恵《めぐ》まれることもあるでしょうから。うちにふさわしい身分で、街のほうに知りあいがいないかたとね。つぎの公務《こうむ》でタナブリ村に出張《しゅっちょう》なさるのね。あの村の学校は、とても良い教育をしているそうよ。村に行っても休暇《きゅうか》には帰ってくるんだから、永遠《えいえん》の別れじゃあるまいし。ほんのしばらくのあいだだけじゃありませんか」

「それは、どうかな……」父親は、迷《まよ》っているようだ。

ギシッと木の床《ゆか》がきしむ音がした。母親が立ちあがったのだ。ドアの向こうの光景が目に浮《う》かぶ——背《せ》の高い父親が、細くて小柄《こがら》な母親の前で震《ふる》えあがっている姿《すがた》が。

「あなたのせいですから、きちんとけじめをつけてください」母親が、強い口調でいった。「子どもたちがかわいいなら、いちばんいい選択《せんたく》をできるはずよ」

ノックは、父親の答えを聞きたくなかった。急いで廊下《ろうか》を「無の歩み」で引きかえし、自分の部屋にもどった。それから、暗闇《くらやみ》のなかでベッドに正座《せいざ》すると、ひざの上で両手を組んだ。頭のなかで、さまざまな考えがかけめぐる。

ずいぶん前から、自分が母親の実の娘《むすめ》ではないと気づいていた。父親とは血がつながっている――まちがいない。外見が似《に》ているからだけではない。父親のようすを見ていればわかることだ。父親は、ノックの槍《やり》の試合をにこにこしながら観戦してくれるし、学校から成績表《せいせきひょう》を持ちかえったときには、ほこらしげに満面の笑《え》みを浮《う》かべてくれる。父親にとって、ノックは非《ひ》の打ちどころのない完璧《かんぺき》な娘《むすめ》だった。

ノックが生まれたときの話を、両親は一度もしてくれたことがなく、ノックのほうも話してくれとせがんだりしなかった。知っていること以外は知る必要がないと思っていた。口に出されることのないその秘密《ひみつ》は、ノックと父親と母親のあいだを、ポケットに隠《かく》した小石のように、ひそかにめぐっていた。

だが、さっき両親の部屋の前で盗《ぬす》みぎきしたことから考えると、どうやら三人だけの小さな秘密《ひみつ》は、音を立てて床《ゆか》に落ちてしまったようだ。母親の社交界の友人たちは、毎週のようにノックの家のテーブルを囲《かこ》んで、トランプをしながらうわさ話に花を咲《さ》かせる。ほかの家のテーブルでも、同じようなゴシップ大会が開かれ、ノックたち家族のことが話題に上っていることは、簡単《かんたん》に想像《そうぞう》がついた。

こうなったらノックは、なにか別の話の種をまかなくては。ノックの出生にまつわるうわさをかき消せるような、みんなの印象《いんしょう》に残ることを——一家への悪口を封《ふう》じられるような、すばらしいことをしなければいけない。

組んだ両手の指にぎゅっと力をこめた。大きくひとつ息を吸《す》いこみ、ゆっくりと吐《は》きだしながら、長年にわたって力を授《さず》けてくれている言葉を思《おも》い浮《う》かべた。それは、総督《そうとく》の口から聞いた言葉だ。

——光は価値《かち》ある者を照らす。

そう、光と愛情《あいじょう》と誇《ほこ》りと、そのすべてが幾度《いくど》となく自分を照らしてきたではないか。槍《やり》の大会で優勝《ゆうしょう》したあの夜のように。総督《そうとく》のその言葉を、ノックはずっと心の支《ささ》えにしていた。

「あんたならできるよ」ノックは、静かな声で自分にいいきかせた。「家族にとって、あんたがどれほどの価値《かち》があるか、あらためて気づいてもらえばいいだけだよ。それさえできれば、すべては解《かい》決《けつ》するの」

そういうわけで、ポンと再会《さいかい》したとき、ノックはうわの空だった。どうすれば両親に——そして、世間のひとたちに——自分がこの家の娘《むすめ》にふさわしいと証明《しょうめい》できるのか、必死に知恵《ちえ》をしぼっていたのだ。

だから、左手を背中《せなか》の後ろに隠《かく》して震《ふる》えている若《わか》い修行僧《しゅぎょうそう》には気がつかなかった。

13

その日の午後ずっと、ポンはまるで魚の骨《ほね》を飲みこんでしまったように、うまく息ができなかった。スィヴァパン一家が、あいさつをしたいといって、チャム師《し》について寺まで来てしまったのだ。いまは一家そろってお堂《どう》のなかで、チャム師《し》とむかいあってすわり、冷たいお茶を飲みながら話している。ポンは、お堂《どう》のすぐ外で、長椅子《ながいす》を修理《しゅうり》するふりをしていた。正体がばれるのはこわいが、なんとしても一家が来た理由を知らなければならない。

スィヴァパン氏は、いまは刑務所長《けいむしょ》ではなく、法務局長《ほうむきょく》の職《しょく》にあるらしい。つまり、総督《そうとく》と直接《ちょくせつ》言葉を交《か》わす地位ということになる。

「光の玉は、ただの明かりではありません」スィヴァパン氏はそういって、茶碗《ちゃわん》を口もとに運んだ。「村人たちに買ってもらえれば、警察《けいさつ》や病院の運営資金《うんえいしきん》になりますし、総督閣下《そうとくかっか》のもとで法の遵守《じゅんしゅ》を実現《じつげん》しようと汗《あせ》を流している役人たちの給料にもなります」

老僧《ろうそう》は、ほほえんだ。

「法務局長《ほうむきょく》さん、あなたのことはけっして嫌《きら》いではないよ。だから、どうか悪くとらないでほしいのだが、お役人にいわれるまでもなく、この村の者たちは、みんなで助けあって平和に暮《く》らしておりますよ」

お茶をすすろうとしたスィヴァパン氏は、少しばかりシャツにこぼしてしまった。スィヴァパン夫人が、うんざりしたように目をそらす。

「チャムさま」こぼしたお茶を手ではらいながら、スィヴァパン氏はつづけた。「この村はすばらしいところですが、法律《ほうりつ》は法律《ほうりつ》です。火の使用は危《あぶ》ないし、そんな危険《きけん》をおかす必要もありません。ほかの地域《ちいき》の者たちは、みんな光の玉を使っています。この村だけ特別あつかいはできないんですよ」

「それは、どうしてかな？」

チャム師《し》は、悪びれるふうもなくきいた。

「ええと、それは……」スィヴァパン氏は、眼鏡《めがね》を直した。「そんなことをすれば、ほかの地域《ちいき》の者も特別あつかいをしてくれといいだすでしょうから」

「そうすることに、なにか問題があるのかな？」

スィヴァパン氏は、口をぱくぱくさせた。

「そんなことをすれば、法や秩序《ちつじょ》が崩壊《ほうかい》してしまいます」

「なるほど」チャム師《し》はゆっくりとうなずき、ひどくしぶい顔をした。「どうやら、チャッタナーの街では、なにがなんでも法律《ほうりつ》を守らせようとしているようですな」

「それが、わたしの務《つと》めです。なによりも大切なことではありませんか？」

そこまで聞いてポンはその場を離《はな》れ、寺の境内《けいだい》を掃《は》きはじめた。ほうきをにぎる手が、じっとりと汗《あせ》ばんでいる。もう気が気ではなかった。いつなんどき、スィヴァパン一家のだれかが、中庭の向こうからあらわれるかわからない。走ってくるなりポンに人差し指をつきつけ、「あいつがいた！脱獄《だつごく》した子どもだ！」と大声でまわりに知らせるのではないか……。

だが、意外にもポンの正体が見破《みやぶ》られることはなかった。なにごともなく午後が過《す》ぎ、夕方になり、ついにスィヴァパン一家は馬車に乗りこんで滞在《たいざい》予定の宿舎《しゅくしゃ》に行ってしまった。

一家が寺から去って緊張《きんちょう》の糸が切れたポンは、くらくらとめまいがした。すぐにチャムさまと話をしなければ。でも、なんといえばいい？　スィヴァパン氏がナムウォンの刑務所《けいむしょ》長だったと知っていれば、チャムさまは寺院に招《まね》くようなことをしなかっただろう。その事実を伝えるべきだろうか。それともなにもいわずに、一家が村を出ていくまで身をひそめていようか。

いいや、そんなにうまくいくわけがない。ほかの手を考えなければ。とにかく、まずはスィヴァパン一家がタナブリ村に来た目的と、いつまでいる予定なのかを知る必要がある。

チャム師《し》は、お堂《どう》で静かに祈《いの》りをささげていた。ポンは履物《はきもの》をぬぎ、階段《かいだん》を上がったところで立ちどまった。瞑想《めいそう》中のチャムさまのじゃまをするわけにはいかない。

ところがチャム師《し》は、目を開けておらず、ふりむいてもいないのに、口もとに笑《え》みを浮《う》かべてこういった。

「おお、ポン、いいところに来てくれた。ちと話したいことがあるでのう」

ポンの胃《い》のなかで、例のウナギがのたうちはじめた。

「話、ですか?」

目を開けたチャム師《し》は、椅子《いす》に深くすわりなおした。

「さよう、こっちに来なさい」

ポンはお堂《どう》に入《はい》り、チャム師《し》の前に正座《せいざ》した。やはりスィヴァパン氏から、なにか聞いたのだろうか。平気な顔をしようとしたが、冷《ひ》や汗《あせ》が止まらない。

チャム師《し》は黒く光る漆塗《うるしぬ》りの小さなたんすに手をのばし、引き出しから白いひもをとりだすと、かかげてみせた。

「いまにもちぎれそうなのが一本あるな」チャム師《し》は、ポンの左手首の薄汚《うすよご》れた白いひものほうにあごをしゃくった。「どれどれ、切れてしまう前に、ひとつとりかえてやろうかの」

ポンは、ほっとため息をついた。

「はい、チャムさま、ありがとうございます」

新しいひもを結んでもらおうと、ポンは手首を差しだした。そして、幾重《いくえ》にも巻《ま》かれたひもを見つめながら、この数年間で、かけてもらった願いごとをひとつずつ思いだしていった。「いびきがうるさいところでも、ぐっすり眠《ねむ》れるように」「友だちにうっかり熱いお茶をこぼしてしまわぬように」。どれもささやかな願いごとばかりで、なかには笑ってしまうようなものもあった。だが、どんなに小さな願いごとでも、老僧《ろうそう》が祈《いの》ってくれたものはひとつ残らずかなった。

村人たちも、チャム師《し》が持っている特別な力のことを口々にうわさしていた。やはり、どんな願いごともかならずかなうらしい。ある漁師《りょうし》は「船に穴《あな》が開かぬように」と願いをかけてもらった。すると、とつぜんの嵐《あらし》に見舞《みま》われ、船着き場に停《と》めていた船がことごとく壊《こわ》れてしまったのに、その漁師《りょうし》の船だけは無事だったという。また、夫を亡《な》くした貧《まず》しい女は、財産《ざいさん》といえるものを一羽《わ》のメンドリしか持っていなかったが、チャム師《し》に「メンドリが、かかさず卵《たまご》を産むように」と願いをかけてもらった。女がいうには、それから三十年たったいまも、メンドリは元気で、毎日ひとつずつ卵《たまご》を産んでいるとか。

このような話は、ポンにとってはめずらしくもなんともなく、この小さな村と同じぐらい平凡《へいぼん》なものだと思っていた。だが、チャム師《し》の持っている力は、ポンが思っているより、はるかにすばらしいものなのかもしれない。

ポンは、学校で捨《す》て子《ご》に会ったときのことを思いだした。自分にしか見えていなかったまぶしい光や、赤んぼうの手首に巻《ま》かれた特別な組みひも、そしてチャム師《し》が赤んぼうに願いをかける前に口にしていた言葉を。

――いちばん弱い者にこそ、最大の願いごとを祈《いの》ってやらねばならん。

ポンは、祈《いの》るために合わせた指先が震《ふる》えるのを感じた。両手をひざに置くと、考えるよりも先に言葉が口をついて出た。

「どのように決めるのですか？」

チャム師《し》は、片方《かたほう》の眉《まゆ》をあげた。

「なんの話かな？」

ポンは、ごくりとつばを飲んだ。

「だれにどういう願いごとをするか、チャムさまは、どのように決めるのですか？」

チャム師《し》は、おだやかな表情《ひょうじょう》をしていたが、ポンの問いに答えてはくれない。

「チャムさまが願ったことは、すべてかないますよね？」ポンはつづけた。

チャム師《し》は、うなずいた。

「さよう」

「小さなものだけではなく、大きなものも……ですか？」

チャム師《し》は、ポンの目を長いあいだ見つめていたが、またうなずいた。

「じゃあ、今日あの赤んぼうにかけた願いごとも。心安らかに歩めるようにと唱えておられましたよね。それもかなうんだ」

チャム師《し》は、ほほえんだ。

「さよう。だが、わたしが願わなくても、そうなればよいがのう」

「どうして、あの願いごとなんですか？　どうして、お金持ちになれるように願ってやらなかったのかな。それとも長生きできるようにとか」

チャム師《し》のひたいに、何本もしわがよった。

「やれやれ、ポン。おまえに、金持ちになるほうが心安らかであることより良いなどと教えたつもりはないぞ。富は恵《めぐ》みにも災《わざわ》いにもなりうる。あれば幸せになれるとはかぎらない。では、長生きはどうかな？　こちらも、いいことずくめではなかろう。とりわけ、苦しみをかかえておったり、愛するひとに先立たれていたりする場合にはな。まだ年若《としわか》いおまえには、わからなくても無理はないが」チャム師《し》の笑顔《えがお》が、ふっとかげった。「いつかこの世に別れを告《つ》げる心の準備《じゅんび》ができるなどとは、いまはまだ想像《そうぞう》もつかんだろうな」

ポンは、大きく吸《す》った息を吐《は》きだした。チャム師《し》は、ポンがいおうとしていることを、よくわかっていないようだ。

「もし幸せになってほしいなら、幸せになるようにと願ってやればいいのに」

「幸せになることが、人生の目的なのかな？」

また、いつもの問答がはじまった。本当にいらいらする。いまポンが欲《ほ》しいのは、はっきりとした答えなのに。

「わかりません。おれは――おれはただ、どうしてチャムさまが、あの赤んぼうに本当に必要なものを願ってやらないのか、それがわからなくて。いつか、なにがなんでも手に入れたいと思うようなものを」

「ポンや、いいたいことをずいぶん遠まわしにいっておるな。知ってのとおり、それはわたしの仕事だ」老僧《ろうそう》の顔から笑《え》みが消えた。ふたたびひたいにしわがよる。「ききたいことがあるのなら、はっきりきいてはどうだ」

ポンは、追いつめられた――寺院の塀《へい》と、心をしっかり囲《かこ》む壁《かべ》のせいで、どこにも逃《に》げ場《ば》がない。

ポンは、左の手首をかかげた。

「これにかけていただいた願いごとのことです」一気にいって、幾重《いくえ》にも巻《ま》かれたひもを指さした。「なんのために巻《ま》いてくれたんですか？　おれを守るためですよね。入《い》れ墨《ずみ》をおおって人目にふれないようにして。それなら、どうして入《い》れ墨《ずみ》そのものが消えるように願ってくれないのかな。おれをかくまうんじゃなくて、入《い》れ墨《ずみ》をきれいに消してくれないんですか？」

つとめて声を荒《あら》らげないようにしていたが、怒《いか》りのあまり声が震《ふる》えてしまった。チャム師《し》にこんな口のききかたをするなんて、顔から火が出るほど自分がはずかしかったが、どうしても止められなかった。

「そしたら、ここから出られたのに。びくびくせずにどこにでも行けたのに。海に出られるように願うことだってできたんだ。自由になれるように願うことだって。おっしゃってましたよね。いちばん弱い者にこそ、最大の願いごとを祈《いの》ってやらねばならんって。おれだって、そうでしょう？ここにいるあいだ、毎日ずっとこわくてたまらなかった。いつかだれかにばれて、刑務所《けいむしょ》に連れもどされるんじゃないかって。それなのにずっと……」

それなのにずっと、チャムさまはおれの本当の願いを唱えてくれなかった。ポンは、心のなかでそういった。

深い悲しみが、チャム師《し》の顔に広がった。

「ああ、ポン。わたしのポンや。入《い》れ墨《ずみ》を消すことは、ずっと考えておったよ。だが、いつかその入《い》れ墨《ずみ》を必要とする日が来たらどうする？　よかれと思ってしたことが、裏目《うらめ》に出てしまったら？」

口を開けば、ますます失礼なことをいってしまうとわかっていた。だから、だまっていた。このいまいましい入《い》れ墨《ずみ》が必要になる日が来るなんて、だれが本気で思うだろう。

チャム師《し》は、深いため息をついた。

「わたしは、ずいぶん昔から、ひとびとのために祈《いの》っておった。若《わか》い時分には、おまえがいうような願いごとをかけて、痛《いた》い目にあったことがある。おのれの力を使って、ひとを助けたい、この世のありとあらゆる痛《いた》みや苦しみをなくしたい一心でのう。だが、ひとりで世界を救《すく》おうとするなど、とんでもない思いあがりであった。その結果、思いもよらぬ事態《じたい》を招《まね》いてしまったのだ」

「どのような？」

チャム師《し》は、開けはなたれた戸口から外を見た。

「想像《そうぞう》がおよばないほど複雑《ふくざつ》で、予想だにしていなかった事態《じたい》だ。そうして、いやというほど学んだよ。わたしの使命は、ひとを救《すく》うことでも世の中を思いどおりにすることでもないと。たとえ善《ぜん》意《い》をもってしてもだ。わたしに与《あた》えられた力は、そういうことのためにあるのではない」

ポンは、すわっている敷物《しきもの》に目を落とした。また、ひとの生きる道についての説教だ。そんなおおげさなことを頼《たの》んでいるわけじゃない。いまは、世界を救《すく》うかどうかなんて話は聞きたくない。ただ入《い》れ墨《ずみ》を消してほしいだけだ。

ポンが顔をあげると、老僧《ろうそう》は目を閉《と》じて、しっかりと唇《くちびる》を結んでいた。眉間《みけん》には、深くけわしいしわがよっている。

「チャムさま。どうかお願いですから……」

「つづきはまた今度にしよう」チャム師《し》の声はかすれていた。「瞑想《めいそう》のつづきをしなければ」

「チャムさま、おれには、また今度なんて――」

「さがりなさい、ポン」

チャム師《し》は、厳《きび》しい声でいった。話は終わったということだ。

ポンの目に、熱い涙《なみだ》がわきあがった。深く一礼をし、ポンはその場を去った。


その足でポンがむかったのは、兄弟子《あにでし》のヤムの部屋だった。この時間、部屋にはいないだろうと思いながら、戸を軽くたたいてみる。あんのじょう、ヤムはいない。戸を開けて、小さな部屋にしのびこんだ。

ヤムの部屋には、山のふもとの船着き場から出る船の時刻表《じこくひょう》がある。村人に病人が出て、街の病院に連れていくときのためだ。見つけた時刻表《じこくひょう》によると、明日、南行きと北行きの荷船が一便ずつあるようだ。どちらも午後二時に船着き場を出発する。

明日、朝食がすんだらすぐに、南行きの船に乗って海にむかおう。

14

ノックは、一時間も前に目がさめていた。とうとう寝直《ねなお》すことをあきらめた。空はまだ暗い。両親が起きだす前に、槍《やり》の稽古《けいこ》でもしようか。

階段《かいだん》を「無の歩み」で下りていくと、台所から世話係のおばあさんが働いている音が聞こえてくる。ノックは台所をのぞきこみ、頭を下げながら声をかけた。

「おはようございます、ビィブーンさん」

ヒイッと短い悲鳴をあげ、おばあさんはくるりとふりむいた。

「なんだ、ノックさんかい！　ああ、びっくりした。ずいぶん早起きだね。若《わか》い子は、ちゃんと寝《ね》なきゃだめだよ」

「でも、ビィブーンさんのほうがもっと早起きですよ。なにかお手伝いしましょうか？」

ビィブーンさんは、粉《こな》おしろいをぬりたくった首筋《くびすじ》をぽりぽりとかいた。

「ありがとうね。けど、ちょうどお坊《ぼう》さまがたの魚とご飯を用意したところだよ。これから村の広場まで持っていって、そのあとであんたがたの朝食にするからね。そうそう、お母さんから聞いたけど、今日はふたりで村の学校に行くんだって？　きっと楽しいよ」

胃《い》がきゅっとちぢみあがった。母親から学校に行くという話は聞いていない。慈善《じぜん》活動に行くのかも、とノックは自分にいいきかせた。母親はいつも学校や保護施設《ほごしせつ》などを訪《たず》ねて、寄付《きふ》をしている。でも、それならノックを連れていくはずはない。考えられる理由はひとつだけ。新しい学校の先生たちに、ノックを紹介《しょうかい》するつもりなのだ。それなら、お母さんが起きてくるころに、ここにいなければいい。

「ビィブーンさん、よかったら、今朝はわたしがお坊《ぼう》さまのお食事を持っていきましょうか？」

「いいのかい？　そりゃあ、助かるねえ」

「まかせてください」ノックは台所に入っていき、ほこりよけの布《ぬの》がかかった皿を受けとった。「うちではできないことだし、もう一度、チャム師《し》にもお目にかかりたいですから」

日が昇《のぼ》る前の道を、ノックは村へむかって歩いていった。新鮮《しんせん》な香味《こうみ》野菜と蒸《む》したての魚のいいにおいが皿からただよってくる。もう一度、チャム師《し》に会いたいというのは本当だった。昨日、寺に到着《とうちゃく》したあと、チャム師《し》は父親と長いあいだ話しこんでいた。ふたりの意見が合うことはほとんどなかったが、それでもノックは一目でチャム師《し》を好きになった。

村の広場に着くころには、空が白みはじめ、僧侶《そうりょ》たちは托鉢《たくはつ》をほぼ終えていた。ノックは履物《はきもの》をぬいで、村人の列に加わった。村人たちはそれぞれ料理を入れた器《うつわ》をかかえ、僧侶《そうりょ》が目の前に来ると、中身を匙《さじ》ですくって僧侶《そうりょ》の持つ木の鉢《はち》に入れている。チャム師《し》の姿《すがた》はなかったので、ノックは弟子《でし》の僧侶《そうりょ》たちに魚料理を配った。

それがすむと、ノックは木かげに立って村人たちのようすをながめた。その日は大通りに市がたち、周辺の地域《ちいき》から来たひとびとが品物を売り買いしている。

道沿《ぞ》いに立つ店から店へ視線《しせん》を移《うつ》していった。中央あたりに食料品店があり、さまざまな野菜やバナナの皮に包んだ惣菜《そうざい》を売っている。店主は、焼きたての菓子《かし》をきちんと山に盛《も》ったところだ。卵《たまご》と小麦粉《こむぎこ》で作った黄金《こがね》色の焼き菓子《がし》で、なかには餡《あん》やパイナップルのジャムがつまっているのだろう。

なんておいしそう。ビィブーンさんにいくつかお土産《みやげ》に買って帰ろう。そう思って歩きだそうとしたとき、茶色い五本足のクモが商品をのせている台の上をはっているのに気がついた。いや、人間の手。それも、まだ幼《おさな》い、はだしの男の子の手だ。

男の子の指が焼き菓子《がし》のひとつを包みこみ、こっそり山から抜《ぬ》きとろうとしたが、あせっていたのか、台にのっていた残りの焼き菓子《がし》をすべて地面に落としてしまった。

とたんに店の奥《おく》から店主がすっとんできて、わめきちらした。

「なんてこった！　おれのお日さまケーキが！　泥《どろ》まみれになっちまったじゃないか！」

まわりにいるひとたちが、落ちた焼き菓子《がし》を片《かた》づけるのを手伝いはじめる。そのころにはもう、男の子は姿《すがた》を消していた。一部始終を見ていたのは、自分だけのようだ。ほうらごらんと、ノックは胸《むね》のなかでいった。こんなに人目があるところで盗《ぬす》みを働くなんて。法を守らないで暮《く》らしていると、こういうことが起きるんだから。

ノックは広場をつっきって、はだしの男の子のあとを追った。あの子を捕《つか》まえることができたら、この村にも光の玉と法律《ほうりつ》が必要だと、父親がチャム師《し》を説得《せっとく》しやすくなる。すぐさま男の子に飛びかかってとりおさえようと、両手を大きく広げて走る。ところが、勢《いきお》いこんで角を曲がったとたん、だれかに先を越《こ》されていたのがわかった。

さっき広場にいた僧侶《そうりょ》のうちのひとりが、男の子のそばにしゃがみこんでいる。男の子のほうは、べとべとした焼き菓子《がし》をにぎったまま大きく見ひらいた目に涙《なみだ》を浮《う》かべ、僧侶《そうりょ》にむかって何度もうなずいていた。僧侶《そうりょ》はまだ若《わか》く、修行《しゅぎょう》中の少年僧《そう》のようだ。ノックは「無の歩み」でふたりに近づいていき、僧侶《そうりょ》が小さな盗《ぬす》っ人《と》に話している言葉を耳にした。

「おまえは、こんなことをする子じゃないはずだ」僧侶《そうりょ》の声は厳《きび》しかった。「よし、わかったな。明日の朝一番だ。ちゃんと約束を守るんだぞ。さあ、もう行け」

「もう行け？」思わずそう口にしてから、ノックはふたりのそばによった。「その子を逃《に》がすつもりなの？」

男の子と僧侶《そうりょ》は、びっくりしてノックを見あげた。

「すみません」若《わか》い僧侶《そうりょ》に頭を下げてから、ノックはつづけた。「けど、お坊《ぼう》さまは、この子がやったことを見ていなかったんですね。そこのお店からお菓子《かし》を盗《ぬす》んで、ほかのお菓子《かし》もすっかりだいなしにしたんですよ」

僧侶《そうりょ》はノックから顔をそむけ、目をふせて地面を見つめた。

「わたしも、それは見ていました」

「じゃあ、このまま逃《に》がしちゃいけないってこと、わかっていらっしゃいますよね」ノックは、僧《そう》侶《りょ》に失礼ないい方にならないように気をつけた。「少なくとも、お店に連れていって弁償《べんしょう》させなきゃ」

小さな男の子の唇《くちびる》が震《ふる》えはじめた。

「この子は、そんなお金を持っていません」

僧侶《そうりょ》が、ささやくようにいった。

「それなら、お菓子《かし》を盗《と》る前に考えなきゃ」

「ごめんなさい……ごめんなさい……」

小さな男の子は、べそをかきはじめた。手のなかでは、焼き菓子《がし》がべっとりとにぎりつぶされている。

「この子は、自分のやったことが悪いことだとわかっています」そういって、僧侶《そうりょ》は男の子の腕《うで》を軽くたたいた。「そうだよな？」

男の子は、鼻をすすりながらうなずいた。

僧侶《そうりょ》は顔をそむけたまま、ノックと目を合わせようとしない。女性《じょせい》に近づいてはいけない決まりがあるからだろう。ノックは、僧侶《そうりょ》に気まずい思いをさせないように一歩後ろに下がったが、悪事を見逃《みのが》すつもりはさらさらなかった。

「あの店のひとは、どうなるの？　売りもののお菓子《かし》を四十個《こ》もだいなしにされたんですよ」

僧侶《そうりょ》は、うつむいたまま立ちあがった。一瞬《いっしゅん》ノックは、わかってくれたのかと思った。僧侶《そうりょ》が一歩後ろに下がったからだ。だが、また一歩前にふみだし、どうするべきか決めかねているようだ。

ついに僧侶《そうりょ》は足を止め、ノックにだけ聞こえるように、小さな声で話しだした。

「この子を見てください」そういって、鼻水まみれの男の子を頭で示《しめ》す。「この子は、これまでに盗《ぬす》みを働いたことはありません。それに、もう二度としないでしょう――ぜったいに。これ以上、この子を責《せ》めてどうなるんですか？　あの店の主人は――ひどいかんしゃくもちなんだ。あなたがこの子を連れて店に行って、なにが起こったのか告げたら、きっとかっとなって、この子を鞭《むち》でぶつかもしれない。それだけじゃなくって、家族を呼《よ》びだし、だめになった焼き菓子《がし》の代金を支払《しはら》えというかもしれません。この子の一家には無理なのに。とっても貧《まず》しいですから。この子は、わたしに約束したんです。一週間のあいだ、毎日あの店で雑用《ざつよう》を手伝って、うめあわせをするって。学校が終わったらすぐに店に行くって。それでいいじゃありませんか」

ノックは、肩《かた》をこわばらせた。

学校。

今朝、母親が連れていこうとしている学校にちがいない。ノックを置きざりにするつもりの場所だ。もう時間がない。なんとかして、両親に置いていかれないようにしなければ。この小さな男の子に裁《さば》きを受けさせてもたいした手柄《てがら》にはならないだろうが、ノックはわらをもつかむ思いだった。

「かわいそうだけど」ノックはきっぱりと僧侶《そうりょ》にいった。「チャッタナーでは、こんなふうにはしていません。その子は連れていきます。心配しないで。鞭《むち》でぶつようなことはさせないから」ノックは、男の子のほうに手をのばした。「さあ、行きましょう——」

だが、ノックが男の子の手をつかむよりさきに、僧侶《そうりょ》がふたりのあいだに割《わ》って入った。

「逃《に》げろ、早く！」

僧侶《そうりょ》が、背中《せなか》にかばった男の子にささやく。

いわれるが早いか、男の子は森のなかへかけこんだ。あとには、つぶれた焼き菓子《がし》が地面に転がっている。

「待ちなさい！」

大声でさけんだが、もう遅《おそ》い。男の子は、とっくに逃《に》げてしまったあとだ。

「あの子の名前は？」

ノックは、若《わか》い僧侶《そうりょ》にきいた。

「あの子って、どの子のことですか？」

ノックは、はっとした。いまのいままで、わざとあの男の子の名前を口にしなかったのだ。僧侶《そうりょ》はうつむいたまま、上目づかいでノックをちらりと見た。ほんの一瞬《いっしゅん》、その目が挑《いど》むようにぎらりと光る。ノックはぎくっとして、あとずさりした。この目は、前に、どこかで見たことがある。

「もしかして……どこかで会ったことが、ありましたっけ？」

そのとき、遠くから声が聞こえてきた。声はどんどん近づいてくる。

「おーい、ポン！」

ポン。そんな名前の男の子を知っていたのでは？

「ポンやーい！」

曲がり角から姿《すがた》をあらわしたのは、やせた体つきの僧侶《そうりょ》だった。息を切らし、つんのめりそうになりながら走ってくる。

「こんなところにいたのか！」あとから来た僧侶《そうりょ》が、息もたえだえにいう。「寺にもどれ……いますぐ！」

「どうしたんですか？」

ポンと呼《よ》ばれた僧侶《そうりょ》がきいた。

「チャムさまが……お倒《たお》れになった！」

15

チャム師《し》の部屋の外で、ポンはほかの僧侶《そうりょ》とならんで正座《せいざ》をしていた。閉《と》じた戸の向こうから、兄弟子《あにでし》であるヤムの低い声が聞こえてくる。その声のほかは、どこもかしこも静まりかえっていた。だが、ポンの頭のなかでは、ヤシの葉をゆらす風のように、さまざまな考えが吹《ふ》きあれていた。

スィヴァパン刑務所《けいむしょ》長の娘《むすめ》に気づかれてしまった――まちがいない。

自分を見つめていた、あの鳥のような鋭《するど》い黒い目。もしもダエンが急を知らせにこなければ、村の広場でつめよられていたにちがいない。

太陽が空高く昇《のぼ》るにつれて、ポンの神経《しんけい》は釣《つ》り糸《いと》のようにぴんとはりつめていった。あのとき、なぜ口を閉《と》じていなかったのだろう？　ナムウォンで、いつもソムキットにいわれていたではないか。そもそも村に行ってはいけなかった。だが、去る前に、最後に一目だけ村を見ておきたかったのだ。それなら、男の子が焼き菓子《がし》を盗《ぬす》んだときに、見て見ぬふりをすればよかった。あの娘《むすめ》が男の子を連れていこうとしたときも。だが、ナムウォンにいたころのように、胸《むね》がかっと燃《も》えるように熱くなり、自分を抑《おさ》えることができなかった。その結果がこれだ。

鳥の目をした娘《むすめ》は、いまどこにいるのだろう？　父親に告げ口《つぐち》をしているところだろうか？　警察官《けいさつかん》を集めているのでは？　ポンは、娘《むすめ》が近くに来たときのにおいを何度も思いだしていた。レモンの花とかんなくずのようなにおい。そのとき、さまざまな考えが渦巻《うずま》く頭のなかに、声が響《ひび》いた
――いますぐ逃《に》げろ。あの娘《むすめ》が寺に来てしまったら、手遅《てお》れになるぞ。

南行きの荷船には、もうまにあわないだろう。船は、あと一時間ちょっとで山のふもとの船着き場から出てしまう。曲がりくねった山道を下りていくにはゆうに二時間かかるが、チャム師《し》のようすがわからないまま、寺を去るわけにはいかない。

部屋の戸が開き、ヤムが出てきた。口をきかなくても顔を見れば、チャム師《し》の容態《ようだい》がきわめて深刻《しんこく》なものだとわかった。

「みなさん」ヤムは、軽く咳《せき》ばらいをした。「チャムさまにお別れするときが来ました。ひとりずつ部屋に入って、あいさつをしてください。長居《ながい》はしないように。ひどく衰弱《すいじゃく》しておられますから。では、ダエンからどうぞ」

ダエンが部屋に入ると、寺の掃除《そうじ》に来ていたビィブーンのおじいさんがヤムに近づいた。ひそひそと話しているが、かろうじてポンには聞きとれた。

「スィヴァパンさんと家族が見えてるんで。チャムさまにあいさつをしたいとか」

ヤムはため息をつき、眉間《みけん》を指でもんでいる。

「時間がとれないと伝えてくれますか？　それか、どうにかして時間をかせいでください。弟子《でし》の僧侶《そうりょ》たちですら、チャムさまが息を引きとられる前に、全員がお別れをいえるかわからないんですよ」

僧侶《そうりょ》たちは列になり、ひとり、またひとりと、チャム師《し》の部屋に入っていく。ビィブーンさんは、言葉をつまらせてから、うなずいた。

「わかった。やってみますよ。けど、スィヴァパンさんは、ヤムさんにも大事な話があるといっておってね」

「あとで聞きます」ヤムはきっぱりといった。「こちらがすんでから、話をうかがうと伝えてください。ポン？」

ポンはびくっとした。

「はい」と、なんとか返事をする。

「だいじょうぶか？　ずいぶんぐあいが悪そうだが」ヤムはかがんで、ポンの顔をのぞきこんだ。

「わかっているだろうが、チャムさまは現世《げんせ》の命をまっとうされ、来世に旅立たれるだけなのだ。そんなに悲しんではいけない」それから、やさしい声でつづけた。「でも、おまえの気持ちもよくわかるよ。チャムさまとおまえは、特別なきずなで結ばれていたからね。いますぐ部屋に入るのがつらければ、無理をしなくてもいいぞ」

ポンは、自分の部屋がある奥《おく》の一角に目をやった。そこから森までは目と鼻の先だ。自分の部屋にもどるふりをすれば、ヤムやほかの僧侶《そうりょ》に気づかれずに抜《ぬ》けだせるだろう。この機会を逃《のが》せばあとはない。

だが、チャムさまにさようならをいう機会もいましかなかった。

「入らせてもらいます」

ヤムはうなずいた。

「わかった。それなら、つぎがおまえの番だ」

ポンは立ちあがって部屋に入った。後ろで戸が閉《し》まり、陽《ひ》の光がさえぎられる。チャム師《し》は、部屋の中央にのべられた床《とこ》にふせっていた。小さな祭壇《さいだん》に灯《とも》されたろうそくの炎《ほのお》がゆらめき、お香《こう》の、木のにおいに似《に》た香りがあたりにただよっている。

寝床《ねどこ》のそばにひざまずいたが、チャム師《し》の意識《いしき》があるのかどうかわからなかった。と、老僧《ろうそう》は片《かた》目《め》を開き、いつものように、にっこり笑った。ろうそくの明かりのもとでは、顔のしわがすっかりなくなったように見える。チャム師《し》は、ヤムのようすから覚悟《かくご》していたような姿《すがた》ではなく、生き生きと元気そうに見えた。一瞬《いっしゅん》ポンは、チャムさまは、みんなをだましているだけで、まだまだ長生きされるのではないかと思ってしまった。

チャム師《し》が、ポンにむかって人差し指をくいっと曲げたので、さらに近くによった。チャム師《し》は、片手《かたて》をポンの左手首にのばし、幾重《いくえ》にも巻《ま》かれたひもの上に置いた。

「ここで暮《く》らして、もうずいぶんになるのう、ポン」チャム師《し》の声は、かすれても震《ふる》えてもいない。

「そのあいだずっと、おまえはわたしのそばにいた。近くにいすぎたかもしれんなあ」

「チャムさまから、たくさんのことを学ばせてもらいました」

ポンは、ささやいた。

「わたしも多少は教えたかもしれぬが、おまえが自分自身で学んだことはさらに多い。おまえは善《ぜん》良《りょう》な心の持ち主だ。思いやりがある子だ。まっすぐな心根をしておる」

ポンは、人差し指を耳の穴《あな》につっこんで、聞こえないようにしてしまいたかった。おれは善良《ぜんりょう》な心の持ち主なんかじゃない。ウソつきの盗《ぬす》っ人《と》で、脱獄囚《だつごくしゅう》だ。おまけに、自分を大切にしてくれたったひとりの師《し》に、ひどい態度《たいど》をとってしまった。はずかしさのあまり、涙《なみだ》がこみあげてくる。

だが、ポンはぐっとこらえた。チャムさまに安らかな気持ちで旅立ってほしかった。

「これからもずっと、チャムさまの教えにならって修行《しゅぎょう》に励《はげ》みます」ポンは、静かな声で語りかけた。「チャムさまがおられなくなっても、みんなでこの寺をきちんと守っていきます」

ふいにチャム師《し》が顔をしかめた。どういうわけか、ポンの言葉は逆効果《ぎゃくこうか》になってしまったようだ。

「どうやら、わたしはまちがいをおかしてしまったようだのう」老僧《ろうそう》は力なくいった。「おまえを守るために寺にかくまったが、はたしてそれでよかったのだろうか」そういって、苦しそうに咳《せ》きこみはじめた。ようやく息が整うと、チャム師《し》は壁際《かべぎわ》の低い机《つくえ》を指さした。「あそこにある小箱を持ってきておくれ」

ポンは、背後《はいご》の戸をふりかえった。いまにも勢《いきお》いよく開いて、スィヴァパン家の娘《むすめ》があらわれるのではないか。あせるあまり鳥肌《とりはだ》が立ったが、いまはまだチャム師《し》のそばを離《はな》れるわけにはいかない。

ポンは小さな木の箱を手にとると、チャム師《し》の枕《まくら》もとに持っていった。なかには一本の組みひも——赤と金色のひもを編《あ》んだ組みひもが入っている。学校でチャム師《し》が赤んぼうの手首に巻《ま》いてやったものにそっくりだ。

「おまえには、生まれながらにそなわった力がある」チャム師《し》は、おだやかな声でいった。「その力のおかげで、ほかの者が見逃《みのが》してしまうようなことに気がつく。わたしはつねづね思っておった。それは、おまえがなにかを探《さが》しているせいではあるまいかとな」

「なにかを探《さが》している？」

ポンは、オウム返しにいった。だが、チャム師《し》は、それについてくわしく述《の》べようとはせずに、話をつづける。

「それがなにか、やっとわかったよ。おまえが、もうこの寺にはいられないということもな。もっとこっちへよりなさい、ポン。最後の願いをかけてやろう」

老僧《ろうそう》の言葉の意味がわからないまま、ポンは身を乗りだした。ろうそくの炎《ほのお》が、チャム師《し》の目のなかでまたたいている。その目は、あまりにもまぶしく輝《かがや》き、こうこうと燃《も》えているようで、とても年老いたひとの目のようではない。なにかの思いをこめて、一心にポンを見つめているが、その思いがなにかはわからなかった。

ポンは、左手首をチャム師《し》の胸《むね》の上に差しだした。チャム師《し》は、紙のような肌《はだ》をした手を震《ふる》わせながら、幾重《いくえ》にも巻《ま》かれた白いひものとなりに新しい組みひもを巻《ま》いた。唇《くちびる》がわずかに動き、祈《いの》りの言葉を唱えている。

ポンは目を閉《と》じた。

「わたしの最後の願いだよ。どうか、おまえの探《さが》しものが見つかるように」

老僧《ろうそう》がそうささやいたとたん、ポンのまぶたの裏《うら》に、まばゆい金色の光が広がった。輝《かがや》く太陽が、さあっと顔の上を通っていったのだろうか。びっくりして目を開けたが、部屋はさっきと変わらず薄暗《うすぐら》い。

後ろで戸が開く。ふりかえると、ヤムが立っていた。

「すまないな、ポン。スィヴァパン氏が、わたしに話があるそうで、すぐにといっているんだ。悪いが、先にチャムさまと話をさせてもらえないか？」

「もちろんです」

ポンは、まばたきをしながら立ちあがった。目のなかでは、まだ光の粒《つぶ》が踊《おど》っている。悲しみのあまり、体が沈《しず》みこんだ。僧衣《そうい》の裾《すそ》に石をいくつもくくりつけられたように。最後にもう一度、師《し》にむかって深く頭を下げると、ポンは部屋をあとにした。

16

ノックと両親は、寺の中庭にあるジャックフルーツの木かげに立っていた。大きくのびた枝《えだ》が、午後の日差しをさえぎってくれる。ノックは、地面の石ころを右へ左へつま先で転がし、じりじりする気持ちをまぎらわせていた。チャム師《し》の最期《さいご》のときをじゃまするのは悲しいが、なんとか最後までやりとげたい。スィヴァパン一家は、チャム師《し》に敬意《けいい》をはらって外で待つことに決めたが、思っていたより時間がかかっている。

ノックは、母親の顔を見た。落ちつかないようすだが、なんだかうれしそうにも見える。もちろん母親は、一家の暮《く》らしをだいなしにしかけた男の子のことを覚えていた。

「ええ、たしかにポンという名前だったわね」母親は、苦々しげにいった。「その子にまちがいないわ」

そう、まちがいない。村の広場から立ちさる若《わか》い僧侶《そうりょ》の左手首を見たときには、幾重《いくえ》にもひもが巻《ま》かれていて肌《はだ》が見えなかった。だが、それはどうでもいい。わざわざ入《い》れ墨《ずみ》を見て、確認《かくにん》するまでもなかった。

ポンという少年も、ノックに気がついた。それは、わかっている。いまこの瞬間《しゅんかん》にも、ほかの僧《そう》侶《りょ》たちにだましていたことを謝《あやま》っているか、なんとかごまかそうとウソをついているかもしれない。そんなことをしてもむだだ。もう捕《つか》まったも同然ではないか。これからは、自分がしでかしたことの結果にむきあうしかない。

逮捕劇《たいほげき》のニュースが広まっていくようすが目に浮《う》かび、胸《むね》が高鳴った。母親の友人たちが、ぴかぴかに磨《みが》かれたテーブルを囲《かこ》んで、トランプのカードをやりとりしながら、うわさ話に花を咲《さ》かせている。

スィヴァパンさんのお嬢《じょう》さんの話、お聞きになった？　のうのうと隠《かく》れていた脱獄囚《だつごくしゅう》を捕《つか》まえたんですって！

お嬢《じょう》さんがその場にいてくれて、本当によかったわね！　さもなきゃ、ずっと逃《に》げたままだったかも。

ご両親は、さぞかし鼻が高いでしょうね……。

ノックは、木かげを行ったり来たりしながら、境内《けいだい》をながめていた。昼下がりの暑い時分なのに涼《すず》しく、そよ風が吹《ふ》いている。なんとも静かで平和そのものだ。危険《きけん》な逃亡者《とうぼうしゃ》が四年間も隠《かく》れていた場所とは、とうてい思えない。

ビィブーンのおじいさんが足を引きずりながら近づいてくると、ノックの両親に頭を下げた。

「法務局長《ほうむきょく》さん、ヤムさんの準備《じゅんび》ができたそうで」

「やっとだわね」

母親がつぶやいた。

三人でビィブーンさんのあとについていく。そのとき、森のなかから一羽《わ》のオウムが飛びたち、かん高い鳴き声をあげながら頭上を舞《ま》いだした。ノックは、はるか寺院の上を舞《ま》うその姿《すがた》を目で追った。オウムは幸運の鳥だ。こんな日に見かけるのは、良い兆《きざ》しにちがいない。オウムは寺のアーチ型《がた》の門の上に止まった。

ノックは、はっとして足を止めた。あの門から一家で境内《けいだい》に入ったとき、いちばん後ろにいたノックが門扉《もんぴ》を閉《し》めたはずだ。それが、いまは開いている。門のそばでは、小さなつむじ風に巻《ま》きあげられて、砂《すな》ぼこりが立っていた。

首筋《くびすじ》がかっと熱くなり、ほおがほてりだした。壁《かべ》に立てかけていた槍《やり》をつかむなり、ノックは門から飛びだした。

「ノック?」後ろで父親の声がした。「ノック、どこへ行くんだ」

ノックは、足を止めずに走りつづけた。お父さんたちが警察《けいさつ》を呼《よ》ぶのを待っていたら、とり逃《に》がしてしまう。あの少年を捕《つか》まえたければ、自分でなんとかするしかない。

緑のトンネルのような木立のなか、山道をかけおりていった。

わたしなら、あの子よりも速く走れるはずだ。全速力で走りながら、ノックはそう思った。一本道だから、すぐに追いつける。

とたんにノックは、ぎくっとして立ちどまった。たしかにノックは追いつけるだろうが、そんなことは相手だってとっくにわかっている。よほどの愚《おろ》か者《もの》だったら別だが、あの少年は愚《おろ》かではない。つまらないあやまちをおかしていたら、四年間も逃《に》げおおせるわけがない。

ノックは、来た道をゆっくりと引きかえした。足音をしのばせ、土ぼこりにさえ気づかれないほど静かに。みだれた息を整え、あたりに耳をすます。しばらくは、遠くから鳥のさえずりが聞こえるばかりだった。そのとき、枝《えだ》が折れる乾《かわ》いた音がした。ただの動物かもしれない。

それとも、あの子だろうか。

左右の木立に視線《しせん》を走らせた。注意深くあたりを見まわすと、すぐ後ろの山道から木立のなかに、細いわき道がのびている。寺院のほうから、大勢《おおぜい》のひとが集まってさわいでいる声が聞こえてきた。父親がノックの名前を呼《よ》ぶ声も。

ノックは、山道から外れてわき道に入った。木立をぬってのびる、よくふみならされた小道を「無の歩み」で進む。この道は、僧侶《そうりょ》たちが歩きながら瞑想《めいそう》をするときにたどる道のひとつなのだろう。やがて道は曲がりくねった急な下り坂になり、ノックは、足をすべらせないように、槍《やり》を地面につきたてながら下りていった。前方からザクザクという音が聞こえてくる。だれかが坂道をよろめきながら下りていく足音のような。ノックは、その場でぴたりと動きを止めた。

するとそのだれかが下草をかきわけて走りだす音がした。どうやら静かに動くのをやめたらしい。

ノックは、槍《やり》にすがりながら坂道をかけおりた。心臓《しんぞう》が早鐘《はやがね》を打つ。これは、道場でしている槍《やり》の稽古《けいこ》ではない。真剣勝負《しんけんしょうぶ》だ。

長年、槍《やり》の稽古《けいこ》を積んでいれば心がまえができているはずだが、こわくてたまらなかった。たったひとりで危険《きけん》な犯罪者《はんざいしゃ》を相手にするのだから。ここには、なにか起こったら止めてくれる師範《しはん》も、待てと割《わ》りこんでくれる審判《しんぱん》もいない。

そんなことに気をとられていたせいで、山道の先にある穴《あな》に気がつかず、あやうく落ちそうになった。両腕《りょううで》をふりまわし、すんでのところでふみとどまる。うっそうとした木立を見あげてから、あらためて地面に開いた穴《あな》を見てみた。どうやら洞窟《どうくつ》の入り口らしい。この地方は、無数の洞窟《どうくつ》があることで知られている。あの少年は、この洞窟《どうくつ》に入ったにちがいない。ほかに逃《に》げ道《みち》はないはずだ。

ノックは高ぶる胸《むね》をおさえながら、洞窟《どうくつ》に下りていった。

あんたなら、できるはず。ノックは、自分にいいきかせた。もっと大きな男の子を倒《たお》したことだってあるんだから。

洞窟《どうくつ》の底に下りたつなり、すぐさま防御《ぼうぎょ》のかまえをとる。左右にすばやく視線《しせん》を走らせ、周囲《しゅうい》の状況《じょうきょう》を確《たし》かめた。

そこは、石灰岩《せっかいがん》の壁《かべ》に囲《かこ》まれ、はるか上に天井《てんじょう》がある巨大《きょだい》な空間だった。壁際《かべぎわ》には、とてつもなく大きな石の仏像《ぶつぞう》が静かに座禅《ざぜん》を組んでいる。これほど緊迫《きんぱく》した状況《じょうきょう》でなければ、ノックもうやうやしくこうべをたれたことだろう。息をのむほど見事な仏像《ぶつぞう》で、古い時代に彫《ほ》られたもののようだ。この村ができるよりも前、もしかしたら寺院が建てられるより昔に、この地に暮《く》らしていたひとびとの手によって作られたものなのだろう。仏像《ぶつぞう》の頭上の岩には大きな穴《あな》が開き、空が見えている。

ふいに気がついた。ここは、あの有名なタナブリ洞窟《どうくつ》にちがいない。川のはるか上の岸壁《がんぺき》に口を開けていて、正午になると日光が天井《てんじょう》の穴《あな》から差しこみ、仏像《ぶつぞう》が輝《かがや》きを放つように見えるという。もう正午をとっくに過《す》ぎて二時に近いから、仏像《ぶつぞう》は影《かげ》に包まれていた。

ノックは仏像《ぶつぞう》から目をそらし、岸壁《がんぺき》に開いた洞窟《どうくつ》の口のほうを見た。少年の黒い影《かげ》が、青い空を背《せ》に立っている。

「そのまま、じっとして」

石灰岩《せっかいがん》の壁《かべ》にはねかえる自分の声に、ノックはぎょっとした。気をとりなおし、体の前で槍《やり》をかまえ、ゆっくりと近よっていく。

少年は、洞窟《どうくつ》の口のほうにあとずさりした。背中《せなか》を丸め、両手を前に突《つ》きだして、見るからにおびえている。

無理もない。下の川までは五十メートル以上あるのだ。もう、どこにも逃《に》げ場《ば》はない。

胸《むね》が、わずかに高鳴る。すでに自分の手で脱獄者《だつごくしゃ》を捕《と》らえたようなものだ。

「動かないで」さっきより力強い声が出た。「おとなしくしてれば、傷《きず》つけたりしないから」

「寺に連れもどそうというのか？」少年がきいた。「なぜだ。手錠《てじょう》をかけるためか？」

ノックは、しっかりと槍《やり》をかまえなおした。

「必要だったらね」

少年は、もう一歩後ろに下がる。

「そのあとで、ナムウォンに連れもどすつもりだな」

ノックは、ゆっくりと落ちついた足どりで近づいていった。相手のほうが体は大きいのに、自分が巨人《きょじん》になったような気分だ。体じゅうに正義感《せいぎかん》がみなぎっている。この場に両親がいて、いまの姿《すがた》を見てもらえたら、どんなに幸せだったことか。

「ナムウォンじゃない」と、ノックはいった。「もう小さい子じゃないんだから。裁判《さいばん》が終わったら、男が入るバングラット刑務所《けいむしょ》に送られるはずだよ」

少年は、ぶるっと体を震《ふる》わせると、弾《はじ》かれたように前に飛びだし、ノックの横をすりぬけようとした。だが、ノックは目にも止まらぬ速さで槍《やり》をふりおろした。槍《やり》の穂先《ほさき》がうなりをあげ、白い残《ざん》像《ぞう》になったかと思うと、大きな音を立てて地面を打ち、少年の行く手をふさぐ。洞窟《どうくつ》の天井《てんじょう》から石灰岩《せっかいがん》のかけらがはがれ、ばらばらとノックの肩《かた》に降《ふ》りかかった。ノックは、もう一度槍《やり》をふり、相手を岩棚《いわだな》のほうへ追いつめた。女性《じょせい》は僧侶《そうりょ》にふれてはいけないし、攻撃《こうげき》するなどもってのほかだ。だが、ポンという名の少年は本物の僧侶《そうりょ》ではない。決まりを守る必要はない。するべきことをしよう。たとえ相手を地面にねじふせることになっても。

少年の目が、ぎらりと光った。

「バングラットなんかに送られてたまるか」荒《あら》い息をつきながらいう。「どこの刑務所《けいむしょ》もごめんだ。おれが刑務所《けいむしょ》に入れられる理由はない。なんにもまちがったことをしてないんだから」

「あんた、脱獄《だつごく》したじゃない」ノックは、槍《やり》の柄《え》をにぎりなおした。「法律《ほうりつ》を破《やぶ》ったんだよ」

「子どもに刑務所暮《けいむしょぐ》らしをさせる法律《ほうりつ》のことか？　そんな法律《ほうりつ》を破《やぶ》ったからって、おれを責《せ》めるのか？」

「わからないの？　あのままナムウォンにいれば、いまごろ出所できてたんだよ。決まりを守っていれば、自由の身になれていたのに」

「そんなの、バカみたいな決まりじゃないか！」少年はわめいた。あまりの大声に、ノックは一歩あとずさりした。「それに、不公平だっ！」

「なんとでもいえばいいよ」ノックは足をふみしめ、しっかりとした声を出そうとした。「それでも、守らなきゃいけないの。決まりは、守るためにあるんじゃないの？」

少年の息づかいが荒《あら》い。背中《せなか》を丸め、すでに手錠《てじょう》をかけられたような姿勢《しせい》をとっている。剃《そ》った眉《まゆ》の下の目が、ノックを見すえる。

「おまえみたいな人間は、さらっとそんなことをいうんだ」

ノックは鋭《するど》い目を細めて、じっとにらみつけた。

「それって、どういう意味？」

「おまえみたいなやつにとっては、法律《ほうりつ》を守るなんて楽なことだっていったんだよ」押《お》しころした声で、いいかえしてくる。「法律《ほうりつ》なんて、おまえや、おまえの家族みたいな連中のために作られてるんだから」

「あんたに、うちの家族のなにがわかるの！」

頭に血がのぼった。声もうわずってしまう。感情《かんじょう》を抑《おさ》えられない自分に腹《はら》が立った。なんとか気持ちを落ちつかせようとしたが、思いがけず早口でまくしたててしまう。

「そうだよ。わたしたちは、法律《ほうりつ》を守ってる。だって、善良《ぜんりょう》な人間だからね。善良《ぜんりょう》な人間は、決まりを守るの。守らない人間は、罰《ばつ》を受けなきゃいけないの。不公平だからって、法律《ほうりつ》を破《やぶ》っていい理由にはならない。なにが正しくて、なにがまちがっているか、自分で決めたりできないからね！」

「じゃあ、だれなら決められるんだよ」

そんなことをきくなんてバカみたいだ。学校の授業《じゅぎょう》や、道徳のディスカッションの時間じゃあるまいし。いままさに逮捕《たいほ》されようとしているときに、そんな質問《しつもん》をするなんて。だが、ノックは、その問いに対する答えを持っていない。口のなかで舌《した》が上あごにくっついたまま、脳《のう》みそがいいかえす言葉を思いつくのを待っている。

そのとき、背後《はいご》の穴《あな》から外の音が聞こえてきた。洞窟《どうくつ》の上にある木立のなかで、大勢《おおぜい》のひとが話しながら、やぶをかきわけているようだ。

ノックはふーっと息を吐《は》き、槍《やり》を持つ手に力をこめた。

「むだな抵抗《ていこう》はやめて、あきらめなさい」

その声は、落ちつきをとりもどしていた。

ポンという少年は、ひざを曲げて腰《こし》を落とし、前かがみになっている。敵《てき》に飛びかかろうとする獣《けもの》のように。ノックは、槍《やり》を頭上にふりあげた。そのまま体じゅうのエネルギーを一点に集めようとしたが、はっとして手を止めた。ここで槍《やり》を地面に打ちつける大技《おおわざ》をくりだせば、仏像《ぶつぞう》を壊《こわ》してしまうかもしれない。それに、天井《てんじょう》が落ちてくるおそれもある。

「あきらめなさい」ノックはくりかえした。「そうすれば、けがはさせないから」

そのとき、背後《はいご》から聞きなれた声がした。

「ノック!」

父親の声だ。ふりむくと、洞窟《どうくつ》の奥《おく》の穴《あな》から父親が下りてくる。あとから、村のひとたちもついてきていた。

「ここよ、お父さん！」ノックは、父親が来てくれたことにほっとし、笑《え》みをもらした。この姿《すがた》を見てもらえたことが、ほこらしい。「あの子を捕《つか》まえたよ！」

だが、むきなおったノックの目にうつったのは、岩棚《いわだな》のはしからいままさに飛びおりようとするポンの背中《せなか》だった。

17

ぐんぐん落ちていく。崖《がけ》の上から見たときより、はるかに川面《かわも》は下だ。

すさまじい音とともに、全身が水にたたきつけられる。水がこんなに痛《いた》いとは。

僧衣《そうい》がふくらんだおかげで沈《しず》まずにすんだが、空気はすぐに抜《ぬ》けていった。

必死に足をばたつかせ、ゴボゴボと息を吐《は》きながら、水面を目指して水をかく。

そこへ荷船が一艘《そう》通りかかった。船尾《せんび》が大きくゆれているせいで、波がこちらまで押《お》しよせてくるが、つかまるには遠すぎる。

だが、船から緑の藻《も》がびっしりついたロープがたれていた。何か月も外すのを忘《わす》れているのだろう。

必死に手をのばす。捕《つか》まえた！　ロープをたぐりながら、船に近づく。肺《はい》が焼けるように熱い。

ありがたい。やっと息ができる。弱った手で、ぼろぼろの網《あみ》にしがみつく。

とたんに、希望がぬれた金茶色の僧衣《そうい》といっしょに川底に沈《しず》んだ。

船の方角がちがう。

この船は南にはむかわず、海に出ることはない。
北に、チャッタナーの街にもどっていく船だ。

18

つぎの朝、目をさましたノックは、父親がいないのに気がついた。ノックは父親と同じぐらい早起きなので、父親が早朝に立てる物音を聞きなれている。木の床《ゆか》をすり足で歩いたり、紙に筆を走らせたり、母親を起こさないように、ひかえめに咳《せき》をくりかえしたり。今朝は、その音がしない。しばらくベッドに横たわり、朝日がゆっくりと部屋を暖《あたた》めていくなか、天井《てんじょう》を見つめていた。

いつもならもっと早く目がさめるが、昨日の夜は寝床《ねどこ》に入るのが遅《おそ》かった。ノックと父親が、村人たちといっしょに崖下《がけした》を流れる川に着いたときには、すでに夕日が山《やま》の端《は》に沈《しず》みかけていた。川岸の近くにポンの僧衣《そうい》が浮《う》いていたが、本人の姿《すがた》は見つからない。ノックと父親は、夜遅《おそ》くまで村人たちが網《あみ》や竹の棒《ぼう》を使って川底をさらうのを見ていた。

「あの子は泳げないんだよお!」ふたりの横で、ビィブーンのおばあさんが泣きじゃくっていた。

「あああ、どうして、どうしてあたしもみんなも、あの子に泳ぎを教えてやらなかったんだろうねえ」

ノックは、みんなから少し離《はな》れ、しかめっ面《つら》を見られないようにしていた。ビィブーンのおばあさんは好きだけど、だまっていてくれればいいのに。ポンがおぼれたと大さわぎすればするほど、川のなかではなく川岸を探《さが》さなければというノックの言葉に、だれも耳を貸《か》してくれなくなる。

「こんなことしたってむだだよ」ビィブーンのおじいさんも、なにもかかっていない網《あみ》を手に、いまにも泣きだしそうだ。「ここでも、どこでも見つかりっこない。とっくに死んじまったよ」

ノックの父親は、川沿《かわぞ》いの暗い森に目をこらしてうなずいた。

「その子が飛びこんだとき、このあたりを船が通ったそうだね？」

おばあさんが、またおいおいと泣きだすと、おじいさんが父親にいった。

「ああ、船にひかれちまったにきまってますよ。見つかった僧衣《そうい》は、ずたずたに裂《さ》けてたもの。大きな船の下に巻《ま》きこまれたんだ。助かりっこないよ」

ノックはいらいらしていた。どうして、だれも気がつかないのだろう。ずっとまわりの人間をだましてきた少年が、またしてもみんなをあざむいているかもしれないのに。最悪だ——だれも自分の言葉に耳を貸《か》さないし、犯罪者《はんざいしゃ》のことを、死んだかもしれないといって村じゅうでなげき悲しんでいるのだから。

みんなに、まわりのすべてに腹《はら》が立ってしかたがなかった。だが、いちばん許《ゆる》せなかったのは、あと少しで捕《つか》まえられたのに、しくじってしまった自分自身だった。

ノックはベッドから抜《ぬ》けだすと、窓《まど》のところまでいった。使用人が、くたびれたほうきで、がらんとした玄関前《げんかんまえ》の道を掃《は》いている。馬車はなくなっていた。母親も、いっしょに行ってしまったのだろうか。

鏡つきのたんすに行くと、引き出しのなかに母親が入れてくれたワンピースが一枚《まい》たたんであった。いつもみたいに。ノックがけっして着ないと、とっくにわかっているはずなのに。槍《やり》の試合用の黒っぽい道着に手をのばすと、朝日が左腕《ひだりうで》の傷跡《きずあと》を照らした。

手首からひじの近くまでのびている、でこぼこした火傷《やけど》の跡《あと》を指でなぞった。この傷跡《きずあと》は、すみずみまで知っている。もし、このでこぼこがとつぜん大きくなり、山や谷に姿《すがた》を変えたとしても、目隠《めかく》しをしたまま難《なん》なく歩きまわれることだろう。

その事故《じこ》が起こったとき、ノックはまだ三歳《さい》だった。火傷《やけど》をした瞬間《しゅんかん》の記憶《きおく》はないが、そのあと手当てされたことは覚えている。夜も遅《おそ》い時間だった。ノックをとりかこんだ使用人たちが大さわぎしているようすや、医者を呼《よ》ぶ父親の声も。

「早く！　こっちです！」ノックをのぞきこんだ父親は、心配をさとられまいと、ほほえみを浮《う》かべた。「だいじょうぶだよ、ノック。おまえならがんばれる。とっても強い子なんだから」

泣いていたにちがいない。三歳《さい》の子どもが、火傷《やけど》を負って泣かないはずがない。だが、その夜のことを思いかえすと、声をあげた記憶《きおく》はなかった。覚えているのは、まわりにいるひとたちが、ノックがどんなに強くて、がまんができる子か、口々にほめていたことだけだった。

なかでも、母親がノックを抱《だ》きしめながら泣いていたのは、はっきりと覚えている。ノックの髪《かみ》をびしょぬれにした、母親の涙《なみだ》。そして、香水《こうすい》のにおい。その月下香《げっかこう》の甘《あま》くて濃厚《のうこう》な香りは、いまでも母親が通ったあとに、ふわっとただよってくる。

「ごめんね」母親は、泣きじゃくっていた。「ああ、ごめんなさい。ほんとにごめんね、わたしのかわいいノックちゃん。ごめんなさい」

母親つきの召使《めしつか》いが、主人の背中《せなか》をさすりながらいった。

「事故《じこ》だったんですよ、奥《おく》さま」召使《めしつか》いは、何度もくりかえした。「事故《じこ》ですわ。奥《おく》さまのせいじゃありません」

医者は、寝巻《ねま》きの上にコートをはおって、かけつけてきていた。

「なにがあったのですか?」

ひざをついて鞄《かばん》を開けながら、医者がみんなにたずねた。

このとき、使用人たちのあいだから、母親の鏡台がちらりと見えたのをノックは覚えている。なにかの軟膏《なんこう》が入った、つやのある容器《ようき》がひっくり返り、ふたが床《ゆか》に落ちていた。鏡台の上のろうそくは、すでに吹《ふ》きけされていたが、芯《しん》からはまだ煙《けむり》があがっていた。ドアのそばで、兄が目を見ひらき、おびえた顔をして立っていた。

医者の言葉に、両親はたがいに顔を見あわせたが、答えたのは召使《めしつか》いだった。

「お嬢《じょう》さまが、奥《おく》さまの軟膏《なんこう》で遊んでいたんです。軟膏《なんこう》をぬった腕《うで》をろうそくに近づけたせいで、火が燃《も》えうつってしまって」

医者は、ため息をもらした。西岸に住む裕福《ゆうふく》な女たちのあいだでは、幸運を願って、こっそりろうそくを灯《とも》すことがはやっている。もちろん火を使うのは法律《ほうりつ》にそむく行為《こうい》だ。だが、医者はなにもいわなかった。金持ちの上客に、厳《きび》しい言葉をかけるわけにはいかない。

「ごめんね、ノックちゃん！」

「落ちついてください、奥《おく》さま」泣きさけぶ母親に、召使《めしつか》いが厳《きび》しいとも聞こえる声でくりかえした。「事故《じこ》だったんですから」

ノックは、もう一度、傷跡《きずあと》を指でなぞった。家族のだれも、あの夜のことを話さない。医者が秘《ひ》密《みつ》をもらすことはないといっても、火の使用はいまでも固く禁《きん》じられている。その夜のことをうっかり口にしようものなら、家族みんながこまった事態《じたい》に巻《ま》きこまれるかもしれない。すっかり忘《わす》れてしまうのがいちばんだった。

ふだんは、ノックもそのことになんの不満も持たなかった。過去《かこ》をふりかえらず、未来について考えるほうがずっといい。だが、あの夜のことだけは忘《わす》れたくなかった。痛《いた》みのことではない。母親にしっかりと抱《だ》きかかえられ、腕《うで》のなかでゆすられたこと、そして、母親の髪《かみ》からただよった月下香《かこう》の香りだけは記憶《きおく》にとどめておきたかった。

道着に着がえるうちに、思い出は薄《うす》れていった。ノックは、長袖《ながそで》を手首まで引きさげ、腕《うで》をおおいかくした。

一階に下りると、居間《いま》に母親がいたので、びっくりした。ひざの上で手を組み、窓《まど》の外をながめている。ノックが部屋に入っていくと、ちらりと目をあげたが、また窓《まど》に顔をむける。まぶしい朝日に照りつけられ、顔にぬったクリーム色のおしろいが、厚《あつ》ぼったく乾《かわ》いて見えた。

「みんな、田舎《いなか》は静かだっていうけど、鳥のさえずりがうるさくてたまらないわね。いったい、なにを鳴きあっているのかしら」

ノックは、母親の前の椅子《いす》に腰《こし》かけた。

「お父さんは、どこに行ったの？」

「朝早く、馬車で船着き場にむかったわ。高速ボートを手配して、チャッタナーにもどったの。わたしは、午後の定期船で帰るつもりよ」

ノックがどうするのかはいわない。ノックは、母親を見つめたまま待った。

母親が、こちらをむいた。その顔つきから、わかった。窓辺《まどべ》にすわりながらずっと、ノックになにをいおうか、そしてどんな顔をしていおうかと考えていたにちがいない。娘《むすめ》の腕《うで》に目をやった母親は、ちょっと顔を曇《くも》らせた。それから表情《ひょうじょう》をやわらげると、ため息をついた。これから母親が口にする言葉は、何度も練習したせりふではなさそうだ。

「ノック、ここのところずっと、あなたのことをお父さんと相談していたの。学校を卒業するまで、このタナブリ村で暮《く》らすほうがいいんじゃないかって」

予想していた言葉だったが、いきなりなぐられたような気分になった。

母親は、椅子《いす》にすわりなおした。

「タナブリ村はチャッタナーからそんなに離《はな》れていないから、わたしたちもすぐに訪《たず》ねてくることができるでしょ。それに、昨日、村の学校を見学して、先生がたにも会ってきたの。本当にすばらしい学校だった。ここなら、いい教育を受けられるはずよ」

「わたし、もうチャッタナーで、いい教育を受けてるよ」

ノックは、やっと声をしぼりだした。

「田舎《いなか》のほうが、子どもは健《すこ》やかに育つんですよ」母親は、つづける。「都会の暮《く》らしは、つらいことも多いからね」

ノックは、声を荒《あら》らげまいとつとめた。

「お母さん。わたしは、ちっともつらくないの。チャッタナーが大好きだもの」

「あなたは学校に行くか家にいるかだけだから、ちっともわかっていないの。でも、すぐにわかるわ。あの街では、うわさがあっというまに広まるんですよ。そんなうわさをされてごらんなさい。ナイフよりひどく傷《きず》つけられてしまうわ」

「うわさなんて、わたし、気にしないよ」

ノックは、いいかえした。

母親は、首を横にふる。

「いいえ、気になるはずよ。もしも……」

ノックは、息をつめて、母親がついにそのひと言を口にするのを待った――もしも、あなたがわたしの実の娘《むすめ》じゃないとわかってしまったら。あなたは、うちの家族の恥《はじ》なんですからね……。

だが、母親は小さく咳《せき》ばらいをして、指にはめている指輪の位置を直しただけだった。

「もっと大人になれば、あなたにもわかるわ」

今度はノックが、母親にいおうと思っていたせりふを忘《わす》れてしまった。頭のなかで、何度も練習したというのに。大人っぽく理路整然と話すつもりだったが、じれて泣いている子どものような声になってしまった。

「だって、わたし、そんなふうに暮《く》らしたくないんだって。ひとのいうことをいちいち気にして暮《く》らすなんていや。社交界なんかに入りたくないし、パーティーに行ったりするのもいや。わたし、警察官《けいさつかん》になりたいの。だれも警察官《けいさつかん》のうわさなんかしないから」

母親は、また窓《まど》の外に目をやった。この子はなにもわかっていないといいたげな表情《ひょうじょう》だ。

「わたし、いろいろ調べたの。どうすれば警察官《けいさつかん》になれるのか。筆記試験と実技《じつぎ》試験に合格《ごうかく》すれば、だれでもなれるみたいよ。十八歳《さい》になったら、試験を受けられるんだって。だから、やるだけやらせてほしい。試験に落ちたら、お母さんの望みどおり、ここにもどって田舎《いなか》で暮《く》らすから」

母親は、またため息をついた。なにかを考えているようだ。

「わたし、ぜったい合格《ごうかく》するよ。それにお父さんに頼《たの》めば、きっと総督閣下《そうとくかっか》から推薦状《すいせんじょう》をもらってくれるし」

「総督閣下《そうとくかっか》ですって？」母親が、さっとふりかえった。「あなたの父親が、なぜ急にチャッタナーにもどったのかわかる？　わたしがそうするようにいったからよ。閣下《かっか》がうわさを耳にする前に、どんな事情《じじょう》か説明してもらいたかったの。今度のことが世間にはどう見えるか、あなたはわからないの？　これまでは、あなたの父親が管理していた刑務所《けいむしょ》から、男の子がひとり行方《ゆくえ》不明になったというだけだった。それがいまになって、その子がまんまと脱獄《だつごく》していたって、わかってしまったのよ！　それだけじゃない。僧侶《そうりょ》をだまして、あなたの父親の目と鼻の先に隠《かく》れていたんだから。まんまと逃《に》げられたのよ――二回も！　あの子が溺死《できし》したってわかったとしても、二回の失敗が明るみに出れば、うちの一家はどうしようもないバカ者ぞろいってことになるわ！」

母親の言葉がぐさりと胸《むね》につきささり、ノックは凍《こお》りついた。どちらの傷《きず》のほうが深いのだろう？　家族に恥《はじ》をかかせたと責《せ》められたことか。それとも、母親が何度も「あなたの父親」とくりかえしたことか。それではまるで、ノックと父親のふたりが、スィヴァパン家からすぱっと切りはなされてしまったかのようではないか。

目の前で立ちあがった母親が、いいはなった。

「あなたはここに残って、村の学校に行きなさい。ここにいるのが、いちばんいいの。いい村だし、いいひとがたくさんいるわ」

「でも、お母さん……」

「口答えするんじゃありません！　少しは親を尊敬《そんけい》して、いうとおりにしたらどうなの」

母親は、ノックの手をとり、立ちあがらせた。だが、道着の袖《そで》におおわれた娘《むすめ》の左腕《ひだりうで》に目を落としたとたん、ノックを抱《だ》きしめて耳もとでささやいた。

「あなたの望みとちがうのは、わかってるわ」声が震《ふる》えているので、ノックは、びっくりした。「だけど、人生は、いつも望みどおりのものを与《あた》えてくれるわけじゃない。なんでも願いどおりになるとはかぎらないから、与《あた》えられたものでせいいっぱいやっていくしかないの。あなたが怒《おこ》ってるのはわかってる。でも、いつかは、わたしのことを許《ゆる》してくれるわよね。ひとの心は、どんなことでも許《ゆる》せるくらい本当に広いものだから」母親は、ノックの体を離《はな》し、すべすべとした両手でノックのほおをはさんだ。「あなたのこと、心から愛している。それだけは忘《わす》れないでね」

そういいのこすと、母親は出ていった。

19

マニット巡査《じゅんさ》は、深呼吸《しんこきゅう》しながら両肩《りょうかた》を後ろへぐるぐるとまわして、眠気《ねむけ》をさまそうとした。

もう歳《とし》だから、そろそろ夜勤《やきん》は無理だなとひとりごとをいいながら、川沿《かわぞ》いの通路を大またで歩きだす。川の向こう側では、チャッタナーの西岸に灯《とも》る金色の光がきらめいていた。西岸に配属《はいぞく》された同僚《どうりょう》たちのことが、ふと頭に浮《う》かんだ。ああいうのを楽な仕事というのだろう。あいつらは、目をつぶって巡回《じゅんかい》したところで、やっかいごとを見逃《みのが》すへまはしない。だが、こっち側は、そうはいかない。東岸は、年を追うごとに街を行《い》き交《か》うひとの数が増《ふ》え、治安が悪くなっている。

桟橋《さんばし》がならぶ埠頭《ふとう》まで来た。大きな漁船がいくつも、琥珀《こはく》色の光の玉にぼうっと照らされて停泊《ていはく》している。さらに先へ行くと、深紅《しんく》と琥珀《こはく》色の光が青へ、さらに紫《むらさき》へ変わった。光の玉で動く発動機のブンブンという騒音《そうおん》が遠ざかり、かわりにバシャバシャと川に飛びこむ音が聞こえてくる。何十人も川に入っているが、そのほとんどが子どもたちで、仕掛《しか》けておいたカニの罠《わな》を確《たし》かめたり、岸でバケツを手に待っている親や友だちに、獲《と》ったテナガエビをかかげてみせたりしている。

こんな夜に、漁をしに来ているのだ。

マニット巡査《じゅんさ》がこの地域《ちいき》の巡回《じゅんかい》を始めた数年前より、夜間に漁をするひとの数が増《ふ》えている。なんという傷《いた》ましい光景だろうと、マニットは思った。川岸の親たちのほとんどは、かつては漁師《りょうし》だった——あんなふうに栈橋《さんばし》の近くで漁《あさ》ったりせず、自分の船で川に出て、網《あみ》を使って漁をしていた。だが、高価《こうか》な光の玉の発動機を積み、高速で走行できる大きなトロール漁船が、漁師《りょうし》たちの仕事を奪《うば》ってしまった。大きな船に対抗《たいこう》するには、大型《おおがた》の発動機と、それに見合う光の玉がいる。光の玉を買うには、金がいる。金を稼《かせ》ぐには、高速で走れる船がいる……いくら考えても、どうどうめぐりだ。大勢《おおぜい》の子どもや大人が、激《はげ》しく岸を洗《あら》う川を夜間に泳ぐという危険《きけん》なまねをしているのも不思議はない。

紫《むらさき》の光に照らされた川岸に背《せ》をむけ、川から枝分《えだわ》かれした水路の先の暗がりにむかった。数分歩くと、見覚えのある人影《ひとかげ》が身を乗りだして、真っ黒な水面を見下ろしている。

マニット巡査《じゅんさ》は、自分が西岸の楽な仕事に就《つ》く話を断《ことわ》りつづけている理由を、あらためて思いだした。川のこちら側には、マニットが気にかけているひとたちがいるのだ。だれかが見守ってやらねばならないひとたちが。

ソムキットという少年も、そのひとりだった。

マニットはちょっと足を止めて、小銭《こぜに》がないかポケットをさぐった。ソムキットを見かけたときは、いつも小銭《こぜに》をわたすようにしている。この少年が、どんな暮《く》らしをしているのかは知らない。

いったい、どこで眠《ねむ》っているのだろう。どんなものを食っているのやら。

ソムキットは、顔だけは丸いが、ナナフシのようにやせている——そんな体格《たいかく》では、なかなか路上で暮《く》らしていけるものではない。そればかりか、息づかいが荒《あら》くて苦しそうなときもあった。だから、ほかの子どもたちのように獲物《えもの》の多い場所で漁をすることができず、はしのほうの淀《よど》んだ水路に罠《わな》を仕掛《しか》けている。かわいそうな子だ。そのうえ、ナムウォンで生まれた孤児《こじ》ときている。そういう境遇《きょうぐう》の子どもたちは、けっきょくは刑務所《けいむしょ》にもどってしまうのがおちだ。

だが、ソムキットは、そうはなるまい。このマニットがついているのだから。

「おーい、ソムキット！　今夜は会えないと思ってたよ」

ソムキットは、さっと顔をあげた。声をかけたのがマニット巡査《じゅんさ》だとわかって、ひどくあわてている。すばやくなにかを——カニの罠《わな》だろうか——水のなかに押《お》しこんだ。

「あっ、マニットさん！　あの、えっと……」

なにかまずいことでも起きたのだろうか。マニットは、少しばかり心配になった。

「だいじょうぶか？　幽霊《ゆうれい》でも見たような顔をしてるぞ」

すぐにソムキットは、いつもと変わらずのんきな笑顔《えがお》になった。手の先をひらひらとふってみせ、もう片方《かたほう》の手でカニの罠《わな》につけたロープをしっかりとにぎっている。

「おれのこと？　だいじょうぶですよ！　いつもどおり、のんびりやってまあす！」

マニット巡査《じゅんさ》は、にっこり笑った。

「そいつは、よかった。ところで、ひとつききたいことがあるんだよ。おれの船の発動機が、エンジンをかけるとダッダッといやな音を出しやがって。いまにも、ばらばらに壊《こわ》れちまいそうな音なんだよ」

「うーん……光の玉と発動機の接続《せつぞく》部分はだいじょうぶですか？　そこがまずいことになってると、発動機が――」

そのとき、水路からゴボゴボ、バシャバシャという音がした。通路のはしからのぞきこむと、ひとりの少年が息つぎをしようと水面に顔を出した。

「だれだ？」

指さしながら、マニットはきいた。

「ああ、こいつ？　おれのいとこですよ」

いとこか。それでソムキットは暮《く》らしていけるのだ。ナムウォンを出たあと、おそらく街に住むいとこの家族に引きとられたのだろう。

マニットはいとこの少年に名前をきこうとしたが、その前にソムキットが身を乗りだして、大声をあげた。

「カニ、見つかったのか？」

いとこの少年は、罠《わな》のロープにつかまって、ゼイゼイあえいでいる。

「えっ？　いや——おれ——息ができなくって——」

「そんなら、もういっぺんもぐれ！」ソムキットがどなりつける。「カニは手のなかに飛びこんでこないぞ！　さっさと捕《つか》まえろって！」

ソムキットは手をのばすと、いとこの頭を押《お》して水に沈《しず》めた。

それからマニットに、やれやれと頭をふってみせた。

「あいつ、なまけ者なんですよ。おれが自分でもぐってもいいんだけど、あいつだって少しはできるようにならなくちゃ。で、マニットさん。発動機の接続《せつぞく》部分が汚《よご》れてないか確《たし》かめるといいですよ。汚《よご》れてなかったら、セルモーターを新しいのと交換《こうかん》しなきゃだめかも……」

いとこがまた水のなかから顔を出し、大きく息を吸《す》いこんだ。さらに二回吸《す》いこんだところで、ソムキットが水に沈《しず》める。

「セルモーターは、光市場に行けば安く買えますよ。おれから話を聞いたっていえば、卸値《おろしね》で売ってくれるから」

「ああ、聞いてよかったよ。ほら、とっといてくれ」

マニットはポケットから小銭《こぜに》をとりだした。

「そんな」ソムキットは、ためらっている。「いいのに……」

「とっておけって」マニットは、小銭《こぜに》をソムキットに押《お》しつけた。「おまえのおかげで、時間も金もずいぶん節約できそうだからな。ほんのお礼だよ」

ソムキットは頭を下げて、小銭《こぜに》を受けとった。すると、役立たずのいとこが、またもや手ぶらで息つぎに浮《う》かんでくる。ソムキットは、あきれて目玉をぐるりとまわした。

「マニットさん、このお金、使わせてもらうかも。あのなまけ者が、カニを一匹《ぴき》も捕《つか》まえられなかったらね！」ソムキットは、いとこにむかってこぶしをふってから、また水のなかに押《お》しこんだ。

「もういっぺんもぐるんだ！　両手に一匹《ぴき》ずつカニを捕《つか》まえるまで、顔を出すなよ！」

マニット巡査《じゅんさ》は大声で笑いながら、ソムキットに背《せ》をむけた。

「いとこにカニの獲《と》り方をしっかり教えてやれよ、ソムキット。さあて、巡回《じゅんかい》のつづきをやらなきゃな」それからふりかえるなり、大声でつけくわえた。「そうそう、おまえもいとこも気をつけろよ。危険《きけん》な犯罪者《はんざいしゃ》が逃《に》げだしたって、警察署《けいさつしょ》に通報《つうほう》が入ったんだ。刑務所《けいむしょ》から脱獄《だつごく》して、南のほうにある寺院に隠《かく》れていたんだと。このへんであやしいやつを見かけたら教えてくれ。いいな？」

ソムキットは、まじめな顔でうなずいた。

「わかりました。なにか変わったことがあったら、真っ先にマニットさんに知らせます」

20

スィヴァパンの娘《むすめ》の目の前で崖《がけ》から飛びおりてから、ポンは何時間もずっと荷船にしがみついていた。荷船は小さな村の船着き場にひとつずつ停《と》まりながら、のんびりと上流にむかっていた。もし泳げたとしても、昼日中に川岸に泳ぎついて逃《に》げだすことなど、おそろしくてできなかっただろう。ポンは、荷船からたれさがっている網《あみ》のなかにもぐりこみ、じっと身をひそめていた。

やがて夜の帳《とばり》が下りた。荷船は、高い塔《とう》の近くをすべるように航行《こうこう》していく。塔《とう》から金色の光線がちらちらともれて、闇《やみ》を照らしている――数年ぶりに目にする光の玉の明かりだ。川幅《かわはば》がどんどん広くなっていき、とつぜん日が昇《のぼ》ったように、あたりがまぶしい光に包まれた。

チャッタナーだ。

記憶《きおく》のなかにある街より、はるかに明るい。四年前に街にあふれる光を目の当《ま》たり《あ》にしたときはおどろきと憧《あこが》れで胸《むね》がいっぱいになったものだが、いまは恐怖《きょうふ》におののいていた。あの娘《むすめ》の怒《いか》りに満ちた顔が、まぶたに焼きついている。あの声が、頭のなかにこだましている――男が入るバングラット刑務所《けいむしょ》に送られるはずだよ。

その声が、四年前からポンにつきまとって離《はな》れない言葉と響《ひび》きあった――闇《やみ》に生まれた者は、かならず闇《やみ》に帰る。

ぶるっと震《ふる》えがくる。わずかな希望にすがるように、赤と金色の組みひもにふれた。なあに、少しばかり回り道をしているだけじゃないか。いまに海に出て、自由を見つけられる。そうにきまってるさ――チャムさまが願ってくれたんだから。

ようやく荷船は、積み荷を降《お》ろすためにチャッタナーの船着き場に停《と》まった。だれかに見つかる前に、すばやく網《あみ》から出て桟橋《さんばし》の下にもぐった。それから数時間、板のすきまから落ちてくる魚の血やサメのはらわたをよけながら、海にむかう南行きの船に乗る手はないものかと必死で考えた。ひどく腹《はら》がすいている。それよりなにより寒くてたまらない。川の水はスープのようになまぬるいが、長時間つかっていれば体が冷えきってしまう。指先は、干《ほ》しブドウのようにしわしわだ。なんとしても水から出なければ。

だが、もう川は大勢《おおぜい》のひとたちでにぎわっていた。男の子たちが歓声《かんせい》をあげながら川に飛びこんだり、水面に浮《う》かびあがったりする水音が聞こえてくる。川岸は、家族連れで混《こ》みあっているようだ。これほど人目が多くては、のこのこ出ていくわけにはいかない。

歯をガチガチいわせながら、桟橋《さんばし》の下からそっと離《はな》れた。古いタイヤや、川岸からたれさがっているる、ぬるぬるしたロープにつかまりながら、できるだけ物かげを選んで進んでいくと、川の主流から枝分《えだわ》かれしたせまい水路があった。そのあたりは、真っ暗だ。そっちへ行けば、だれにも見られずに水から上がれるだろう。だが、へとへとに疲《つか》れていて、水路のつるつるした壁《かべ》をよじのぼる力が残っていない。またもや絶望《ぜつぼう》の淵《ふち》に沈《しず》みそうになる。

「た、た、助けて……お、お、お願い……」

消えいりそうな声で助けを呼《よ》んだ。だれに聞かれたって、かまうものか。

と、上から声が降《ふ》ってきた。

「こっちだ！　ほら、そこにロープがあるよ！　つかまって！」

指先にロープがふれた。必死にしがみつき、顔をあげる。

満月のようにまん丸い顔が、ぽかんと口を開けてポンを見つめていた。二度と見ることはないと思っていた、あの顔が。言葉にならないよろこびで、ポンは胸《むね》がいっぱいになった。

つぎの瞬間《しゅんかん》、手がのびてきて、ポンは水のなかに押《お》しもどされた。

マニット巡査《じゅんさ》が去ったあと、ソムキットは、やっとのことでポンを水路から引っぱりあげた。楽な仕事ではない。うんうんとうめきながら引っぱったが、逆《ぎゃく》に川のなかへ引きずりこまれそうになった。ぬるぬるした板張《いたば》りの通路にあがったポンは、その場にひざをつき、荒《あら》い息を吐《は》きながら、がたがた震《ふる》えている。ソムキットは、持っていた薄《うす》いタオルをポンの肩《かた》にかけてやった。

「よし、マニットさんは行っちゃったみたいだよ」背後《はいご》を確《たし》かめながら、ソムキットは小声でいった。「ああ、危《あぶ》ないとこだった。何度も水のなかに押《お》しこんでごめんね！　おまえを見られたくなかったんだ。けど、マニットさんでよかったよ。でなきゃ――」

そういいながらソムキットはポンの前にまわり、あらためておどろきのあまり息をのんだ。目の前にいるのが本物のポンだと、はじめてはっきりとわかったのだろうか。ガチガチと歯を鳴らしているポンのほおを両手ではさみ、これは本当に親友の顔なのかというように、右をむかせ、左をむかせる。それから手を下ろすと、なんともうれしそうに、にっこり笑った。ポンがいっときも忘《わす》れたことのない笑顔《えがお》だ。

「おまえが水のなかからひょっこり出てきたときは、ぜったい幽霊《ゆうれい》だと思ったよ！」

ポンは命の恩人《おんじん》に笑いかえそうとしたが、歯の根が合わず、頭蓋骨《ずがいこつ》ごとがくがく震《ふる》えてしまった。

「さ、さ、寒い……」

ポンはつっかえながらいった。

薄《うす》く髪《かみ》が生えはじめたポンの頭に気がつくと、ソムキットの笑顔《えがお》が消えた。

「ここにぐずぐずしちゃいられないよ。早く、このタオルを頭に巻《ま》いて――げっ、見えちゃった！」

ポンは、ほとんど素《す》っ裸《ぱだか》だった。身に着けているのは寺でもらった薄《うす》い木綿《もめん》の下着だけだが、ぬれたせいで透《す》けてしまっている。

「ま、いいさ。なんとかなるよ」

ソムキットは、ポンから目をそらしながら、タオルをターバンのようにポンの頭に巻《ま》いた。

「このカニの罠《わな》で、そこを――ていうか――あそこを隠《かく》して、だれかにきかれたら川でうっかり服を流しちゃったっていおう」

ポンは、ぼうっとしたまま、ソムキットのあとについていった。罠《わな》で前を隠《かく》し、カニに下着をはさまれないように気をつけながら、街でいちばん人通りが多くて明るい場所を歩いていく。

チャッタナーという街は、道路よりも水路の数のほうが多い。そのうえ、数か月後にモンスーンの季節がやってくれば、ほとんどの道路が水に沈《しず》んでしまう。だから、街の住人は、ほとんどが小《こ》舟《ぶね》で水路を行き来していた。水路は、あちこちで曲がりながら地域《ちいき》と地域《ちいき》を結んでいるだけではない。水路を通ってチャッタナー川の主流に出ることも、そこからもどってくることもできた。徒歩で移動《いどう》するときには、きゅうくつな思いをしながら水路沿《ぞ》いのせまい板張《いたば》りの通路を歩くか、水路に囲《かこ》まれた土地にはりめぐらされた細い路地を通ることになる。頭上には背《せ》の高い集合住宅《じゅうたく》がそびえ、昼日中は、開けはなたれた窓《まど》から、あふれるばかりに咲《さ》いたランの花や洗濯物《せんたくもの》がたれて、住人たちがにぎやかに言葉を交《か》わしていた。

ポンは、前から後ろから急ぎ足で歩いてくるひとたちにもみくちゃにされた。ソムキットに遅《おく》れまいと、せいいっぱい速く歩く。おかげで、体がぽかぽかと温まってきた――それに、街の光のまぶしいこととときたら。

山のなかで何年もひっそりと暮《く》らしているあいだに、光の玉が放つ人工的な光のまぶしさも、ブンブンという音も、鼻をつく金属《きんぞく》のようなにおいも、すっかり忘《わす》れてしまっていた。この街には、そんな光の玉が何千個《こ》──いや、何百万個《こ》もある。雨の季節はまだ何週間も先だが、たくさんの光の玉のせいで、空気が雷雨《らいう》の前のように重苦しい。

やがてふたりは、騒々《そうぞう》しい歓楽街《かんらくがい》に入っていった。ポンは、これほど人目にさらされる場所を歩いたことはなかった。だが、ひどく混雑《こんざつ》しているうえに、目をひくものもたくさんあるから、だれもじろじろと見てきたりはしない。ソムキットは、さっさと街の奥《おく》に進んでいく。クラブからもれるズンズンというドラムの音から遠ざかるにつれて、光の玉の数が減《へ》り、通りは薄暗《うすぐら》くなってきた。

やがて、橋に差しかかった。橋の上いっぱいに大勢《おおぜい》がすわりこみ、なにやら書かれた厚紙《あつがみ》をかかげながら、開いた手を差しだしている。一瞬《いっしゅん》、ポンはなにをしているのかわからなかったが、すぐに気づいた。物乞《ものご》いをしているのだ。ぎょっとしたポンは、自分にむかってのばされているおびただしい数の手をまじまじと見つめた。シン寺院にも物乞《ものご》いが来ることはあったが、これほど多くはなかった。貧《まず》しいひとたちが、こんなに集まっているのは、はじめて見た。

ソムキットはポケットをさぐって、さっきマニット巡査《じゅんさ》からもらった小銭《こぜに》をひとつかみとりだすと、女が持っているブリキ缶《かん》のなかに入れた。

「早く来いよ」ソムキットはささやくと、ポンの腕《うで》を引っぱって橋をわたった。「それから、ぽかーんと口を開いて、はじめて街に出てきたみたいな顔をしないでよ。いいね？」

ソムキットは、さっと左のわき道に曲がると、ポンの先に立って薄暗《うすぐら》い路地を歩いていく。崩《くず》れそうな建物と建物のあいだにわたされたひもに、紫《むらさき》の小さな光の玉がつるされて、頭上でゆれていた。

「どこへ行くんだ？」ポンはきいてみた。

「シーッ。おれがなにをしても、だまってついてきて」

路地のつきあたりに、色あせたのれんをかけた店があった。のれんの魚の絵の横に「マーク海鮮《かいせん》食堂《しょくどう》」と書いてある。

のれんを勢《いきお》いよくかきわけて、眼鏡《めがね》をかけた背《せ》の低い男が出てきた。見るからに不機嫌《ふきげん》な顔だ。

「遅《おそ》かったじゃないか、ソムキット！」男が、どなる。「で、獲物《えもの》はどこだ？　まさか手ぶらでやってきて、また金を貸《か》してくれなんていうんじゃないだろうな」

「落ちついて、マークさん。落ちついてったら」ソムキットはポンのほうに、くいっと頭をかたむけた。「このいとこが、カニをどっさり捕《つか》まえたんだ。だから、腹《はら》いっぱい食わせてよ」

それから、ソムキットはマークに顔をよせると、早口でなにごとかささやいた。マークはポンをちらりと見て、目を丸くしている。それから、ひとつうなずくと、ぶっちょう面《づら》が消えた。

「そうそう、おまえのいとこだよなあ。よおく覚えてるよ」またもやマークは、声をはりあげた。

「ようし、カニを厨房《ちゅうぼう》に持ってけ。食ったら、すぐに出てけよ。それと、二皿目は食うんじゃないぞ！　わかったか？」

「わかったよ。さあ、入ろう」

ソムキットにつづいて、ポンは食堂《しょくどう》に入った。タオルがきちんと頭に巻《ま》かれているか確《たし》かめ、半分はだかの姿《すがた》をほかの客に見られないようにする。マークもいっしょに店にもどり、やけに大きな声でふたりに文句《もんく》をいった。

「ったくもう、近ごろのガキときたら、礼儀《れいぎ》作法も知らねえのかよ。びしょぬれの素《す》っ裸《げだか》で来て、飯を食わせろっていいやがるんだから」

食堂《しょくどう》は満員で、客たちが料理の皿におおいかぶさるようにしてカレー粉《こ》で味つけしたカニをスプーンで口に運んだり、太ったぷるぷるのカキを殻《から》からすすったりしている。ポンの口は、よだれでいっぱいになった。ああ、すぐにでもなにか食べたい。

ソムキットはひょいとかがんで、湯気と煙《けむり》の立ちこめる厨房《ちゅうぼう》に入っていく。深紅《しんく》の光の玉をとりつけたコンロで調理をしていた料理人たちは、手を止めてソムキットにうなずいてみせ、ポンをじろじろとながめた。

「だいじょうぶだよ。こいつ、いいやつなんだ」ソムキットがそういうと、料理人たちは、また刻《きざ》んだり炒《いた》めたりしはじめた。

「カニはそこに置いといて」

ソムキットは、ポンに厨房《ちゅうぼう》のすみを指さしてから、ついてくるように手で合図した。仕切りのカーテンをくぐると、そこは緑色のタイルをはった便所だ。

「こっち、この奥《おく》だよ」

ソムキットが声をひそめていう。積みかさなったナンプラーの木箱をわきにずらすと、通路があらわれた。

「けど、あのマークってひと、食ったら出てけっていってたじゃないか」

「ああ、あれはただの芝居《しばい》だよ。早く入って。またふさいどかなきゃいけないから」

ポンは、暗い通路に足をふみいれた。背後《はいご》からソムキットがナンプラーの木箱をもとにもどす音が聞こえる。

「あとで、なにか食べさせてやるよ、ポン。けど、まずは着るものだよね。おまえの尻《しり》の割《わ》れ目《め》を見るのは、もううんざりだよ。わかった？」

ポンは、ソムキットのあとについて、真っ暗な通路を歩いていった。しばらくいくと、行く手に薄《うす》い紫《むらさき》の明かりがちらちらとまたたいているのが見えた。

「ようこそ、おれの親友」ソムキットが、ポンの肩《かた》をたたいた。「ここが、おれたちの泥《どろ》ハウスだよ。チャッタナーの街でいちばん上等な、真っ黒こげ集合住宅《じゅうたく》だ」

21

ポンとソムキットが立っていたのは、巨大《きょだい》な建物のなかにある吹《ふ》き抜《ぬ》けの大広間だった。木の壁《かべ》や床《ゆか》は、ウミガメの甲羅《こうら》のように黒ずんですべすべしている。頭上には、ひもでつるした紫《むらさき》の光の玉があちこちでゆれていた。ポンが数えると建物は六階建てで、すべての階からふたりがいる広間を見下ろすことができる。

「ここのだれかがいってたけど、この建物はもともと役所で、前の総督《そうとく》が働いていたんだって」ソムキットが説明する。「ほら、大火の前ってことだよ」

ポンはうなずいて、あたりを見まわした。だから、この建物は黒っぽい煤《すす》けた色をしていて、構造《こうぞう》も変わっているのだろう。どの階にも、以前は事務室《じむしつ》だった部屋が、ぐるりと円形にならんでいる。あの大火がドアを焼き、おびただしい数の四角い空間だけを残したのだ。

チャッタナーの街なかと同じように、泥《どろ》ハウスもひとであふれていた。どの階にも、手すりによりかかって近所のひととおしゃべりをしたり、光の玉をつるしているひものあいているところに洗濯物《せんたくもの》を干《ほ》したりしているひとがいる。階段《かいだん》では、子どもたちが遊んでいる。大広間には長い食卓《しょくたく》がいくつもならび、食事をしているひとや、積みかさねた本のそばでいっしょに勉強をしている子どもがいた。

マークの店の厨房《ちゅうぼう》から揚《あ》げ物《もの》のうまそうなにおいがただよってきて、ポンの空っぽの腹《はら》がグーグー鳴った。

「着るものが最初だよ」ソムキットが、先まわりして念を押《お》した。「おれの部屋はこっち」

ポンは、ソムキットのあとから階段《かいだん》を上っていった。ポンの尻《しり》を指さしてクスクス笑っている子どもたちをよけながら三階までいくと、ソムキットが部屋のひとつにかかっているカーテンを開けた。

「おれのお城にようこそ！　さあ、遠慮《えんりょ》はいらないよ」

部屋に入ると、寺で与《あた》えられていた小部屋とたいして変わらない広さだ。部屋のすみに敷物《しきもの》と枕《まくら》が置いてあり、いっぽうの壁際《かべぎわ》にしつらえた棚《たな》には、針金《はりがね》の束、金切り鋏《ばさみ》やペンチなどの工具、金《きん》属《ぞく》の部品を種類ごとに入れた小さなガラスの瓶《びん》などが、所せましとならんでいる。

「ほら、そこにすわって」ソムキットは敷物《しきもの》を指さすと、ポンに背《せ》をむけて服の山を引っかきまわしはじめた。「だめだ……短すぎる……」ズボンをかかげて見ている。「どうして、そんなに背《せ》がのびたんだよ？　前は、同じぐらいだったのにさ！」

「同じぐらいだったことはないぞ。いつだって、おれのほうが大きかったよ」

「大きな口をたたいてたってことだろ」ふりかえったソムキットは、にーっと笑うと、しわくちゃの服を投げてよこした。「ほうら。それならだいじょうぶ。ズボンの丈《たけ》は短すぎるけど、明日になったら、もうちょっとましなのを探《さが》してやるよ」

ポンはシャツを着てから、すっかり乾《かわ》いた下着の上にだぶだぶのズボンをはいた。シャツの裾《すそ》からへそがのぞき、ズボンは腰《こし》のあたりはぶかぶかなのに、丈《たけ》はぎりぎりひざが隠《かく》れるくらいしかない。

「どうだ？」と、ポン。

「うん、バカ丸出しって感じ」

ふたりは、笑いころげた。一瞬《いっしゅん》、最後に会ってから四年ではなく四時間しかたっていないような気がした。

ソムキットは、ちっとも変わっていないように見えるが、なにかがちがっていた。あいかわらず、同じ年ごろの少年たちより体はやせているのに、ほおは丸くふっくらとしている。ナムウォンにいたころと同じだ。だが、ソムキットの目には、昔はなかったなにかが宿っていた。ポンを見返したその瞳《ひとみ》は悲しげで、のんきな笑顔《えがお》には似合《にあ》わなかった。

ソムキットが髪《かみ》に手をやったとき、左手首の入《い》れ墨《ずみ》が見えた。刑務所《けいむしょ》の名前が明るい青い線で消され、小さな星がつけくわえられている——正式に出所した証明《しょうめい》になる印だ。

寺にいたあいだ、ポンは一日も欠かさずソムキットのために祈《いの》り、どんなふうに暮《く》らしているのか知りたいと願っていたものだ。自分がナムウォンから逃《に》げだしたあとは、どうだったのだろう。ポンがいなくても、ちゃんとやれていたのだろうか。そして、刑務所《けいむしょ》の門が開き、自由になった日、なにを感じたのだろう。

いまなら、好きなだけ質問《しつもん》できた。だが、ポンは口を開くことができなかった。うつむいて床《ゆか》を見つめ、罪深《つみぶか》さであばら骨《ぼね》がしめつけられるのを感じていた。自分は、ソムキットを刑務所《けいむしょ》に置きざりにした。そんな親友がいるだろうか？

部屋の空気が重くなる。同じ部屋にいるのに口をきかずにいると、そうなるものだ。ソムキットも、めずらしく黙《だま》りこくっている。

しばらくして、ソムキットが腹《はら》をポンとたたいた。

「もう腹《はら》ペコだよ。おれがそうなんだから、おまえはもっとつらいよな。下に行って、なにか食べよう」

一階にもどると、吹《ふ》き抜《ぬ》けの大広間で食事をしていたひとは、ほとんどいなくなっていた。ソムキットはマークの店の厨房《ちゅうぼう》に行き、しばらくすると料理を手にもどってきた。魚のすり身の団子《だんご》を入れたスープと、目玉焼きと青ネギをのせたご飯だ。

すぐさまポンはがつがつと食べはじめたが、皿が空になるころになって、ふいに食べるのをやめ、口に手をあてた。

「どうかした？」

ソムキットにきかれて、ポンは口のなかのものを飲みこんだ。

「夜明けまでは、なにも食べちゃいけないんだ」

ポンは、しわがれ声でいった。

ソムキットは、あらためてポンの剃《そ》りあげた頭をしげしげとながめた。

「寺院に隠《かく》れてた危険《きけん》な犯罪者《はんざいしゃ》が逃《に》げだしたって話だけど。まさか、ポンとは関係ないよね？」

「それ、これから話すから……」

深刻《しんこく》な状況《じょうきょう》が、ずしりとのしかかってくる。いまはもう、この世から旅立ったであろうチャム師《し》の面影《おもかげ》と、二度とはもどれない寺が目に浮《う》かんだ。スィヴァパンの娘《むすめ》のクロウタドリのような鋭《するど》い目と、崖《がけ》から飛びこもうとするポンをにらみつけていた執念深《しゅうねんぶか》いまなざしも。

「なあ、ソムキット」ポンは、消えいりそうな声でいった。「おれ、すごく、すごーくまずいことになってるんだ」

ソムキットは、ポンをじっと見た。それから、手をのばしてコショウ入れをとると、自分とポンのスープにふりかけた。

「おれを信じてよ、ポン。ここにいれば安全だから。ここは、この街で一か所だけ」ソムキットはポンの左手首に目をやった。「そいつが問題にならない場所なんだ。ここに住んでるひとは、おまえを警察《けいさつ》につきだしたりしない。それに、外から来るひとに見つかることもないよ」

ソムキットは、魚の団子《だんご》を箸《はし》でつまみあげ、ポンのほうに差しだした。

「ほうら、早く食べなって。夜明けまで待ってたら、めちゃくちゃくさくなっちゃうよ」

ポンは、にっこり笑うと、団子《だんご》を受けとった。お椀《わん》に口をつけて目を閉《と》じ、顔にふんわりあたる湯気のように心を軽くしようと念じた。

ここにいれば、おまえは安全だ。だれも見つけにきたりしない……。

22

宿舎《しゅくしゃ》を出たノックは、門扉《もんぴ》を勢《いきお》いよく閉《し》めた。片手《かたて》でスーツケースを持ち、もう片方《かたほう》の手に槍《やり》をたずさえている。ここから村の学校までは六キロ。まず山のふもとの村を抜《ぬ》けて、そこから山の向こう側まで歩かなければいけない。母親が村を去った翌日《よくじつ》、ビィブーンのおばあさんに自分も宿舎《しゅくしゃ》を発《た》つと伝えた。かわいそうにビィブーンさんは、まだポンのことでなげき悲しんでいて、泣いてばかりいる。ほかに別れのあいさつをしなければいけないひともいなかった。

歩きだしてすぐに、茶色い牛が引く荷車がゆっくりと角を曲がってくるのに出くわした。御者台《ぎょしゃだい》に、ほっそりした顔の僧侶《そうりょ》がすわっている。ノックは、僧侶《そうりょ》の名前を思いだそうとした。たしかヤムさんだったっけ？

ノックがおじぎをすると、僧侶《そうりょ》はにっこり笑った。ひどくやつれて、くたびれた顔をしている。ポンが姿《すがた》を消した夜にチャム師《し》がこの世を去ったことを思いだし、ノックは胸《むね》が痛《いた》くなった。もうチャム師《し》に会うことはできない。ノックは僧侶《そうりょ》に、チャム師《し》が亡《な》くなったと聞いて、とても残念だと伝えた。

「ありがとうございます」ヤムはいった。「これからふもとの村まで行って、村人たちにチャムさまの葬儀《そうぎ》について知らせ、山を登ることのできないお年寄《としょ》りたちを荷車に乗せるつもりです。みんな、チャムさまのことが大好きでしたからね」僧侶《そうりょ》は、悲しげにほほえんだ。「ご両親は？　もう出発されたのですか？」

「はい。父は、おおいそぎで……あのう、仕事で街にもどらなくちゃいけなかったんです。そうでなければ、お葬式《そうしき》にうかがって、お悔《く》やみをもうしあげたはずですけど」

「今回のご訪問《ほうもん》は、思っていらしたのとはちがって、せわしなくて大変でしたでしょう。また家族でお越《こ》しになって、つぎは楽しい思い出を作ってください。船着き場まで、これに乗っていきますか？」

ノックは、思いがけない言葉に目をぱちくりさせて、ヤムを見た。

「これに——ですか？」

ヤムは、ほこりっぽい荷台をふりかえった。

「このようなものには、乗りなれていらっしゃらないでしょうが」

ノックは、はっとした。ヤムは、ノックが両親のいるチャッタナーにもどれないことを知らないのだ。いまのところ、ノックが村の学校の生徒になったことを知っているのは、校長先生だけだ。

ノックは、これまで一度もウソをついたことがなかった。もっとも小さな子どものころは、決められた時間に寝《ね》なかったり、デザートをふたつ食べたりしたときに、ささいなウソをついたことはあっただろうが、大きくなってからは、これといったウソをついたことはない。もちろん、僧侶《そうりょ》にウソをつくなんて、考えたこともなかった。

ポンのことが頭に浮《う》かんだ。あの少年は生きている。ノックには、わかっていた。ポンが逃《に》げおおせたことを、体の芯《しん》で感じていた。もしそれを証明《しょうめい》することができれば——今度こそ、捕《つか》まえることができれば——ポンをとり逃《に》がした失敗が帳消しになる。それどころか、その手柄《てがら》で一家の面《めん》目《ぼく》は保《たも》たれ、両親にも自分は家族の恥《はじ》ではないとわかってもらえる。ノックは、目の前の山道を見下ろした。もし自分が逃亡者《とうぼうしゃ》で、法の網《あみ》をかいくぐろうとするなら、行くべき場所はただひとつ。この一帯で、だれにもなにもきかれずに姿《すがた》を消せる場所は、ひとつしかない。

「ありがとうございます、ヤムさん」ノックは持っていたスーツケースを荷台にほうりこんだ。

「じゃあ、お言葉にあまえて。荷台に乗るのは、平気ですから」

「それはよかった」ヤムは、牛の手綱《たづな》をピシリと鳴らした。「では、チャッタナー行きの船が出る船着き場まで参りましょう」

23

「最後に入った者が、最初にする仕事は便所掃除《そうじ》」

おばあさんがそういいながら、ポンにモップとバケツを差しだした。にっと笑った口もとからのぞいているのは、本物の歯より金歯のほうが多い。

「来たばっかりなのに、便所掃除《そうじ》をさせるわけ？」ソムキットは、おばあさんの肩《かた》を抱《だ》いた。「ねえねえ、ミムスおばあさん。かわいそうだから、この子をちょっと休ませてやってよ。二、三日前に、川から引っぱりあげられたばかりなんだよ！」

「おれなら、平気ですよ」ポンは、ミムスおばあさんにちょっと頭を下げながらいった。「ちっともいやじゃないから。便所掃除《そうじ》は、ずっとやってたんです。毎日の仕事は、みんなで分担《ぶんたん》しなきゃね」

寺院で暮《く》らしはじめたころのように、ポンはすぐに泥《どろ》ハウスの毎日に慣《な》れていった。ひとつ屋根の下に大勢《おおぜい》が暮《く》らしているので、やるべき仕事は山ほどある。ポンは、せっせと掃除《そうじ》をしたり、マークの店の厨房《ちゅうぼう》で料理の下ごしらえを手伝ったりした。いったいマークは、いつ寝《ね》ているのだろう。自分の食堂《しょくどう》を経営《けいえい》しながら、ここに住んでいるひとたち全員に食事を出しているのだから。泥《どろ》ハウスは、表向きにはだれも住んでいない廃墟《はいきょ》で、マーク海鮮食堂《かいせんしょくどう》はここに出入りする通路の完璧《かんぺき》な隠《かく》れ蓑《みの》になっていた。

泥《どろ》ハウスに暮《く》らしながらマークの店の厨房《ちゅうぼう》で働いている者もいたが、たいていは街なかにひとつかふたつ仕事を持っており、朝早くに出かけ、夜遅《おそ》くにぐったりと疲《つか》れて帰ってくる。あとに残った子どもや病人は、それぞれができることをしていた。この地区には学校がないので、ポンはしょっちゅう子どもたちに勉強を教えてやった。

泥《どろ》ハウスの住人はおどろくほど多く、どこにも行き場のない家族がたくさんいた。階段《かいだん》で遊ぶ子どもたちの姿《すがた》を見ると、ポンはタナブリ村の学校のことを思いだした。籠《かご》に入れられて捨《す》てられた赤んぼうたちのことも。あの子たちの親は、こんな場所に恵《めぐ》まれなかったのだろう。

住人たちはみな、それぞれの事情《じじょう》をかかえているようだが、ポンはけっしてたずねたりしなかった。自分のことをきかえされたらこまるからだ。だが、暮《く》らしはじめて一週間ほどたつと、そんな心配はいらないとわかった。だれも、どこから来たのかきいたり、ここに来た事情《じじょう》をあれこれと詮索《せんさく》したりしなかった。

「アムパイさんが決めたルールなんだよ」と、ソムキットが教えてくれた。

泥《どろ》ハウスのリーダーというアムパイのことは、ソムキットからすでに聞いていたが、ポンはまだその女のひとに会ったことがなかった。

「質問《しつもん》は禁止《きんし》。みんな、過去《かこ》をさっぱり洗《あら》い流して、ここのドアを開けるんだからって」

「みんなって？　そいつが人殺《ひとごろ》しでもってことか？」

ソムキットは、あきれたというように目玉を上にむけた。

「アムパイさんは、そんなやつらをここに入れたりしないって。良い人間と悪い人間を見分ける力を持ってるからね」

「けど、おれのことはまだ知らないじゃないか」

ソムキットは、ひじでポンの腕《うで》をつついた。

「気に入るにきまってるさ。おまえはおれの友だちだし、おれはアムパイさんのお気に入りだからね」ソムキットは、声をひそめてつづけた。「それから、前にもいったけど、アムパイさんなら船の手配をしてくれるはずだよ。もどってきたら、さっそくアムパイさんに頼《たの》んでやる。約束するよ」

ここに来た夜、ポンはライチを食べながら、ソムキットにこれまでのことをすっかり話していた。タナブリ村のこと、チャム師《し》のこと、スィヴァパンの娘《むすめ》のことや崖《がけ》から飛びおりたことも。あいかわらず果物には目がないソムキットは、話を聞きおわると、まずはライチをひとつ口にほうりこんでからこういった。

「大変だ。さっそく船の手配をしなきゃね」

そこでポンは、謎《なぞ》に包まれたアムパイさんを泥《どろ》ハウスで待つことにした。そのひとが南行きの切《きっ》符《ぷ》になってくれる。自由への切符《きっぷ》に。

そのあいだ、ポンはモップで便所をせっせと掃除《そうじ》した。ソムキットのほうは、いつもそばにいて、ぺちゃくちゃとおしゃべりばかりしている。

「あのねえ、それってどういうわけだよ」ある暑い午後、ポンはモップの柄《え》によりかかって、ひたいの汗《あせ》をぬぐいながらソムキットにきいた。「ここのひとたちはみんな働いてるのに、なんでおまえだけなんにもしないんだ？」

ソムキットは笑顔《えがお》のまま、おどろいたねというように両方の眉《まゆ》をあげた。

「ちょっとお。おれは仕事をしてるんだって」

「一日じゅうむだ口たたくのは、仕事のうちに入らないぞ」

ソムキットは、すわっていた台のはしからぴょんと飛びおりた。

「いい、ポン。おれは、泥《どろ》ハウスをブンブン鳴らしてるの」

ソムキットは頭上を指さした。バルコニーの手すりから、紫《むらさき》の光の玉がいくつもぶらさがっている。

「どういうことだよ」

ソムキットの目が輝《かがや》いた。ポンにきかれるのを、いまかいまかと待っていたにちがいない。

「さあ、ポンさま、こちらへどうぞ。ご案内いたしましょう」

ポンはモップをわきに置いてから、ソムキットについていった。階段《かいだん》を最上階まで上がったところに、厚紙《あつがみ》で作ったドアがある。ソムキットがドアを開けると、奥《おく》にせまくてほこりっぽい、もうひとつの階段《かいだん》があった。その階段《かいだん》を上りきると、ソムキットは少し息を整えてから、天井《てんじょう》にとりつけたトタンの波板を押《お》しあけた。まぶしい日光が、さあっと階段《かいだん》を照らす。ソムキットは天井《てんじょう》の穴《あな》から顔を出してあたりをうかがってから、ポンに声をかけた。

「だいじょうぶ。上がってきていいよ」

ソムキットのあとから屋上に出たポンは、目がくらむほどの日光に目をぱちぱちさせた。びっくりしたハトの群れが、いっせいに飛びたったが、頭上でぐるりと大きな円を描《えが》いてから、またもとの場所に降《お》りてくる。

ポンは、タールをぬった屋根の上を、おそるおそる歩いていった。

「わあ、すごい景色だなあ」

ふたりの立っているところから、東岸のほとんどを見わたすことができた。色合いが少しずつちがう錆《さび》色、銀色、黒のトタン屋根が、パッチワークのようにならんでいる。街なみがとぎれた先には、灰緑《かいりょく》色の川がヘビのようにくねくねと北から南に流れ、点のように見える船がいくつも、目に見えない航路《こうろ》を行き来していた。

「さあ、もうたっぷり見物しただろ」ソムキットが、ポンの袖《そで》を引っぱった。「この屋上は安全だけど、髪《かみ》がもうちょっとのびるまでは、人目につかないほうがいいよ。こっち、こっち。おれの仕事場を見せてあげる」

「おまえの仕事場だって？　こんな屋根の上に？」

「そんなに感心しないでいいよ。仕事場なんてしゃれたところじゃなくって、物でいっぱいの押《お》し入《い》れみたいなもんだから」

ソムキットは、ポンを屋上のはしにある物置のような小屋に連れていくと、戸を開けた。たしかに、仕事場というより物でごったがえした押《お》し入《い》れといったほうがいい。天井《てんじょう》近くまである何段《なんだん》もの棚《たな》には、ナットとボルト、針金《はりがね》、工具、ガラスの破片《はへん》や金属板《きんぞくばん》の切れはしの入った瓶《びん》などが、ずらりとならんでいる。木の一枚板《いちまいいた》をのせた作業机《さぎょうづくえ》の上にも、いろいろなものがごちゃごちゃと置かれていた。

「暑いんだよね、ここ」ソムキットは、手をのばして窓《まど》を開ける。「これで、ちょっとはましになった。たいてい、朝早くに来るんだよ。真昼になったら、炊飯器《すいはんき》のなかよりむし暑くって、窒息《ちっそく》しそうになるからね」

ポンは、作業机《さぎょうづくえ》の上をしげしげとながめて、これはいったいなんに使うのだろうと首をかしげた。ナムウォンにいたころも、ソムキットは刑務所《けいむしょ》の門の鉄格子《てつごうし》の外を流れる川からこういうガラクタを釣《つ》りあげてはためこんでいたものだ。特に金属製《きんぞくせい》のものに目がなくて、釘《くぎ》やねじを大事にしていた。あのころは集めたものを細工する工具がなかったが、いまは金物店を開けるくらいどっさり持っているようだ。

ポンは、小さな光の玉がいくつもついたひもを手にとった。泥《どろ》ハウスの梁《はり》につるしてあるのと同じものだ。ガラス玉のひとつひとつに、アルミホイルの傘《かさ》がかぶせてある。

「さっき泥《どろ》ハウスをブンブン鳴らしてるとかいってたけど、それって、こういう光の玉が消えないようにするってこと？」

小屋のすみにある椅子《いす》に腰《こし》かけたソムキットは、ポンをあわれむように首を横にふった。

「おまえってさあ、光の玉の仕組みをなんにも知らないんだね」

ポンは肩《かた》をすくめた。

「いっただろ。タナブリ村は光の玉を使ってなかったんだよ」

ソムキットは、大きくひとつ息を吸《す》いこんでから、両手をぽんとひざの上に置いた。

「ようし。じゃあ、説明してあげるよ。チャッタナーの光は、総督《そうとく》が作ってる。すべての光をね。わかってる？」

もちろん、そんなことは、だれでも知っている。ポンは、自分の目で総督《そうとく》の魔法《まほう》を見たことさえあった。だが、街に灯《とも》る何百万もの明かりのことをあらためて考えると、それは信じがたい事実だった。たったひとりの男が、すべての光を作っているのだから。

「総督《そうとく》は、海の近くにあるガラス工場から船でガラス玉を運ばせて、自分で作った光を入れている。もし光の玉が消えたら、総督《そうとく》に魔法《まほう》で光を入れてもらうしかない。でも、総督《そうとく》がガラス玉のひとつひとつに光を入れるのは時間がかかりすぎる。そこで充光所《じゅうこうしょ》に光を蓄《たくわ》えてるんだ。総督《そうとく》は、年に二、三回だけ充光所《じゅうこうしょ》に行く——いまは、もっと行ってるかもしれないけどね。街が、どんどん大きくなってるから。充光所《じゅうこうしょ》って見たよね？　ほら、てっぺんで金色の光がちかちかしている大きな塔《とう》だよ」

ポンはうなずいた。

「荷船にしがみついて川を上ってきたときに、見えたかも」

「そう、そこだよ。で、光が欲《ほ》しかったら、充光所《じゅうこうしょ》で光を仕入れた商人から買わなきゃいけない。光市場でね」

「光市場って？」

ソムキットは、両腕《りょううで》を大きく広げた。

「こーんなにすごい市場なんだよ。どこもかしこも光の玉——いろんな色や大きさの光の玉が、何百万個《こ》もあるんだ！　それに、食べ物を売る店もあるし、音楽もやってる。なによりすばらしいのはね……」ソムキットは、匙《さじ》ですくった甘《あま》いものを口に入れたように、うっとりと天井《てんじょう》を見あげた。

「一階が壁《かべ》も仕切りもない広い売り場になっていて、光の玉の発動機でいっぱいなんだ！　どっちをむいても、立派《りっぱ》な機械がならんでる。この街で、おれがいちばん好きな場所だよ」

ポンは、思わずにっこりしてしまった。ソムキットが果物より好きなものは、発動機しかない。

「で、おれの仕事だけどね」ソムキットが、話をもとにもどした。「光の玉は明るくなればなるほど値段《ねだん》も高くなるから、泥《どろ》ハウスでは安い紫《むらさき》の玉しか買えないんだ。で、すっごく暗い紫《むらさき》の光の玉が使いものになるように、おれがちょっとばかり細工をしてるってわけ」ソムキットは、光の玉にかぶせているアルミホイルの傘《かさ》を指さした。「これで、光を反射《はんしゃ》させるんだよ。厨房《ちゅうぼう》で使ってる深紅《しんく》の光の玉にも同じものをつけている。ひとつの光の玉から、できるだけたくさんスープを作れるようにね」

「たしか、深紅《しんく》の玉は紫《むらさき》のよりも強いんだろ？」

ポンがきくと、ソムキットはまたひとつ息を吸《す》いこんでから、小さな子どもに話すように丁寧《ていねい》に、色によってちがう光の玉の強さについて説明を始めた。

「紫《むらさき》がいちばん弱い。泥《どろ》ハウスでは、これを使ってる。青は、紫《むらさき》よりちょっとだけ明るい。深紅《しんく》っていうか赤は明るいし、熱量も多い。だから料理に使えるんだ。琥珀《こはく》色は赤よりもっと明るいから、高級な店が照明に使ってる。それに、小さい機械なら動かすことができるんだ。けど、船についているような大きい発動機を動かすには、翡翠《ひすい》色の光の玉がいる。五色のうちで、いちばん強い光で、値段《ねだん》もいちばん高いんだよ」

「その五色の上が、金色なんだね」

ソムキットがうなずく。

「金色の光の玉は、どの色より明るいけど、ぜったい熱くならないんだ。手で持っても、火傷《やけど》しない。どんな発動機でも動かせるくらい強力だけど、そんなことに使うのはもったいないんだ。最上級の光の玉だし、ものすごい値段《ねだん》だからね。泥《どろ》ハウスじゅうのお金をかきあつめて、マークさんの店のレジのお金を合わせたって、ひとつ買えるかどうかってくらいだよ」

ポンは、何年も前に手のひらに置かれた、美しい金色のガラス玉のことを思いだした。

「だから、川のこっち側では、だれも金色の光の玉を持ってないんだ」

「金色のを買えるようなひとは、川の東側に住もうなんて思わないよ」ソムキットはつづけた。「けど、だれも持っていないわけじゃない。ここに……おれがいるじゃないか」

ポンは、ソムキットをまじまじと見つめた。

「おまえが？」

ソムキットは笑《え》みがこぼれるのをこらえながら、作業机《さぎょうづくえ》の上の小さなガラス玉を手にとった。

「見せてやるよ」

24

屋根に開いたぎざぎざの穴《あな》から、日光が降《ふ》りそそぐ。小屋のなかは焼けるような暑さで、玉のような汗《あせ》がポンの鼻のわきを転がりおちた。ソムキットは、黒い金属《きんぞく》の小箱を手にとると、日光にかざした。

「これを考えるのが、いちばん大変だったんだ。集光器って呼《よ》んでるけどね。こんなふうに、日光のあたるところに置いておくんだ。これは朝からずっと外に置いといたから、おいしいジュースがたっぷりたまってるよ」

「ジュースって?」

ソムキットは、笑いだした。

「日光のことさ。太陽のエネルギーだよ」ソムキットは、黒い箱につながっている二本の銅線《どうせん》を指さした。「集光器で集めた日光が、この銅線《どうせん》を通ってこっちに流れこむ」分厚《ぶあつ》いガラスの瓶《びん》を指さす。瓶《びん》に入ったにごった液体《えきたい》の中心から、金属《きんぞく》の棒《ぼう》が一本つきでている。「すごく複雑《ふくざつ》な装置《そうち》なんだ。だから——ちょ、ちょっと、さわっちゃだめ!」ソムキットは、ポンの手をはらいのけた。「気をつけないと、ひどい火傷《やけど》をしちゃうよ。わかった？　くわしい説明は省くけど、簡単《かんたん》にいうと太陽のエネルギーがこのなかに蓄《たくわ》えられるんだ。で、こいつをつなぐと……」

ソムキットは、別の二本の銅線《どうせん》を手にとった。銅線《どうせん》の先には、鳥のくちばしのような小さな留《と》め金《がね》がついている。ソムキットは、留《と》め金《がね》のひとつで、光の玉のスイッチにくっついている金属片《きんぞくへん》をそっとはさんだ。

「準備《じゅんび》はいい？」

ポンはうなずいて、あとずさりした。火傷《やけど》をするといわれて、こわくなったのだ。ソムキットが、ふたつ目の留《と》め金《がね》を金属片《きんぞくへん》にはさむ。たちまち光の玉が暖《あたた》かい金色の光を放ちはじめた。

ポンは、口をあんぐりと開け「うわぁ」とおどろきの声をもらした。

「すごいだろう？　でもね――ほんとにすごいのはここからなんだ」

ソムキットは留《と》め金《がね》を両方とも外すと、光の玉を手のひらにのせてかかげた。まだ、ガラス玉は金色の光を放っている。ソムキットは、光の玉をポンの手のひらにのせた。

おそるおそる受けとったポンは、そろそろと手を引っこめると、近くでじっくりとながめた。まばゆい光を放っているのに、ガラス玉はひんやりとしている。ナムウォンの中庭であった、あの日の出来事を思いだした。目の前に立った総督《そうとく》は、ポンの手のひらにガラス玉を置いてから、これとそっくりの金色の光をガラス玉に移《うつ》した。だが、あのときとは、なにかがちがう。総督《そうとく》が光を作りだしたときには、嵐《あらし》の前のように空気が重苦しくなって、パチパチと音を立てた。総督《そうとく》の光の玉は、どこかはりつめていて、ポンは落ちつかなくなったものだ。だが、いまポンの手のひらにのってい る光の玉はちがう。ブンブンというさわがしい音を立てていない。総督《そうとく》のものと同じぐらい明るいが、もっと自然な感じがした。

ポンが顔を近づけると、光の玉は一度またたいてから消えてしまった。

ソムキットは、光の消えたガラス玉をポンからとりあげた。

「あんまりエネルギーをとりこんでなかったからね。半日くらいつないどけば二、三日は光ってい られるし、スイッチを切っといたら、もっと長くもつんだよ」

ポンは、つくづく感心して、かぶりをふった。

「もう、信じらんないよ。それも、よりによって金色の光だよ? 最強の光じゃないか」

ソムキットは、笑いだした。

「だって、太陽ってこんなに明るいじゃない! 空のすみからすみまで照らしてるんだからね。ちっちゃなガラス玉を光らせるくらいわけないさ」

ポンは、ソムキットをまじまじと見つめた。あのころとは、なんと変わってしまったことだろう。ナムウォンにいたころは、いちばんのいじめられっ子で、小さいとか弱いとかいわれて、しょっちゅうからかわれていた。だが、ここではみんなから好かれている――それどころか、頼《たよ》りにされている。ソムキットがうまくやっているのを知って、ポンは複雑《ふくざつ》な気持ちになった。ほっとしたような、ほこらしいような、うらやましいような。

「おまえって、光を作れるんだ」ポンは、笑顔《えがお》でいった。「総督《そうとく》と同じだね」

「作ってるんじゃない。集めてるだけだよ。総督《そうとく》がやってるのは――魔法《まほう》だよ。どう考えても」

「これって、作るのにどれくらいかかった？」

「ポンがあらわれるちょっと前にできたんだよ」ソムキットは、慎重《しんちょう》に集光器と瓶《びん》を片《かた》づけた。「まだ、だれにも見せてないよ。アムパイさんにもね」

「じゃあ、これからは泥《どろ》ハウスの明かりをぜんぶ金色にできるね。西岸みたいになるじゃないか」

「うん、そのうちにね」そういってから、ソムキットはため息をついた。「けど、それには、ここにある光の玉が消えるのを待たなくちゃいけないんだ。一か月くらいは、かかるだろうな。まだ光ってるやつに光を入れることはできないからね。やってみたけど、うまくいかなかったんだ」ソムキットは頭をかたむけて、小屋のすみを示《しめ》した。ガラス玉の破片《はへん》が掃《は》きあつめられている。「おまけに銅《どう》線《せん》と金属板《きんぞくばん》も足りないのに、簡単《かんたん》には手に入らないしさ」

ソムキットの浮《う》かない顔を見て、ポンはあやしんだ。

「その銅線《どうせん》、まさか盗《ぬす》んだんじゃないだろ？」

「もう、盗《ぬす》むわけないって！」ソムキットは、やれやれというように肩《かた》を落として両手をあげた。

「冗談《じょうだん》でも、そんなこといわないでよ。アムパイさんは盗《ぬす》みをぜったいに許《ゆる》さないんだよ。けどね……」ソムキットは、耳の後ろをかきながら、声をひそめた。「ちゃんとしたやり方で手に入れてるわけでもないんだ。光市場で働いている友だちから、こっそり分けてもらってるんだよ。でね……」ソムキットは、人差し指であごを軽くたたいてなにか考えてから、ポンに顔を近づけた。「今夜、そこに行かなきゃいけないんだけど。いっしょに来る?」

「外に出るってことか? だめ、それはできない」

「お願い。どうしても光市場を見せたいんだよ。変装《へんそう》すれば、ぜったいにばれないから」

ポンは首を横にふり、左手首に幾重《いくえ》にも巻《ま》いたひもをさわった。

「無理にきまってるだろ。ぜったい警官《けいかん》がいるし」

「そんなに大勢《おおぜい》はいないよ。だって、警察《けいさつ》が探《さが》してるのは僧侶《そうりょ》だよね? じゃあ、変装《へんそう》すればいいじゃないか。それに光市場はひとでごったがえしてるから、そのなかであやしい子どもをひとり見つけるなんて、できっこないよ。あそこくらい安全な場所はないかも」

ポンは、短い毛が生えはじめた頭を手でこすった。何日も泥《どろ》ハウスから一歩も出ていないせいで、息がつまりそうだ。黒こげの壁《かべ》の外を見られると思うと、ちょっとばかりうきうきしてきた。それに、ソムキットの話では、光市場は天国みたいにすばらしい場所だとか。

「帽子《ぼうし》かなんかをかぶれば、だいじょうぶかな……」

ソムキットが、にーっと笑った。

「うん、帽子《ぼうし》は、ぜったい手に入れなきゃね」

ポンは目を細めて、さぐるようにソムキットを見た。

「そんな顔して、なにをたくらんでるんだよ？」

「なんのこと？」ソムキットがとぼけた。「まかせといて。見たこともないくらい、すっごい変装《へんそう》をさせてやるから」

25

「おまえのいってたすっごい変装《へんそう》って、これかよ」

ポンは、首に巻《ま》いたネッカチーフを引っぱった。

その手を、ソムキットがパシッとはらいのける。

「うん。けど、ネッカチーフをいじらないでよ。また、結びなおさなきゃいけないだろ。少年パトロール隊の隊員は、ネッカチーフをきちんと結べるのが自慢《じまん》なんだから」

ポンは、青洟《あおばな》みたいな緑色のシャツを着て、同じ色の半ズボンをはいていた。色とりどりの刺繍《ししゅう》をほどこしたワッペンが、シャツの両袖《りょうそで》と胸《むね》の左右のポケットにべたべたついている。少年パトロール隊の制服《せいふく》だ。少年パトロール隊とは善行《ぜんこう》をモットーにする少年たちの集まりで、軍隊のように整列し、歌をうたいながら街や村をパトロールする。ポンが知っているのも、せいぜいそれぐらいのところだ。なぜなら、ポンのような少年は、ぜったいに入隊を勧《すす》められたりしない。そして、隊員の多くは、いずれ警察《けいさつ》学校に入学するという。

「こんな変装《へんそう》って、バカみたいじゃないか。まずいよ」ポンは、ぶつぶつ文句《もんく》をいった。「だれかに質問《しつもん》されたら、どうするんだよ」

「パトロール隊のワッペンだらけのシャツを着た子に、だれがなにをきくっていうの？　それに帽《ぼう》子《し》をかぶる変装《へんそう》は、これしかなかったんだよ」ソムキットは、ポンの帽子《ぼうし》のつばをたたく。「とにかく背筋《せすじ》をしゃんとのばして、ぼくはいい子ですって顔をしとけばいいから。じゃあ、船に乗るよ！」

ポンは、まいった、まいったと天をあおいでから、アムパイが泥《どろ》ハウスの裏手《うらて》の水路につないでいる小舟《こぶね》に乗りこんだ。

「船から落ちたら、今度は水のなかに押《お》しこんだりしないで、すぐに助けろよ」

そういって、ポンは両手で船べりをしっかりつかんだ。

ソムキットが、にーっと笑う。

「約束はできないな」

ふたりは櫂《かい》を一本ずつ持ち、たくさんの小舟《こぶね》が行《い》き交《か》う広い水路のひとつにこぎだした。野菜や履物《はきもの》や焼き飯や炭酸《たんさん》飲料などを積んだ物売りたちの小舟《こぶね》が、そばを通りすぎていく。ソムキットは、たくみに小舟《こぶね》を操《あやつ》り、こっちの水路からあっちの水路へと、小舟《こぶね》だらけの迷路《めいろ》のなかを進んでいく。

ポンは、そんなソムキットのようすにおどろいた。水路のどこにも標識《ひょうしき》が見当たらないのに、どっちに行けばいいのかわかっているらしい。しばらくして角を曲がると、あたりの気圧《きあつ》が変わって耳がつまったようになった。すると、虹《にじ》色に輝《かがや》く巨大《きょだい》な多層《たそう》階建ての建物が目の前にあらわれた。

看板《かんばん》こそないが、ここが目的地にちがいない。色とりどりの光をまとった街のなかで、光市場は宝石《ほうせき》をちりばめたティアラのように、ひときわまぶしく輝《かがや》いていた。中庭にあるバンヤンの木から、さまざまな色と大きさの光の玉が下がっている。その光に照らされて、屋台で売られているかき氷も宝石《ほうせき》のようにきらめいていた。四人組のバンドが奏《かな》でるゆったりとした曲にあわせて、恋人《こいびと》たちがウッドデッキで踊《おど》っている。音楽と笑い声がさんざめくなか、建物から聞こえてくるブンブンという音がこめかみに響《ひび》いた。

目の前の光景があまりにも美しすぎて、ポンの胸《むね》はじーんとなった。幼《おさな》いころソムキットといっしょに、ナムウォンの中庭のコンクリートの地面に寝《ね》そべって川の向こう岸をながめながら、百万個《こ》の明かりの下を歩いている自分たちの姿《すがた》を夢《ゆめ》みたものだ。いま、まさにその夢《ゆめ》のなかにいる。

ソムキットは、小舟《こぶね》を船着き場につなぐと、ポンのひじをつねった。

「ぼおっとしてないで——変なやつだと思われちゃうよ」それから、小声でつづける。「さあ、行こう。最初に最上階まで上らなきゃ」

ポンは、ソムキットといっしょに列にならんで、エレベーターとかいう乗り物を待った。箱のようなそれに乗って、光の玉で彩《いろど》られたバンヤンの木の枝《えだ》のあいだを通り、最上階の五階にある正面玄関《げんかん》まで行くという。エレベーターが上がりはじめると、胃《い》がぴくんと飛びはねた。

五階に着くとエレベーターの扉《とびら》がシューッと開き、乗っていたひとたちがどやどやと玄関前《げんかんまえ》の広場に降《お》りた。三人組の警察官《けいさつかん》が正面玄関《げんかん》にいるのを見て、ポンはぎょっとなった。警察官《けいさつかん》たちは、なかに入ろうとする客たちに目を配って持ち物を調べている。

思わず、ポンは右手で左の手首を隠《かく》した。

ソムキットは、ポンの手を軽くたたいてささやいた。

「いいから、にっこり笑って、足を止めずに堂々《どうどう》と歩いていくんだよ。立派《りっぱ》な少年になったつもりでね」

よし、わかった。ポンは息を吸《す》いこみ、ワッペンでおおわれた胸《むね》をはった。三人の警察官《けいさつかん》の前を通るとき、ひとりと目が合った。ポンはその場に凍《こお》りついたが、警察官《けいさつかん》はポンの制服《せいふく》をちらりと見るなり、片目《かため》をつぶってみせた。

ポンもウインクを返そうとしたが、顔の片側《かたがわ》が引きつってしまった。

「ほらね。その変装《へんそう》は天才的だっていったろ」そうささやきながら、ソムキットがポンを建物のなかに引っぱりこんだ。「さあ、まわりをしっかり見て。これから勉強を始めるからね」

巨大《きょだい》な建物のなかを歩きながら、ソムキットはたてつづけに説明しはじめた。

光市場では、翡翠《ひすい》色から紫《むらさき》までの五色の玉が取り引きされている。ただし、金色の光のものだけは別で、西岸でしか手に入らない。ここの最上階は、翡翠《ひすい》色の光の玉が照明に使われている数少ない場所のひとつだ。強力な翡翠《ひすい》色の光の玉は、ふつうは発動機や大きな機械を動かすのに使われるが、ここでは、おしゃれな店やカフェの窓《まど》のなかで、翡翠《ひすい》色の小さな玉が照明に使われている……。

ふたりは話しながら、高級そうなレストランがならぶ通路を通りぬけた。店のなかでは、客たちが翡翠《ひすい》色の玉が放つエメラルドグリーンの光のもとでグラスをかたむけている。

着飾《きかざ》ったひとたちでいっぱいのしゃれた店をいくつも通りすぎてから、階段《かいだん》を下りて四階に行った。この階には、深紅《しんく》と琥珀《こはく》色の光が灯《とも》されている。まるでオレンジの実のなかに足をふみいれたようだ。通路のなかほどに設《もう》けられたステージでは、歌手がささやくようにうたっている。

この手をとって、愛《いと》しいひと。どうかわたしといっしょに踊《おど》って……。

少しずつ色あいのちがう深紅《しんく》と琥珀《こはく》色の玉を売る店が、通路の両側にならんでいた。ザクロの粒《つぶ》ほど小さい琥珀《こはく》色の玉をひもで連ねて売っているかと思えば、そのとなりでは、軍隊ひとつ分のスープを作れるくらい大きくて、ルビーのように赤い玉を売っている。あたりの熱気のせいで、ちくちくする制服《せいふく》を着こんだポンは汗《あせ》びっしょりになった。

さらに階段《かいだん》で三階に下りると、青い光に照らされた廊下《ろうか》がのびていて、ポンはほっと一息ついた。やかましい音楽が流れていないので、光の玉のブンブンという音がはっきり聞こえる。ポンは、光の玉の音が色によって少しずつちがうのに、はじめて気づいた。翡翠《ひすい》色の玉は、犬がいびきをかいているような低い音。深紅《しんく》と琥珀《こはく》色のは、それよりも高い音だ。三階の青い光の玉は、さらに高い音で不規則《ふきそく》にジジジッと鳴っている。

光の玉を売る店をつぎつぎと見ていくうちに、ポンは光の玉の値段《ねだん》によって客のようすがちがうのに気がついた。四階では、食堂《しょくどう》を経営《けいえい》する店主たちが店の厨房《ちゅうぼう》で使う高額《こうがく》な深紅《しんく》の玉を買ったり、きちんとした身なりの乳母《うば》が、きれいにアイロンをかけた学校の制服《せいふく》を着た子どもたちのために、琥珀《こはく》色の玉で動くぜいたくなおもちゃを求めたりしていた。そこそこの値段《ねだん》の青い光の玉を売る三階は、糊《のり》のきいたシャツの袖《そで》をひじのところまでまくりあげた、勤《つと》め帰りの男たちでにぎわっていた。

紫《むらさき》の玉を売る二階に下りると、そこには上の階の光の玉を買うことができない貧《まず》しいひとたちがいた。紫《むらさき》の光もそれなりに美しいが、とても暗い。いくつか集めればいくらか明るくなるものの、ひとつだけでは手もとをぼんやり照らすのがせいいっぱいだ——料理をしたり、本を読んだりは、とてもできないだろう。

ナムウォンで街の明かりのもとを歩くことを夢《ゆめ》みていたころ、ポンは光の玉にちがいがあるとは思ってもみなかった。だが、刑務所《けいむしょ》の塀《へい》のなかと同じく、外の暮《く》らしも不公平そのものだ。いちばん良質《りょうしつ》な光は、それを買えるだけのお金があるひとたちしか手に入れることができないのだから。

「ちょっと、ここで待ってて」ソムキットがいった。「あの店の値段《ねだん》を見てくるから」

ポンは待っているあいだ、そばの店の台にならんでいる、さまざまな大きさの紫《むらさき》の玉をながめていた。

「お客さん、なにか気に入ったものはあるの？」

台の向こうから、女の店員が声をかけてきた。

「こっちの光の玉は、お買《か》い得《どく》だよ」店員は、紫《むらさき》の光の玉をいくつかのせたお盆《ぼん》を持ちあげる。「ひとつの値段《ねだん》で、ふたつ買えるよ」

ポンは、お盆《ぼん》のほうにかがみこんで音を聞いてみた。なんだかおかしい。どれも同じ紫《むらさき》の玉なのに、音がそれぞれちがっている。卵《たまご》ほどの大きさの光の玉は、ほかのものよりも高い音を出している。と、一瞬《いっしゅん》だが、その光がかすかにまたたいた。

「どうするの？」しびれを切らした店員が、ポンをせかした。「一日じゅう、安売りをしてるわけじゃないんだ。その光の玉が欲《ほ》しけりゃ半額《はんがく》にしとくよ」

ポンは店員を無視《むし》して、卵《たまご》ぐらいの玉のかん高い音に耳をすました。音がどんどん高くなっていく。いまにもガラス玉が割《わ》れるのではないかと、ポンはあとずさりした。だが、その光の玉は、最後に一度またたくと消えてしまった。

「あれま、ハハハ——どうしちまったんだろうね？」店員は、消えた光の玉をさっと隠《かく》した。「きっと欠陥品《けっかんひん》だったんだよ」

そこへソムキットがもどってきて、ポンを店先から引きはなした。

「安売りの光の玉は、ぜったいに買っちゃだめ」ソムキットが注意した。「詐欺師《さぎし》たちが、消えかけの古い玉を売ろうとしてるんだ。あんなのを買ってごらん。一週間くらい点《つ》いてる玉もあるかもしれないけど、たったの一時間で消えちゃうのもあるんだから」

「消えちゃった光の玉は、どうするんだよ」

「回収施設《かいしゅうしせつ》に持っていく。そしたら、ガラス玉分のお金だけ返してもらえるんだ。まあ、たいしたお金じゃないけど、もらえないよりはましだからね」

最後にポンとソムキットは、光市場のいちばん下の階についた。一階は、緑色の光があふれていたが、音楽の演奏《えんそう》もきらびやかな飾《かざ》りつけもない。床《ゆか》は灰《はい》色のタイル敷《じ》きで、だだっ広い空間に缶《かん》のなかみたいなにおいがただよっている。

ソムキットは、うれしそうに両手をこすりあわせた。

「この階の売り場は、ふたつに分かれてるんだよ」それから、それぞれの売り場を指さした。「こっちの売り場は発動機を、そっちは発動機を動かす翡翠《ひすい》色の光の玉を売ってる。すごいだろう」

ポンは、まぶしい緑の光に目を細めながら、ソムキットについて、ふたつの売り場のまんなかにある通路を歩いていった。一階の翡翠《ひすい》色の玉は、金属《きんぞく》部品や潤滑油《じゅんかつゆ》といっしょに売られていて、五階のものほど美しくはないが、とても力は強そうだ。通路のつきあたりまで行くと、ぴかぴかのタクシー船にとりつける小さめの発動機を売ったり、修理《しゅうり》したりする店があった。

ソムキットは、ポンのひじをつかんで立ちどまった。

「この店で、必要な部品を手に入れてるんだよ。ちょっと話をしてくるから、待ってて」

カウンターの奥《おく》で発動機を修理《しゅうり》しているひとたちがソムキットに気がついて、声をかけてきた。

ソムキットも、「こんばんは！」といいながら片手《かたて》をあげる。

カウンターの向こうにいる男が手をのばして、ソムキットと握手《あくしゅ》した。前髪《まえがみ》は短く切りそろえ、後《うし》ろ髪《がみ》を長くのばした男だ。

「おまえ、どこにいたんだよ。何週間も顔を見せなかったじゃないか！」

「ごめんなさい。ずっと来られなくって。目がまわるほどいそがしかったから」

短くて長い髪《かみ》の男は、カウンターから身を乗りだして声をひそめた。

「あのな、ボスにきいてみたんだよ。ほら、おまえの仕事の話」

ソムキットは、背筋《せすじ》をすっとのばした。

「あっ、はい。それで？　なんていってました？」

男は、首を横にふった。

「悪いけど、前科のあるやつは、危《あぶ》なくって雇《やと》えねえってさ」

ソムキットは、笑《え》みを浮《う》かべたままうつむいた。

「前科って？　けど、おれはちゃんとした手続きをふんで、ナムウォンから出たんですよ。そのことは、ちゃんといってくれたよね」ソムキットは、左手首の入《い》れ墨《ずみ》を指さした。刑務所《けいむしょ》の名前が、線で消してある。「おれが自分でこれを見せにいってもいいけど。それで話が変わるんなら」

「いんや。ボスは、刑務所《けいむしょ》にいた人間を雇《やと》わねえって厳《きび》しく決めていて、例外はないんだってさ。すまなかったな」

ソムキットは、わずかに背中《せなか》を丸めたが、すぐにいつもの笑顔《えがお》にもどった。

「気にしないで。わかったから。それに、おれもやることがいっぱいあっていそがしいんですよ」

男は、長い後《うし》ろ髪《がみ》を指でとかしながらいった。

「おれが決められるなら、すぐにでも雇《やと》うけどな。発動機にかけちゃ、おまえの右に出るやつはいないから。ところで、昨日の夜、九型《がた》の発動機の修理《しゅうり》を頼《たの》まれたんだけど、だれも直せるやつがいなくてよ」

「よかったら見ますよ」

「ほんとか？」男の顔が、ぱっと明るくなった。「直してくれたら、ブリキ板と銅線《どうせん》をやるよ」

「それで決まりだね」ソムキットがうけあう。「で、どこにあるんですか？」

男は、カウンターの板を上げて、ソムキットを店の奥《おく》に通した。ふたりのやりとりを見ていたポンは、腹《はら》が立ってしかたがなかった。ソムキットは、生まれる場所を選ぶことができなかった。そのことと発動機の修理《しゅうり》の仕事に、どんな関係があるというのだろう？

ソムキットは、壊《こわ》れた九型《がた》の発動機の前にしゃがみこんだ。その後ろに立った修理工《しゅうりこう》たちは、頭をかいている。身を乗りだしてソムキットのすることを見ようとする者もいるが、茶色の指が目にも止まらぬ速さで動くので、とても追いついていけないようだ。数分後、ソムキットは立ちあがって発動機の金属《きんぞく》のカバーをたたいた。すると、発動機はブルンブルンと二回ほど震《ふる》えてから、安定した音を立てはじめた。

そばで見ていた修理工《しゅうりこう》たちは、肩《かた》をたたきあって歓声《かんせい》をあげる。

「おれのいったとおりだろうが」短くて長い髪《かみ》の男が、大声でいった。「ソムキットなら、やってくれると思ったよ！」

約束どおり、男はソムキットに小さなブリキ板をどっさりと、短い銅線《どうせん》の束を手わたした。

「また、いつでも立ちよって助けてくれよな。こういうものを用意しておくからさ」

ソムキットは、おじぎをしてブリキ板と銅線《どうせん》を受けとると、ポンに両方の眉《まゆ》をあげてみせ、行こうとうながした。

もと来た道を引きかえし、光市場の最上階にある正面玄関《げんかん》から外に出た。その階の美しい翡翠《ひすい》色の光は、今度はそれほどすばらしいとは思えず、ポンは光と音があふれるこの場から一刻《いっこく》も早く立ちさりたかった。エレベーターがバンヤンの枝《えだ》のあいだを通って中庭に降《お》りていく。ソムキットは、ずっとだまりこくっていた。胸《むね》になにかがつっかえているときの顔だ。

「手伝わせるなら、金をはらわなくちゃ」ポンは、ソムキットの心のうちを口にした。「針金《はりがね》やくず鉄なんかじゃなくって」

ソムキットは肩《かた》をすくめると、シャツの裾《すそ》で入《い》れ墨《ずみ》のある手首をこすった。

「聞いてたよね。おれに金をはらって仕事をさせる気はないんだよ。けど、銅線《どうせん》をもらえるなら、そんなに悪い取り引きじゃない。太陽の光の玉を作るのにいるからね」

「まあね、こんなこといわれたってうれしくないだろうけど、おまえってさ、あそこの男たち十人を束にしたくらいの価値《かち》があるぞ」

ソムキットは、くるりと目玉をまわして、おどけた口調でいった。

「よく聞け、少年パトロール隊の隊員。ワッペンが欲《ほ》しくて、そのようなお世辞をいっても、今夜は授《さず》けることはできんぞ」

ポンのほうもおどろいた顔をしてから、きどった言葉づかいでいいかえした。

「閣下《かっか》。たいへん恐縮《きょうしゅく》でございますが、少年パトロール隊には、一日に三度はお世辞をいえという規則《きそく》がありまして」

ソムキットは、笑いだした。中庭に出たふたりは、かき氷をひとつ買って半分ずつ食べた。首尾《しゅび》よく光市場まで来ることができたのがうれしくて、ふたりは即興《そっきょう》の少年パトロール隊の歌をうたい、曲にあわせて腕《うで》をふりながら乗ってきた小舟《こぶね》までもどった。

泥《どろ》ハウスの裏手《うらて》につづく水路に入ったとき、脱獄《だつごく》してから何度も襲《おそ》ってきた感覚がよみがえり、ポンの背筋《せすじ》を不安がぞわぞわとはいのぼった。思わずふりかえると、ソムキットがきいてきた。

「どうした？　まだ、あの警察官《けいさつかん》たちのことを心配してるの？　おまえには目もくれてなかったじゃないか」

ポンは、首を横にふった。光市場にいただれかを疑《うたが》っているわけではないが、何年も捕《つか》まるのではないかとおびえながら暮《く》らしてきたせいで、ポンはひとの視線《しせん》に敏感《びんかん》になっていた。いまも、あたりの空気がわずかにはりつめているような気がする。首筋《くびすじ》が、ぞくぞくしてきた。

「だれかにつけられてるような気がするんだ」

「じゃあ、急いで帰ろうよ」

マーク海鮮食堂《かいせんしょくどう》の裏手《うらて》に小舟《こぶね》をつないでから、ふたりは泥《どろ》ハウスの裏口《うらぐち》にむかった。

ドアを開けようとしたそのとき、左後方で黒い影《かげ》が動いた。ポンはソムキットを泥《どろ》ハウスのなかに押《お》しこんでから、さけぼうとしたが声が出ない。だれかの手が口をふさぎ、ポンを闇《やみ》のなかに引きずりこもうとしている。

26

ノックは、槍《やり》の道場のにおいが好きだ。レモンの花と、磨《みが》きあげたばかりの木の床《ゆか》と、稽古《けいこ》に打ちこんだ汗《あせ》のにおいが混《ま》じりあったような。ノックも、さっきまでいっしょけんめいに稽古《けいこ》をしていた。槍《やり》をにぎっていた手のひらの水ぶくれが、その証拠《しょうこ》だ。傷《いた》んだ皮膚《ひふ》に息を吹《ふ》きかけながら道場を出て、ノックは寝室《しんしつ》につづく廊下《ろうか》を歩いていった。

「今夜の稽古《けいこ》、がんばってたね」

とつぜん、後ろで声がした。ディーだ。感じのいい少女で、ノックより年はひとつ上だが、槍《やり》の階級はふたつ下になる。

「その調子だと、きっと来年もブルをやっつけられるよ」

「ありがとう」

「ねえ、わたしにだけ教えて」ディーが、顔をよせてくる。「どうしたらそんなに強くなれるわけ?」

「どうしたらって?」

「もう、わかってるくせに。ノックにはかなわない師範《しはん》もいるじゃない! なにか、わたしたちが知らない秘訣《ひけつ》があるんでしょ？」

なんと答えればいいかわからず、ノックは目をぱちくりさせた。ずっとひとりでいたせいで、同じ年ごろの子と、どう話せばいいのかよくわからない。だいたい、友だちがたくさんいるほうではなかった。たいていの子は、優等生《ゆうとうせい》のノックのことをうらやましがるか、うっとうしがるかのどちらかなのだ。

ノックは、腕《うで》を組んで肩《かた》をすくめた。

「いっしょけんめいに稽古《けいこ》をすれば強くなれるよ、ぜったい」

「はいはい。わかりましたよ、先生」ディーは、ふざけてべーっと舌《した》を出した。「ねえねえ、橋の向こうまでいっしょに帰らない？」

ディーの一家も西岸に住んでいるが、幸いなことにノックの両親と顔を合わせることはほとんどない。

ノックは心のどこかで「うん」といいたくてたまらなかった。ディーといっしょに、のんびりと家に帰る自分の姿《すがた》が目に浮《う》かぶ。道ばたの屋台で、アイスクリームを買ったりするのかも。おしゃべりをしたり、いっしょに笑ったり、お泊《と》まり会の約束をしたり……。

だが、そんな姿《すがた》は、すぐに消えさった。ノックは、首を横にふった。

「悪いけど帰れないの。今週はずっと、ここに泊《と》まることになってるから。家の壁《かべ》のぬりかえ工事をしているし、お母さんも、もっと稽古《けいこ》をするいい機会だっていうし」

「うっそー、それじゃあ、だれもノックにかなうわけないよ」ディーは、声をあげて笑った。「わたしも道場で暮《く》らせば、ノックみたいになれるかもね」

ノックは道着の裾《すそ》をねじりながらディーの後《うし》ろ姿《すがた》を見送り、いつかディーと仲良くなって、いっしょに外へ出かけるところを思い浮《う》かべた。それから、ふーっと息を吐《は》き、肩《かた》を上下させた。いまは、友だちとかアイスクリームとか、くだらないことを考えているひまはない。目的を果たすために、なんとしても前に進まなければ。

道場に泊《と》まりこんでいるというのは、本当だった。ノックの計算では、ポンを捕《つか》まえるための時間は一週間ほどしかない——あの少年が、まだ生きていればの話だが。つぎの休暇《きゅうか》になれば両親がタナブリに行くだろうから、それまでには村にもどっていなければならない。お金も多少は持っていたが、一週間も宿屋に泊《と》まれるほどはなかった。道場は東岸にあるが、かつては街の一等地だった場所で、東岸と西岸をつなぐ橋のすぐ近くだ。道場の上の階は簡易《かんい》な宿泊施設《しゅくはくしせつ》になっていて、槍《やり》の大会のために地方から集まってくる生徒たちが寝泊《ねと》まりできる。

道場に泊《と》まることの唯一《ゆいいつ》の欠点は、毎日半日は、槍《やり》の稽古《けいこ》をしなければいけないことだ。逃走《とうそう》中の僧侶《そうりょ》を追うための拠点《きょてん》にしているわけではなく、きちんとした理由があると見せかけるために。

寝室《しんしつ》にもどると、汗《あせ》をかいた道着から新しいものに着がえた。ノートをとりだし、昨日買った東岸の地図を広げる。

チャッタナーでポンを探《さが》すのはたやすいことではないと思っていたが、街に着いてはじめて、どれほど難《むずか》しいのかがわかった。チャッタナーは、小石を積んで作った山のようだ。一歩ふみこんだとたんに形が変わって、しまいには上の小石が下に、下の小石が上になってしまう。

すでになんの手がかりもつかめないまま数日が過《す》ぎていた。だが、あきらめるつもりはこれっぽっちもない。いまはまだ。ノックが立てた作戦はこうだ。街をいくつかの地域《ちいき》に分け、シラミつぶしに探《さが》していく。ひとつの地域《ちいき》から別の地域《ちいき》へ、通路や水路を一本ずつ見ていくのだ。ポンは、永遠《えいえん》に隠《かく》れているわけにはいかない。孤児《こじ》の脱獄囚《だつごくしゅう》なのだから、かくまって食事の世話をしてくれる知りあいはいないはずだ。そのうちに、食べ物を手に入れるために姿《すがた》をあらわすだろう。さもなければ、飢《う》えてしまう。

ノックは、地図をたたんでマットレスの下に入れた。槍《やり》は持たずに部屋を出て、ドアを閉《し》める。外に出ると、道場の周辺の静かな地域《ちいき》を通りぬけ、ほこりっぽい東岸の繁華街《はんかがい》にむかった。通路を大勢《おおぜい》のはだしの子どもたちが走ってきて、かん高いさけび声をあげながら、つぎからつぎへと川に飛びこむ。明日も学校があるのに！　明日の授業《じゅぎょう》は、疲《つか》れて集中できないだろう。ここまで考えたところで、東岸に来てからひとつも学校を見ていないことに気がついた。でも、そんなわけはない。ここにだって学校ぐらいあるはずだ。なかったら、どこで読み書きを学ぶというのだろう。

このあたりは、両親から行ってはいけないといわれている地域《ちいき》だ。西岸育ちのお嬢《じょう》さんが足をふみいれるようなところではない。たったひとりでこんな場所にいるのは、わくわくするいっぽうで、少しだけこわくもあった。だが、槍《やり》を持っていなくても、なにかあればどうにかできる自信がある。ディーのいったことは当たっていた――ノックは、槍術《そうじゅつ》の秘訣《ひけつ》を知っているのだ。

ディーに教えたくないわけではなかった。まあ、少しはそんな気持ちもあったかもしれないが、いわなかった主な理由は、どう説明すれば変な話だと思われずにすむかわからなかったからだ。

一年前、ノックは父親の出張《しゅっちょう》について、チャッタナーの北の境界《きょうかい》を越《こ》えてランナブリという町に行った。長旅で、父親の出席する会議はどれもがまんができないほど退屈《たいくつ》だったが、最後の会議は図書館で開かれた。チャッタナーには大火をまぬがれた本がほとんど残っていないので、ランナブリにいるあいだ、ノックは夢中《むちゅう》になって、できるだけたくさんの本を読んだ。最後に見つけたのは、槍術《そうじゅつ》の歴史《れきし》について書かれた本だった。

そのぼろぼろの本によると、槍術《そうじゅつ》は、チャッタナーがまだ小さな漁師町《りょうしまち》だったころにまでさかのぼる古い、古い武術《ぶじゅつ》であるとのこと。山の頂上《ちょうじょう》に暮《く》らす賢人《けんじん》たちが護身術《ごしんじゅつ》として始めたものらしい。槍《やり》という名称《めいしょう》は、おそらく年老いた賢人《けんじん》たちが使っていた竹の杖《つえ》を指すものだったという。

また、槍術《そうじゅつ》の奥義《おうぎ》は、ひとはだれでも自分の奥底《おくそこ》に光を持っていると知ることだと、その本はいっていた。自らのうちにひそむ光は、薪《まき》の燃《も》えさしや、赤く熱せられた炭のかけらのようなもの。

じょうずに焚《た》きつければ燃《も》えさしが大きな炎《ほのお》を上げるように、ひとも内なる火をあおることで、どんなにすばらしいことでも成しとげられるという——たとえば、ブルという口のへらない少年をたきのめすことも。

ノックの槍《やり》の師範《しはん》たちは、稽古《けいこ》中に、そのようなことを話してはくれなかった。おそらく、槍術《そうじゅつ》のその教えは、遠い昔に忘《わす》れられてしまったのだろう。だが、その教えをぼろぼろの本のなかで読んだとき、ノックの内側で、なにかがカチッとはまったような気がした。槍術《そうじゅつ》は強さを追いもとめるものではないし、どれだけ正確《せいかく》に型《かた》を覚えているかを競《きそ》うものでもない。自分のうちにひそむ光を見つけだし、外に放つためのものなのだ。その本を読んでからというもの、ノックは同い年の子どものだれよりも強くなった。師範《しはん》たちから、もうすぐ年配の達人と対等に競いあえるといわれたことさえある。だがノックは、本で学んだことをだれにも、師範《しはん》たちにすら打ちあけることができなかった。炎《ほのお》や火について話すことなど、考えただけでも法律《ほうりつ》にふれるような気がしたからだ。

ノックは、首を横にふって本のことを頭からはらいのけ、あたりのようすをうかがうことに集中しようとした。ぼおっと歩いているうちに、いつのまにかひとの流れに乗って広い水路のそばから離《はな》れ、せまい路地に入りこんでいた。軒《のき》を連ねる店と店のあいだにつられたいくつもの青い光の玉が、ぼんやりとした光の輪を作っている。

まわりにいるひとたちと目を合わせないように気をつけながら、ノックは道を引きかえそうと思った。だが、路地から路地へ歩いていくうちに、あたりは明るくなるどころか、ますます暗くなっていく。光の玉の明かりは、いつしか青から紫《むらさき》に変わっていた。あまりにも暗いので、つまずいて、にごった深い水たまりをふんでしまった。ただの水ならいいが。

道に迷《まよ》ってしまった。ほの暗い紫《むらさき》の明かりのなかを人影《ひとかげ》が行《い》き交《か》っていたが、道をきく勇気はない。落ちつきなさいと自分にいいきかせた。歩きつづけていれば、そのうちにどこにいるのかわかるよ。

と、行く手に幅《はば》の狭《せま》い木の橋があらわれ、剃《そ》りあげた頭が光っているのが見えた。道に迷《まよ》った心細さは瞬時《しゅんじ》に消えさり、心臓《しんぞう》が早鐘《はやがね》を打ちはじめる。あの少年だろうか？「無の歩み」で、ゆっくりとしのびよる。槍《やり》を持ってこなかったことを後悔《こうかい》したが、ここでやめるつもりはない。必要なら素手《すで》で引きずっていくつもりだ。

少年はノックに背《せ》をむけ、橋の欄干《らんかん》から身を乗りだしている。ノックは人混《ひとご》みにまぎれて距離《きょり》をつめ、いきなり飛びかかって、はがいじめにした。

「総督閣下《そうとくかっか》の名のもとに、逮捕《たいほ》する！」

少年がふりかえった。

いや、少年ではない。腹《はら》をすかせて、やせ細った老人だ。落ちくぼんだ目が、ノックの顔をさぐるように見つめている。

「なにかくれるのかね、あんた」老人は、かすれた声でいった。「小銭《こぜに》は、持っておらんか？　朝からなんにも食っていないんで……」

老人から手を離《はな》してあとずさりしたノックは、足をとられて転びそうになった。足もとには、毛布《もうふ》にくるまったひと、またひと。みんな、骨《ほね》と皮ばかりにやせ細っている。また、だれかが声をかけてきた。

「お願い、娘《むすめ》さん」女が咳《せき》をしながら、片手《かたて》を差しだしている。もう片方《かたほう》の腕《うで》で、赤んぼうを抱《だ》いている。「お金を恵《めぐ》んでくれない？　なにか持ってないの？」

さらに別の手がのびてくる。ふりかえると、橋の上は、そんなひとでいっぱいだった。年寄《としよ》り、病人、ぼろをまとった男や女、杖《つえ》をついている者もいる。ひざをかかえてすわりこんでいる幼《おさな》い子どもたちが、暗い、疲《つか》れきった目で見返してきたとき、ノックは胸《むね》がはりさけそうになった。

「お願いです……」

「どうか、お恵《めぐ》みを、お嬢《じょう》ちゃん……」

「なにか恵《めぐ》んでくれよ。なんでもいいから……」

おぼれかけた者が通りがかった船に手をのばすように、みんなノックに手を差しだしている。あとずさりしたが、背後《はいご》にも大勢《おおぜい》いて道をふさいでいる。なにかいおうとしても、言葉が出てこない。ノックは身をひるがえして走りだした。

どこにむかっているのかわからないまま、ひたすら走りつづけた。なんとしても、橋から遠く離《はな》れたい。やみくもに路地から路地へかけぬけているうちに、行き止まりになった。巨大《きょだい》な建物が行く手をはばんでいる。建物の上半分は真っ黒に焼けこげ、一階の開いた戸口から魚のにおいのする湯気がもくもくと出ていた。

ノックはすばやく建物のかげに入り、黒こげになった壁《かべ》にへばりついた。すっとひざをつき、袖《そで》で顔をおおう。どうしても橋の上のひとたちの声を、頭から追いだすことができない。

――お願い……。どうか、お恵《めぐ》みを、お嬢《じょう》ちゃん……。

ポケットのなかで、小銭《こぜに》がチャリンと鳴った。夕食を買おうと持ってきたものだ。これをわたせばよかった。引きかえして、そっくりあげてしまおうか。全員にわたるほどはないとわかってはいるが。

きつく目を閉《と》じ、首を横にふった。もちろん、世の中に苦しんでいるひとは大勢《おおぜい》いる。そんなことは、だれでも知っている。だが、そんなひとたちを、あれほど間近に見たことは一度もなかった。ひどく打ちのめされていた。そんな気分になるような自分ではないはずなのに。

――光は価値《かち》ある者を照らす。

いつもなら、総督《そうとく》の言葉が頭に浮《う》かぶと力がわいてきた。だが、今夜はその言葉も、さっき目にした悲しい光景を消しさってはくれない。総督《そうとく》の言葉は、明るい日光の差しこむ教室で唱えられるもので、この東岸では母親のおしゃれなドレスと同じぐらい役に立たなかった。

ひょっとすると、気をとりなおして帰り道を探《さが》すこともできないまま、ひと晩《ばん》じゅうそこにすわりこんでいたかもしれなかった。だが、まっすぐこちらにむかってくる三つの人影《ひとかげ》に気がついたとたん、ノックはわれにかえった。とっさに物かげに溶《と》けこもうと、壁《かべ》に身をよせる。危《あぶ》ないところだった。ノックに気づかないまま、三人組は建物の角を曲がって裏手《うらて》のほうに歩いていく。ノックは三人の後《うし》ろ姿《すがた》を目で追った。

なんと奇妙《きみょう》な一行だろう。肩幅《かたはば》が広く、雄牛《おうし》のような首をした大男と、ふんぞりかえって早足で歩く背《せ》の低い男、それに男物の上着を着た女だ。と、女がオレンジの皮をぽいっと後ろにほうりなげた。皮は道を転がり、ノックの足もとで止まった。

三人組の姿《すがた》が見えなくなってから、ノックはオレンジの皮を拾って鼻を近づけた。太陽の光と、澄《す》みきった水と、なにかノックの知らないものがいっしょになった、新鮮《しんせん》で輝《かがや》かしい香りがする。皮を手にしたまま、ノックは何度もその香りを吸《す》いこんだ。

27

太い両腕《りょううで》で、はがいじめにされたまま、ポンは泥《どろ》ハウスの裏口《うらぐち》からなかに押《お》しこまれた。必死にもがいて逃《に》げようとしたが、背後《はいご》の大男にがっちりと押《お》さえられている。

「ソムキット！」

なんとかこうべをめぐらして、通路の闇《やみ》のなかにいるソムキットに助けを求めた。

「だまれ！」

大男は、ますますポンをぎゅうぎゅう押《お》さえつける。

「ヤイ！　離《はな》せ！」ソムキットの声だ。「その子はおれの友だちなんだ」

わけがわからないまま、ポンは身をよじって闇《やみ》のなかに目をこらした。

大男のほかに、鼻のつぶれた背《せ》の低い男がもうひとりいる。その男は薄笑《うすわら》いを浮《う》かべながら、ソムキットにいった。

「おまえ、いつから少年パトロール隊と友だちになったんだよ」

ソムキットは、男をにらみかえした。

「おまえこそ、いつからおれの友だちが気になりだしたんだよ、ヨード」

「みんな、静かにしなさい」

とつぜん女の声がしたかと思うと、パチッとスイッチを押《お》す音につづいて、光の玉がブーンとうなりはじめた。紫《むらさき》の明かりが灯《とも》り、ほっそりとした顔を照らしだす。目もとの涼《すず》しい、凛《りん》とした顔立ちの女で、男物の上着を着て、襟《えり》を立てている。眉《まゆ》の下で切りそろえた厚《あつ》い前髪《まえがみ》の下から、女はポンをじっと見つめながらいった。

「ソムキット、あんたの友だち、いまにも吐《は》きそうな顔してるよ」

おどろいたことに、ソムキットは女のもとへかけよると、両手を広げて抱《だ》きついた。

「アムパイさん！　やっと帰ってきたんだね！　あんまり長く留守《るす》にしてたから、もうもどってこないのかって思ってたよ！」

「おいおい、こっちには、お帰りのあいさつはないのかい？」

鼻のつぶれたヨードが、横から口をはさんだ。大男のヤイも、フンッと鼻を鳴らす。

「アムパイさん、話さなきゃいけないことがあって」ソムキットは、ふたりの男をにらみつけながらいった。「けど、こいつらのいないところで、お願いします」

「話は、あとにして」アムパイは、ポンから目を離《はな》さずにいった。「持ちかえったものを、みんなに配るのが先だからね」

アムパイはヤイに、裏口《うらぐち》にもどってリュックサックをとってくるように命じた。そろって大広間に入っていくと、たちまちアムパイのまわりに住人たちがわっと押《お》しよせた。ヤイとヨードが、リュックサックに入っていた食料品や医療品《いりょうひん》を配りはじめる。だが、ほとんどの住人は、アムパイが帰ってきたことのほうがうれしくて大さわぎしていた。

みんな、アムパイをとりかこんで、何度も何度も礼をいっている。アムパイは、ひとりひとりの名前を呼《よ》んで、家族のようすをたずねていた。そんなアムパイのようすが、どこかチャム師《し》に似《に》ていると、ポンは思った。チャムさまと同じように、アムパイもまた、大人ばかりでなく子どもともゆっくり話をしている。しばらくすると、アムパイはヤイに目をやり、小さくうなずいた。

「さあ、もういいだろ」ヤイは大声でいうと、住人たちの前に壁《かべ》のように立ちはだかった。「ごちそうを作るんじゃなかったのか？　そろそろ、とりかかったらどうだ。アムパイさんは、しばらく留《る》守《す》にしていたから、仕事が山ほどたまってるんだよ」

大広間をあとにしたアムパイは、階段《かいだん》を上りながらソムキットとポンについてくるように合図した。三人のあとから、ヤイとヨードもドシドシと足音を立てながら上ってくる。二階に着くと、アムパイはドアのついた部屋に入っていった。泥《どろ》ハウスでは、四方に壁《かべ》があってドアもついている部屋はめずらしい。最後に入ってきたヤイがドアを閉《し》めた。

そこは、事務室《じむしつ》のようだった。中央に大きなデスクがあり、壁際《かべぎわ》には棚《たな》がいくつもならんでいる。

どの棚《たな》にも、ぎっしりと物がつめこまれていた。トイレットペーパー、包帯、エビと塩で作った調味料、ココナッツミルク、ロープの束と滑車《かっしゃ》。そのほかにも、たくさんの物資《ぶっし》が置いてある。

アムパイは、デスクのはしに腰《こし》かけて足を組んだ。

「医療品《いりょうひん》は、あそこの棚《たな》のあいているところに置いといて」アムパイはヤイにいった。「それがすんだら、あんたたちは下にもどって、食事が平等に行きわたるように目を光らせなさい。あの新入りの料理人から目を離《はな》さないようにね。けちけちよそってたら、注意するんだよ」

「わかったよ、叔母《おば》さん」

ヤイが、軽くうなずいた。

ヤイとヨードが部屋を出ていきかけたとき、アムパイはひとつ咳《せき》ばらいをして声をかけた。

「ちょっと、なにか忘《わす》れてるね」

ヨードが、脂《あぶら》ぎった顔でふりかえった。にやにや笑った口もとから、すきっ歯がのぞいている。

「なんのことです？」

アムパイは、広げた手をつきだした。

「ポケットのなかの札束のこと。ここに置いていきなさい」

ヤイは、ばつの悪そうな顔をして体を左右にゆらしたが、ヨードのほうは、ますますわざとらしい笑《え》みを浮《う》かべていう。

「ああ、そのことか。いやあ、おれもヤイも、あれこれ手に入れるために、けっこうやばい目にあったんですよ。だから、ちょいとばかりおこぼれにあずかってもバチは当たらねえって思ってね。まあ、手数料ってわけですか」

　アムパイは、ふたりをにらみつけて厳《きび》しい声でいった。

「ここの住人も、みんな危《あぶ》ない橋をわたってるの。あんたたちだけじゃない。決まりは守ってもらうよ。集めたお金は、みんなのものだからね」

　ヨードはにやにや笑いを少しばかり曇《くも》らせたが、シャツのポケットから札束をとりだすと、アムパイに手わたした。そして、うすら笑いを浮《う》かべたまま、ヤイといっしょにこそこそと部屋を出るとドアを閉《し》めた。

　アムパイのとなりで、デスクにもたれて腕組《うでぐ》みをしていたソムキットが、いまいましそうにいった。

「あんなやつら、旅のとちゅうで置きざりにしてやればよかったのに」

　アムパイは、肩《かた》をすくめた。

「あんなのでも、役に立つことがあるの。ヨードは油断《ゆだん》ならないけど、同じようにずるがしこい連中とわたりあうときには頼《たよ》りになる。それに、ヤイのような大男がいつも後ろにひかえていてくれれば安心だよね。とりわけ、わたしが行くような危《あぶ》ない場所では」

アムパイは、手のひらで顔をこすってから首筋《くびすじ》をもんでいる。小柄《こがら》で、前髪《まえがみ》をぷつんと切りそろえているから、さっきまでポンは若《わか》い娘《むすめ》だとばかり思っていた。だが、こうして紫《むらさき》の光の玉のすぐ下にいるのをじっくり見ると、目の下にはくっきりとくまができて、小じわも目立っている。

アムパイは、上着のポケットからオレンジをとりだすと、皮をむきはじめた。また、まつ毛のきわまである前髪《まえがみ》の下から、じっとポンを見つめている。

「さてと、友だちの紹介《しょうかい》がまだだったね、ソムキット」

アムパイが、ソムキットをうながした。

ポンは、顔を赤らめて頭を下げた。

「ポンといいます」

アムパイはひとつうなずくと、オレンジの実を口にほうりこみ、ソムキットにもひと房《ふさ》すすめた。

「ポンか。だれかを守るひとの名前だね。あんた、ここにいるわたしの弟を守ってくれるつもり?」

ポンは、ソムキットのほうを見た。ソムキットは、アムパイに「弟」と呼《よ》ばれたので、うれしそうに笑っている。

「いまのところ、守ってもらっているのは、おれのほうです」

ソムキットは、大きく息を吸《す》いこんでから、唇《くちびる》を引きしめた。

「アムパイさん。おれたちは、ふたりともナムウォンにいたんです。けど、ポンのほうが先に出ていったから、それで……」

「出ていった？」と、アムパイ。

ソムキットは、ごくりとつばを飲みこみ、ポンのほうを見てうなずいた。

「ほら、見せてあげて」

とっさにポンは、左腕《ひだりうで》を体のわきに押《お》しつけた。

「だいじょうぶだって」ソムキットがなだめる。「アムパイさんは信用していいんだよ」

なぜかわからないが、ポンもアムパイは信用できると感じていた。左手首を胸《むね》の前にかかげ、幾《いく》重《え》にも巻《ま》かれたひもを人差し指でそっとずらす。ひもは、ぼろぼろになって切れかけていた。二、三本、切れてしまったものもある。ポンは、チャムさまを思いだして胸《むね》が痛《いた》くなった。もう二度と、チャムさまに新しいひもを巻《ま》いてもらえないし、やさしく諭《さと》してもらうこともできない。ポンは、左手を差しだしたまま、アムパイのそばによった。

ほっそりとした指が、ポンの手をとる。近くによると、アムパイは、オレンジと船にぬるニスのにおいがした。アムパイは、ポンの手首を見つめていたが、入《い》れ墨《ずみ》よりもひものほうに興味《きょうみ》を引かれたようだ。

「このひもは、どこで手に入れたの？」

ポンは、頭に手をやって帽子《ぼうし》をぬいだ。短い毛が生えかけた頭があらわれる。アムパイは、ポンからさっと手を離《はな》して腕組《うでぐ》みをした。

「街でうわさを聞いたよ。警察《けいさつ》が、タナブリ村から逃《に》げだした僧侶《そうりょ》を探《さが》してるんだってね。まさか、あんたたち、その事件《じけん》に関係してないだろうね」

「これには深いわけがあって……」

ソムキットが、横から口をはさんだ。

アムパイは、腰《こし》かけていたデスクから下りると、ドアに行って、きちんと閉《し》まっているか確《たし》かめた。それから、こわい顔でふりかえった。

「ソムキット、あんたは脱獄囚《だつごくしゅう》をここに入れたの？」アムパイの声は厳《きび》しかった。「かくまっていることが警察《けいさつ》にばれたら、ここの住人がどうなるかわかっているよね」

「けど、どうすればよかったんですか？　街なかにほうりだせっていうの？　ポンは、おれの親友なんだ。アムパイさんだって、同じことをするはずだよ」

「いいや、ここのみんなを危険《きけん》にさらすようなまねは、ぜったいにしない。みんなの身が危《あぶ》なくなるんだよ、ソムキット！　子どもたちのことを考えなさい！　あの子たちは、どこに行くの？　わたしたちが捕《つか》まったら、あの子たちは、いったいどうなると思う？」

「わかってます。けど、ポンだってどこにも行くあてがないんだ。だから、アムパイさんの帰りをずっと待っていたんです。アムパイさんなら南行きの船を手配してくれるからって、ポンに約束したんだ。こいつには、それしか方法がないから。チャッタナーを離《はな》れるしか」

ポンは、胃《い》のあたりにわきあがってくる罪悪感《ざいあくかん》と闘《たたか》っていた。

「ソムキットのせいじゃありません。おれが悪いんです。おれがソムキットに無理をさせてしまった。だから、めんどうを起こさないように、せいいっぱい気をつけて……」

「ふうん、そうなの？　それで、そんなバカみたいなかっこうで街へ出かけたんだ。せいいっぱい気をつけて」

「アムパイさん、ちょっと聞いてよ。危険《きけん》なのはわかってたけど、どうしても街でこれを手に入れなきゃいけなかったから」ソムキットは、銅線《どうせん》とブリキ板をとりだした。「まだ話してなかったけど……ついに成功したんですよ」

とたんにアムパイは、怒《おこ》っていたのをすっかり忘《わす》れてしまったらしい。

「えっ、太陽の光の玉のこと？」

ソムキットは、照れくさそうに笑いながらうなずいた。

「アムパイさんが旅に出たあと、すぐに」

「ほんとにうまくいったの？　日光を、ちゃんと閉《と》じこめられた？」

「うん。けど、それだけじゃなくって」ソムキットは、もったいぶって、ちょっと間《ま》を置いた。「なんと、光の玉の色は金色でーす」

「あっははー！」アムパイはうれしそうに大声で笑い、ソムキットを抱《だ》きしめるとくるくるまわった。「あんたなら、やってくれるって信じてたよ！　ぜったい、つぎの日曜日にまにあうはずだって！」

「日曜日になにがあるんですか？」

ポンは、横からたずねた。

ソムキットは、両手をあげてアムパイを制《せい》した。

「いや、ちがうって。おれはなんにもポンにいってませんよ。けど、アムパイさんから説明してくれないかな。ポンだって、秘密《ひみつ》を打ちあけたんだから」

アムパイがうなずいた。

「そうだね」事務室《じむしつ》のドアが閉《し》まっていることをもう一度確《たし》かめてから、アムパイは腕《うで》を組んでドアの内側にもたれた。「わたしたちは、日曜日に巨人橋《きょじんばし》の上で行進する計画を立ててるんだよ。その準備《じゅんび》で、泥《どろ》ハウスを留守《るす》にしてたってわけ。大勢《おおぜい》のひとに参加してもらうためにね」アムパイは、うれしそうにソムキットに笑いかけた。「こっちの計画も、うまくいったよ。少なくとも、千人は集まると思う。それに、あんたが作った太陽の光の玉のことを話せば、あと千人は集まるよね」

ポンは、アムパイを見つめた。

「行進？　それって、パレードみたいなもんですか？」

ソムキットが鼻で笑った。

「ちがうって。抗議《こうぎ》の行進だよ」

「けど、なんに抗議《こうぎ》するんですか？」

「来週になったら、総督《そうとく》が新しい法律《ほうりつ》に署名《しょめい》することになってる」アムパイがいった。「光の玉の値《ね》段《だん》を、十パーセント上げるって法律《ほうりつ》にね。それも、すべての色の玉を」

光市場で紫《むらさき》の玉を買うのにも苦労していた貧《まず》しいひとたちの姿《すがた》が、ポンの目に浮《う》かんだ。光の玉が十パーセントも値上《ねあ》げされたら、とてもあのひとたちの手には届《とど》かなくなるだろう。

「けど、値上《ねあ》げだけに抗議《こうぎ》するわけじゃないんだ」ソムキットがいった。「抗議《こうぎ》するのは、値上《ねあ》げの理由だよ。総督《そうとく》は、集めたお金で、でっかい建物を作るつもりなんだ。青少年更生施設《こうせいしせつ》って名前の」

「つまり刑務所《けいむしょ》ってこと」アムパイが口をはさんだ。「子ども専用《せんよう》のね」

ポンは、思わず顔をゆがめた。だれかに胸《むね》をひどくなぐられたような気がする。子ども専用《せんよう》の刑《けい》務所《むしょ》。考えただけで、気分が悪くなった。

ソムキットは、悲しい目をしてポンを見た。

「ナムウォンはいっぱいで、もう受刑者《じゅけいしゃ》の子どもを入れておく場所がないんだ。それに、街には路《ろ》地裏《じうら》を走りまわってる子どもたちが、たくさんいる。その子たちには、住む家もないし、めんどうを見てくれる家族もいない。そういう子どもたちも、たぶんそのうちに青少年更生施設《こうせいしせつ》とやらに送られることになるんだろうね。総督《そうとく》は、子どもの身の安全を守るために、なんていってるけどさ」

ポンは、うつむいて床《ゆか》を見つめた。苦しんでいるひとを責《せ》めるのではなく、思いやらねばいかん――チャム師《し》は、そういっていた。そして、身寄《みよ》りのない子を村で受けいれ、ひとりひとりに願いごとをかけてやり、家族を見つけてやっていた。ところが、この街では総督《そうとく》が孤児《こじ》たちを野良犬《のらいぬ》のように捕《つか》まえ、檻《おり》のなかに閉《と》じこめようとしている。

「まったく、おそろしいったらないね」アムパイはドアの前を行ったり来たりしながら、吐《は》きすてるようにいった。「また刑務所《けいむしょ》を作るんだって？　もう刑務所《けいむしょ》はたくさんだよ。それより、この街には学校がいるの――ちゃんとした学校がね。それに病院も。西岸にあるみたいな。みんな、これ以上はだまっちゃいないだろうね。いままでは総督《そうとく》をおそれて、ずっとがまんしてきたけど。ひとつには、総督《そうとく》が警察《けいさつ》を自分の思うままに操《あやつ》っているから、それをこわがっていたってこともある。でも、それだけじゃない。みんな、いまあるわずかなものまでとりあげられるんじゃないかって心配してるんだよ。つまり、総督《そうとく》が作る光を失いたくないってこと」アムパイは足を止めて、ソムキットにむかっていった。「だけどもう、こわがらなくてよくなったんだね！　あんたが作った光の玉をかかげて橋の上に立てば、みんなにも――川のどちら側の住人にも――わかるはずだよ。これからは、総督《そうとく》がいなくても、だいじょうぶだって。総督《そうとく》が与《あた》えてくれるものなんか、もう必要ないって」

アムパイは、上着のなかに手を入れると、小さなノートをとりだした。

「で、千人くらいが、日曜日の行進に参加してくれることになったってわけ」アムパイは、ノートの表紙を指でたたきながら、さっきの言葉をくりかえした。「日曜まであまり時間がないから、たくさん作れるとは思わないけど、いくつぐらいなら用意できそう？　百個《こ》？　二百個《こ》？」

ソムキットの顔から、ほこらしげな笑《え》みが消えた。

「いまのままじゃ、せいぜい五つかな。まだ光っている玉に、それ以上の日光のエネルギーを入れることはできない。割《わ》れちゃうからね。だから、すっかり光が消えてしまったガラス玉がいるんだけど、泥《どろ》ハウスの光の玉が切れるのを待ってたら時間がかかりすぎるし。一日に、せいぜいひとつかふたつしか切れないからね」

「どっかほかの場所で、消えた玉を手に入れることはできないんですか？」ポンは、横からきいてみた。「お金を出して買ったら？」

アムパイは、しばらく考えていたが、首を横にふった。

「泥《どろ》ハウスにあるお金は、食べ物や薬を買うためのものだから。それに、このことについて、よけいなうわさをたてたくないし。総督《そうとく》のスパイは、そこらじゅうにいるからね。使用済《しようず》みの光の玉を探《さが》していることをかぎつけられたら、計画がばれてしまうかも。そしたら見つけられて、ぜったいにつぶされてしまう。計画を成功させるためには、最後の最後まで秘密《ひみつ》にしておかなきゃ」

「回収施設《かいしゅうしせつ》から、こっそりとってきたら？」

ソムキットがいった。

「だめ」アムパイは、きっぱりといった。「盗《ぬす》むなんて、とんでもない。どこまでも、まっとうなやり方をしなきゃ。さもないと、自分たちが、総督《そうとく》のいうようなろくでもない人間だって証明《しょうめい》することになるからね」

ソムキットとアムパイが、ああでもないこうでもないといいあうのを、ポンはそばで聞いていた。使用済《しようず》みの光の玉をすぐに欲《ほ》しいだけ集めるのは、簡単《かんたん》ではなさそうだ。

ソムキットは、ひどくがっかりして、肩《かた》を落としている。こんなにしょげかえったソムキットは見たことがない。

「ちょっと思いついたんだけど」

ふいにポンがいいだすと、ソムキットとアムパイは話すのをやめて、ポンのほうをむいた。

「さあ、いってみて」

アムパイが、ポンをうながした。

「街で消えそうな紫《むらさき》の光の玉を見つけたら、持ち主にばれないように外して――」

「けっきょく盗《ぬす》むってことじゃない」

アムパイが、口をはさむ。

「で、持ち主に気づかれないうちに泥《どろ》ハウスにある新しい光の玉と交換《こうかん》したらどうかな」

「だったら盗《ぬす》むんじゃなくって、交換《こうかん》するってことだね！」

ソムキットがいった。

「そしたら、必要なだけ使用済《しようず》みの光の玉を集めることができる」ポンはつづけた。「街のひとたちは、長く使える新品の光の玉を手に入れられる。どっちにとってもいいことだし、秘密《ひみつ》がもれることもないし……」

「おまえって、ほんとに天才だね！」

ソムキットが、心からうれしそうに、にっこり笑った。

「ひとつだけ問題があるよ」アムパイがいった。「いつ光の玉の光が消えるかは、だれにもわからない。長く使っていれば、そのうちに消えるだろうと思ってはいるけど、そのときが来たら、なんの前ぶれもなくふっと消えちゃうし」

「けど、おれにはわかるんだ」

ポンがそういうと、ソムキットとアムパイはおどろいた顔をした。

「光の玉は、消える直前に音が変わるんです。それと、ちょっとだけ点滅《てんめつ》するんだ。さっき光市場で見たんですよ」

アムパイは、本当かなというように片方《かたほう》の眉《まゆ》をあげた。

「そんなこと、いままで気がつかなかったけど。ソムキット、あんたは？」

ソムキットも、とまどったように首を横にふった。

「おれも。けど、ポンは、ほかのひとが見逃《みのが》すようなことに気がつくんです。アムパイさんに見せたかったなあ。小さいころ、ナムウォンの中庭のマンゴーがいつ熟《じゅく》して落ちてくるか、正確《せいかく》に当ててたんですよ。ポンがそういうなら、おれは信じるな」

アムパイは、親指の爪《つめ》をかみながら、デスクの前を行ったり来たりしている。

「もしも光の玉を百個《こ》――それも、金色の光の玉を百個《こ》――行進までに用意できれば……」アムパイは、ぱっと顔をあげてソムキットにいった。「その光景、あんたに想像《そうぞう》できる？　チャッタナーの住人が、自分たちの光をかかげてるんだよ。そしたら、わたしたちのいいたいことがはっきりわかる、すばらしい行進になるよね！」

ソムキットもまた、アムパイと同じくらい興奮《こうふん》した顔でいった。

「ガラス玉が手に入ったらすぐに、日光をそのなかにためるよ。そのあと、できるだけ光を灯《とも》さないようにしておけば、行進まで持つから。それで――」

そこまでいったソムキットは、ポンの顔に目をやった。

「ええっ、ちょっと待ってよ、アムパイさん。じゃあ、ポンは？　南へ行く船はどうなるんですか？」

アムパイは、ポンのほうにむきなおった。そして、長いあいだ、ポンの顔をさぐるように見つめてから、ひもが巻《ま》かれたポンの左手首に目をやった。

「あんたはどう？　ここに残って、わたしたちに手を貸《か》す気はある？」

「えっと……おれは……」

「ここに残れば、危険《きけん》をおかすことになる。わたしもできるだけ守ってあげるけど、ぜったいに逮《たい》捕《ほ》されないと約束はできないからね」

ポンは、ごくりとつばを飲んだ。

「でも、これだけは約束する。もしわたしたちを手伝ってくれたら、この件《けん》が終わりしだい、海に出る、いちばん速い船に乗せてあげるから。行進が成功したら、あんたは自由になれるよ。わたしを信じなさい」

ポンは、アムパイからソムキットに視線《しせん》を移《うつ》した。またしてもポンの心は、よせては返す波のように、ふたつの選択肢《せんたくし》のあいだでゆれうごいていた。去ったほうがいいか、それとも残るべきか。新しい子ども用の刑務所《けいむしょ》の話はおそろしいが、抗議《こうぎ》の行進を一度成功させたくらいで建設《けんせつ》が中止になるとはとても思えない。総督《そうとく》はいままでどおり、自分のやりたいように計画を進めるだろう。

――世界は闇《やみ》に満ちており、それはけっして変わらない。

だが、期待に満ちた顔のソムキットを裏切《うらぎ》ることはできなかった。ソムキットには借りがある。命を救《すく》ってもらったし、長いあいだナムウォンでひとりぼっちにさせてしまった。一度は置きざり

にした親友を、ここでまた見捨《みす》てるわけにはいかない。四年も待ったんだから、一週間遅《おく》れたから
といって、どうってことはないじゃないか。

ポンは、アムパイにうなずいた。

「わかりました。おれ、やります」

アムパイも、うなずいた。

「すぐに準備《じゅんび》して。今夜から始めるよ」

28

　ポンは、コウモリになった。昼間はコウモリが翼《つばさ》をたたむように、シーツで顔をぴったりおおって眠《ねむ》った。そして日が沈《しず》むころ起きだすと、アムパイといっしょに、街に消えかけの光の玉を探《さが》しにいく用意をした。ソムキットのほうは太陽が照っているあいだに作業をするから、ふたりはすれちがいの生活を送っており、夕食のときにだけ顔を合わせていた。もっとも、ポンにとっては朝食だったが。

「ほんと、変な感じだよ」二枚貝《にまいがい》のニンニク炒《いた》めをつつきながら、ポンはあくびをした。「ここんところ、いっつも水のなかを歩いているみたいでさあ。寺にいたときは、日の出前に起きて、暗くなったら寝床《ねどこ》に入ってたのに」

「そうだね。けど、それは眠《ねむ》らない街に来る前の話だろ」ソムキットは、真っ赤なトウガラシの粉《こな》を匙《さじ》ですくうと、自分の料理にかけて混《ま》ぜている。見ているだけで、ポンの胃《い》はかっかと燃《も》えてきた。「この街がにぎやかになるのは、日が暮《く》れてからなんだよ。それに、おまえは、夜中にあちこち歩きまわらなきゃいけないしね。アムパイさんといっしょに」ソムキットは、にんまり笑いながら、声をひそめてきいてきた。「けど、ほんとは楽しいんだろ？」

ポンも、にっこり笑った。そう、楽しかった。一刻《いっこく》も早く逃《に》げなければとあせっていたのに、アムパイと夜の街を歩きまわるのを、いつもわくわくしながら待っていた。毎晩《まいばん》、泥《どろ》ハウスの出入り口のそばでアムパイを待っているあいだに、どんどん胸《むね》の鼓動《こどう》が高鳴っていった。ちょうど船の発動機が温まっていくように。

「さあ、行くよ」

アムパイは、いつもそんなふうに声をかけると、ポンの返事を待たずにさっさと外の路地に出ていく。ポンは少年パトロール隊の制服《せいふく》ではなく、普通《ふつう》の服で出かけた。もちろん、まだ髪《かみ》がのびきっていない頭は帽子《ぼうし》で隠《かく》していたが。

「チャッタナーの街で身を隠《かく》すコツは、隠《かく》れようとしないこと」

アムパイがそういったのは、ポンの先に立って板張《いたば》りの通路を歩いてから、橋をわたって広い水路のひとつにむかっているときだった。

「なんにも隠《かく》してないって態度《たいど》でいれば、ひとに疑《うたが》われることはない。わたしのあとについてきて、わたしのまねをすればいいよ」

ポンは、見つかるのではないかという恐怖《きょうふ》をのみこみ、すぐに目的を持って歩いているふりができるようになった——速すぎず、遅《おそ》すぎず——そして、なにがあろうとも、けっして後ろをふりかえってはいけない。

この数日間、アムパイに連れられて、街のさまざまな地域《ちいき》を訪《おとず》れた。あるときは歩き、あるときはアムパイのこぐ小舟《こぶね》に乗っていった。ポンが店や家の軒先《のきさき》につるされた紫《むらさき》の光の玉に聞き耳を立てているあいだ、アムパイは持ち主の気をそらすために、オレンジの皮をむきながら、あれこれと話しかけていた。

街には何万個《こ》もの紫《むらさき》の玉があるにもかかわらず、ポンたちの仕事は思っていたよりもはかどらなかった。ひとつには、行くところを選ばなければならないからだ。街のなかでも貧《まず》しい地域《ちいき》ほど、消えかけの光の玉が手に入りやすい。ところが、そういう地域《ちいき》にはアムパイの顔見知りが大勢《おおぜい》いるから、ポンがすばやく光の玉をすりかえているあいだに、当然のことながら長いおしゃべりが始まってしまうのだ。

だが、はかどらない理由は、もうひとつあった。それは、アムパイにはほかにも仕事があったからで、こちらのほうがアムパイにとっては光の玉のすりかえより大事だった。

アムパイは、日曜日の行進に参加するようにみんなを励《はげ》まし、熱心に説いてまわっていたのだ。

「ちょっとだけ、いい?」

アムパイはポンにそういうと、街の南端《なんたん》に縦横《じゅうおう》に走る水路をぬうように小舟《こぶね》を進めた。あたりには、たがいにロープでゆるくつないだ住居《じゅうきょ》代わりの舟《ふね》が何艘《なんそう》も浮《う》かんでいる。住人たちは、それなりに整えたわが家の甲板《かんぱん》の上で、うろこの光るコイがかかった網《あみ》を引きあげたり、半円になってトランプをしたりしている。そばを通ると、みんなアムパイに手をふってきた。

岸辺のアシのあいだで上下にゆれている小舟《こぶね》のひとつに、アムパイは自分の舟《ふね》をつないだ。

「カラ、いるの？」アムパイは小舟《こぶね》に飛びうつりながら、甲板《かんぱん》の上のボロ屋に声をかけた。「アムパイよ。オレンジを持ってきたよ」

「オレンジをもらったって、どうにもならねえけどな」開いた戸の奥《おく》から、男の低い声が聞こえてきた。男は、悲しげにつづける。「まあ、とにかく入ってくれよ、姉さん」

ポンは、アムパイのあとから小屋に入った。家具はほとんどないが、僧侶《そうりょ》の部屋のように掃除《そうじ》が行きとどいている。おおかたのみんなと同じように、カラという住人の男もアムパイのことを「姉さん」と呼《よ》んだが、ふたりに血のつながりはなさそうだ。小柄《こがら》なアムパイにおおいかぶさるように立っているその姿《すがた》は、まさに巨漢《きょかん》という言葉がぴったりで、背丈《せたけ》はヤイと同じぐらいだが、首はずっと太いし、腕《うで》には筋肉《きんにく》がもりあがっている。太陽の下で働いているのか、日に焼けた肌《はだ》をしていた。小さな部屋のなかは、この男ひとりで、ほとんどいっぱいだった。

カラはポンの顔を見て、だれだというように両方の眉《まゆ》をあげる。

「この子は、わたしの助手。信用していいよ」

アムパイは両手をポケットに入れ、暗い部屋のまんなかに立ったままいった。

「奥《おく》さんのぐあいはどう？」

カラは、となりの部屋との仕切りにかけている布《ぬの》のほうに、くいっと頭をかたむけた。げっそりしたその顔を見て、ポンは胸《むね》に一撃《いちげき》をくらったような気がした。見あげるような大男が、一気にちぢんでしまったようだ。

「よくねえんだ」カラは、声をひそめた。「家にずっといて看病《かんびょう》をしてやりたいが、金を稼《かせ》がなきゃいけねえからな。じつは、このあとも仕事だ。港で船から荷下ろしする仕事をふたつかけもちしても、食いつなぐのでせいいっぱいだよ。医者にはらう金の工面までは、とてもできねえ。ましてかみさんの病気を診《み》られるようないい医者にかかるには、まとまった金がいるからな」

カラは、太い手首をこすりあわせる。その左手首に、刑務所《けいむしょ》の名前を線で消した入《い》れ墨《ずみ》がちらっと見えた。男の受刑者《じゅけいしゃ》を入れるバングラットにいたのだ。おどろいたのと、ちょっとばかりこわくなったせいで、ポンはカラから目が離《はな》せなかった。

カラは、部屋のすみにある椅子《いす》にどさっと腰《こし》かけた。

「もっと稼《かせ》ぎのいい仕事を探《さが》そうにも、姉さんも知ってのとおり、すんなりとはいかねえよ」

アムパイは、カラの左手首に目をやって、うなずいた。

カラは、両手で頭をかかえた。

「どうすりゃいいんだよ。前科者のおれは、まともな賃金《ちんぎん》をはらってもらえる職《しょく》に就《つ》くことができねえ。光の玉だって、あんな薄暗《うすぐら》いのをひとつ買うのがやっとだ」カラは、天井《てんじょう》からひとつだけ下がっている紫《むらさき》の光の玉のほうへ、あごをしゃくった。「料理どころか、湯をわかすことだってできやしねえ。あれが切れちまえば、かみさんは——あいつは……真《ま》っ暗闇《くらやみ》のなかで、寝《ね》てなきゃならなくなるんだ」

「そういうことを、みんなで変えようとしてるんだよ」

「ずっとそういってるよな、姉さん。けど、なにひとつ変わりゃしねえ」

「今度こそ本当に変わる。総督《そうとく》がいなくてもチャッタナーの住人は暮《く》らしていけるって、見せつけてやるよ」

「ヘッ！」カラが、吐《は》きすてるようにいった。「おれたちみんなを救《すく》ったって男のことかい？　おれたちの暮《く》らしを明るくしたってほざいてるやつのことか？」

「たしかに総督《そうとく》は、街を光の玉で照らしだした。けど、それで街のひとたちの暮《く》らしむきが明るくなったわけじゃないよね。あんたは、バングラットを出てから何年になるの？」

「十一年だ」

「十一年も！　刑務所《けいむしょ》でちゃんと罪《つみ》をつぐなったのに、たった一度のあやまちのせいで、いまでもひどい目にあってるんだ。たしかに法律《ほうりつ》は法律《ほうりつ》だよ。でも、法律《ほうりつ》イコール正義《せいぎ》じゃない。そろそろ総督《そうとく》に、わからせてやらなきゃね。なにが正しくてなにがまちがっているかを、あんたに勝手に決められる筋合《すじあ》いはないって」

「で、大勢《おおぜい》が集まりさえすりゃ、総督《そうとく》がいうことをきくと思ってるのか？」

カラにきかれて、アムパイは胸《むね》をはった。

「わたしが計画している行進は、これ以上わたしたちをないがしろにはできないぞって、総督《そうとく》に思いしらせるだけじゃない。そのことを、わたしたち自身にも証明《しょうめい》するためのものなの。いってること、わかる？」

ポンは、これまでアムパイが何十回も同じようなやりとりをしているところを見てきた。アムパイは、ひとりひとりに言葉をつくして、希望を持つように説得《せっとく》していた。だがいま、アムパイが言葉の力だけで大男を動かそうとしている姿《すがた》を見て、ポンのなかのなにかが変わった。ポンは、そわそわと体を左右にゆらしだした。肺《はい》がどうにかなってしまったように、胸《むね》が痛《いた》い。あばら骨《ぼね》の奥《おく》で、なにかが暴《あば》れだし、長いあいだポンの心を囲《かこ》っていた壁《かべ》をたたきだした。

「今度は、ちょっとちがうよ」アムパイがつづける。「いままでより、ずっとたくさんのひとが協力してくれる。行進まで、あと一週間しかないの。わたしの目標は、もう話したよね。暗い紫《むらさき》や青の光の下で暮《く》らしているひとたち全員に来てもらうこと。それだけの人数が集まれば、総督《そうとく》だって無《む》視《し》はできないよ」

カラは顔をあげた。

「で、集まったのか？」

アムパイは、にっこり笑った。

「ぜったいに集めてみせる。けど、港で働くひとたちにも来てほしい。あんたみたいな、象《ぞう》のように力の強い男たちにね。もちろん暴力《ぼうりょく》ざたを起こすつもりはないよ——起こされたくもないしね——もし、あんたやあんたの仲間が橋の上に姿《すがた》を見せてくれれば、わたしたちのそばにいてくれれば、警察《けいさつ》は下手に手出しをしてこないと思う」

カラは、首を横にふった。

「わかんねえな。大勢《おおぜい》が橋の上に立つだけで総督《そうとく》が変わるなんて、本気で思ってんのか？　あいつにとっちゃ、おれたちなんか果物にたかるちっぽけなハエと同じだよ」

薄暗《うすぐら》い部屋のなかで、アムパイの目がきらりと光った。

「こっちには、とっておきの秘策《ひさく》があるの。それを見たら、チャッタナーの街に、もうあいつの力は必要ないって、はっきりわかるはずだよ」アムパイは、ポンに片目《かため》をつぶってみせた。「なにもかも変えられる、永久《えいきゅう》にね。あの橋をうめつくすだけの人数さえ集めることができたら。だから行進に参加するっていってよ、カラ」

部屋のなかはなにも変わっていなかったが、なぜか暗い影《かげ》がすみに追いやられたような気がした。

カラが顔をあげて、アムパイを見た。

「わかった。おれも仲間たちも橋に行くよ」

アムパイは、こぼれるような笑《え》みを浮《う》かべた。

「よかった。じゃあ、日曜までこれをあんたに預《あず》けとくよ」

アムパイは、ポケットからオレンジをとりだして、カラに手わたした。オレンジには札束がそえられている。

カラの目に涙《なみだ》があふれたが、礼の言葉を聞くより先に、アムパイはポンをうながして自分の小舟《こぶね》にもどった。


アムパイのこぐ小舟《こぶね》からおりたあとも、ポンはふらふらとめまいがしていた。まだ、カラの小舟《こぶね》のなかで上下にゆられているような。仕事は終わっていないのに、ポンは暗い通路のわきで立ちどまり、ぐずぐずしていた。

「どうしたの？」アムパイが足を止めてポンを待っている。「だいじょうぶ？　お腹《なか》がすいたの？」

「腹《はら》はへってないです」

アムパイは、ゆっくりとポンのほうに近づいてきた。

「じゃあ、なに？　疲《つか》れた？　徹夜《てつや》は、体にこたえるよね」

「そうじゃない」ポンは、静かにいった。「ただ、おれは……わかったんです。アムパイさんとおれは、まるっきりちがう人間だって」

アムパイは、いたずらっぽく笑った。すっかり機嫌《きげん》がよくなったとみえて、ポンの言葉を軽く受けながす。

「そのとおりだね。あんたは、わたしほどオレンジを食べない」

ポンは、首を横にふった。冗談《じょうだん》をいったり、笑いとばしたりする気分ではない。

「そういうことじゃなくって……」ポンは、大きく息を吸《す》いこむと、一気に言葉を吐《は》きだした。「アムパイさんは、この街をよく見ていて、どういうところが悪いか、ちゃんとわかってる。そして、それを正そうとしている。おれも、この街を見て歩いて、おんなじことに気がついた……けど、おれには悪いところを正すことなんか、ぜったいできないと思っていて……」

アムパイは、首をかしげて片方《かたほう》の眉《まゆ》をあげ、ポンがつづけるのを待っている。

「なにかが、むちゃくちゃに壊《こわ》れてしまったら……本当に悪くなってしまったら、直すことなんてできない、良くすることなんてできないと思います」

アムパイは、ふっとやさしい顔になった。ほとんど背《せ》の高さが変わらないのに、かがみこんでポンの目をまっすぐに見つめてきた。

「あんた、なんのことをいってるの？　この街のこと？　それとも、男の子のこと？」

ポンは目をそらした。

「きかれてる意味、わかんないんだけど」

「あんたはまちがってるよ。わたしたちふたりは、そんなにちがっていないの。あんたが思ってるより、ずっと似《に》ているところがある」

アムパイは、左の袖《そで》のボタンを外してまくりあげ、手首をポンの目の前にかざした。一瞬《いっしゅん》、刑務所《けいむしょ》の入《い》れ墨《ずみ》を見せるのかと思ったが、濃《こ》い茶色の肌《はだ》にはなにもない。すると、アムパイは人差し指を袖《そで》のなかに入れて組みひもを引っぱりだした。

ポンは、アムパイの組みひもをまじまじと見つめた。チャム師《し》が最後にポンに巻《ま》いてくれた赤と金色の組みひもによく似《に》ている。少し色あせてはいるものの、本当にそっくりだ。

「けど、どうして……？」ポンは、小声できいた。「どこで手に入れたんですか？」

「あんたと同じところだよ」アムパイは、頭上にそびえるいくつもの高い建物を見あげた。「わたしは、大火でこの街が焼け野原になったときに生まれた赤んぼうのひとりだった。総督《そうとく》があらわれる前の話だよ。わたしみたいな子どもは、籠《かご》に入れられて川に流され、タナブリ村で拾われたから『籠《かご》の赤んぼう』って呼《よ》ばれてた。わたしは、あの村で育ち、あの村の学校に通ったの。でも、わたしは学校より寺にいることのほうが多くてね、チャムさまのそばでいろんなことを学んだよ。チャムさまが、わたしの先生だった。大きくなって、生まれ故郷《こきょう》のチャッタナーの街に、たったひとりで帰ってくるまでずっと」

ポンは、アムパイの組みひもから目が離《はな》せなかった。

「アムパイさんもチャムさまを知ってたなんて、信じられないな」

アムパイの瞳《ひとみ》は、幸せな思い出に輝《かがや》いていた。

「知りたいかもしれないから、いっておくけど、チャムさまはそのころからお年寄《としよ》りだったよ」アムパイは、ポンの左手首を頭で示《しめ》した。「あんたのその白いひもだけど、わたしも同じものを巻《ま》いてもらったことがある。あんたほどたくさんじゃないけどね。もうずっと前に、みーんな切れてしまった。白いひもを巻《ま》くたびに、いろんな願いごとをかけてもらったよ。ロバにけられぬように、とかね」

「その願いごと、かないました？」

アムパイは髪《かみ》を後ろにさっとはらうと、声をあげて笑った。

「ロバなんてものは、いままで見たこともないよ！」

ポンもいっしょになって笑った。

「チャムさまらしいなあ」

「ほかにもその手の願いごとはたくさんかけてもらったけど」そういって、アムパイは赤と金色の組みひもを人差し指で軽くたたいた。「あれからずいぶんたつのに、この組みひもを巻《ま》いたひとに会うのは、ポン、あんたがはじめてだよ。それを巻《ま》いてくれたとき、チャムさまは、どんな願いごとをかけてくれたの？」

答えようとしたが、言葉が出てこない。寺で死の床《とこ》についているチャム師《し》の姿《すがた》が、ありありと目に浮《う》かんだ。あのときは自由になりたい一心で、師《し》に対して、なんとひどい態度《たいど》をとってしまったことか。いまなにかいえば、泣いてしまいそうだ。

「いいよ」アムパイが、やさしい声でいった。「無理していわなくても。そうそう、わたしがかけてもらった願いごとを知りたい？」

ポンは顔をあげて、アムパイを見た。チャム師《し》が、あるときを境《さかい》に願いごとの内容《ないよう》を変えたといっていたことを思いだしたのだ。自分が授《さず》かった力で世界を変えようとはしなくなった、と。

アムパイは、胸《むね》に手をあてた。

「チャムさまは、こういってくれた。『おまえの勇気が、けっしてくじけぬように』」

ポンはごくりとつばを飲んで、息を整えようとした。

「アムパイさんは、チャムさまが亡《な》くなったことを聞きましたか？」

一瞬《いっしゅん》だけ目がうるんだが、すぐにいつもの気丈《きじょう》なアムパイにもどった。

「もちろん聞いたよ」ささやくようにいうと、アムパイはポンの手をとった。「いい？　チャムさまは、あんたが特別な人間だと思ったから組みひもを与《あた》えたんだよ。あんたが善良《ぜんりょう》な人間だと信じていたから」

「だってチャムさまは、どんなひとにもいいところがあるって信じてたから……」

消えいりそうな声でいうポンの手を、アムパイはぎゅっとにぎりしめた。

「チャムさまは、あんたのことを信じていたの。あんたがどんな人間かわかっていたの。むちゃくちゃに壊《こわ》れていて、本当に悪い人間だなんて、けっして思っていなかったんだからね」

ポンは目を閉《と》じた。アムパイの言葉を、心に刻《きざ》もうとした。だが、聞こえてくるのは、これまで何年ものあいだ、くりかえし耳のなかで響《ひび》く、あの言葉だ。

――おまえは闇《やみ》に生まれた……

――……それはけっして変わらない。

その言葉は、あいかわらずおそろしかったが、なぜか心地《ここち》よくもあった。チャム師《し》の願いは、ポンが探《さが》しものを見つけることだった。探《さが》しもの、それは自由だ。自分は、まもなく自由になれる。

ようやく、この闇《やみ》に、痛《いた》みに、背《せ》をむけて逃《に》げられるはずだ。

ポンは、アムパイの手から自分の手をそっと引きぬき、目を合わせずにいった。

「時間がありません。もっとガラス玉を集めないと」

29

ノックは、鶏《とり》の丸焼きを売る店の前にならんでいた。焼き串《ぐし》にさされたいくつもの丸鶏《まるどり》が、回転しながらこんがりと飴《あめ》色に焼かれていく。深紅《しんく》の光の玉が発する熱を頭にまともに受けて、くらくらしていた。目をつぶれば、一週間でも眠《ねむ》りつづけられそうだ。昼間は道場で槍《やり》の稽古《けいこ》をし、夜にはポンを探《さが》して通りをうろうろしているので、へとへとに疲《つか》れていた。

こりかたまった首を右へ、左へと倒《たお》してみる。道場のベッドは、キーキーときしんでひどい寝心《ねごこ》地《ち》だ。両親の寝室《しんしつ》のドアのすきまからもれる明かりが恋《こい》しい。両親に会いたい。泣き虫の双子《ふたご》の妹たちの顔だって、見ることができたらどんなにうれしいことか。家に帰りたい気持ちがつのるばかりだが、どうしようもない。ここであきらめて道場をあとにしても、家にはもどれないのだから。そして、親しいひとのいるはずもないところ、山の学校に行くしかない。そう、家に帰りたかったら、最後まであきらめずに、この街に帰ってきた目的を果たさなくては。

すでに街じゅうの路地をひとつ残らず歩きまわり、水路のすべてを見てまわっていた。二度通った路地や水路もある。何度かポンを見つけたと思ったが、近づいてみると、ちがっていた。一度など、混《こ》みあった通りでポンの気配を感じたことがあった。近くにいるのはわかったが、見つけることはできなかった。追われていると気づいているのだろうか。もしかしたら、こっちの動きを見ていて、一歩先を読んで逃《に》げているのかもしれない。

しばらく前からポンの目撃情報《もくげきじょうほう》をきいてまわっていたが、この方法はあまりとりたくなかった――行きあたりばったりに思われたからだ。だが、ノックは追いつめられていた。あと一日か二日すれば街を出て、タナブリ村にもどらなくてはならない。

やっと列の先頭が近づいてきた。年配の女が客の注文をきいている。髪《かみ》をまとめているヘアネットがきつすぎるせいで、眉墨《まゆずみ》で描《か》いた眉《まゆ》がつりあがり、年がら年中びっくりしているように見える。ほとんどの客の名前を覚えていて声をかけ、なにを注文するかもわかっているようだ。通りに屋台がならぶ市場に、ノックはけっこうくわしくなっていた。こういうところには、近所のことならなんでも知っていて、みんなから「おばちゃん」と呼《よ》ばれている店主がいるものだ。くっきりした眉《まゆ》のこのひとも、この界隈《かいわい》のおばちゃんにちがいない。

ノックが知りたいことに答えてくれるのは、こういうひとだ。

順番がまわってきた。おばちゃんは鶏《とり》の丸焼きを焼《や》き串《ぐし》からひとつとると、大きな肉切り包丁で切りわけながらきいてきた。

「嬢《じょう》ちゃん、注文は？　半身かい？　それとも丸々一羽《わ》？」

「えっと、腿《もも》を一本だけくれますか？」

おばちゃんは手を止めると、ノックをうさんくさそうに見てから腿《もも》を切りとった。安い腿《もも》しか買えない。持っているお金が心細くなっているから、節約しなければ。おばちゃんが、紙袋《かみぶくろ》に入れた腿《もも》をわたしてくれる。

「あのう、ちょっときいてもいいですか？」

代金をはらいながらいった。

「なんだい？」

ノックは、少し背伸《せの》びをした。

「ひとを探《さが》してるんです。わたしと同じくらいの歳《とし》の、頭を剃《そ》った男の子。修行《しゅぎょう》中の僧侶《そうりょ》で、名前はポンっていうんだけど。知りませんか？」

おばちゃんは、丸焼きをまたひとつ、まな板の上にのせた。

「嬢《じょう》ちゃん、うちは、このあたりでいちばん繁盛《はんじょう》してる店なんだよ。ポンって名前の客をいちいち覚えてると思うかい？」

すると店の奥《おく》から、おばちゃんを若《わか》くしたような娘《むすめ》が、これから焼く生の鶏《とり》をのせたお盆《ぼん》を持って出てきた。

「それって、アムパイさんのところの子？」

「いいえ、わたしが探《さが》してるのは、身寄《みよ》りのない子だから。でも、ありがとうございました」

立ちさりかけたノックに、娘《むすめ》がいった。

「その子のことだったら、うちにも光の玉を聞きにきてくれっていってもらいたかったのに」

「なんだって？」おばちゃんがきいた。「光の玉を聞くってのは、どういうことだい？　天気予報《よほう》かなんか、しゃべってくれるのかね？」

おばちゃんは頭をのけぞらせて、大笑いしている。

「そうやって笑ってればいいよ、母ちゃん」娘《むすめ》は、生の鶏《とり》を串《くし》にさしはじめた。「アムパイさんと街じゅうをまわっている子どもがいるってうわさがあるの。その子は光の玉に耳を近づけて……こうやってね、光の玉の声かなんかを聞くんだってさ」

ノックは、はっとした。

「ほほお、そりゃあ大変なこっちゃ」おばちゃんは、舌《した》をぺろっと出して娘《むすめ》をからかう。「なんでまた、そんなことをするのさ」

「光の玉が、持ち主の運命を教えてくれるっていうひともいる。でね、あたしもその子に光の玉を聞いてもらおうと思ってるわけ。いつになったらこんな場所を抜《ぬ》けだして、死んだ鶏《とり》の羽根をむしらなくてもよくなりますか、ってね」

ノックのまぶたに、ナムウォンの中庭で見た光景がよみがえった。つんつん髪《がみ》の男の子がマンゴーの木を見あげて、実のほうに耳をかたむけている。あのときは、マンゴーの実の音を聞くなんて変なことをする子だと思った。でも、あの子なら、光の玉の音も聞くかもしれない。

「そのひとだけど」ノックは、娘《むすめ》にきいた。「アムパイさんってひとには、どこに行けば会えますか？」

娘《むすめ》は、ほおをぽりぽりかいた。

「うーん。あのね、アムパイさんの住んでるところは知らないの。けど、たしか養子にした甥《おい》っ子《こ》ならいる――ヤイっていう大男だけどね。その男は、ときどき闇《やみ》市場で見かけるよ。母ちゃんの水虫の薬を買いにいくときに」

「ちょいと！」おばちゃんが、肉切り包丁をふりまわした。「むだ口をたたくのは、そのへんにしときな！　死んだ鶏《とり》が、自分で羽根をむしるとでも思ってるのかい？」

娘《むすめ》は、やれやれというように目玉をぐるりとまわした。

「わかった、わかったよ――もう行くから」娘《むすめ》は、おばちゃんが向こうをむいたすきに、まな板の上から腿《もも》をもう一本とって紙袋《かみぶくろ》に入れてくれた。紙袋《かみぶくろ》をノックにそっと手わたすと、片目《かため》をつぶってささやく。「おまけだよ」

「ありがとうございます」

ノックも、小声でお礼をいった。

本当にありがたい。これからすることのために、たっぷりエネルギーがいるだろうから。

30

ちょうど太陽が沈《しず》んだところ。ポンの一日が始まる合図だ。大広間の明かりはひどく薄暗《うすぐら》いので、あやうく椅子《いす》につまずいて転びそうになった。街で消えかけの光の玉と交換《こうかん》するために、大広間の紫《むらさき》の光の玉のほとんどが外されていた。アムパイの計画を知らない住人たちは、暗すぎてまともに歩くこともできないと文句《もんく》をいった。ソムキットは、アルミホイルの傘《かさ》を調整するためだといいわけをしていた。抗議《こうぎ》の行進は数日後にせまっているので、あと少しのあいだだけごまかせればいい。

「もう、ぶっつづけに何週間も眠《ねむ》れそうだよ」

ポンは、寝不足《ねぶそく》でふらふらしていた。

夕食のテーブルの向かいには、ソムキットがいる。ソムキットのほうは、一日の大仕事を終えたところだ。ふたりとも眠気《ねむけ》と疲労《ひろう》で頭をあげていられず、ともすれば顔がスープにつかりそうになっている。

「疲《つか》れてるのは自分だけって思ってない?」ソムキットは、両手の指を何度ものばしたり曲げたりしてから、上半身を左右に倒《たお》している。「作業机《さぎょうづくえ》の前に何時間もすわって、千本の銅線《どうせん》で指を何度もさしてみなよ」

「で、太陽の光の玉はいくつできたんだよ」

「百三十九個《こ》ってとこ」ソムキットは、あくびをした。「目標は百個《こ》だったけど、ガラス玉さえ持ってきてくれれば、まだまだ作るつもりだよ。アムパイさんが、行進に参加するひとたちに棒《ぼう》を持ってくるようにいってるんだ。棒《ぼう》の先に光の玉をつるせば、持ちやすいからね」

「でも、アムパイさんは、太陽の光の玉のことをまだ秘密《ひみつ》にしてるんだろう？」

ソムキットは、麺《めん》の上でライムをしぼりながらうなずいた。

「行進前の土曜日の夜に、大きな集会を開くんだ。そこで発表するんだって。そうすれば、参加を迷《まよ》ってるひとたちも、きっと決心してくれるはずだから」

「アムパイさんは、いまどこにいるんだ？」

いつもなら、夕食時にアムパイは大広間にいて、みんなに話しかけたり、子どもたちにちょっとしたテストを出したり、物知りのお年寄《としよ》りたちと人生の意味について話しこんだりしている。

「おまえにいってくれって。今夜は上流で木工品を作っているひとたちのところに行くから、もどってこられないってさ」ソムキットは、緑色のシロップをソーダ水の入ったコップに注いで、ひと口飲んだ。「街のいろんな地域《ちいき》の、できるだけたくさんのひとたちに、行進に参加してもらいたいんだって」

ポンは、顔をしかめて、料理に目を落とした。

「どれぐらい留守《るす》にするって？」

「明日には帰ってくるはずだよ」ソムキットはお椀《わん》におおいかぶさるようにして、ポンに顔を近づけた。「心配するなよ。ポンを船に乗せることは忘《わす》れてないから」

「ほんとかよ。あれから一度もその話は出てないじゃないか」

「行進のことでいそがしいだけだって。アムパイさんは、約束を破《やぶ》ったりしないよ。街の境界《きょうかい》を越《こ》える通行証《つうこうしょう》も手配してくれてるしね。海まで行くには、それがいるんだ。通行証《つうこうしょう》があれば、沿岸警備隊《えんがんけいびたい》は持ち物検査《けんさ》も質問《しつもん》もなしで、すんなり通してくれるからね」

ポンは、どういうことかとソムキットを見つめた。

「それって、違法《いほう》じゃないのか？　アムパイさんは、どんな法律《ほうりつ》でも守ると思ってたけど」

ソムキットは肩《かた》をすくめてから、ソーダ水をごくりと飲んだ。

「違法《いほう》かどうか、すれすれってとこだね。アムパイさんは、いつもバカな法律《ほうりつ》のすれすれをねらってる。法律《ほうりつ》と正義《せいぎ》のちがいをわかってるからね。だから、大勢《おおぜい》のひとがアムパイさんについていくんだよ」

「おまえも、そのひとりなのか？」

ソムキットは、箸《はし》で麺《めん》をすくいあげた。

「ちがうよ。食べるためにここにいるだけ」

ソムキットは、しばらくもぐもぐと口を動かしていたが、ナプキンで口もとをふくと、お椀《わん》を見つめたまま話しだした。

「ナムウォンを出たあと、どこにも行くあてがなかったんだ。なにをすればいいのかもわからなかった。路上で暮《く》らしている子どもたちがいたから、しばらくいっしょにいたんだ。けど……」ソムキットは、目をあげてポンの顔を見た。「走れないし、けんかもできない子どもが、どんな目にあうかわかる？」

今度は、ポンが目をふせる番だった。知りたくない。寺にいた数年間、そのことがずっと胸《むね》のなかによどんでいた。ソムキットが出所したとき、ポンはそばにいなければいけなかった。ソムキットがどんな目にあっても、いっしょに立ちむかわなければいけなかった。それなのに、ソムキットはひとりで闘《たたか》わなければいけなかったのだ。

ソムキットは大きくひとつ息を吸《す》いこむと、片方《かたほう》の口のはしからフーッと吐《は》きだした。それから香辛料《こうしんりょう》入りの塩の瓶《びん》を手にとって、中身の半分をお椀《わん》のなかにふりかけた。

「おれって、運が良かったんだよ。アムパイさんに見つけられたとき、おれは食べ物を盗《ぬす》んでいたんだ。あのときアムパイさんがあらわれてなかったら、いまごろ刑務所《けいむしょ》にもどってたはずだよ。それよりもっとひどい目にあっていたかも」

すでに東岸の生活を痛《いた》いほど知っていたポンは、ソムキットの話がけっしておおげさではないとわかった。

「アムパイさんが、ここに連れてきてくれたんだよ。おれに住む場所と食べ物を与《あた》えてくれた。それだけでもじゅうぶんだった。けど、おれがもらったものはそれだけじゃないんだ」ソムキットは、まだいくつか残っている紫《むらさき》の光の玉を見あげた。頭上でゆれている光の玉は、ソムキットお手製《てせい》の光を反射《はんしゃ》させるアルミホイルの傘《かさ》をかぶっている。「アムパイさんのおかげで、自分はなんでもできるって思えるようになったんだよ。おれだって、ひとの役に立てるって」

箸《はし》でお椀《わん》のなかの麺《めん》をかきまぜているソムキットを、ポンはじっと見つめた。もしもアムパイに見つけてもらえず、いまでも路上で暮《く》らしていたら、ポンは自分を許《ゆる》せなかっただろう。アムパイさんは正しい——ソムキットは、なんでもできる。いまだって、総督《そうとく》以外だれもできなかったことを、やってのけている。

「どうかした？」ソムキットは、麺《めん》をほおばりながらいった。「そんな妙《みょう》な顔しちゃってさ」

「いいか」ポンは、にっこり笑った。「小さかったころ、おまえはおれに約束させたよな。よけいな口はきかず、やっかいごとを起こすなって。けど、いまじゃ、おまえのほうが大口をたたいたり、総督《そうとく》に抗議《こうぎ》して行進しようとしたりしてるんだからな」

ソムキットは、にーっと笑った。

「あのねえ、おれが大口をたたくときは、せいいっぱいかわいらしくやるの。おまえとは、ちがうの」

ソムキットは、椅子《いす》を後ろに引くなり、とてつもなく大きなげっぷをした。長い食卓《しょくたく》の向こうはしにすわっていた子どもたちが、びっくりして飛びあがったほどだ。

「ごめんなさあい」ソムキットは、母親たちに手をふって謝《あやま》った。「ソーダ水のせいなんですう。これ飲むと、いっつも出ちゃうんですよお……ねえねえ、ポン。アムパイさんが留守《るす》だから、ちょっとだけ休めるよね。外に出て、甘《あま》いものを買いにいかない？　たとえばさ――」

そこでソムキットは口をつぐむと、ポンの背後《はいご》をじっと見つめた。なにが起こったのかと、ポンもふりかえった。ヨードとヤイが裏口《うらぐち》からこそこそと入ってきて、時おり用心深くふりかえりながら、急ぎ足で階段《かいだん》を上っていく。

「あいつら、なにをたくらんでるんだろう？」

ソムキットが、いぶかしげに目を細めながらポンにきいた。

「いいことのはずないさ。あの二人組は、どうしても好きになれないな。なんでアムパイさんはあいつらをここに置いてるのか、わけわかんないよ」

「ヤイのお母さんが、アムパイさんの友だちだったんだよ。そのひとが亡《な》くなるときに、アムパイさんはヤイのめんどうを見るって約束したんだって。ヨードのほうは、ヤイについて来ただけなんじゃないか。あいつらも役に立つことがあるんだよ。必要なものをなんでも闇《やみ》市場で仕入れてくるからね。薬とかいろいろ。だからアムパイさんは、あいつらがちょっとくらいちょろまかしても、見て見ぬふりをしてるんだ」

「ちょろまかすって?」

「あのね、外に出て泥《どろ》ハウスのために募金《ぼきん》してまわるときなんか、ヨードはいくらか自分のふところに入れてるんだ。きまってるよ」

ポンはうなずいた。

「手数料ってわけだ」

「ヨードが、なにか別の仕事を見つけてくれないかな」ソムキットが、いまいましげにいった。「行進が終わったら、アムパイさんがあいつらをほうりだす気になってくれればいいのに。アムパイさんは、いつもおれにいうんだ。どんな人間にも、いいことをするチャンスをやらなくちゃって。けど、アムパイさんはひとを信用しすぎるところがあるんだよ」ソムキットは、腹《はら》をさすりながら、ポンのほうをむいた。「で、どうする? まだ果物の市場が開いてるよ。ドリアンはいまが旬《しゅん》だよ」

ポンは顔をしかめた。

「やめとくよ。まだ目がさめてないんだ」

それに、死んだコウモリみたいなにおいをさせたくないし、とポンは心のなかでつけくわえた。

「じゃあ、好きにすれば。おれは、ちょっと行ってくるから」

ソムキットは、階段《かいだん》の下のドアから出ていった。ポンは、自分とソムキットの食器を片《かた》づけてから、ソムキットの部屋にもどることにした。だが、階段《かいだん》のとちゅうで、ふと足を止めた。ソムキットは、たしか太陽の光の玉を百三十九個《こ》作ったといっていたが……。

ポンは、毎晩《まいばん》アムパイと街に出かけて集めたガラス玉の数を計算していた。いままでに百五十一個《こ》集めたはずだ。あとの十二個《こ》はどこに行ったのだろう？　階段《かいだん》をかけあがって、事務室《じむしつ》のとなりにある空き部屋にすべりこむと、出入り口のカーテンを少しだけ開けて外をうかがった。こうすれば、カーテンのかげに隠《かく》れたまま、事務室《じむしつ》のドアを見張《みは》ることができる。事務室《じむしつ》のなかから、ヤイとヨードがすり足で歩きながら、床《ゆか》の上の箱を引きずって動かしている音が聞こえてきた。

と、事務室《じむしつ》のドアが大きく開き、ふたりが出てきた。ヤイは、肩《かた》から鞄《かばん》をななめにかけている。アムパイが街じゅうの友人に寄付《きふ》してもらったものを貧《まず》しいひとたちに配ってまわるのも、ふたりの仕事のひとつだった。包帯や軟膏《なんこう》やビタミン剤《ざい》など、高価《こうか》で買えなかったり手に入りにくかったりするものだ。

だが、どうもようすがおかしい。ヤイは、いつも無造作《むぞうさ》にななめがけした鞄《かばん》を背中《せなか》にぶらさげているのに、いまは鞄《かばん》を前にまわして、女のひとが高価《こうか》なハンドバッグを持つように片手《かたて》を鞄《かばん》の底にそえている。なにを入れているのか知らないが、包帯でないことはたしかだ。ポンは息をつめて耳をすました。ふたりはポンが隠《かく》れている部屋の前を通りすぎ、階段《かいだん》を下りていく。と、カチャカチャと小さな音がした。ガラスがぶつかりあう音だ。

ポンは顔をしかめた。どうやら悪党《あくとう》どもは、ポンたちが集めたガラス玉を持ちだしているようだ。アムパイさんはヤイとヨードにガラス玉の使い道を教えていないはずだが、ふたりは保管《ほかん》場所をさぐりあてたにちがいない。だが、いったいどうするつもりなのだろう？

ふたりが階段《かいだん》を下りて外に出るのを待ってから、ポンは帽子《ぼうし》を引っつかんで、あとを追った。

ヤイとヨードは、いつものように近隣《きんりん》の住人に物資《ぶっし》を届《とど》けにいくのではないらしい。いつもの道《みち》筋《すじ》とはちがう曲がりくねった水路沿《ぞ》いに進み、街の奥《おく》へむかっている。鉄工所が集まっている地域《ちいき》だ。ポンは、じゅうぶんに距離《きょり》を置いてついていった。大男のヤイは人混《ひとご》みのなかでも目立つから、あとをつけるには好都合だ。ふたりは、工場が立ちならぶ地域《ちいき》を歩いていく。そこでは、光の玉のブンブンといううなりが、金槌《かなづち》をふるうカンカンという音や、のこぎりを引くギコギコという音にかき消されていた。

ふたりは、さびた倉庫の角を曲がり、その先にのびている通路を歩いていく。通路の下の水路はにごっていて、鼻をつく下水の臭気《しゅうき》が船の塗料《とりょう》や機械油のにおいと混《ま》ざりあい、淀《よど》んだ水から立ちのぼっていた。へどろの上にかけられたような通路には露店《ろてん》がならんでいて、大勢《おおぜい》のひとでにぎわっている。だが、露店《ろてん》といえば、客を集めるために大きな光の玉で照らした看板《かんばん》をかかげたり、音楽を鳴らしたりするものだが、ここには看板《かんばん》ひとつ出ていない。いざとなれば、すばやく店をたたんで逃《に》げられるようにしているのだろう。

ここが闇《やみ》市場にちがいない。お金さえはらえば、なんでも手に入る場所だと、ソムキットがいっていた。ヤイとヨードは、二軒《けん》の露店《ろてん》のあいだに割《わ》りこむように置かれた、いまにも壊《こわ》れそうな台のところに行った。ポンは買い物客たちの後ろに隠《かく》れて、ようすをうかがうことにした。

ヤイが、持ってきた鞄《かばん》を開けた。思っていたとおり、光の玉がぎっしりとつめこまれている。

若《わか》いふたり連れが、おそるおそる台のほうに近づいていった。ヨードが、ヒキガエルのような、にたりとした笑《え》みを浮《う》かべ、ふたりを手招《てまね》きする。

「お客さん、いいかい。この光の玉は、光市場で売ってるような上物だよ。それを、あんたたちには半額《はんがく》で売ってあげよう！」

ヨードは光の玉のひとつを手にとって、スイッチを入れた。だが、客のふたりが身を乗りだすと、すばやくスイッチを切った。

「あんまり人目を引きたくないんでね、スイッチは切らせてもらったよ」ヨードは、ずるがしこそうに笑った。「あっというまに人だかりができちまうからね。けど、心配はご無用。あんたたちだけ、特別に安くしとくよ」

ヨードがなにをしているか、ポンはわかった。アムパイといっしょに集めている光の玉には、わずかだが光が残っている。たいていは泥《どろ》ハウスに着く前に消えてしまうが、スイッチを切っておけば、もうしばらく持つものもあった。ヤイとヨードは、そういう光の玉を持ちだして、いまにも消えそうな代物《しろもの》だと気がつかないひとたちに売りさばいているのだ。

ポンは、奥歯《おくば》をかみしめた。早く止めないと、あの気《き》の毒《どく》なふたり連れはだまされてしまう。足をふみだそうとしたそのとき、ポンはその場に凍《こお》りついた。金属《きんぞく》のにおいに混《ま》じって、まるっきり別のにおいがただよってくる。そのにおいはポンをぐいぐい引っぱって川を下り、山を登って、二週間前にいたあの場所に連れもどした。レモンの花と、削《けず》りたてのかんなくずのにおい……。

ポンは、すばやく後ろをふりかえると、大勢《おおぜい》の買い物客に視線《しせん》を走らせた。見知らぬひとたちがぶつかって、肩《かた》で押《お》しのけていく。その顔を必死に見たが、自分と同じ年ごろの子どもはいなかった。ましてや黒髪《くろかみ》を短く切りそろえ、鋭《するど》く黒い目をした少女の姿《すがた》はどこにも見当たらない。だが、レモンの花とかんなくずのにおいは消えていない。

スィヴァパンの娘《むすめ》が、ここにいる。

ヤイとヨードにだまされかけているふたり連れのことは、頭からすっかり消えてしまった。人混《ひとご》みをぬって通路を引きかえし木箱の山の後ろに身を隠《かく》すと、ポンは荒《あら》い息をついた。

こんな場所に、あの娘《むすめ》がいるはずがない。そうだろう？　崖《がけ》から飛びおりたときの娘《むすめ》の顔が目に浮《う》かんだ。あのときは、ただの憎《にく》しみの表情《ひょうじょう》だと思った。だが、自分が読みちがえていたのだろうか。あれは、復讐《ふくしゅう》を誓《ちか》う者の顔だったのかもしれない。

チャッタナーの街にもどったことを、あの娘《むすめ》に気づかれたのか。いや、それはありえない。だが、もしそうだとしたら？　ソムキットにだって偶然《ぐうぜん》会えたのだから、復讐《ふくしゅう》を誓《ちか》ったスィヴァパンの娘《むすめ》に探《さが》しあてられることも、ありえない話ではない。

じっと動かずにいるのに、息がますます荒《あら》くなってくる。すぐにでも泥《どろ》ハウスまで走っていって、隠《かく》れてしまいたい。だが、いま帰るわけにはいかない。いや、ぜったいにもどるわけにはいかない。本当にスィヴァパンの娘《むすめ》にあとをつけられているなら、泥《どろ》ハウスに帰るところを見られてしまうではないか。ソムキットやアムパイや、ほかのみんなのもとへもどるところを。

もし捕《つか》まれば、自分だけの話ではすまなくなる。アムパイも、脱獄囚《だつごくしゅう》をかくまった罪《つみ》で刑務所《けいむしょ》に入れられるだろう。そうなったらアムパイに助けられているひとたちは、だれを頼《たよ》ればいいのか。それに、ソムキットは？　ソムキットの路上生活の話を思いだし、ポンはぶるっと震《ふる》えた。アムパイがいなくなったら、ソムキットはどこで暮《く》らすのだろう。親友をまたしてもひどい目にあわせるわけにはいかない。泥《どろ》ハウスのみんなのために、できることはじゅうぶんやったはずだ。この街を去らなければいけないときは、とっくに過《す》ぎている。

ポンは木箱のかげに隠《かく》れたまま、スィヴァパンの娘《むすめ》のにおいが消えて、いなくなったと確信《かくしん》できるまで待った。それから、帽子《ぼうし》を目深《まぶか》にかぶりなおし、もと来た道を足早に引きかえしたが、とちゅうでわき道の暗がりにひそんで、ヤイとヨードを待ちぶせした。しばらくしてヤイとヨードがあらわれると、ポンはふたりの目の前に飛びだした。

「おい、見ろよ」ヨードが鼻で笑った。「だれかと思えば、少年パトロール隊じゃないか。輝《かがや》かしい未来のあるおぼっちゃまが、おれたちになんのご用ですか？」

ポンは、ふたりの男をにらみつけながら、自信に満ちたしっかりとした声を出そうとした。

「アムパイさんが集めた光の玉で、おまえたちがなにをやってるか、この目で見たんだよ」

悪党《あくとう》たちのぽかんと開いた口がふさがらないうちに、ポンはたたみかけた。

「アムパイさんに悪事をばらされたくなかったら、おれのいうものを用意しろ」

ヨードが、にやりと笑った。この男、脅《おど》しには慣《な》れているらしい。

「なにがいるんだ？」

「船だ。今夜じゅうに用意しろ」

31

静かな西岸の水路沿《ぞ》いを、ノックは顔をふせて歩いていた。行《い》き交《か》うひとびとは、のんびりと散歩を楽しんでいて、だれもノックのことなど気にしていないようだ。だが、自分の髪《かみ》からは闇市場《やみいちば》の機械油が混《ま》じった下水のにおいがただよってくる。ここ西岸では、悪臭《あくしゅう》はすぐに気づかれてしまいそうだ。歩道は一時間に一度ほうきで掃《は》かれ、澄《す》んだ水路にはハスの花が咲《さ》いている。

シャワーを浴びて服を着替《きが》えたかったが、時間がなかった。いますぐに知らせなければ。

さっきまでは、丸焼き鶏《どり》店の娘《むすめ》から聞いた話を手がかりに、ポンの行方《ゆくえ》を追っていた。闇《やみ》市場を見つけるのに少し手間どったが、薄汚《うすぎたな》い市場に着くとすぐに、ふたりの男が粗末《そまつ》な台で光の玉を売っているところに出くわした。ひとりは大男で、もうひとりは背《せ》が低い。

ふたりには見覚えがあった。道に迷《まよ》った夜に見かけた男たちだ。あの夜は、もうひとり女がいた。きっとあのひとがアムパイで、大男はアムパイの甥《おい》っ子《こ》なのだろう。ふたりの男は、あやしげなことをしているようだ。あれこれとうまいことをいって、光の玉を売りつけようとしている。客のほうは、いまにも口車に乗ってしまいそうだ。

ポンの姿《すがた》は見当たらないが、闇《やみ》市場にいるのはわかった。不思議なことに、すぐとなりにいるようにポンの存在《そんざい》をはっきりと感じていた。きっと近くにいるにちがいない。ノックは、ふたりの詐《さ》欺師《ぎし》を見張《みは》ることにした。ふたりについていけば、そのうちにポンの隠れ家《かくが》にたどりつけるだろう。

そのとき、とんでもない会話がノックの耳に飛びこんできた。

「あの男たちだよ」女がいっている。「でかいのがヤイで、鼻のつぶれているほうがヨード」

声のするほうにふりむかずに、じっと聞き耳を立てた。

「あいつらが話を持ちかけてきたのか？」男がきいた。

「そうだよ。どうやらアムパイさんの手伝いをしてるらしい。日曜日の日没《にちぼつ》後に、巨人《きょじん》橋に集まれってさ。長い棒《ぼう》を持っていくようにいわれたよ」

「棒《ぼう》だと？　いったいなんに使うんだよ？」

「さあね。けど、棒《ぼう》のことは、ぜったいにいうなって。なにひとつ総督《そうとく》の耳に入れたくないんだと」

「ほんとにそんなことができると思ってるのか？」

女がぐっと声をひそめたので、ノックは息をつめて耳をすました。

「なんと千人も集まるんだってさ！　それを見たら、総督《そうとく》はどう思うだろうね？　みんなに、思いきってやるだけの勇気があればいいんだけど」

思いきって、なにをやるんだろう。千人ものひとたちが？　しかも棒《ぼう》を持って集まるなんて、武《ぶ》器《き》にするつもりだろうか。全身が震《ふる》えてきた。頭のなかで、いまの会話を何度もくりかえして、よくよく考えたが、何度考えても同じ結論《けつろん》にたどりつく。

ノックは、総督閣下《そうとくかっか》に反乱《はんらん》を起こす悪だくみを知ってしまったのだ。胸《むね》が早鐘《はやがね》を打つ。見張《みは》っていたふたりの詐欺師《さぎし》は、とっくに荷物をまとめて、人混《ひとご》みにまぎれてしまった。ふたりを追って、ポンの隠《かく》れ家《が》をつきとめるべきだろうか。それとも、いま耳にしたことを、急いでだれかに知らせたほうがいいか……。

もう、においをかげるほどポンに迫《せま》っているが、心のなかでは、いま聞いたばかりの悪だくみのほうが重要だとわかっていた。ポンを追うのをやめて、すぐにでも通報《つうほう》しなければ。それが正しい選択《せんたく》だとわかると、心が決まった。ノックは、いつも正しいほうを選ぶ。

それに、ポンがアムパイと関わっているなら、アムパイが警察《けいさつ》に逮捕《たいほ》されれば、ポンも捕《つか》まるだろう。ノックは、一石二鳥の手柄《てがら》を立てることができる。

こうしてノックは踵《きびす》を返して西岸にもどり、ゴミひとつ落ちていない歩道を急いでいた。とちゅうで歩道をそれて、植物園に入った。スィヴァパン家に帰るには、このほうが近い。植物園には、だれもいなかった。小道に沿《そ》って何百もの提灯《ちょうちん》がオレンジの木の枝《えだ》やアシのしげみに灯《とも》り、池には紙舟《かみぶね》に乗った金色の光の玉が、ハスの花に交じって浮《う》かんでいる。何千もの星に囲《かこ》まれて、夜空を歩いているようだ。

ノックの足が遅《おそ》くなった。最後に夜の植物園を歩いたのは、双子《ふたご》の妹たちがまだ赤んぼうのころだった。その夜、母親は双子《ふたご》を連れて親戚《しんせき》の家に行っており、兄は友だちの家に泊《と》まっていたので、ノックはめずらしく父親とふたりきりになった。そして、父親が植物園に連れてきてくれたのだ。

「おまえのおじいちゃんが小さかったころ、うちは農家で、このあたりに住んでいたんだよ」父親は、さっと手をふって植物園をぐるりと示《しめ》した。「そのころは、西岸なんてものはなくて、サトウキビ畑がどこまでも広がっていたんだ」

「おじいちゃんは、農家だったの？　お役所で大事なお仕事をしていたんだと思ってたけど」

ノックがきくと、父親はにっこり笑った。

「それは、ずっとあとの話だよ。あの大火は川の西側には来なかったから、うちのような家族は大きな被害《ひがい》を受けずにすんだ。だから総督《そうとく》がこの街にあらわれたとき、西岸の住人は、ガラス玉工場を建てたり光の玉で動く発動機を作ったりして閣下《かっか》を手伝った。はじめて充光所《じゅうこうしょ》を建てたのも、おまえのおじいちゃんだったんだよ。おかげで、総督《そうとく》は思うように自分の仕事ができるようになったから、ごほうびとして、おじいちゃんを財務局長《ざいむきょく》に任命《にんめい》したんだ。もし、おじいちゃんが東岸に生まれていたら、うちの家族はまったく別の運命をたどっただろうよ」

「お母さんがいってたよ。東岸のひとたちは、干潟《ひがた》にとりのこされた魚みたいにバタバタ暮《く》らしてるって」

父親は、悲しそうにうなずいた。

「そうだね。そんなふうに生きてるひとが、東岸にはたくさんいるんだよ」

「そのひとたちも、西岸のひとたちを見習えばいいのに。法律《ほうりつ》を守っていっしょけんめいに働けば、いいことがあるのにね。『法は光であり、光は価値《かち》ある者を照らす』でしょ？」

父親は、ノックの顔を見て首をかしげた。

「そんな言葉、どこで覚えたんだい？」

「学校で。総督閣下《そうとくかっか》の言葉をたくさん習ってるの」

「ああ、そうだったね」父親は、気のない返事をした。「その言葉は、忘《わす》れていたよ」

どうして忘《わす》れられるのか、ノックにはわからなかった。その言葉は、父親の職場《しょくば》である刑務所《けいむしょ》の壁《かべ》にかけられているのに。だが、そのときのノックはまだ、父親ができるだけ刑務所《けいむしょ》にいないようにしているのを知らなかった。

父親は、咳《せき》ばらいをしてから眼鏡《めがね》をふいた。

「物事は、学校で習うように単純《たんじゅん》じゃないこともあるんだよ」

「それって、どういうこと？」

「そうだなあ。たしかに、光が価値《かち》のある者を照らすこともあるだろう。だが、運に恵《めぐ》まれただけのひとを照らすこともあるんだ。それに、ときには……」父親は後ろをふりかえり、川の向こうで虹《にじ》のように輝《かがや》いている東岸を見つめた。「ときには、善良《ぜんりょう》なひとが闇《やみ》に捕《と》らわれてしまうこともある」

ノックは、自分の小さな手を父親の大きな手のなかにすべりこませた。

「いってること、よくわかんないよ」

「ああ、こまったことに、お父さんにもよくわからないんだ」父親は、ノックの手をぎゅっとにぎりしめて、ため息をついた。眼鏡《めがね》が曇《くも》った。またもや外してシャツでふいている。ふたたび話しだしたとき、その声は、学校の先生のように厳《きび》しく、自分で自分をしかりつけているように聞こえた。「そんなことは考えてもしかたがないよ、ノック。なるようにしかならない。いくら運命を変えようとしたって、わたしたちにできることなど、たかが知れているんだ」

われにかえったノックは、かぶりをふった。いまでも父親のことは大好きだ。だが、認《みと》めたくはないが、少しばかりはずかしいとも思っていた。元刑務所長《けいむしょ》で、いまは法務局長《ほうむきょく》の地位についているひとが、どうして自信を持って物事を決められないのか。なぜ正しいこととまちがっていることを見分けるのが、それほど難《むずか》しいのだろう。

槍《やり》をにぎる手に力をこめて歩きだしたが、向きを変えて、家へはもどらずに植物園の外に出た。法は光なり。

いま、その光が消されようとしている。だが、父親はまったく頼《たよ》りにならない。一大事だとわかってくれるひとのもとに行かなければ。なにをすべきか即座《そくざ》に判断《はんだん》を下せるひとのところへ。

見あげるほど大きな木の門に着くと、小雨《こさめ》が降《ふ》りだした。門番が、暗がりからぬっと姿《すがた》をあらわした。

「そこで止まれ。何者だ？」

ノックは槍《やり》を地面に置き、深く頭を下げた。

「スパットラ・スィヴァパンといいます」ノックは、自分の正式な名前を告《つ》げた。「スィヴァパン法《ほう》務局長《むきょく》の娘《むすめ》です。いますぐ総督閣下《そうとくかっか》にお伝えしたいことがあります」

32

人混《ひとご》みをぬって水路沿《ぞ》いに歩きながら、ポンは落ちついた足どりで歩いている自分におどろいていた。びくびくしたり急ぎ足になったりしてもおかしくないのに、一定の速さで、しっかりと歩いている。すれちがうひとたちは、だれも自分のほうを見ていない。どうやら人目を引かずに歩く術《すべ》を、もうすぐ必要がなくなるいまになって、やっと習得《しゅうとく》したようだ。

ポンは、待ちあわせ場所にむかっていた。精肉店《せいにくてん》がならぶ水路沿《ぞ》いの小さな船着き場だ。水路をうめつくすたくさんの小舟《こぶね》が、ゆっくりと動いている。ヤイとヨードがいないのではないか、約束の時間までに船を手に入れられなかったのではないかと、不安で胃《い》がそわそわする。だが、船着き場に目をやると、ふたりはそこにいた。かたわらには、みすぼらしいピンクのタクシー船が停《と》めてある。

ポンは顔をしかめた。もっと目立たない船のほうがよかったが、いまさらほかの船に変えてくれとはいえない。ヤイは船が流れていかないように船べりに片足《かたあし》をかけ、となりにいるヨードは人混《ひとご》みに目を走らせている。さっさとすませてしまおうと、ポンはふたりのもとに急いだ。

ポンに気がつくと、ヨードはにやりと笑った。

「さてと、これで取り引き成立だな、少年パトロール隊」そういって、ヨードはタクシー船に目をやった。「操縦席《そうじゅうせき》に、飲み水とバナナまで用意してやったぞ。わが家のように居心地《いごこち》がいいはずだ」

「待てよ。通行証《つうこうしょう》は？」

ポンがきくと、ヨードのにやにや笑いがあざけるようにゆがんだ。

「おまえ、通行証《つうこうしょう》が木になっているとでも思ってるのか？」

「通行証《つうこうしょう》なしで、どうやってピンクのタクシー船で海まで出られるんだよ？」

「目立たないようにしていれば、だいじょうぶだ。なんとかなるって。さあ、急いだほうがいいぞ。ビーチで海水浴でも楽しんでおいで」

ポンは口の達者なヨードに腹《はら》が立ったが、それ以上なにもいわずに船に乗りこんだ。ヨードのいうことにも一理ある。ぐずぐずしている時間はない。

ポンは、帽子《ぼうし》を目深《まぶか》にかぶりなおした。十代のタクシー運転手はめずらしくないから、あやしまれることはないだろう。だれかがタクシーを拾おうとして、手を挙げてこなければいいが。ヤイが、船の鍵《かぎ》を投げてよこした。

ありがとうといいそうになるが、こんなやつらに礼をいうことはないと思いなおした。それに、もっと気がかりなことがある――船の操縦《そうじゅう》の仕方を知らないのだ。

鍵《かぎ》をイグニッションに差しこみ、まわしてみる。すると、翡翠《ひすい》色の光の玉がぱっと灯《とも》り、発動機がブンブンとうなりをあげはじめた。さらに船体が、なんとも不安げにガタガタという音を立てたかと思うと、とつぜんがくんと前にかたむき、パパイアを山と積んだ小舟《こぶね》につっこみそうになった。

「ごめんなさい！　すみません！」

大声で謝《あやま》りながら、スロットルレバーをゆっくりと手前にもどした。それから、パパイア売りの小舟《こぶね》から離《はな》れようとしてハンドルをまわしたが、大きくまわしすぎたせいで急カーブを切ってしまった。小舟《こぶね》に乗ったばあさんたちが、ポンにむかって、いっせいにこぶしをふりまわす。ポンの乗った船は、ばあさんたちの櫂《かい》につつかれて船着き場から追いやられた。

ポンは発動機を切って、ひたいの汗《あせ》をぬぐった。早く逃《に》げたいのはやまやまだが、全速力で飛びだしたいわけではない。このまま流れに乗って川まで行き、だれも殺《ころ》さずにすむ広い場所に着いてから操縦《そうじゅう》のコツを飲みこめばいい。ばあさんたちの小舟《こぶね》とともにただよいながら、黒いインクのような水を櫂《かい》でゆっくりとかいたが、心臓《しんぞう》の鼓動《こどう》は高速ボートの発動機のように激《はげ》しくなっている。

小舟《こぶね》でいっぱいの水路が少しずつ広くなっていくと、とうとうチャッタナー川の暗い流れが目の前にあらわれた。川のはるか向こうに、ホタルのように光っている西岸の明かりが見え、心地《ここち》よい涼《すず》しい風が吹《ふ》いてくる。そのとき、小雨《こさめ》が降《ふ》りだした。いいぞ、雨にまぎれて逃《に》げられそうだ。今度はゆっくりと慎重《しんちょう》に鍵《かぎ》をまわし、川の主流のほうへ船を進めた。いよいよチャッタナーの街に最後の別れを告《つ》げるときが来た。

船首を南にむけ、東岸から離《はな》れすぎないように気をつけながら、ゆったりとした流れに乗る。川岸に立つ小さな寺院のそばを通りすぎた。そのあたりでは、殺生《せっしょう》をきらって漁が禁止《きんし》されているから、丸々と太ったコイの群れが泳いでいる。あまりにもたくさんいるので、銀色のうろこが、ゆらゆらとゆれる敷物《しきもの》のようだ。

そのとき、首の後ろがぞわぞわするような、あの感覚がした。だれかに見られている。気のせいだと思いたかったが、その感覚はやまない。雨を透《す》かして川岸に目をこらした。だれかが、寺院の敷地《しきち》をこっちにむかってやってくる。ずいぶんせかせかと歩いているから、寺の訪問客《ほうもんきゃく》ではなさそうだ。

スロットルレバーをにぎりしめ、ぐいっと前に倒《たお》そうとしたが、なにかがはさまったのか動かない。あわてて後ろをふりかえった。人影《ひとかげ》は、どんどん近づいてくる。すぐそこまで来ているが、雨にかすんで、だれだかわからない。

すべるレバーを、前後にガタガタとゆすった。

「動いてくれ、頼《たの》む、動いてくれ……」

レバーの下で歯車がこすれる音がしたが、うまくかみあわないようだ。

櫂《かい》に手をのばそうとしたそのとき、重くてごつごつしたものが上から落ちてきて、ポンは船床《ふなどこ》にたたきつけられた。

「なんだ――?」

しがみついてくるだれかのぬれた手足を必死にふりほどき、ポンはよろよろと立ちあがった。パニックに襲《おそ》われて飛びあがった胃《い》が、やっと落ちついたとき、とうとう相手の正体がわかった。

「ソムキット!」ポンは息をのんだ。「こんなところでなにしてるんだ?」

「なにしてるかだって?」ソムキットがわめいた。「おまえこそ、なにをしてるんだよ! 逃《に》げだすなんて、どういうつもり? おれにひと言もいわないで!」

「シーッ!」ポンはソムキットを止めた。しとしとと降《ふ》る雨のせいで声はそれほど響《ひび》かないが、川岸からあまり離《はな》れていないから、だれかに聞こえるかもしれない。「どうしてここがわかったんだよ」

「あのあと、泥《どろ》ハウスにもどったらおまえがいないから、探《さが》しにでたんだ。そしたら発動機の修理《しゅうり》店《てん》の友だちが、廃品《はいひん》置き場でヤイとヨードに会ったって教えてくれたんだよ。どこかの子のために、船を用意してるっていってたらしい。それで、ぴんときたんだ」ソムキットは、うんざりした顔でタクシー船を見まわした。「ど派手《はで》なピンクでよかったよ。でなきゃ、見つけられなかったからね」

ポンは帽子《ぼうし》を目深《まぶか》にかぶりなおした。本当にまずいことになった。

「あーあ、ヨードがだまってるわけないよな」

「そうさ、だまってなくてよかったじゃないか！」ソムキットが、またもや大声をあげた。「さもなきゃ、おれだって朝になるまでいなくなったのに気がつかなかったからね。書き置きぐらい残しといてくれてもよかったんじゃないの？」

「静かにしろって！」

ポンは、声をひそめていった。まだ街の中心から離《はな》れていない。ポンはスロットルレバーに手をかけて、またガタガタとゆすったが、やはり動かない。

「もう、なにしてるのさ」ソムキットが、ぷりぷり怒《おこ》りながらいった。「船を操縦《そうじゅう》したこともないの？　ちょっと、どいて」

ソムキットは、ポンをとなりの座席《ざせき》に押《お》しやって操縦席《そうじゅうせき》に陣取《じんど》ると、片方《かたほう》の手でハンドルを、もう片方《かたほう》の手でスロットルレバーをにぎりしめた。

「まいったね。こいつは正真正銘《しょうしんしょうめい》のポンコツじゃないか。海に出る前に沈《しず》んじゃうよ。ポンにもわかるだろ？」

ソムキットがスロットルをたたいて前に倒《たお》すと、とつぜん船が水を切って走りだしたものだから、ポンはあやうく後ろにふっとばされそうになった。

ソムキットは慣《な》れた手つきで船を操《あやつ》り、ほかの小舟《こぶね》をぬうように、びゅんびゅんと川面《かわも》を進んでいく。小舟《こぶね》だらけの場所をあとにして、川岸に声が届《とど》かないところに着くと、ソムキットは発動機を切った。

「一生のお願いだから」と、ポンは頼《たの》んだ。「おまえは岸にもどって、おれをこのまま行かせてくれないか。もう、ずいぶん時間をむだにしちゃったし……」

ソムキットは、腕組《うでぐ》みをした。

「親友にさよならをいうための五分が、時間のむだだっていうの？」

「おまえはわかっていないんだよ！　今夜、通りでまちがいなく見たんだ——いや、この目で見たわけじゃない。けど、たしかに——」

「行進まであと三日なんだよ」ソムキットがさえぎった。「ふたりでいっしょけんめいに準備《じゅんび》してきたじゃないか。なのに、なんにもいわずに姿《すがた》を消すつもり？」

ポンは、はずかしさで胸《むね》がいっぱいになった。またもや親友の前から姿《すがた》を消そうとしている。ふたたび逃《に》げだそうとしている。でも、こうするしかないということが、ソムキットにはわからないのだろうか？

「おまえの頭には、それしかないのかよ」ポンは大声でいいかえした。「バカみたいな行進のことばっかりで」

ソムキットは、あっけにとられている。

「行進は、おまえの問題で、おれには関係ない」ポンはつづけた。「おまえに借りがあったから、手を貸《か》していただけだ。けど、これ以上ぐずぐずして、危《あぶ》ない目にあうのはごめんだよ。そんな――なんの役にも立たないことのために！」

「そんなこと、本気で思ってないくせに」

ソムキットが、静かな声でいった。

「おまえになにがわかるんだよ」ポンは、いいかえした。「親友だから、なんでもわかってるつもりなんだろうけど、ほんとはなんにもわかってないんだ。おれがやってしまったことも、おれがどんな人間かってことも！」

ソムキットは、ポンをにらみつけた。そして櫂《かい》を手にとると、水をかく平らなほうで、いきなりポンの胸《むね》をどんとついた。後ろにふっとんだポンは、座席《ざせき》に尻《しり》もちをついた。

「なんだよ！」

ポンは、あえぎながらいうと胸《むね》をさすった。

ポンを見下ろすソムキットの顔には、悲しみと怒《いか》りが入りまじっていた。

「おまえのことをわかってないなんて、二度というな！　おれはおまえのことをだれよりもわかってる。おまえ自身よりも」

ポンは息をのんだ。おどろきのあまり言葉が出ない。そのとき、右舷《うげん》側から光の玉の発動機のうなりがあがったかと思うと、その音がぐんぐんこっちに近づいてきた。小さなタクシー船は大型船《おおがたせん》の立てる波にゆられ、ふたりは降《ふ》りしきる雨の向こうの金色の探照灯《たんしょうとう》で目がくらんだ。

「船を停《と》めて、両手を挙げろ！」

拡声器《かくせいき》から耳ざわりな大声が流れてくる。

「総督閣下《そうとくかっか》の名のもとに、おまえたちを逮捕《たいほ》する！」

33

門番は重い門扉《もんぴ》を押《お》して閉《し》めると、背後《はいご》に立っている女を手で示《しめ》した。総督《そうとく》の屋敷《やしき》に雇《やと》われている使用人らしい。

「この者が、閣下《かっか》の応接室《おうせつしつ》に案内する」

夜遅《よるおそ》く訪問《ほうもん》する無作法に気がついて、ノックは顔を赤らめた。

「あの――総督閣下《そうとくかっか》はもうお休みの時間かもしれませんが、緊急《きんきゅう》にお知らせしたくて――」

「あなたが来なくても、閣下《かっか》は起きていらっしゃいます」使用人は、そっけなくいった。「夜遅《よるおそ》くまで働き、夜明け前に起床《きしょう》されますからね。こんな時間に眠《ねむ》っていられないくらい、どっさり仕事をかかえていらっしゃいますから」

ノックはうなずき、使用人のあとについて総督《そうとく》の屋敷《やしき》へつづく小道を歩いていった。小道に沿《そ》ってしつらえた木製《もくせい》のトレリスから、ジャスミンの花がたれている。花のあいだに、サクランボの種ほどの小さな金色の光の玉がきらめいていた。

ノックは、道着の前を引っぱって整えた。着替《きが》えてくれればよかった。総督《そうとく》の屋敷《やしき》に試合用の道着であらわれたと知ったら、お母さんはなんというだろう。だが、そんなことを気にしても、もう遅《おそ》い。

使用人はノックをしたがえて屋敷《やしき》に入ると、二階へつづく短い階段《かいだん》を上っていった。屋敷《やしき》のなかは、天井《てんじょう》も壁《かべ》も床《ゆか》も落ちついた暗い色の木でできていて、ぴかぴかに磨《みが》きこまれている。飾《かざ》り気《け》がなく質素《しっそ》だ。豪華《ごうか》な家具を置いて、これみよがしに飾《かざ》りたてた西岸のほとんどの屋敷《やしき》とは、ずいぶんちがっている。

使用人は、廊下《ろうか》のつきあたりにあるドアの前で足を止めると、ふりかえっていった。

「それは、そこに置きなさい」

使用人はノックの槍《やり》に目をやると、ドアの横を手で示《しめ》した。ノックはうなずいてから、槍《やり》を壁《かべ》に立てかけた。

使用人は、ドアを大きく開けた。

「閣下《かっか》、お客さまがお見えです」

一礼してから、総督《そうとく》に告《つ》げる。

ノックは、緊張《きんちょう》のあまりごくりとつばを飲んでから、総督《そうとく》におじぎをした。そのまま床《ゆか》を見つめていると、総督《そうとく》のよく響《ひび》く低い声が聞こえてきた。

「よく来てくれた。さあ、入りなさい」

ノックは、前に進んだ。使用人は開けたドアのそばで、背筋《せすじ》をぴんとのばして立っている。

総督《そうとく》は、長いテーブルの向こうのまんなかあたりにすわっていた。ひじの近くには、書類がきちんと積みかさねられている。総督《そうとく》の前には急須《きゅうす》と茶碗《ちゃわん》が置かれ、うっすらと湯気が立っていた。

「やあ、スィヴァパンさんだね。なにか知らせがあるそうだが」

じろじろ見るのは失礼だとわかっていたが、これほど間近で総督《そうとく》を目にするのは二回目だ。総督《そうとく》は、ノックの記憶《きおく》そのままの姿《すがた》をしていた。

総督《そうとく》の若《わか》さの秘密《ひみつ》を知りたいと、母親はよくいっている。ノックの両親よりもずっと年上のはずなのに、顔の皮膚《ひふ》はなめらかで、しわひとつない。四十年ほど前にチャッタナーにあらわれたとき、総督《そうとく》はすでに大人だったと聞いている。だが、その前に、どんな人生を送っていたのか、ノックは知らなかった。学校では総督《そうとく》の教えや行いについては習うが、総督《そうとく》がいつ、どこで生まれたかは教えてもらったことがない。

総督《そうとく》のことを、暗黒の時代に街を救《すく》おうと山から下りてきた聖人《せいじん》だというひともいた。自分に厳《きび》しい質素《しっそ》な暮《く》らしぶりを見ると、そのうわさは納得《なっとく》できた。大きな権力《けんりょく》を持っていれば、やすやすと巨万《きょまん》の富を得《え》て、ぜいたくな暮《く》らしができるのに、総督《そうとく》は僧侶《そうりょ》のようにつつましく暮《く》らしている。だが、こうして近くで見ると、けっして僧侶《そうりょ》のようには見えないと、ノックは思った。おだやかな表情《ひょうじょう》の下に、きっちりと巻《ま》いたばねのようにはりつめたなにかが隠《かく》れているようだ。

何年か前に父親がいっていたことが、ふいに頭に浮《う》かんだ。総督《そうとく》が権力《けんりょく》の座《ざ》についたとき、最初に作ったのは寺院ではなく、刑務所《けいむしょ》だったとか。

開けはなった窓《まど》の外は暖《あたた》かい夜だというのに、ノックの背筋《せすじ》に寒気が走った。頭を下げ、目の前のテーブルを見つめながら、ノックは口を開いた。

「閣下《かっか》、夜分におじゃましまして、おわびいたします。でも、重大な情報《じょうほう》を聞いたので、すぐにでもお伝えしなければと」

「ぜひとも聞かせてもらおう」総督《そうとく》は、自分の正面にある椅子《いす》をノックに勧《すす》めた。ノックが席につくあいだに、総督《そうとく》は茶碗《ちゃわん》を口もとに持っていき、ひと口すすった。「わたしに直接《ちょくせつ》知らせにくるほどだから、とても重大なことにちがいないな」

なんだかおもしろがっているような口ぶりだ。大人が小さな子どもをからかうときのような。

ノックは、あごをぐいとあげた。

「はい、閣下《かっか》。そのとおりです」

ノックは、ゆっくりと正確《せいかく》に言葉を選びながら、ポンを追って街じゅうを探《さが》しまわったことを伝えた。さらに、両親にウソをついていることにはふれず、闇《やみ》市場で耳にしたうわさについて話した。

「あのひとたちは、閣下《かっか》に害をもたらすことをたくらんでいるにちがいありません」

ノックは、前のめりになって話しつづけた。総督《そうとく》はひと言も口をはさまずに、ノックの話を聞いている。なんとかして事の重大さをわかってもらいたかったが、話しているうちに、思っていたほど重大な情報《じょうほう》でもないような気がしてきた。なにかのたくらみがあることはたしかだが、具体的になにをするつもりなのか、ノックは知らなかった。

「閣下《かっか》、わ——わたしは、これは大変なことだから、すぐに警察《けいさつ》に調べさせたほうがいいかと思って」

総督《そうとく》は茶碗《ちゃわん》を置くと、テーブルの上で手を組んだ。そして、ちょっとこまったようにほほえんだ。

「心配してくれて、ありがとう。だが、いいかね。そのことは、すでに知っているんだよ」

身を乗りだしていたノックは、すわりなおした。

「知って——知っていらっしゃるんですか？」

「そのとおり」総督《そうとく》は、落ちつきはらっている。「いまいったことは、まちがっていない。その女は——アムパイといったな——たしかにあることを計画している。だが、わたしを傷《きず》つけようとするたくらみではないよ。巨人橋《きょじんばし》にひとを集めて、行進をしようとしているようだ」

「たしかですか、閣下《かっか》？　本当の計画を隠《かく》すためのウソかも。わたしが聞いた感じでは、すっごく——」

「アムパイのところに、スパイをひとり送りこんでいるのだよ」総督《そうとく》がさえぎる。「ヨードという名の男だがね。泥《どろ》ハウスという場所で、アムパイに従《したが》う者たちと暮《く》らしている。その男から、ちくいち報告《ほうこく》を受けているのだよ」総督《そうとく》は、ゆっくりとした動作で、もうひと口茶をすすった。「アムパイという女は、この一年間、せっせと貧乏人《びんぼうにん》をそそのかし、わたしに歯向かうための抗議《こうぎ》の行進をたくらんでいる。今週末に、計画を実行するつもりのようだな」

「閣下《かっか》に歯向かうための行進？　暴動《ぼうどう》っていうことですか？」

「いいや、そうではない」総督《そうとく》は、唇《くちびる》をゆがめて小さく笑った。「アムパイは、平和的な行進にするつもりらしい。参加者全員に、武器《ぶき》は持ってくるなといっている。おまけに、暴力《ぼうりょく》をふるわないという誓約書《せいやくしょ》にサインまでさせているようだ」

ノックは、ふいに椅子《いす》の上で、よちよち歩きの子どもくらいにちぢんでしまったような気がした。自分はなんてバカなのだろう。平和的な行進だったなんて。さっきまでは、とんでもない悪だくみを暴《あば》いたと自信を持っていたが、闇《やみ》市場で聞いた会話を思いかえしてみると、たしかに行進の話だったようだ。ふたたびポンをとり逃《に》がしたあげく、こんなところまで来て恥《はじ》をかいてしまった。

「閣下《かっか》、なんともうしあげればいいか……」

ノックは、うなだれた。

「心配することはない。こういうことは、ときどき起こる」総督《そうとく》は、ノックが謝《あやま》っているとは気づいていないようだ。「わたしのように長く権力《けんりょく》の座《ざ》にあると、この手の小さないざこざは避《さ》けて通れないのだよ。わたしがチャッタナーに光をもたらしてから、もうすぐ四十年になる。ひとびとは、当時のありさまをだんだんと忘《わす》れてきている。だが、わたしは覚えているよ」

総督《そうとく》は、落ちついた声でつづける。

「はじめてここに来たときは、廃墟《はいきょ》と化した街で苦しむひとたちを見て、胸《むね》がつぶれそうだった。かつて栄えた街が一面の焼け野原になり、ひとびとは野良犬《のらいぬ》のようにぬかるみを掘《ほ》りかえしていた。じつに見るに耐《た》えない光景だったよ」

総督《そうとく》のはりつめた表情《ひょうじょう》が、ふとゆるんだ。その瞳《ひとみ》は、過去《かこ》の悲劇《ひげき》をいま目《ま》の当《あ》たりにしているように、深い悲しみの影《かげ》を宿している。

「その場を立ちさりたいと思ったよ。街をよみがえらせることなど、不可能《ふかのう》に思えた。だが、自分には事態《じたい》を好転させる力があることもわかっていた」総督《そうとく》は、テーブルの上で手のひらを上にむけ、じっと見つめた。「災《わざわ》いのさなかにあるひとびとが求めていたのは、指導者《しどうしゃ》だった。なにをすべきか教えてくれるひとだった。そこで、わたしは街のひとたちに必要なものを与《あた》え、あのような災害《さいがい》が二度と起こらないようにすると誓《ちか》ったのだよ」

話せば話すほど、総督《そうとく》の顔は、ノックの教科書にのっている高潔《こうけつ》な肖像画《しょうぞうが》にますます似《に》てきた。

かすかに、ブーンブーンという音がする。蚊《か》が、手でたたけるほどのところを出たり入ったりしているような。

「チャッタナーに光をとりもどすのが、わたしの使命だった。ここに来た最初の日からずっと、秩《ちつ》序《じょ》を守り暗闇《くらやみ》を寄《よ》せつけまいと心血を注いできた。夜の闇《やみ》だけではなく、ひとびとの心に巣食う闇《やみ》もな。だが、やるだけの価値《かち》はあったよ。あれから四十年たったが、いまのいままで火事も、争いも、災害《さいがい》も起こっていない。これからも、この太平の世を守っていくつもりだ。アムパイという女は、公平さや思いやりについて説いているらしいが、そんなものは法の力なくしては意味がないことをわかっていない」総督《そうとく》は茶碗《ちゃわん》をテーブルに置くと、急須《きゅうす》と絵柄《えがら》がならぶように向きをそろえた。「いままで、このような小さなさわぎの芽は、事が起こる前に人知れず摘《つ》みとってきた。だが、今回のことは見せしめのために公《おおやけ》にして、参加者を罰《ばっ》するほかないな」

ノックは、おずおずと顔をあげた。

「参加者を罰《ばっ》するんですか？　でも、平和的な行進なら罰《ばっ》したりなさらないですよね？」

総督《そうとく》の目が、ノックをじろりとにらみつけた。なにか、まずいことを口走ってしまったのだろうか。あわてて考えをめぐらし、学校で習ったことを思いだした。だいじょうぶ。なにもまちがったことはいっていない。平和的な行進を禁止《きんし》する法律《ほうりつ》などないのだから。

「あの女が集めている連中が、どういう人間か知っているのか？」総督《そうとく》は、ノックの答えを待たずにつづけた。「受刑者《じゅけいしゃ》だった者や教育を受けていない者。社会の最下層《さいかそう》にいるやつらだよ。そういう連中が、ただ平和的に橋をわたるだけですませると本気で思っているのかね？」

ノックは、闇《やみ》市場で光の玉を売っていた詐欺師《さぎし》たちのことを思いだした。あの連中が、良いことを考えているとは思えない。だが、市場で見た貧《まず》しい客たちはどうだろう。橋の上で物乞《ものご》いをしていたひとたちは？　ああいうひとたちが、暴力《ぼうりょく》をふるうとは思えない。

ノックは、まばたきをして頭のなかを整理しようとした。

「わたしは──わたしには、参加者がなにをするつもりなのかはわからないんです、閣下《かっか》。でも、法《ほう》律《りつ》では……」

総督《そうとく》は、テーブルに置いた手を、ぎゅっとにぎりしめた。

「法律《ほうりつ》では……なんだね？」

ノックは、ごくりとつばを飲んだ。どう答えたらいいのか、わからない。教室で、教わったことをいわなければいけないのに忘《わす》れてしまったときのようだ。ノックは、最初に頭に浮《う》かんだ言葉を口にした。真実だと思える言葉を。

「法は光です。わたしたちはみんな、法律《ほうりつ》に従《したが》わなければならないんですよね？」

総督《そうとく》の黒い目が光った。さっきまでのおもしろがっているような感じはもうしない。ノックは、今度こそ自分がまちがったことをいったと、はっきりとわかった。

「法は光であり、光は『価値《かち》ある者』を照らし、『悪人』を罰《ばっ》する」

総督《そうとく》は、一語一語を区切りながら、自らの格言《かくげん》のひとつを口にした。

それからノックを見すえたまま、わずかに顔を近づけてきた。

「法律《ほうりつ》といえば、わたしの法務局長《ほうむきょく》である父親は、娘《むすめ》がここにいることを知っているのかね？」

ノックは、背中《せなか》に冷たいものが走るのを覚えながら、かぶりをふった。

「まっすぐお屋敷《やしき》に来たかったんです。閣下《かっか》に危険《きけん》が迫《せま》っていると思って、ぐずぐずしたくなかったから」

「なんと思いやりのあることか」総督《そうとく》はそういったが、ほめているわけではなさそうだ。「父親のことは、ずっと前から知っているよ。あの者の父親、つまりおまえの祖父《そふ》が、その昔、わたしをずいぶん助けてくれた。そうだよ、わたしたちは本当に長いつきあいなんだ。かつておまえの父親は、チャッタナーでも指折りの、高貴《こうき》で立派《りっぱ》な一族の代表だった」

ノックは「かつて」という言葉を聞いて、また、ごくりとつばを飲みこんだ。

「だれにでも、まちがいをおかす権利《けんり》がある。だが、だれひとりとして、その結果から逃《のが》れることはできない。おまえの父親は、多くのまちがいをおかした。すべての始まりは、高貴《こうき》な一族である父親が平民の女と結婚《けっこん》したことだな」

「わたしの母のことですか？」

ノックは、消えいるような声できいた。

「いいや」総督《そうとく》は、即座《そくざ》に否定《ひてい》した。「お、ま、え、の母親ではない。おまえは、父親の妻《つま》の娘《むすめ》ではないからな。だれの目にも明らかなことだ」

ノックは顔をしかめた。他人の口から自分の家族の秘密《ひみつ》を聞くのは耐《た》えられなかった。まるで、知ってはいるが口にしたことのない悪態《あくたい》を耳にしてしまったような気がした。本当に、それほど明らかなのだろうか。これまでずっと、だれにも気づかれるはずはないと思いこみ、自分で自分をだましてきたのだろうか。

「父親の妻《つま》──おまえの兄妹《きょうだい》たちの母親──は、いまいったように平民の生まれだった。ふたりの結婚《けっこん》は、うわさの種だったよ。金もなく、高貴《こうき》なひとたちとは無縁《むえん》の女だったが、少なくとも法だけはおかしていなかった。おまえの生みの母親とはちがってな」

ノックは息を止めた。寒気が背中《せなか》から体じゅうに広がっていく。

総督《そうとく》は、ノックが身体をこわばらせたことに、気がついていないように見える。なんの感情《かんじょう》もこもっていない口ぶりで話しているのだ。天気や、今年の漁獲高《ぎょかくだか》といった、たわいのない世間話をしているように。

「おまえの実の母親は、犯罪者《はんざいしゃ》だった。どういういきさつで、おまえの父親があんな女と出会ったのかは知らないが。思うに、みじめな境遇《きょうぐう》の人間に心をひかれる者もいるのだろうよ。ふたりが出会ってしばらくたったころ、女が盗《ぬす》みの罪《つみ》で捕《つか》まった。おまえの父親は、わたしのもとへ来て、女を許《ゆる》してやってくれ、事件《じけん》をもみ消してくれと頼《たの》んできた。だが、わたしは、その願いをはねつけた。女はナムウォンに送られ、おまえはそこで生まれた」

歯をガチガチ鳴らしながら、ノックは両腕《りょううで》で体をぎゅっと抱《だ》きしめた。

ナムウォンで生まれた。

ウソにきまっている。

総督《そうとく》は、うわの空で手を開いたり閉《と》じたりしている。手を広げるたびに、あたりの気圧《きあつ》が変化し、ノックの耳はつまったようになった。総督《そうとく》の手のなかに豆粒《まめつぶ》ほどの大きさの光があらわれ、手を閉《と》じると消える。

「おまえの実の母親が出産時に死亡《しぼう》すると、おまえの父親とその妻《つま》は、おまえを養子にしたいといいだした。自分たちの手もとに置いたほうが、秘密《ひみつ》を隠《かく》しておきやすいと思ったのだろうな。わたしの考えに反して、ふたりはおまえを一家に迎《むか》え、実の子として育てた。おそらく、妻《つま》は夫を許《ゆる》したのだろう」

「だが、わたしは許《ゆる》さなかった」と、総督《そうとく》はつづけた。「とはいえ、昔、あの一家はわたしにつくしてくれたから、借りがあるとも思った。だから、ある条件《じょうけん》のもとに、おまえを養子にすることを認《みと》めたのだよ。その条件《じょうけん》とは、おまえの父親がナムウォンの刑務所《けいむしょ》長として働くことだった。法に背《そむ》いた代償《だいしょう》を、けっして忘《わす》れることのないようにな。しばらくのあいだは、なにもかもうまくいっていると思っていた。おまえも、とびぬけて優秀《ゆうしゅう》な生徒だと聞いていた。だが、けっきょく、わたしが初めに考えていたことが正しかったようだな」

それ以上、ウソを聞いていられない。

なにもかも、ウソにきまってる。

自分が刑務所《けいむしょ》で生まれたなんてありえない。

この部屋を出なくては。ノックは、目の前のテーブルに両手をついて体を支《ささ》えた。椅子《いす》から立ちあがろうとしたそのとき、総督《そうとく》は手をのばしてノックの左手首をつかみ、テーブルに押《お》しつけた。

「まだ、あの傷跡《きずあと》はあるのか？」

ノックは凍《こお》りついた。

総督《そうとく》は、ノックの左手首をねじって上をむかせると、指がくいこむほど強くにぎった。

「ひどい火傷《やけど》だったと聞いたぞ」総督《そうとく》のノックをつかんでいないほうの手には、まだ小さな金色の光がある。「父親たちは、おまえの正体を隠《かく》そうとしたようだが」総督《そうとく》は、声を荒《あら》らげた。「おまえの本性《ほんしょう》まで消しさることはできない。おまえは、アムパイや、わたしに歯向かおうとしている闇《やみ》の力に同感しているのだろう？　やっかいだとは思うが、おどろきはしない。まったくおどろいてはいないぞ」

ふいに総督《そうとく》は、手のなかにある光をぎゅっとにぎりしめた。ノックと総督《そうとく》のあいだの空気が波立ち、静電気のようにパチパチと音を立てる。いまいましげにため息をつくと、総督《そうとく》はノックから手を離《はな》し、ふたたび椅子《いす》にすわった。金色の光は、総督《そうとく》の手から消えていた。

左の袖《そで》の下の皮膚《ひふ》が、ひりひりする。ノックは、あわてて袖《そで》をまくりあげた。手首の傷跡《きずあと》が光っている。さっきまで総督《そうとく》の手のなかにあった小さな金色の光が、皮膚《ひふ》の下でゆらゆらとただよっている。小さな魚が泳いでいるように、行ったり来たりしている。ノックは息をのんだ。光は皮膚《ひふ》の表面まで浮《う》かんでくると、しばらくのあいだ、まばゆい輝《かがや》きを放ったのちに、ふっと消えた。光は消えたが、手首になにかを鮮《あざ》やかに描《えが》いていった。いままでけっして消されていなかったもの。何年も隠《かく》されていたもの。青く印《しる》されたナムウォンの入《い》れ墨《ずみ》だ。

総督《そうとく》は、ドアのそばにひかえていた使用人に小さくうなずいた。

「父親に、娘《むすめ》を引きとりに来いと知らせを出せ」

ノックは、すばやくテーブルを離《はな》れ、ドアにむかって走ったが、いつのまにかあらわれたふたりの護衛《ごえい》に行く手をはばまれた。さらにもうひとりの護衛《ごえい》が、ドアの近くでノックの槍《やり》を手にしている。槍《やり》があろうがなかろうが、がたがたと震《ふる》えているノックには闘《たたか》う力などあろうはずがない。

「この娘《むすめ》を閉《と》じこめておけ」総督《そうとく》が、護衛《ごえい》たちに命令した。「手荒《てあら》なまねはするな。だが、しっかりと見張《みは》っておくんだぞ。一家の名声に泥《どろ》をぬった娘《むすめ》の姿《すがた》を両親に見せる前に逃《に》げられては、かなわんからな」

34

思ってもみなかった。チャッタナーの西岸の地をはじめてふむ直前に逮捕《たいほ》されるとは。ポンとソムキットを逮捕《たいほ》したのは、ウィンヤという名の巡査《じゅんさ》だ。たいこ腹《ばら》で、薄《うす》い口ひげを生やしたウィンヤ巡査《じゅんさ》は、ふたりを引きつれてジャスミンが両側に植えられた静かな歩道を歩いていく。ほとんど口をきかないウィンヤ巡査《じゅんさ》に、ソムキットはずっと話しかけていた。

マニットさんと話をさせてくれと、しつこく頼《たの》んでいるのだ。ソムキットに、口をつぐんでもらいたい。警察署《けいさつしょ》に着きさえすれば、マニット巡査《じゅんさ》に会えるのに。だが、おどろいたことに、ふたりが連れていかれたのは警察署《けいさつしょ》ではなく、家畜《かちく》小屋のようなところだった。

ウィンヤ巡査《じゅんさ》が引き戸を開けると、ほこりっぽい小屋のなかから干《ほ》し草《くさ》の酸《す》っぱいにおいがただよってきた。左右に格子《こうし》がはまった檻《おり》がならび、中央に広い通路がある。檻《おり》はすべてあいていた。掃除《そうじ》はされているようだが、家畜《かちく》のにおいがぷんぷんしているところをみると、やはり最近まで家《か》畜《ちく》小屋だったのだろう。

「だから、わかってくださいよう」ソムキットが、ヤシの樹液《じゅえき》から採《と》れる砂糖《さとう》のように甘《あま》い声でうったえる。「おれたちはただ、タクシー船の発動機を修理《しゅうり》するために、ちょっと動かしてただけなんですから。マニットさんにきいてください――ウソじゃないってわかるはずですよ」

ウィンヤ巡査《じゅんさ》は、ぶつぶついいながら檻《おり》の戸を開けると、親指でなかを差し、入れとうながした。

「いっただろう。マニット巡査《じゅんさ》はいそがしいんだよ」ウィンヤ巡査《じゅんさ》は、うんざりした声でつづける。「総督閣下《そうとくかっか》のご命令で、巡査《じゅんさ》長を集めた会議が開かれているんだ。おまえのような路上暮《ぐ》らしのネズミが、会議のじゃまをするわけにはいかんだろうが。会議が終わったら、話を聞いてくれるさ」

ウィンヤ巡査《じゅんさ》は、バタンと戸を閉《し》めると鍵《かぎ》をかけた。「けど、口からでまかせをいってるなら、すぐにばれっちまうからな」

「ウソじゃありません」ソムキットがいう。「おれは、ほんとのほんとに――」

「だまれ」ウィンヤ巡査《じゅんさ》がさえぎった。「マニット巡査《じゅんさ》は、おまえのような悪ガキのことになると、どうも弱腰《よわごし》になるが、おれはそうじゃない。さっさと留置場《りゅうちじょう》にほうりこんでもよかったが、ここに連れてきてやったんだから、ありがたいと思え。これ以上、むだ口をたたいてみろ」ソムキットの顔の前で、鍵束《かぎたば》をジャラジャラとふってみせる。「おまえにぴったりの場所に、閉《と》じこめてやる」

ウィンヤ巡査《じゅんさ》は足音も荒《あら》く通路を引きかえしていき、壁《かべ》の釘《くぎ》に鍵束《かぎたば》をかけると、外へ出て引き戸を閉《し》めた。

「これから、どうしよう?」ポンは小声できいた。

「まあ、落ちつけって。マニットさんが来たら、おれが話すから。心配することないよ」

「だって、巡査長《じゅんさ》っていってただろう？　巡査《じゅんさ》のなかでも偉《えら》いひとなんじゃないか？　うまくいくかなあ」

「マニットさんは、ほかの警察官《けいさつかん》とはちがうんだ。よく知ってるけど、いいひとだよ。おれが保証《ほしょう》する。マニットさんなら、正しいことをしてくれる。おれたちをここから出してくれるはずだよ」

ポンにはぴんとこない話だが、ソムキットは自信があるようだ。さっそく檻《おり》のなかをうろうろ歩きながら、マニットさんなら、マニット巡査《じゅんさ》が来たときにいうせりふを練習しはじめた。

「マニットさんなら、わかってくれますよね？　おれたちは、あのタクシー船を盗《ぬす》んでいません。あんなに古くてぼろぼろだから、てっきり……」

ソムキットが歩きまわっているあいだに、ポンはあたりを見まわした。小屋のなかには光の玉がひとつもなく、明かりといえば、天井《てんじょう》近くにある鎧戸《よろいど》のすきまから、ほの暗い月明かりが差しこんでいるだけだ。光の玉が灯《とも》っていない部屋にいるのは、ずいぶんひさしぶりな気がする。ここでは、影《かげ》が豊《ゆた》かに見えた。まるでさまざまな色でできているようだ。

小屋のあちこちに目を走らせていると、通路の向こうの暗がりに一段《いちだん》と濃《こ》い影《かげ》があるのに気づいた。すると、影《かげ》がわずかに動く。じっと目を凝《こ》らしているうちに、影《かげ》はゆっくりと形を変えた。フクロウの目のように黒く光るふたつの瞳《ひとみ》が、まばたきもせずにポンを見つめている。

のどの奥《おく》で、息がつまった。どこにいてもまちがえようがない、あの目だ。

タナブリ村でスィヴァパンの娘《むすめ》の手を逃《のが》れてから、娘《むすめ》が出てくる悪夢《あくむ》を見るようになった。ほとんど毎朝、汗《あせ》びっしょりになって目がさめた。壁《かべ》のように立ちはだかり、自分を刑務所《けいむしょ》まで引きずっていく娘《むすめ》の姿《すがた》を、目ざめたあともふりはらうことができなかった。そしていま目の前に、その娘《むすめ》がいるではないか。悪夢《あくむ》のなかのように恐怖《きょうふ》に襲《おそ》われて、あわてふためくのを待ったが、奇妙《きみょう》なことに無感覚になっていた。この娘《むすめ》にいつかは捕《つか》まってしまうと、ひそかに覚悟《かくご》していたからだろうか。

ポンは、ゆっくりと自分が入っている檻《おり》の格子戸《こうしど》に近づいた。娘《むすめ》のほうもポンに見られているのに気づいているはずだが、翼《つばさ》で雨をしのぐハトのように、片方《かたほう》の腕《うで》で頭をかかえたまうずくまっている。しばらくして、娘《むすめ》がまた頭を動かすと、月明かりが顔を照らしだした。

ポンは、思わず一歩あとずさりした。ひとちがいだろうか？　本当にあの娘《むすめ》、スィヴァパンの娘《むすめ》なのか？　目の下には、黒いくまができている。ポンを見つめる瞳《ひとみ》には、なんの感情《かんじょう》もこもっていない。ポンのことなど知らないような、気にしていないような。崖《がけ》の上で最後に見た、自信にあふれた挑戦的《ちょうせんてき》な少女とは似《に》ても似《に》つかない。ほんの数メートル先にすわりこんでいる少女は、見たこともないほど哀《あわ》れな生き物のようだ。

ざまあみろと思うところなのかもしれない。だが、あばら骨《ぼね》のあいだをミミズがはっているようで、なんとも落ちつかなかった。

そのときになってやっと、娘《むすめ》が暗がりからポンをながめているだけではないとわかった。最初は、逮捕《たいほ》されたポンを満足げにながめているのかと思った。そうでなければ、どうしてこんなところにいるというのか。だが奇妙《きみょう》なことに、スィヴァパンの娘《むすめ》はポンたちと同じように檻《おり》のなかにいる。しかも、檻《おり》には鍵《かぎ》がかかっていた。

ソムキットも、向かい側の檻《おり》の少女に気がついた。ポンのとなりに来て、いぶかしげな顔できいてくる。

「どうした？　あの子のこと、知ってるの？」

「あれは、スィヴァパンの娘《むすめ》だよ」ポンは声をひそめた。「名前は、たしかノックだ」

ソムキットは、息をのんだ。

「スィヴァパンだって？　刑務所長《けいむしょ》の娘《むすめ》か？　おまえを追いかけてるっていうやつ？　けど、どうして、その娘《むすめ》がここに閉《と》じこめられてるんだよ」

それはポンも知りたいところだ。まったくわけがわからない。

「ここでなにしてるんだよ」ポンは、思いきってノックにたずねた。「ここのやつらは、あんたの父親がだれか知らないのか？」

ノックの目が閉《と》じ、またゆっくりと開く。

「みんな、わたしがだれかわかってるよ」

かすれた声、泣いているような、とぎれとぎれの震《ふる》え声《ごえ》だ。ノックは、左腕《ひだりうで》をみぞおちのあたりに押《お》しあてすわっていた。ほおに血がこびりついている。こめかみの深い切《き》り傷《きず》から流れた血のようだ。

「おい、その傷《きず》、だれにやられたんだよ」

「ちょっとお、ぺらぺらしゃべってる場合じゃないだろ」ソムキットが、あわてて小声で割《わ》りこみ、ポンを引きよせた。「大変なことになったじゃないか！　あの娘《むすめ》がここにいたら、うまいことごまかして、ここを出たりできないよ。おまえがだれかばらされたら、マニットさんはおまえを警察署《けいさつしょ》に連れていくしかない。すぐに、逃《に》げださなきゃ！」

ソムキットは檻《おり》の戸の格子《こうし》を両手でぎゅっとにぎり、腕《うで》をぷるぷると震《ふる》わせながら、力いっぱいねじったり引っぱったりした。木製《もくせい》の格子《こうし》はギイギイときしむものの、びくともしない。

ポンは、われにかえった。ソムキットのいうとおりだ。のんきに連行されるのを待っているわけにはいかない。ノックに見られているのならなおさらだ。

ポンは、格子戸《こうしど》をガタガタとゆらして蝶番《ちょうつがい》が外れないか試《ため》してみた。まったく外れそうにない。つぎに、格子《こうし》のあいだから手をのばして、指先で鍵穴《かぎあな》をさぐった。

「鍵《かぎ》を開けられそうなものを、なにか持ってるか？」

「針金《はりがね》一本持ってないよ」

ソムキットは、しぶい顔をして首を横にふってから、ひたいを格子《こうし》に押《お》しつけて小屋のなかをうかがった。

「おい！」ソムキットが、ポンを引っぱった。「あの棒《ぼう》、見える？　あれで鍵《かぎ》をとれるかやってみようよ！」

となりの檻《おり》の戸のところに、ノックの槍《やり》が立てかけてある。警察官《けいさつかん》がとりあげたのだろう。

ポンは、ノックにちらりと目をやった。なにをしているのか見られたくない。だが、ノックは、片方《かたほう》の腕《うで》を身体《からだ》の下に隠《かく》すようにして横になっている。ポンのほうを見ようともしていない。

「よし、急ごう！」ポンは小声でいった。

ポンは格子《こうし》と格子《こうし》のあいだに肩《かた》を入れ、首を格子《こうし》にこすりつけながら、手さぐりで槍《やり》をつかもうとした。指先が竹の柄《え》にふれる。槍《やり》は少しばかりゆれると、ポンのほうに倒《たお》れてきた。あとちょっとで地面に落ちて大きな音を立てるところを、ソムキットがすかさずつかんだ。

「ふうっ！」

ソムキットが息をついた。ノックは、あいかわらず身じろぎひとつしない。

ふたりして、戸の下のすきまから檻《おり》のなかに槍《やり》を引っぱりこんだ。ポンは手にした槍《やり》を格子《こうし》のあいだから外につきだして、壁《かべ》の釘《くぎ》のほうにのばしながらソムキットにいった。

「ちょっと、落とさないようにはしっこを持っててくれ」

ふたりで協力しながら、槍《やり》を使って釘《くぎ》にかかっている鍵束《かぎたば》をとりにかかった。何度かやっているうちに、とうとう槍《やり》の穂先《ほさき》に鍵束《かぎたば》を引っかけて壁《かべ》から外すことができた。鍵束《かぎたば》が、チャラチャラと音を立てて床《ゆか》に落ちる。

「やったね！」ソムキットがささやく。「さあ、槍《やり》でこっちに引っぱってきて」

だが、ポンがなにもしないうちに小屋の戸が大きく開き、外につるした光の玉の明かりが流れこんできた。

「よーし、おまえたち」ウィンヤ巡査《じゅんさ》が、小屋に入ってくる。「もうすぐ会議が終わりそうだから――」ウィンヤ巡査《じゅんさ》は、とちゅうで足を止めると、ふたりの少年を見つめた。そのまま視線《しせん》が槍《やり》にそって動くと、床《ゆか》に落ちた鍵束《かぎたば》へたどりついた。「おい、これはどういうことだ」

ポンがすばやく槍《やり》を檻《おり》のなかに引っぱりこみ、すわりこんだソムキットが背中《せなか》の後ろに隠《かく》した。

だが、一・五メートルもある柄《え》が頭の上につきでているのを、ウィンヤ巡査《じゅんさ》が見逃《みのが》すわけがない。

ウィンヤ巡査《じゅんさ》はこわい顔をして鍵束《かぎたば》を拾いあげ、ポンとソムキットの檻《おり》に近づいた。

「思ったとおりだな。おい、街のネズミ。ついてくるんだ」

ポンは下あごのあたりが脈打《みゃくう》つのを感じながら、ウィンヤ巡査《じゅんさ》が鍵《かぎ》を開けてなかに入ってくるのを見ていた。

するとソムキットが立ちあがるなり、ノックの槍《やり》を体の前でかまえた。

「そ、それ以上、近づかないで！」

ウィンヤ巡査《じゅんさ》がソムキットをにらみつける。

「ああ、どうしよう……」

ソムキットがつぶやいた。

ウィンヤ巡査《じゅんさ》はウオーッと吠《ほ》えながら、ソムキットに飛びかかった。

「ああ、どうしよう！」

と、ソムキットのふった槍《やり》が、まるで奇跡《きせき》のように、飛びかかってきたウィンヤ巡査《じゅんさ》の急所にあたった。

「うっ！」

ウィンヤ巡査《じゅんさ》は、体をくの字に折りまげると、打たれた部分を手で押《お》さえている。

ソムキットは、さらに槍《やり》でウィンヤ巡査《じゅんさ》の背中《せなか》を打って倒《たお》した。それから、ウィンヤ巡査《じゅんさ》と同じぐらいショックを受けた顔で、ポンを見た。

「で、どうすればいい？」

ポンは、ウィンヤ巡査《じゅんさ》の落とした鍵束《かぎたば》を拾いあげた。ウィンヤ巡査《じゅんさ》は、うめき声をあげながら地面に転がっている。

「行くぞ！」

ポンはソムキットの腕《うで》を引っぱって檻《おり》から出ると、戸を閉《し》めた。すばやく鍵束《かぎたば》のなかから鍵《かぎ》を見つけて、ウィンヤ巡査《じゅんさ》を檻《おり》に閉《と》じこめる。

「急げ、急げ、急げ！」

ソムキットは、わめきながら槍《やり》を投げすてて小屋の引き戸のほうに走っていく。

ポンもあとを追って走りだしたが、ふと足を止めてふりかえった。ノックが檻《おり》の床《ゆか》に寝《ね》そべったまま、顔を格子《こうし》に押《お》しつけている。

ポンは、ノックへの憎《にく》しみがわいてくるかと思った。これでおあいこだ。ノックは閉《と》じこめられ、自分は自由になった。いい気味だ。

ノックは、感情《かんじょう》のこもらない、すべてをあきらめたような目でポンを見あげている。ポンは、その目に浮《う》かんだものを知っていた。絶望《ぜつぼう》だ。

ふいに昔のように、胸《むね》のまんなかが燃《も》えるように熱くなった。

ほうっておけ。自分にいいきかせた。見なかったふりして逃《に》げろ！

ところが、頭のなかとはうらはらに、ポンの足はまわれ右をして檻《おり》のほうにもどっていく。

「ちょっと！」ソムキットがわめいた。「なにしてるんだよ？」

ポンの足は、檻《おり》の前で止まった。ウィンヤ巡査《じゅんさ》は荒《あら》い息をしながら、なんとか立ちあがろうとしている。ポンは、震《ふる》える手で鍵《かぎ》を鍵穴《かぎあな》に差しこんだ。

ピィー！　ウィンヤ巡査《じゅんさ》が、警笛《けいてき》を吹《ふ》いた。ピィー！　ピィー！

「ポン！」ソムキットが、だだっ子のようにじだんだをふみながら呼《よ》んでいる。「早く行かなきゃ！」

ノックは、体を起こして格子《こうし》にしがみつきながらささやいた。

「なにをしてるの？」

「おまえを出してやるんだ」

ポンは別の鍵《かぎ》を試《ため》した。これもちがう。

ノックは、あっけにとられている。

「いったい、どうして？」

ピィー！　ピィー！　ウィンヤ巡査《じゅんさ》の警笛《けいてき》が鳴りつづけている。外から、男たちのどなり声と長《ちょう》靴《か》の足音が近づいてくる。

カチッ！　鎖《くさり》についている最後の鍵《かぎ》で戸を開けた。ノックは檻《おり》のなかから転がりでると、ポンの横に手をついた。

ソムキットが、ポンのそばへかけよって腕《うで》をつかむ。

「早く行かなきゃ！」

だが、時すでに遅《おそ》く、制服姿《せいふくすがた》の総督《そうとく》の護衛《ごえい》たち四人が、どやどやと小屋のなかに入ってきた。

「こいつらを捕《つか》まえてくれ！」

ウィンヤ巡査《じゅんさ》がポンとソムキットを指さし、あえぎながらいった。

ポンは鍵束《かぎたば》をつかんだまま、必死で逃《に》げ道《みち》を探《さが》したがむだだった。出口はひとつしかない。

「おまえたち！」護衛《ごえい》のひとりが、大声をあげる。「両手を頭に置け！　逮捕《たいほ》する」

ポンの手から、鍵束《かぎたば》が落ちる。たった一度の逃《に》げだせる機会を、自分でつぶしてしまった。

そのとき、ノックが自分の槍《やり》を地面から拾いあげた。前に進みでると、ポンと護衛《ごえい》たちのあいだに立つ。ふりかえってポンをじっと見たが、焦点《しょうてん》の定まらない、不思議な目つきをしている。

「ふたりとも、なにかにつかまって」

ノックは、静かな声でいった。

ポンとソムキットは抱《だ》きあったが、そういうことではないと気がつくと、あわてててたがいから離《はな》れて、そばの格子《こうし》をにぎりしめた。

護衛《ごえい》のひとりが、ノックに人差し指をつきつける。

「その娘《むすめ》！　槍《やり》を置け！　おまえも、いっしょに来るんだ」

ノックは、両足を大きく広げ、両手で持った槍《やり》を体の前でかまえた。そのかまえこそ、ポンを崖《がけ》っぷちに追いつめた少女と同じものだったが、目の前のノックは、あの日とは別人だった。髪《かみ》はぼさぼさで、呼吸《こきゅう》は速く、みだれている。手負いの獣《けもの》のように、荒々《あらあら》しく危険《きけん》な感じだ。武装《ぶそう》した護衛《ごえい》たちは、警戒《けいかい》するように視線《しせん》を交《か》わしている。

ひとりの護衛《ごえい》が、おそるおそる一歩前にふみだした。

ノックは、準備体操《じゅんびたいそう》をするように、両肩《りょうかた》を軽くまわした。

そして、口からすーっと息を吸《す》いこみながら、槍《やり》を頭上高くふりあげる。

「ハッ！」

かけ声もろとも、ノックは槍《やり》の穂先《ほさき》を小屋の地面に打ちつけた。

ポンは目を閉《と》じた。息がつまるような静けさがあたりを満たす。つぎの瞬間《しゅんかん》、空気のかたまりがポンの全身に吹《ふ》きつけ、着ている服をはためかせた。地震《じしん》のように地面が大きくゆれる。護衛《ごえい》たちのさけび声がしているが、頭がしめつけられたようになって、なにをいっているのか聞こえない。

また耳が聞こえるようになると、ポンは目を開けた。

ソムキットは、まだ格子《こうし》にしがみついている。

「いったい……これって……どういうこと？」

四人の護衛《ごえい》は、そろって地面にあおむけにひっくり返り、船底の魚のようにぴくぴくと震《ふる》えていた。

われにかえったソムキットが、ポンとノックの手首をつかんだ。

「あと一分でもぐずぐずしたら、承知《しょうち》しないからね！　さあ、行こう！」

35

ノックは川面《かわも》を飛ぶように進む警察船《けいさつせん》の後部座席《ざせき》にすわって、ベンチのへりをにぎりしめていた。身も心も空っぽで、頭がくらくらしている。

あまりにも心に衝撃《しょうげき》を受けたせいで、なにも感じなくなっているにちがいない。そうでなければ、どうして盗《ぬす》んだ警察船《けいさつせん》の座席《ざせき》に静かにすわっていられるだろう？　すぐ後ろを何艘《なんそう》もの警察船《けいさつせん》が追ってきているというのに。

もうすぐ夜が明ける。この時間帯だけは、行《い》き交《か》う船の姿《すがた》がほとんどない。ノックは、ソムキットという名の少年が警察船《けいさつせん》を操《あやつ》るのを見守った。たくみにギアを入れかえ、荒波《あらなみ》を避《さ》けて船を進めていく。波が立つ場所を正確《せいかく》に知っているのだろうか。

警察船《けいさつせん》を盗《ぬす》んだのも、この少年だった。どういうわけか、鍵《かぎ》を使わずに船を発進させる方法を知っていた。十回以上もこの船に乗っているかのように、難《なん》なく操縦《そうじゅう》している。

ポンは、となりのベンチにすわっていた。家畜《かちく》小屋から逃《に》げだしてから、まともに顔を見ていないが、いまもどうしても見ることができない。

探照灯《たんしょうとう》の光線が、暗い水面をわたって三人の乗る船を照らしだした。

「こっちに来るぞ！」

ポンが、ソムキットにさけんだ。

「ふたりとも、しっかりつかまって！」

ソムキットは発動機の回転速度を上げ、上流にむかって急ハンドルを切った。すでに空が白みかけて、なんとかあたりが見えるのでヘッドライトを消している。だが、まだ発動機を動かしている光の玉を心配しているようだ。翡翠《ひすい》色の明かりを消さないと、すぐにでも見つかってしまうだろう。

ソムキットは、巨人《きょじん》橋の太い橋脚《きょうきゃく》を目指しているようだ。巨人《きょじん》橋は、チャッタナー川の主流にかかる唯一《ゆいいつ》の橋で、チャッタナーに魔法《まほう》があふれていたころの遺構《いこう》のひとつだ。ノックの歴史《れきし》の教科書によると、橋の名前は巨人《きょじん》たちが橋をかけるのを手伝ってくれたことに由来するらしい。

ノックは、この橋についてじっくり考えたことはなかったが、橋の真下から見ると、あんなに巨《きょ》大《だい》な石を持ちあげられるひとがいたことにおどろく。力の強い巨人《きょじん》でなければ、川がもっとも深く、ひときわ流れが激《はげ》しい場所に、巨大《きょだい》な柱を立てることはできなかっただろう。

ソムキットは橋の北側に手際《てぎわ》よく船を移動《いどう》させると、流れの速さにあわせて発動機の回転速度を調節した。船尾《せんび》にある光の玉は灯《とも》ったままだが、さっきより光が弱くなったから橋脚《きょうきゃく》の向こうからは見えないだろう。あとは、警察《けいさつ》船が去っていくのをじっと待つだけだ。

ノックは、そばの橋脚《きょうきゃく》を見あげた。彫刻《ちょうこく》がほどこされ、地上を象《ぞう》の群れが歩き、上空を天女《てんにょ》たちが舞《ま》っている。だが、天女《てんにょ》たちの美しい顔は百年という月日のあいだ雨風にさらされ、すっかりすりへっていた。自分もあの天女《てんにょ》たちのようだと、ノックは思った。いったいだれなのか、わからなくなってしまった。左手首に目を落とさずに、傷跡《きずあと》を指先でなぞる。

わたしは、だれ？

ノック・スィヴァパンではない――それはたしかだ。ノック・スィヴァパンは完璧《かんぺき》な少女だった。いっぽう、盗《ぬす》んだ警察《けいさつ》船に乗っているこの少女は、犯罪者《はんざいしゃ》の娘《むすめ》。刑務所《けいむしょ》で生まれた。

――木は真下に実を落とす。

そのとおりではないか？　けっきょくのところ、ノックは警察官《けいさつかん》を攻撃《こうげき》した。捕《つか》まっていたのに逃《に》げだした。おまけに脱獄囚《だつごくしゅう》を助けた。たった数時間のうちに、ノックは裏《うら》の世界に、あってはならないことが行われている世界に、あっさりと足をふみいれてしまった。最大のまちがいは、追っていたはずの少年に自分のほうが先に見つかってしまったことだ。ポンは、ノックを檻《おり》のなかに置きざりにすることもできた。勝利の瞬間《しゅんかん》であり、復讐《ふくしゅう》のチャンスだったはずだ。それなのに、ノックを逃《に》がしてくれた。

なによりもそのことが、ノックを心から動揺《どうよう》させていた。

わたしを逃《に》がしてくれた。

なぜ？

警察《けいさつ》船が何艘《なんそう》も近づいてきた。発動機がスズメバチの群れのようにブンブンとうなりをあげている。ポンとソムキットは、不安そうに視線《しせん》を交《か》わしている。

大声を出して、ここにいると知らせようか。このふたりを警察《けいさつ》につきだそうか。そうすれば罪《つみ》に問われずに許《ゆる》されて、今夜の悪行は帳消《ちょうけ》しにしてもらえるかもしれない。ノックは唇《くちびる》を開けた。大きく息を吸《す》った。

わたしを逃《に》がしてくれた。ノックは、頭のなかでくりかえした。わたしを逃《に》がしてくれた。

探照灯《たんしょうとう》の光線の向きが変わった。発動機のうなりが遠ざかっていく。警察《けいさつ》船は、別の場所を探《さが》しにいったようだ。ほっとしたソムキットとポンは、同時に大きく息を吐《は》いている。

ノックは、ぶるぶると震《ふる》えながら目を閉《と》じた。これまでの自分は、本当に、完全に、消えてしまった。

警察《けいさつ》船の音がまったく聞こえなくなってから、ソムキットはまたスロットルレバーを前に倒《たお》した。

「もう少し上流に行って、この船を隠《かく》せる場所を探《さが》すね。それから、マニットさんと連絡《れんらく》をとる方法を考えてみるよ」

「そのひとが自分の警察《けいさつ》船を盗《ぬす》んだのを許《ゆる》してくれるなんて、本気で思ってるのかよ」ポンがきいている。「ソムキット、おまえ、そうとうまずいことになるぞ。今度だけは、いくら口がうまいおまえでもどうにもならないからな」

「そうかもね」ソムキットは唇《くちびる》をかんだ。「けど、わかってくれるひとがいるとしたら、マニットさんだけなんだ。それより心配なのは、もしも――」

ソムキットは、ノックを見て顔をしかめた。それから、ポンを手招《てまね》きする。ふたりの少年は、肩《かた》ごしにちらちらとノックを見ながら、ひそひそと話しはじめる。ノックには、ふたりがなにをいっているのか見当がついた。

「わたしのことは心配しなくてだいじょうぶだよ」

そういうと、ソムキットはノックをにらみつけた。

「あっ、そう。走って家に帰って、なにもかも父ちゃんにしゃべったりしないっていうんだな」

ノックは、ふたりの背後《はいご》に目をやった。朝日が昇《のぼ》るにつれ、西岸の金色の明かりがひとつ、またひとつと消えていく。うちに帰って、両親や妹たちといっしょに朝食の席に着く自分の姿《すがた》を思い浮《う》かべた。家族は、わたしと目を合わせてくれるだろうか。それとも、はずかしくて目をそらすだろうか。そんなことは、知りたくない。いまになって、うわさはナイフよりひどく傷《きず》つけるという母親の言葉の真の意味がわかった。もし、だれかに秘密《ひみつ》を――ノックがどこで生まれ、本当の母親がだれなのかを知られてしまったら、一家の名声は地に落ちたままになる。槍《やり》の大会の優勝《ゆうしょう》トロフィーなど、いくつあっても役に立たない。両親が自分を遠くへやりたがったのも当然だ。

遠くへ。

ノックはいま、遠くへ行きたくてたまらなかった。でも、どこへ行けばいい？　あの山奥《やまおく》にある、楽しそうな田舎《いなか》の学校に通うのは、両親のもとにもどるのと同じぐらい想像《そうぞう》がつかない。なぜか、ふっとランナブリの図書館が目に浮《う》かんだ——古い本がたくさんあったあの図書館。とても静かな場所だった。あそこなら、本に囲《かこ》まれて、しばらくなにもかも忘《わす》れられるかもしれない。

「わたしは、うちには帰らない」

やっと、ノックはそういった。

ふたりの少年は、また視線《しせん》を交《か》わした。ふたりがなにを考えているのかわからないが、そんなことはどうでもよい。

ソムキットはハンドルをにぎると、北へむかった。濃《こ》い緑色の水を切るように進み、東岸の静かな水路に船を入れる。ソムキットとポンが船から飛びおりて、岸にロープで船を結びはじめた。

「じゃあ、どこへ行くつもりだよ？」

ポンが、ノックにきいた。

だが、ノックはすでに、足音も立てずに影《かげ》のなかに溶《と》けこんでしまっていた。

36

　ポンとソムキットは、急いで泥《どろ》ハウスにむかった。昇《のぼ》りはじめた朝日が、泥《どろ》ハウスがある東の方角を示《しめ》してくれている。

　ポンは、ちらちらとソムキットのようすをうかがった。さっきから、しかめっ面《つら》をしている。

「ソムキット、おれに腹《はら》を立てているんだろ」

　ソムキットは、フンと鼻を鳴らし、ますます顔をしかめた。

「どうして、そう思うんだよ？」

「ノック・スィヴァパンを、あの家畜《かちく》小屋から逃《に》がしたからさ」

　ソムキットは咳《せき》をしてから、あきれたように目玉をむいた。

「もしも、あの子が父親のところへさっさともどって、ポンがバングラットに入れられちゃったら、そのときはポンのことを許《ゆる》さないからね」

　そんなことになったら、ポンだってソムキットの分まで自分のことを許《ゆる》せないだろう。だがポンは、心のどこかでその心配はないと感じていた。もしノックがポンを警察《けいさつ》につきだすつもりなら、チャンスはいくらでもあった。なにがあったのか知らないが、ノックのなかでなにかが変わったらしい。

なぜノックが閉《と》じこめられていたのかは、最後までわからなかった。逃《に》げているあいだに何度もきいてみたが、ノックはろくに口をきこうとしなかった。なにがあったにせよ、引《ひ》き潮《しお》のときのカキのように、かたく自分を閉《と》ざしていた。

「ああするのが正しかったんだ」

ポンは、ソムキットにいった。

「わかった、わかった。昔もよくおまえにいっただろ。ポンって、ほんとにさあ——」

ソムキットが、また咳《せ》きこんだ。今度は、あんまり激《はげ》しく咳《せ》きこむので、立ちどまるしかなかった。

「だいじょうぶか？　歩くのが速すぎたかな」

ソムキットは、かぶりをふった。咳《せ》きこみながら、なんとか息を整えようとしている。

「空気が……なんだか、うまく……息が……」

たしかに、ほこりが舞《ま》っているように、あたりがかすんでいる。そのとき風に乗って、タナブリを去ってから一度もかいでいないにおいが鼻をくすぐった。

木が燃《も》えるにおいだ。

朝日が昇《のぼ》っていると思っていた東の方角に目をやると、家々の屋根の向こうに黒い煙《けむり》が立ちのぼっている。朝日ではなかった。火事だ。

水路沿《ぞ》いに歩いているひとたちも、火事に気づいたようだ。おそろしそうに指を差しているひと、あわてて家のなかに逃《に》げこむひと。そのせいで人通りが少なくなり、歩きやすくなった。ソムキットは、咳《せき》が止まらなくなっている。ポンは片腕《かたうで》をソムキットにまわして、支《ささ》えながら歩いた。煙《けむり》がもうもうと流れてくるほうから逃《に》げたいが、どうやら泥《どろ》ハウスに向かう道の先が火元らしい。

角を曲がろうとしたとき、向こうから走ってきた集団《しゅうだん》とぶつかって、あやうく転びそうになった。

ソムキットは、走りさろうとするひとりの腕《うで》をつかんだ。

「ミムス……おばあさん！」ソムキットが、あえぎながらいう。「なにが起きたの？」

女は、顔をおおっていたぼろ布《ぬの》を下げた。

「ソムキット！　こんなところでなにしてるんだい？　早く逃《に》げなきゃ！」

「お願い！」ソムキットは、咳《せき》をしながらつづけた。「教えて……なにが……あったの？」

ミムスおばあさんは、おそろしそうに後ろをふりかえった。

「泥《どろ》ハウスが燃《も》えてるんだよ！　みんな、命からがら逃《に》げだしてる。警察《けいさつ》が来る前に、どっかに隠《かく》れないと！」おばあさんは、ソムキットの手首をつかんだ。「いっしょにおいで。どこか安全な場所を探《さが》さなきゃならないけど、どこに行けばいいのやら」そういいながら、きょろきょろとあたりを見まわし、ひどくうろたえている。「いっしょに逃《に》げたひとがもっといたんだけど、はぐれちまったよ！」

ソムキットは片手《かたて》で顔をおおいながら、ミムスおばあさんから離《はな》れた。

「でも……アムパイさんは？」

「アムパイさんは、残ってるよ！」ミムスおばあさんは泥《どろ》ハウスのほうにあごをしゃくった。「みんなが逃《に》げるのを手伝ってるんだ。みんなに、どっかに隠《かく》れるようにいってたよ！」

「おれ……アムパイさんを……探《さが》しにいかなきゃ！」

だが、ソムキットは前かがみになり、ぜいぜいと苦しそうな息をしている。

ポンはソムキットの両肩《りょうかた》に手を置いた。ソムキットを煙《けむり》から遠ざけなくては。

「おまえはミムスおばあさんといっしょに行け。おまえなら泥《どろ》ハウスのみんなの顔がわかるから、全員が安全に隠《かく》れたか確《たし》かめられる。アムパイさんはおれが探《さが》しにいくから」

ソムキットは、激《はげ》しく咳《せ》きこみながら首を横にふった。

「いいから行けって——おまえは、逃《に》げだしたひとたちを助けなきゃ！」ポンは、ソムキットをやさしくゆすった。「あとで安全な場所で落ちあおう！」

とうとう、ソムキットが折れた。ミムスおばあさんがソムキットにぼろ布《ぬの》をわたし、ふたりは人《ひと》混《ご》みに消えていった。ポンはシャツの裾《すそ》で顔をおおい、ひとの流れに逆《さか》らって泥《どろ》ハウスにむかった。

泥《どろ》ハウスの前の路地は、大変なさわぎになっていた。あわてふためきながらポンの横を走りぬけていくひと、建物に近づこうとしているひと。三階の窓《まど》からオレンジ色の炎《ほのお》がめらめらと上がっているのを見て、ポンは立ちすくんだ。催眠術《さいみんじゅつ》にかかったように動けなくなる。煙《けむり》がもうもうと噴《ふ》きだし、黒い塔《とう》のように高く高く空へ昇《のぼ》っていく。

すさまじい光景に、野次馬《やじうま》たちが集まってきた。半円を描《えが》いて、マーク海鮮食堂《かいせんしょくどう》の入り口を遠巻《とおま》きにしている。ポンは人垣《ひとがき》をかきわけながら、食堂《しょくどう》にかけていった。

「アムパイさあん！」

大声で呼《よ》ぶ。

食堂《しょくどう》のまんなかまで行くと、だれかにシャツの襟《えり》をぐいっと引っぱられた。

マークだ。眼鏡《めがね》に脂《あぶら》のような汚《よご》れがたれ、鼻をぬれたぼろ布《ぬの》でおおっている。

「なにしてるんだ！」マークは、どなった。「バカなまねをするんじゃない！　なかには入れないぞ！」

「けど、なかに——」

しゃべろうとしたが、のどがつまった。黒煙《こくえん》は下の階には降《お》りてきていないが、口に入る空気はざらざらして、毒《どく》をふくんでいる。息をするたびに、鼻と口が焼けつきそうだ。

マークに出口のほうへ引きずられていくと、上の階からメリメリッとすさまじい音がした。木材が裂《さ》ける音だ。

マークに外の路地まで引きずりだされたポンは、煙《けむり》の混《ま》じった空気を大きく吸《す》った。

「アムパイ……さんは……どこ?」

あえぎながら、マークにきく。

「まだ、なかにいる」

「だれか……アムパイさんを……助けださなきゃ!」

「アムパイさんは出てくるさ」マークは、しっかりとうなずいた。「まだ、なかにひとがいるんだ。みんなの避難《ひなん》がすんだら出てくるはずだよ」

マークが話しているあいだにも、住人たちがひとかたまりになって、建物からよろよろと出てきた。顔には汗《あせ》がしたたり、黒い煤《すす》が筋《すじ》になっている。ポンは、住人たちが出てきた食堂《しょくどう》のなかに目をやった。濃《こ》い緑色の人影《ひとかげ》が、さっと厨房《ちゅうぼう》にかけもどっていく。

「アムパイさあん!」

大声でさけんだ。

「アムパイさんは……建物のなかを……見まわるっていってたよ」逃《に》げてきた女が、咳《せ》きこみながらいう。「最後に……もう一度……確認《かくにん》するんだって!」

「だれか助けてえ!」

声がしたほうを見ると、十代くらいの少年が出入り口のところで、足もとのおぼつかないおじいさんの腕《うで》をとっている。

ポンは、おじいさんのもう片方《かたほう》の腕《うで》を支《ささ》えながら、泥《どろ》ハウスから離《はな》れた場所に連れていった。少年とふたりで、おじいさんをそっと地面にすわらせる。少年が助けを呼《よ》びにいった。

「おじいさん、ここで待ってて」ポンは声をかけた。「すぐに安全なところまで連れてってあげるからね」

おじいさんは、弱った手でポンの腕《うで》をつかんだ。

「立ちあがれなかったよ……足が動かなくてな」ぜいぜいと苦しそうな息の下からいう。「死を覚悟《かくご》したが、だれかが抱《だ》きあげて一階まで運んでくれた……こんなに力が強いんだから、巨人《きょじん》にちがいないと思っておった！」おじいさんは目に涙《なみだ》を浮《う》かべて、かすかにほほえんだ。「なんとアムパイさんだったよ……想像《そうぞう》できるかね？　あんなに小さな女のひとが……わたしを赤んぼうのように軽々と運んだんだぞ」

「なにがあったの？　どうして火事になったんですか？」

「わからん。みんな、眠《ねむ》っておったからな」おじいさんは、しゃがれ声で答えると、泥《どろ》ハウスから上がっている炎《ほのお》を、おそろしげに見あげた。「またこんなことが起こるとは……また火を見ることになるとはな……信じられんよ！」

さっきの少年が、男をふたり連れてもどってきた。男たちは、おじいさんに手を貸《か》して路地から連れだした。

ポンは泥《どろ》ハウスのほうをふりかえった。すでに屋根はすっかり黒い煙《けむり》にのみこまれていた。炎《ほのお》がごうごうと燃《も》えあがり、窓《まど》から窓《まど》へ移《うつ》っていく。木材の裂《さ》ける音やガラスの割《わ》れる音が、どんどん大きくなっていく。燃《も》えさかる建物を見つめながら、ポンは大火のことを考えた。東岸のすべての建物がこんなふうに炎《ほのお》にのみこまれたなんて、想像《そうぞう》もつかない。

この場から逃《に》げだしたいが、アムパイの無事をこの目で確《たし》かめるまで、ここを離《はな》れるわけにはいかない。逃《に》げおくれたひとがいないか最後の確認《かくにん》をしているなら、すぐにでも出てくるはずだ。ポンは、マーク海鮮食堂《かいせんしょくどう》の出入り口をじっと見つめた。

「やっと来たよ！」

人垣《ひとがき》のなかから、女の声があがった。

「ああ、よかった！」

別の声があがり、集まっていたひとたちが歓声《かんせい》をあげた。

ポンは首をのばしてオリーブの実のような緑色の上着を探《さが》したが、ひとびとは別のことでよろこんでいるようだ。

泥《どろ》ハウスの裏手《うらて》にある水路のほうから、サイレンが聞こえてくる。火気規制局《きせいきょく》から派遣《はけん》された二隻《せき》の大きな消防船《しょうぼうせん》が到着《とうちゃく》したのだ。何本もの太いホースで水路の水を吸《す》いあげ、三階の窓《まど》めがけて勢《いきお》いよく放出する。

炎《ほのお》はしぶとく燃《も》えていた。最初はホースの水では力不足に思えたが、しだいに黒い煙《けむり》が灰《はい》色の蒸《じょう》気《き》になり、窓《まど》の火は消えていった。

だが、消防《しょうぼう》船が来たあとも、さわぎはおさまるどころか、ますますひどくなった。風向きが変わり、路地は消火後の灰《はい》が混《ま》じった煙《けむり》でいっぱいになっている。集まっていたひとたちは、四方八方に逃《に》げだした。ぐずぐずしていては、まもなくやってくる警察《けいさつ》に捕《つか》まってしまう。そう思ったとき、煙《けむり》の向こうにポンが待ちに待っていたものがちらりと見えた。灰《はい》まみれの緑色の上着。アムパイの上着だ。

ほっとしたポンは、両腕《りょううで》で顔をおおいながら、よろよろと食堂《しょくどう》にむかった。食堂《しょくどう》の出入り口近くに、マークがひざをついてすわりこんでいる。

「マークさん、だいじょうぶですか?」

声をかけて、マークを立たせようとした。

マークがポンを見あげた。その目から、涙《なみだ》がとめどなくあふれている。

「なに?　どうしたんですか?」

ポンは、思わず大声をあげた。

マークのかたわらに、緑色の上着を着たアムパイが横たわっていた。マークが手をのばし、アムパイの顔から髪《かみ》をそっとはらう。ポンは、はっと身がまえた。だが、アムパイの顔には火傷《やけど》ひとつない。ほおは煤《すす》で汚《よご》れているが、それ以外は、ただ眠《ねむ》っているようだ。

「アムパイさあん！」ポンは大声で呼《よ》びかけ、アムパイの腕《うで》をゆすった。「マークさん、アムパイさんを運ぼうよ！　医者に連れていかなきゃ！」

「むだだよ」マークは泣きながら、頭を左右にふった。「そんなことしてもむだだ――アムパイさんは亡《な》くなったよ。きっと煙《けむり》に巻《ま》かれたんだろうな。おれが見つけたときには、もう息がなかった」

「そんな……」ポンは息をのんだ。「そんなはずない。アムパイさんが死ぬわけないよ」

ポンは、アムパイの手をとった。まだ温かいが、だらりとしている。

「ああ、アムパイさん……」

火気規制局《きせいきょく》の消防隊《しょうぼうたい》員がふたり、足音を立てながら近づいてくる。ひとりがマークにきいた。

「建物のなかに、まだだれかいるのか？」

マークは、ぼんやりと隊員を見あげ、首を横にふった。

「いいや。このひとがみんなを外に出してくれた。ひとり残らずな。このひとが最後のひとりだ」

ポンは、両手でアムパイの手を包みこんだ。すると、アムパイの上着の袖《そで》がまくれ、手首があらわになった。ずいぶん前にチャム師《し》からもらったといっていた赤と金色の組みひも、ポンとおそろいの組みひもがなくなっている。ポンは目を閉《と》じて、アムパイの笑顔《えがお》を思い浮《う》かべた。ポンに片目《かため》をつぶってみせ、老僧《ろうそう》からかけてもらった願いごとを教えてくれたあの夜のことが目の裏《うら》に浮《う》かぶ。

おまえの勇気が、けっしてくじけぬように。

「チャムさま」ポンは、そっとつぶやいた。「アムパイさんの勇気は、最後までくじけませんでしたよ」

37

使われていない倉庫のなかは、暑いといったらなかった。みんな、白檀《びゃくだん》の扇子《せんす》で汗《あせ》まみれの顔をしきりにあおいでいるが、むっとする空気をかきまわしているだけだ。ポンの見たところでは、二百人以上のひとたちが広い倉庫にぎゅうづめになっている。

集まったひとたちの前に、マークが立っていた。ひたいからふきだした玉のような汗《あせ》が鼻のつけ根のあたりをつたい、そのせいで眼鏡《めがね》がずりおちている。

「マークさん、気《き》の毒《どく》だね」ポンは、ソムキットに小声で話しかけた。「緊張《きんちょう》しすぎて、吐《は》きそうになってるよ」

「ああ。大勢《おおぜい》の前で話すのは苦手だから」ソムキットは、魂《たましい》が抜《ぬ》けたような声で、力なく答える。

「アムパイさんは、得意《とくい》だった……」

よけいなことをいうんじゃなかった。ひざをかかえてすわっているソムキットは、あいかわらず遠くをながめているような、うつろな目をしている。昨日からずっとこんな調子だが、少なくとも口をきくようにはなった。アムパイが亡《な》くなったと知ったときは、ひとことも話せなくなっていた。

ソムキットの肩《かた》をたたくか腕《うで》をつねるかして、なんとか沈黙《ちんもく》の壁《かべ》を壊《こわ》せないものか。だが、そんなことをしても身をちぢめ、自分の殻《から》のなかに閉《と》じこもってしまうだろう。

マークが両手を挙げると、ざわめきが静まった。ごくりとつばを飲みこみ、二度ほど咳《せき》ばらいしてから、マークは話しはじめる。

「えー、みんな……どうか聞いてくれ。まずは、今夜この場に集まってくれて、ありがとう。隠《かく》れ場所から出られず、この集会に来られない者も、もっとたくさんいるはずだが」

火事のあと、泥《どろ》ハウスの住人たちは街のあちこちに散らばった。ポンとソムキットはマークの姉のアパートにかくまってもらい、狭苦《せまくる》しい部屋で、マークの両親や四人の甥《おい》っ子姪《めい》っ子《こ》たちといっしょに過《す》ごしていた。警察《けいさつ》は泥《どろ》ハウスの周辺を探《さが》してまわっていたが、アムパイが街のいたるところに隠《かく》れ家《が》を作っていて、地域《ちいき》全体に友だち兼《けん》協力者がいるなどとは思ってもみなかったらしい。じっさい、助けが必要なひとは、アムパイの名前さえいえば、川の上流から下流のどの地域《ちいき》でもこころよく家のなかに招《まね》きいれてもらった。

総督《そうとく》は、アムパイをもっとも凶悪《きょうあく》な犯罪者《はんざいしゃ》、放火犯《ほうかはん》であると断《だん》じた。火の手は早朝にアムパイの事務室《じむしつ》で上がったと報《ほう》じられた。その部屋には燃《も》えやすい医薬品などの物資《ぶっし》が保管《ほかん》されていたため、あっというまに手に負えないほど燃《も》えひろがったという。だが、東岸に住むものは、だれもアムパイが火事に関わったとは考えていない。あの火事は、偶然《ぐうぜん》起こったにちがいないと信じていた。

いっぽうポンは、ヤイとヨードがあやしいと思っていた。泥《どろ》ハウスの住人のなかで、あのふたりだけがアムパイの事務室《じむしつ》への出入りを許《ゆる》されていたからだ。それに、ふたりは火事のあと姿《すがた》を消したままだ。ヨードが火をつけたのだろうか。だとしたら、なぜ？

マークは眼鏡《めがね》を直して、話をつづけている。

「この集会を開くべきか悩《なや》みに悩《なや》んだが、おれたちの大切な姉さんに感謝《かんしゃ》して、最後の別れをするために、みんなで集まらなきゃいかんと思った……」

集まったひとたちは、アムパイの死をなげき悲しむ声をもらし、急ごしらえの祭壇《さいだん》にむかって頭を下げた。小さな紫《むらさき》の光の玉をひもで連ねた明かりが、炭で描《えが》かれたアムパイの肖像画《しょうぞうが》の上につるされ、花束とオレンジをのせた皿が両わきに供《そな》えられている。

「まずは、大事なことをすぐに決めなきゃならん」マークがいった。「おれは、とてもじゃないがアムパイさんの代わりができるような器《うつわ》じゃないし、そんなつもりもないが――」

「あんたはいいひとだよ、マーク！」

だれかが声をかけた。

「そうそう、アムパイさんの右腕《みぎうで》だったじゃないか！」

別の声があがる。

マークは、真剣《しんけん》な顔でうなずいた。

「たしかにおれはアムパイさんを手伝って、やれるだけのことはやった。だから、アムパイさんがいなくなったいま、おれが先頭に立って、これからどうするか決めなきゃいかんと思ってる。みんなも知ってのとおり、アムパイさんはたくさんの計画を立てていて、この数日のうちにそれを実行しようとしていた。まずは明日の夜、巨人橋《きょじんばし》の上で抗議《こうぎ》の行進をすることから始めるつもりだった。だが、こうなったいまは、これからどうするか、それぞれが自分の胸《むね》にきいてみなきゃいかん。計画どおりやるか、それともここですっぱりとやめちまうか」

「やめちまうだって？」大勢《おおぜい》のなかから、びっくりした声があがった。「アムパイさんがここまでがんばってきたのに？　なんでそんなことできるんだよ」

するとと、赤んぼうを抱《だ》っこひもで胸《むね》にかかえた女が立ちあがった。

「アムパイさんなら、すぐに行進をやれとはいわないいんじゃないかな。そりゃあ行進は大事だと思ってただろうよ。けど、それ以上にアムパイさんは、わたしたちのことを気にかけてくれたもの。こんなときに、のこのこ出ていくなんて、危険《きけん》すぎるよ。いまじゃ、アムパイさんの名前を口にするだけだって危《あぶ》ないんだから」

「そんなら、アムパイさんの名前をいわなきゃいいじゃない」十代くらいの少女がいった。「忘《わす》れないでくれる？　抗議《こうぎ》の行進は、アムパイさんのためにするんじゃないの。子どもの刑務所《けいむしょ》に反対するためでしょ。総督《そうとく》は更生施設《こうせいしせつ》なんて呼《よ》んでるけどさ、そんなものができたら、あたしや弟や妹はどうなるの?」

「なんだかんだいったって、建てられちまうさ」向こうの壁際《かべぎわ》で、男が立ちあがった。「考えてもみろよ。行進するだけで総督《そうとく》や金持ちの取《と》り巻《ま》き連中を止められるなら、だれかがとっくにやってるよ!」

不安げなささやきが広がり、何十もの頭がうなずいた。

すると、前のほうで袖《そで》なしのシャツを着た大男が立ちあがった。こっちにふりかえった顔を見ると、港で荷下ろしの仕事をしているカラだ。よく響《ひび》く低い声でカラがしゃべりだすと、ざわめきが静まった。

「おれは、橋に行くつもりだよ。だれも助けちゃくれなかったとき、アムパイさんだけがおれのかみさんの命を救《すく》ってくれたんだ。総督《そうとく》がいうには、かみさんが病気になったのは、おれたちのせいだ、おれたちが貧乏人《びんぼうにん》のせいだと。けど、アムパイさんは悪いのはおれたちじゃないってきっぱりいってくれて……」声が消えいりそうになったが、すぐに筋肉《きんにく》のもりあがった肩《かた》をそびやかしてつづける。「だがな、おれはアムパイさんのためだけに橋に行くんじゃねえぞ。子どもの刑務所《けいむしょ》に反対するためだけでもねえ。それ以上のものなんだ。おれはな、いまこそ立ちあがって、こんなあつかいはごめんだというために行進する。川のどっち側に住んでいようが、おれたちはまっとうなあつかいを受けなきゃな。頭の上にある光の玉がどんな色だって!」

カラのそばにすわっていた、たくましい男たちが、いっせいに立ちあがった。

「おれたち港で働く者は、みんな同じ気持ちだ！」ひとりが、勇ましい声をあげた。「おれたちは、ひとり残らずカラといっしょに橋に行くぞ！」

「そうだ！　こいつのいうとおり！」

ほかの男たちも、口々に大声をあげる。

「ちょっと、待った！」マークが、男たちの大声に負けまいと声をはりあげた。「みんな、頼《たの》むから落ちついてすわってくれ。これじゃ話がまとまらんだろうが！」

男たちはすわったものの、興奮《こうふん》がおさまらないようすで、ざわざわとささやきあっている。

そのとき、ほおに傷《きず》のある男が立ちあがって話しだした。話しぶりからして、かなりの教育を受けた男らしい。

「みなさん、ここでひとつ、考えなきゃいけないことがあると思うが、どうかね。わたしも、アムパイさんがやろうとしていたことは正しいと信じている。だが、アムパイさんの計画――というか、計画の全体像《ぜんたいぞう》がどんなものだったのか、ひとつ思いだしてくれんかね」倉庫じゅうのひとたちが、男の言葉に耳をかたむけはじめた。「わたしがアムパイさんから聞いた話は、みんなも聞いていると思う。アムパイさんは、抗議《こうぎ》の行進をするだけではじゅうぶんでないとわかっていた。総督《そうとく》に対抗《たいこう》するためのなにかが必要だと。そしてアムパイさんは、自分には秘策《ひさく》があり、それをこの集会で明かすつもりだといってたんだよ。チャッタナーの街のひとびとがそれを目にすれば、たらまちアムパイさんの味方について総督《そうとく》を見限《みかぎ》るだろうとうけあってくれた。しかし、アムパイさんといっしょに働いていた連中にきいてみたが、だれひとりとして、その秘策《ひさく》を明かしてもらった者はいなかった――じっさいに秘策《ひさく》なるものが存在《そんざい》していたとすればの話だがね」

倉庫のなかは静まりかえった。だれもかれもうつむいている。港で働いている男たちでさえ、いいかえすことができないようだ。

「街のすべての住人がわれわれの側についてくれなければ、行進の意味はない」男はつづけた。「だが、ただ橋の上を歩くだけでは、その目的を果たすことはできないんだよ。たしかに誇《ほこ》り高く勇気ある行動だとは思うが、それを支《ささ》えるなにかがなければ、無意味なんじゃないかね」

「そのひとのいうとおりだ」と、声があがった。「総督《そうとく》は、とてつもない力を持っている。みんな、総督《そうとく》をこわがってるじゃないか。ていうか、こわがりつつ敬《うやま》っている。それに、忘《わす》れちゃいけないぞ。おれたちには総督《そうとく》の力が必要なんだ。総督《そうとく》がいなけりゃ、この街は真っ暗になっちまう。泥《どろ》ハウスの火事のあとじゃ、とても火を使う生活にもどる気になれんしなあ」

学のありそうな男の意見に賛成《さんせい》する声が高まっていく。みんな、口々に同じことをささやいている。なるほど、総督《そうとく》には、とてつもない力があるからな、とか。逆《さか》らうのは危険《きけん》すぎるぞ、とか。

ポンは、倉庫のなかを見まわした。疲《つか》れはてて、あきらめたような顔ばかりだ。それから、アムパイの肖像画《しょうぞうが》を見あげた。アムパイさんは、あんなにいっしょけんめいやっていたのに、命をかけてやりとげようとしていたのに。その計画が、たったいま煙《けむり》のように消えかけている。夢《ゆめ》がつぶれる瞬間《しゅんかん》というのは、こういうものなのか。少しばかり知恵《ちえ》のある人間の言葉ひとつで、あっけなく壊《こわ》れてしまうのか。

ポンは、ソムキットをひじでつついた。ソムキットは、千キロも遠くをただよっているような顔をしている。

「おい、ソムキット。アムパイさんは、おまえの太陽の光の玉のことを、おれたち以外のだれかに話していなかったか？」

「だとしたら、なんだよ？」ソムキットは、つぶやいた。「どっちみち、ぜーんぶなくなっちゃったよ。あんなにがんばったのに、ぜーんぶ灰《はい》になったり溶《と》けたりしちゃった。最初から、わかってなきゃいけなかったんだ。この街はぜったい変わりっこない。これからもずーっと」

親友の口からそんな言葉が出るとは。ポンはおどろくと同時に悲しくなった。

「なあ、本気でそんなこと思ってないよな」

小声で確《たし》かめると、ソムキットは、ますます小さく体を丸める。

「おれが本気かどうか、おまえにわかるっていうの？」

ポンはソムキットの腕《うで》をつかみ、強くゆさぶった。ここに櫂《かい》があれば、そいつでソムキットの頭をひっぱたいていただろう。

「いいかげんにしろよ！　おまえが悲しいのはわかってる」ソムキットがいいかえしてくる前に、ポンはつづけた。「悲しいなんてもんじゃないよな。心が壊《こわ》れちゃったみたいだよな。おれだってそうだ。アムパイさんに起こったことは最悪の出来事で、おまえはぜったいに忘《わす》れることなんかできない。おれだって同じだよ。けど、いまは、ここでだまってすわってちゃいけないんだ。しっかりしろよ、ソムキット」ポンは、もう一度、でも今度はやさしくソムキットをゆさぶった。「おまえのことは、よーくわかってる。いまのおまえは、おまえじゃない。アムパイさんだって、そんなおまえは見たくないはずだぞ」

ソムキットは目をあげて、アムパイの肖像画《しょうぞうが》を見つめている。それから、ポンのほうをむいた。

「いいか。みんなに話すんだ」

ソムキットは、うなずいた。丸めていた体をゆっくりとほどき、わずかに背筋《せすじ》をのばして声をあげた。

「おれ、アムパイさんが計画してたこと、知ってます」

だが、声が小さすぎて、だれにも聞こえない。ソムキットは咳《せき》ばらいをして、もう一度いった。

それでも、がやがやと話し声がやまないので、今度は両手をメガホンのようにしてさけんだ。

「おれ、アムパイさんが計画してたこと、知ってまあす！」

とたんに、二百の頭がいっせいにソムキットのほうをむいた。

マークが、眼鏡《めがね》の奥《おく》の目をぱちくりさせてきいてきた。

「ソムキット、おまえ、ほんとにアムパイさんの秘密《ひみつ》の計画を知ってるのか？」

「知ってますよ」

ポンは代わりに返事してから、立ちあがりざまソムキットのわきに手を入れ、むりやり自分の横に立たせた。

「おれたち、ふたりとも知ってるんです。アムパイさんの計画を手伝ってたから」

「じゃあ、ふたりともこっちに来い。ほら、ぐずぐずするな。みんな、待ってるんだから」

床《ゆか》にすわっているひとたちが、道をあけてくれる。ポンは、ふいに自分が小さくなったような気がして、はずかしくなった。

「おまえの明かり、みんなに見せろよ」と、ソムキットにささやく。

ソムキットは、小さな太陽の光の玉をひとつだけ、肩《かた》から下げた布《ぬの》の鞄《かばん》のなかに持っていた。たったひとつ残ったこの玉は、緊急《きんきゅう》の場合にそなえて泥《どろ》ハウスの裏口《うらぐち》にこっそりとりつけてあったものだ。火事のあと、ポンは警察《けいさつ》に見つからないように、すばやくとりはずしてソムキットにわたした。

鞄《かばん》に手を置いてつっったったまま、ソムキットは動こうとしない。見せたくないといいだすのではないだろうか。ポンがそう思っていると、ソムキットは鞄《かばん》のなかに手をつっこみ、ガラス玉をとりだした。上部についている銅《どう》の接続《せつぞく》部分を合わせると、ソムキットの手のなかから、やわらかな金色の光が流れでる。

倉庫じゅうのひとたちが、息をのんだ。

「金色の光じゃないか！」と、声があがる。

「盗《ぬす》んだのかい？」別の声がきいた。

「ちがうんだ」ポンは、大声でいった。「ソムキットが作ったんです。ソムキット、おまえがやったことを、みんなに話せ」

ソムキットは、使用済《しようず》みの光の玉に日光をためる仕組みについて話しはじめた。部屋じゅうのひとがおどろきの声を押《お》しころし、じっと耳をすましている。緊張《きんちょう》のあまり、ソムキットはややこしい技術《ぎじゅつ》を説明しすぎたところもあるが、聞いていたひとたちは、ちゃんと理解《りかい》できたのだろう。話が終わると、感心したひとたちのあいだから、ささやきが波のように広がった。

「その光の玉には、わたしも感動したよ」さっきの学のありそうな男が、口を開いた。「だが、総督《そうとく》の力を見くびってはいかん。いいか、あの男は、街じゅうの明かりを、すべて作っているんだぞ！百年かかったって、わたしたちが太刀《たち》打《う》ちできるものか！」

「大事なのは、総督《そうとく》を負かすことじゃないんだ。大事なのは、総督《そうとく》が――」ポンはそこで言葉を切って、かぶりをふった。「いや、おれたち自身が、もう総督《そうとく》なんかいらないって思うことなんです。総督《そうとく》の作った光も、法律《ほうりつ》もいらないって。総督《そうとく》がいなくたって、自分たちだけでやっていけるって」

いっしょに夜に出かけていたときにアムパイが口にしていた言葉を、ポンは正確《せいかく》にくりかえそうとした。だが、自分の口から出る言葉は、どこかちがって聞こえる。アムパイさんは、その言葉を心の底から信じていた。街のひとびとの気持ちを動かしたのは、アムパイさんの言葉ではなく、心だったのだ。

と、ソムキットが背筋《せすじ》をのばし、肩《かた》をいからせてどなった。

「そんなの、どうだっていいだろ！」倉庫じゅうが静まりかえる。「どうせ、うまくいきっこないんだもの。おれが作った玉は、これ以外、みーんな燃《も》えちゃったよ。道具もなにもかも」ソムキットは泣きそうな顔になって、手のなかの明かりを見つめた。「使用済《しようず》みの光の玉を集めるのに何日もかかったのに、残ったのは、これひとつ。行進は明日の夜だよ。太陽の光を集められるのは、明日の昼間だけ。それまでに、行進に持ってく光の玉を用意するなんて、できっこないじゃないか」

大男のカラが、ふたたびぬっと立ちあがった。

「うちに切れた光の玉がひとつあるから、それを使ってくれ。昨日の晩《ばん》、たったひとつの明かりが消えちまったんだ。おれとかみさんは暗闇《くらやみ》のなかで過《す》ごしてる。けど、うちの切れた玉をおまえにやるよ。新しい玉を千個《こ》やるからやめとけっていわれてもな。どうか好きに使ってくれ」

「うちにも、今夜切れたのがひとつあるぞ！」

後ろのほうから声があがった。

「おれも、ここにひとつ持ってるんだ！」別の男が大声でいう。「回収施設《かいしゅうしせつ》に持っていこうと思ってたけど、あんたにあげるよ！」

すると、おばあさんが杖《つえ》にすがって立ちあがった。

「この街の者はみんな、そりゃあ胸《むね》がつぶれるくらい悲しんでるよ。大事な大事な姉さんの名誉《めいよ》と思い出のためなら、なんだって差しだそうと思ってる。みんなで力を合わせて、このことを街じゅうに伝えれば、あんたに必要なものが集まるんじゃないかね」

ポンは、ソムキットを見た。

「どう思う？　もう街のひとたちに隠《かく》す理由がなくなったんだからさ」

「けど、装置《そうち》はどうするの？　集光器や太陽のエネルギーをためておく瓶《びん》は？　みんな火事で燃《も》えちゃったんだよ」

「おーい、ソムキット！」

声のしたほうを見ると、倉庫のすみに短くて長い髪《かみ》の男が立っている。発動機の修理店《しゅうりてん》で働いていた男だ。

「手を貸《か》そうか？　手伝えるやつらがここにいるぞ」男は、まわりにすわっている修理工《しゅうりこう》たちのほうにくいっと頭をかたむけた。「それと、部品がいるなら手に入れてやる。なんなら、おれの給料から金をはらってもいいぞ」

ソムキットは、アムパイの肖像画《しょうぞうが》に目をやってから、またポンを見た。

「わかった。やるしかないね」

倉庫のなかが、またざわざわしはじめた。不安そうな声もあれば、やる気に満ちた声もある。

「わかった、わかった。みんな、落ちついてくれ」マークが、みんなを静かにさせた。「みんな、今夜の話しあいを、しっかり聞いてくれたと思う。アムパイさんは、参加したくないやつまで無理やり参加しろとはいわないはずだ。おれは行進なんぞやりたくないといっても、だれも責《せ》めやしない。だが、アムパイさんが始めたことをやりとげるつもりなら、すぐにでもとりかからなきゃいかん。明日の夜の行進に参加するやつは、この倉庫の南側に集まってくれ。みんな、今夜は来てくれてありがとう」

その言葉を合図にみんなは立ちあがり、倉庫の南側に行く者と行かない者に分かれた。

38

「やったね」ポンは両ひざをついて体を起こすと、うーんと背筋《せすじ》をのばした。「百八十六個《こ》か。火事の前より、たくさん作れたじゃないか」

ソムキットはすわったまま、眉間《みけん》のあたりをもんでいる。

「目を閉《と》じても、まぶたの裏《うら》に銅線《どうせん》とガラス玉がちらちらしてるよ」

ふたりがいるのは、マークの姉のアパートにある通りに面していない寝室《しんしつ》だ。窓《まど》にかけられた薄《うす》紙《がみ》のスクリーンに、朝日が差しはじめている。目の前の床《ゆか》には、さまざまな大きさの太陽の光の玉が、壁際《かべぎわ》から大きい順に、きちんとならんでいた。ポンは昨日の夜、マークといっしょにひと晩《ばん》じゅう倉庫にいて、街のひとたちがつぎつぎに持ってきてくれる使用済《しようず》みの光の玉を受けとった。

ソムキットのほうは、短くて長い髪《かみ》の男とその仲間に、集めた玉を細工して太陽の光の玉にするやり方と、日光を集める装置《そうち》の作り方を教え、夜が明けたらすぐに日光をためられるように準備《じゅんび》した。あと少ししたら集光器と瓶《びん》を屋上に持っていき、タール紙の上にならべて、日光をためはじめるつもりだ。

ポンは、頭がぼおっとしていた。いつもなら、夜が明けたら寝床《ねどこ》に入ることになっている。だが、ソムキットが立ちなおったようすを見て、ほっとしてもいた。作業に没頭《ぼっとう》し、以前のようにきびきびと働いている。

「みんな、行進に来るかな?」ポンは、こわばった体で立ちあがった。「おれたちが知ってるひとたちだけじゃなく、アムパイさんが集めていたひとたちもみんなってことだよ。アムパイさん、千人は集めたっていってたよね?」

「うーん。ほんとに来るのは、九百九十人だよ」

「ええっ?」

ソムキットは、機械油で汚《よご》れた手をズボンでふいてから立ちあがると、ポケットからとりだした紙切れをポンに手わたした。

「なんだよ、これ?」

「通行証《つうこうしょう》だよ。それに、船も用意しといた。心配しないで。ピンクのタクシー船じゃないからね。改造《かいぞう》した発動機をつけた高速ボートだよ」ソムキットは親指で自分の胸《むね》をさした。「このわたくしめが、あなたさまのために改造《かいぞう》いたしました」

ポンは、通行証《つうこうしょう》をひっくり返して、しばらく見てからソムキットに返そうとした。

「ありがとな。けど、行進が終わってからにするよ」

ソムキットは、通行証《つうこうしょう》を押《お》しかえした。

「ポンは、行進には参加できない」ソムキットは、きっぱりといった。「今夜は、ぜったいに橋の上に行ったらだめだ。警察《けいさつ》がいるかもしれないだろ。身元を確認《かくにん》されたら、刑務所《けいむしょ》に逆《ぎゃく》もどりだよ」

「けど、おまえは？」

「いくら警察《けいさつ》だって、友だちといっしょに歩いているだけで逮捕《たいほ》はできないよ」

「光を作るのは、どうなんだよ？」

ポンは、太陽の光の玉のほうへあごをしゃくった。

「それも違法《いほう》じゃないよ。いまのところは……だけどね」ソムキットは、にーっと笑ってから真剣《しんけん》な顔にもどった。「いいか、ポン。おれとおまえは、ちがうんだ。おれは捕《つか》まっても、すぐに釈放《しゃくほう》される。けど、おまえは捕《つか》まったら、一生刑務所《けいむしょ》から出られないんだよ」

ポンは、もう一度、通行証《つうこうしょう》をながめた。ソムキットのいうとおり。今夜あの橋に行くのは、自首するのと同じだ。

「ポンも行きたいのはわかってる。でも、もうじゅうぶんやってくれた——おまえがやらなきゃいけない以上にやってくれたよ。街を出るには、いまがいちばんいい。行進のあいだは、警察《けいさつ》の注意がそっちに集まるからね」ソムキットは、ごくりとつばを飲んでから、つけくわえた。「アムパイさんがここにいたら、同じことをいうはずだよ」

ポンはうなずいた。とうとう、この時が来た。チャッタナーを本当に出ていく時が。

ソムキットは、口を片方《かたほう》にねじまげ、またもう片方《かたほう》にねじまげている。いわなきゃいけないことがあるのに、いいたくないときにする顔だ。いまここでソムキットと別れたら、もう二度と会うことはない。なにかいいたければ、いまいわなければ。

「ごめん、ソムキット」

だしぬけに口から言葉が飛びだした。

「だから、気にするなって。さっきもいったけど、行進に参加するっていってくれたひとは、きっとみんな――」

「そうじゃなくって」ポンは、大きく息を吸《す》いこんだ。「ナムウォンにおまえを置きざりにして、ごめん」

ソムキットの口が、ゆがんだまま固まった。

「へ？」

「おまえを置いて逃《に》げだして、ひとりぼっちにさせちゃった。おまえは自分で自分を守るしかなくなった。あのときは、おまえのことも、おれがいなけりゃおまえがどうなるかも頭になかったんだ。正直いうと、なんにも考えてなかったんだよ」ゆっくり話そうと思っても、つぎつぎに言葉が飛びだしてくる。「おれは塀《へい》の外に出たのに、おまえはなかにいるしかない。そんなの――そんなのは不公平だよな。そのことで、おれはずっと自分を憎《にく》んでいた。おまえがおれをいくら憎《にく》んでも、しかたないと思ってるよ」

ソムキットは、ポンをまじまじと見つめている。くさいにおいの出所をさぐるように鼻にしわをよせ、かすかに口を開いている。

「ポン、それってなんの話？」

ポンは、少しばかりむっとした。心のうちをさらけだすだけでもつらいのに、これ以上、つらい思いをさせることはないじゃないか。

「おれが逃《に》げた日のことだよ」ポンは、ため息をついた。「おれがおまえを置きざりにしたから――」

「ポンがおれを置きざりにしたって？」ソムキットは、首を横にふった。「ポンはおれを置きざりにしてなんかいないよ。なにもかも、おれが仕組んだことだったんだから。覚えてないの？」

ポンは、目をぱちくりさせた。

「なんだって？」

「自分ひとりの力で逃《に》げだしたって、ずっと思ってたわけ？」

今度は、ポンのほうがあっけにとられた。

「えっと、おれ……」

「おれがドリアンの皮を片《かた》づけるのを手伝ってくれって頼《たの》んだのも、あのときにかぎって看守《かんしゅ》が見《み》張《は》っていなかったのも、ただの偶然《ぐうぜん》だって思ってたの？」

ポンは、まばたきをくりかえしながら、あの日のことを思いだそうとした。ソムキットが変な咳《せき》をしながら、眉《まゆ》をひくひくとつりあげていたっけ。いまのいままで忘《わす》れていた。

「でも、おまえは、ひと言もいわなかったじゃないか……ふたりで相談もしなかったし……」

「当たり前だろ。看守《かんしゅ》の目の前で話しあえるわけないじゃないか。でも、サインを送っただろう？」

ソムキットは、あのときのように、意味ありげに眉《まゆ》をあげながら咳《せき》をする。それから、にーっと笑った。「それに、ゴミの籠《かご》のなかに隠《かく》れてるあいだじゅう、おれがポンの居場所《いばしょ》を知らずにいたと思ってたの？　籠《かご》にふたをのせたのも、そのふたが落ちないようにしっかり閉《し》めたのも、おれだったんだよ！　ゴミを集める作業員が船着き場に来て、ポンが入った籠《かご》を小舟《こぶね》に乗せたときも、ずっと見ていたんだからね。ずっと近くにいて、看守《かんしゅ》があやしまないようにしていたし、じゃまが入らないように気をつけてたんだよ」

「おまえが……なにもかもやったのか？」

ソムキットは、眉根《まゆね》をよせて暗い顔になった。

「うん。あとで後悔《こうかい》したよ。ナムウォンから逃《に》げたら、そのあとどんなひどい目にあうか考えていなかったんだ。ポンが行っちゃったあとで、もし捕《つか》まったらポンは一生刑務所《けいむしょ》から出られなくなるんだって気がついた」ソムキットは、ポンの目を見て下唇《したくちびる》をかんだ。「あのころ、ポンがほんとに落ちこんでたからさ。まるでポンじゃなくなったみたいで。すっごく外に出たがってたし。いま考えるとバカみたいだけど、このまま刑務所《けいむしょ》のなかにいたら死んじゃうんじゃないかって気がしてきて。あのときは助けたつもりだったけど、ポンがいなくなってから、いったいどうなったんだろうって ずっと思ってた。おまえが街の境界《きょうかい》を越《こ》えたり、海まで出たりする夢《ゆめ》も見たよ。けど、あの夜、水路のなかからポンがあらわれて、線で消されてない入《い》れ墨《ずみ》を見たとき、おれのしたことでポンはずっと苦しむことになったんだってわかった。一生、逃《に》げつづけることになってしまったって。許《ゆる》してほしいのは、ポンじゃなくて、おれのほうだよ」

ポンは、なんといえばいいのかわからずに、つったっていた。

壁《かべ》をたたく音がして、マークがドアからのぞいた。

「どうだい、ソムキット。準備《じゅんび》はできたか？　屋上に装置《そうち》を運ぶために、みんなが来てくれたぞ」

ソムキットは、ポンの顔を見てからマークにいった。

「えっと、あとちょっとだけ待ってもらえますか？　おれも、いっしょに行くから」

マークはうなずいてから行ってしまった。

ソムキットは、ポンが持ったままでいる通行証《つうこうしょう》を見ながらいう。

「おれたちふたりとも、謝《あやま》らなきゃいけないことがあるみたいだね。おあいこってことでどう？」

「さあな。ひとつだけ、おまえを許《ゆる》せないことがあるから……」

ポンがいうと、ソムキットは心配そうに片方《かたほう》の眉《まゆ》をあげた。

「おまえのせいで、くさったドリアンの皮といっしょにゴミの籠《かご》に入らなきゃいけなかったんだぞ」

ソムキットは、にーっと笑った。

「そんなにくさかった？」

「ズボンに吐《は》いちゃったよ。二回も」

ソムキットは、頭をのけぞらせて大笑いした。それからポンのわき腹をひじでつつき、肩《かた》に腕《うで》をまわしてくる。そのまま、ふたりはちょっとだけ、ぎこちなく抱《だ》きあった。

あとでポンは、ソムキットが用意してくれた船にむかいながら、もっとしっかりと抱《だ》きあって別れればよかったと思った。

だが、もう遅《おそ》い。ポンを南へ、広い海へ引っぱっていく流れが待っている。どんなに望んでも、もはや逆《さか》らうことはできない。

39

越境審査官《えっきょうしんさかん》のプラパン氏は、机《つくえ》に両手をつき、上半身を左に、それから右に倒《たお》して、背中《せなか》のこりをほぐした。長い一日だった。机《つくえ》のすみには、越境《えっきょう》管理帳に記録すべき書類の山がふたつある。これを今日じゅうに片《かた》づけなければ、家に帰れない。山のひとつは、その日、チャッタナーの北の境界《きょうかい》を越《こ》えて出ていったひとたちの書類で、もうひとつは、入ってきたひとたちのものだ。入ってきたほうは、出ていったほうの二倍はある。

身を乗りだして、机《つくえ》の前の四角い小窓《こまど》から外をのぞくと、プラパン氏は、ほっと息をついた。ありがたいことに、審査《しんさ》を待っているのは、あとひとりだけだ。

「次のひと！」

声をかけると、十二、三歳《さい》くらいの少女が小窓《こまど》の前に来た。手荷物と杖《つえ》のようなものをわきに置くと、少女はガラスの下のすきまからパスポートを差しいれてきた。

「こんにちは」プラパン氏は、少女のパスポートを開いた。「今日は、どこまで行きますか？」

「ランナブリです」

少女は、目を合わせようとしない。

プラパン氏は、少女の背後《はいご》の待合室を見た。

「ひとりで行くのかね？」

少女はうつむいたままだ。短い黒髪《くろかみ》がほおにかかっている。

「はい。母と兄たちが先に行っていて、フェリー乗り場で待ちあわせているんです」

少女は顔をあげてプラパン氏を見た。目のまわりが泣いていたように赤くはれ、そわそわと左の袖口《そでぐち》のあたりをいじっている。なんだかおかしいとは思ったが、パスポートに問題はなく、以前にも境界《きょうかい》を越《こ》えたことがあるようだ。なによりプラパン氏は、早く家に帰りたかった。

少女のパスポートをぱらぱらとめくりはじめたとき、同僚《どうりょう》が横の椅子《いす》にすわった。小柄《こがら》なので、みんなにショーティと呼《よ》ばれている。

「まだ終わらないの？」ショーティは、ガムをくちゃくちゃとかみながらいった。「そろそろ窓口《まどぐち》を閉《し》める時間でしょ？」

「ああ、そうだが、今日はチャッタナーに入る連中が、そりゃあどっさりいてね！　ここ数か月で入ってきた人数より多いくらいだよ」

「ほんとに？　どうしてなの？」

「それぞれちがう理由をつけていたが、本当の理由はひとつだろうよ。みんな、黒い喪章《もしょう》を腕《うで》に巻《ま》いていたからな」プラパン氏は、少しばかり声をひそめた。「街で行進に参加するつもりなのさ」

ショーティは、びっくりしたように目を見ひらいた。

「そうなの？　でも、その行進を指揮《しき》していたアムパイとかいう女のひとは、死んだって聞いたけど」

プラパン氏は、うなずいた。

「ああ、あの火事でな。かわいそうに。もしも火が消しとめられなかったら、どうなってたと思う？　また、あの大火みたいな大惨事《だいさんじ》になっていたかもしれないぞ」

ショーティは、低く口笛を吹《ふ》いた。

「想像《そうぞう》もつかないよね。でも、みんなリーダーなしで行進をするつもりなのかな」

「そうだろうよ」

プラパン氏は肩《かた》をすくめて、パスポートのチェックをつづけた。ページをめくって判《はん》を押《お》し、またためくって判《はん》を押《お》す。

ショーティは、頭の後ろをかいた。

「あなたも行進に行くの？」

プラパン氏は、判《はん》を押《お》す手を止めた。

「とんでもない！　トラブルに巻《ま》きこまれるのはごめんだよ。逮捕《たいほ》されたら、この職《しょく》を失っちまう！　そしたら、どうなるんだよ？」

「まさか。橋の上を歩いただけで、逮捕《たいほ》なんかされないでしょうが」ショーティは、椅子《いす》の背《せ》にもたれる。「さわぎさえ起こさなければね。行進を禁止《きんし》する法律《ほうりつ》なんかないんだから」

「いまのところはな」

「どういうこと？」

プラパン氏はショーティのほうに顔をよせて、小声でいった。

「今朝、本部で耳にしたんだが、総督《そうとく》は断固《だんこ》たる処置《しょち》をとることに決めたんだと。あの火事があったから、そうするしかないと思ったらしい。いかなる行進も犯罪《はんざい》にあたると、法律《ほうりつ》を改正するんだそうだ。あの橋に行ったが最後、ひとり残らず刑務所《けいむしょ》送りだよ」

ショーティは、おどろいてのけぞった。

「だって、そんなことできるわけ？」

「ああ、あの総督《そうとく》ならできる。なんだってやりたいことができちまうからな」プラパン氏は、パスポートの最後のページに判《はん》を押《お》した。「で、おれたちのほうは、どうにかこうにかがまんして、生きていかなきゃならんってこと。さてと――あれ？　さっきの子はどこに行ったんだ？」

窓口《まどぐち》に立っていた少女の姿《すがた》が消えている。プラパン氏は、身を乗りだすと、待合室にむかって大声で呼《よ》んだ。

「お嬢《じょう》さん？　お嬢《じょう》さん、いますか？」

「いやあ、おかしなこともあるもんだな」プラパン氏は、また椅《い》子《す》に腰《こし》を下ろした。「物音ひとつ立てずに消えちまったよ」

40

チャッタナーを出るのが、遅《おそ》くなってしまった。ポンは、昨晩《さくばん》ずっと太陽の光の玉の準備《じゅんび》を手伝い、朝になってから少しだけ眠《ねむ》った。汗《あせ》まみれで飛びおきたときには、すぐにでも出発したくてたまらなかったが、人目につかない場所で、短くて長い髪《かみ》の男が船を運んでくるのを待っているあいだに、またまた時間がたってしまった。そんなこんなで、午後の遅《おそ》い時刻《じこく》になって、やっと船に乗りこむことができた。

ソムキットが教えてくれたやり方に従《したが》って、速度を上げた。ありがたいことに、それほど難《むずか》しくない。ロングテールボートという種類の船で、光の玉で動く発動機と先端《せんたん》にプロペラがついた舵《かじ》が一体になっているから、後部に座《すわ》れば、なにもかもいっしょに操作《そうさ》できる。最初はおっかなびっくりだったが、川には、ほかの船がほとんどいないから、衝突事故《しょうとつじこ》を起こす心配はなさそうだ。

いつ警察《けいさつ》船に止められるかと身がまえていたが、いまのところはだいじょうぶだ。じっさい、あたりには警察《けいさつ》船が一艘《そう》も見当たらない。こんなことはめったになかった。ソムキットのいったとおり、警察《けいさつ》の目は別の場所に集まっているのだ。

街の南の境界《きょうかい》を越《こ》え、最後の充光所《じゅうこうしょ》をあとにすると、川沿《かわぞ》いの、のどかな村を通りすぎていった。蛇行《だこう》する流れに乗って、船は何度も曲がりながら川を下っていく。あたりは薄闇《うすやみ》に包まれ、まもなく夜の帳《とばり》が下りることだろう。川幅《かわはば》がせまくなり、両岸がしだいに高くなっていくと、やがて暗い色をした石灰岩《せっかいがん》の崖《がけ》になった。切りたった岩肌《いわはだ》には植物がまったく生えていない。

川に沿《そ》って右に曲がり、また左に曲がったそのとき、ポンは息をのんだ。あわてて舵《かじ》の先についたプロペラを水から出して、発動機のスイッチを切る。船はゆっくりとすべるように停《と》まった。頭上高く、タナブリの山がそびえている。海に出る前に、この場所を通ることをすっかり忘《わす》れていた。岸壁《がんぺき》に、洞窟《どうくつ》の口がぽっかりと黒く開いている。あのなかでは、仏像《ぶつぞう》が明日の正午に差しこむ日光をじっと待っているはずだ。ノックから逃《のが》れて飛びおりた岩棚《いわだな》を見つめた。二週間前のことなのに、ずいぶん前の出来事のようだ。

つぎに、山の上のほうに目をやった。こんもりと木が生《お》いしげっているあのあたりに、シン寺院がある。この二週間のあいだ、ポンはチャム師《し》のことを何度も考えた。師《し》が亡《な》くなったことは、すでに納得《なっとく》していたはずだが、山影《やまかげ》のなかにいると、また深い悲しみがよみがえってくる。

ポンは船のヘッドライトを消すと、座席《ざせき》からすべりおりて船底にひざをついた。川面《かわも》は静かで、船はおだやかにゆれている。あたりではホタルがまたたきはじめた。ポンは、寺を出てから一度もしなかったことをした。両手を合わせて祈《いの》ったのだ。

祈《いの》りながら、師《し》の霊《れい》の存在《そんざい》を感じるのを待った。ついに、チャムさまがポンのために祈《いの》ってくれた願いがかなおうとしている。ずっと欲《ほ》しかったもの――自由が手に入る。

あと数キロも行けば、海に出る。もう、隠《かく》れなくてよい。おびえなくてよい。

だが、ポンはなにも感じられなかった。行く手の川も背後《はいご》の川も、空っぽだ。岸ではアマガエルがけたたましく鳴いているが、ひどく機械的な声で心をやすめてはくれない。ポンは、ひとりぼっちだ。なにかがまちがっている。こんなはずはない。

左手首の赤と金色の組みひもをにぎりしめ、目を閉《と》じると大きくひとつ息を吸《す》いこんだ。

「チャムさま」師《し》にそっと語りかけた。「もうすぐ、チャムさまがおれのために祈《いの》ってくれた願いがかないそうです。ずっと探《さが》していたものを、やっと手に入れることができます」

そのまま息をつめて待った。だが、なにも起こらない。ポンはため息をついて、目を開いた。

あたりは、真夜中のような漆黒《しっこく》の闇《やみ》だ。

ポンはまばたきをして、きょろきょろと周囲《しゅうい》を見まわした。目を閉《と》じても開いても同じことだった。見えるのは一面の闇《やみ》。こんなふうに一瞬《いっしゅん》で日が暮《く》れることがありえるだろうか。ホタルはどこへ行ったのだろう。空を見あげても、星ひとつ見えない。

びくびくしながら、手さぐりで船の舵《かじ》に手をかけた。発動機を動かそうとしたそのとき、川面《かわも》のあたりに白い渦《うず》のようなものが立ちあがった。ポンは息をのみ、よろめいて座席《ざせき》に尻《しり》もちをついた。

白い渦《うず》は、まばゆく光っている。煙《けむり》のようにゆらめいているが、それでいてカイコの繭《まゆ》のようにしっかりとしているようだ。渦《うず》はだんだんと濃《こ》くなり、なにかの形になって、闇《やみ》のなかにぽっかりと浮《う》かんでいる。耳のなかで鼓動《こどう》がガンガンと鳴り、腕《うで》の後ろ側に鳥肌《とりはだ》がたった。

白くぼんやりとしたものは、ひとの形になった。そのひとは、きれいに剃《そ》った頭をあげた。チャム師《し》だ。だが、何十年もの歳月《さいげつ》が、その顔からぬぐいさられている。

年のころは中年くらいで、背中《せなか》も曲がっておらず、しわも少なかったが、ほがらかなその笑顔《えがお》は同じだった。自分はいま、なにか窓《まど》のようなものを通して、過去《かこ》を見ているのにちがいない。そう気がつくと、胸《むね》の鼓動《こどう》がおさまってきた。そして、目の前の光景を、これまでのどんなときよりも注意深く見守った。

チャム師《し》はポンのほうをむいてはいるが、ポンではなく、はるかかなたを見つめている。ポンは、あたりをうかがっているうちに、すっかり方向感覚をなくしていたが、どうやらチャム師《し》は北を、チャッタナーの方角を見ているようだ。と、師《し》の顔から笑《え》みが消え、ひどく悲しげで心配そうな表情《ひょう》《じょう》になった。

師《し》の視線《しせん》の先、北の地平線上には、オレンジ色のまばゆい光が踊《おど》っている。これもまた過去《かこ》の幻影《げん》《えい》にちがいない。昔、チャッタナーを襲《おそ》ったという、あの大火だ。

すると、北から小さな白いなにかがあらわれ、暗闇《くらやみ》のなかをこっちに流れてくる。そばを通りすぎるときに船べりからのぞくと、白いもやが渦《うず》を巻《ま》いて赤んぼうを入れた籠《かご》になった。赤んぼうを乗せた籠《かご》は、さらに流れていき、チャム師《し》の足もとで止まった。チャム師《し》は籠《かご》のそばにひざをつき、このうえなくやさしく、憐《あわ》れみに満ちたまなざしで、赤んぼうを見つめた。

ふたたび闇《やみ》のなかから、ぼんやりとした白い人影《ひとかげ》があらわれた。僧衣《そうい》を着ているが、チャム師《し》よりずっと若《わか》い。見習い中の修行僧《しゅぎょうそう》のようだ。

若《わか》い僧侶《そうりょ》は、チャム師《し》に頭を下げた。チャム師《し》は僧衣《そうい》のたもとから組みひもをとりだして、その僧侶《そうりょ》の手首に巻《ま》いた。

チャム師《し》が願いごとを唱えると、その声が闇《やみ》に静かにこだました。

「おまえの力で、チャッタナーが光をとりもどせるように」

組みひもを授《さず》けられた僧侶《そうりょ》は、ポンのほうにむきなおった。

その顔は落ちついているが、両の眼《まなこ》は冷たく、激《はげ》しく燃《も》えている。すぐさまポンは、それがだれかわかった。

総督《そうとく》だ。

ポンは、まじまじと見つめたまま、これはどういうことなのか理解《りかい》しようとした。

チャム師《し》は、亡《な》くなる前日にこういった。

——おまえがいうような願いごとをかけて、痛《いた》い目にあったことがある。おのれの力を使って、ひとを助けたい、この世のありとあらゆる痛《いた》みや苦しみをなくしたい一心でのう。

総督《そうとく》の人影《ひとかげ》は、ポンのほうを見向きもせずに、すべるようにそばを通りすぎる。北へ、チャッタナーの街へむかっている。チャム師《し》は、その後ろ《うし》姿《すがた》が見えなくなるまで見送っていた。希望に満ちた表情《ひょうじょう》で。だが、しばらくするとチャム師《し》の顔に浮《う》かぶ希望は失望へ、そして絶望《ぜつぼう》へと変わった。

チャム師《し》はその場にくずおれ、両手で顔をおおった。

――だが、ひとりで世界を救《すく》おうとするなど、とんでもない思いあがりであった。その結果、思いもよらぬ事態《じたい》を招《まね》いてしまったのだ。

おどろきのあまり、ポンは激《はげ》しくかぶりをふった。このようにして、総督《そうとく》は魔法《まほう》の力を手に入れたのだ。総督《そうとく》は、たしかに街に光をとりもどしたが、たくさんのものを犠牲《ぎせい》にした。チャム師《し》にそんなつもりはなかったが、けっきょく救《すく》いたいと願っていたひとたちに深い悲しみを与《あた》えてしまったのだ。

霞《かすみ》のようなチャム師《し》の霊《れい》が立ちあがった。まだ悲しげな表情《ひょうじょう》をしているが、もう絶望《ぜつぼう》に打ちひしがれてはいない。チャム師《し》は、北を見つめていた。

街のほうから、小さな白い籠《かご》が、つぎからつぎへ流れてくる。ポンのそばを流れていく籠《かご》は、輝《かがや》くハスの花のようで、なかからは子ネコの鳴くような声がしていた。チャム師《し》は、光り輝《かがや》く赤んぼうをつぎつぎに拾いあげ、ひとりひとりの手首にひもを巻《ま》いた。だが、願いごとの内容《ないよう》は、それまでとはちがっていた。

「目にするものすべてに、おどろきを感じられるように」

「しっかりとした考えを持てるように」

「ほかのひとたちの親切の手本になれるように」

時がたつにつれ、赤んぼうたちは、すくすくと成長した。そして、それぞれ南へ、北へ、東へ、西へと巣立っていった。まもなく暗闇《くらやみ》は、チャム師《し》の願いをたずさえた、たくさんのひとが放つ光に満たされていった。

ポンは、かたときも目を離《はな》すことなく見つめていた。チャム師《し》――いまや年を重ね、ポンのよく知っているしわだらけの老僧《ろうそう》の姿《すがた》になっている――は、また小さな女の子に願いをかけた。

「おまえの勇気が、けっしてくじけぬように」

その子も、成長しはじめた。だが、ほかの子よりぐんぐん背《せ》がのびて、どんどん大きくなり、みるみるうちに山のような巨人《きょじん》になった。南から涼《すず》しい風が吹《ふ》いてきて、長い髪《かみ》をなびかせる。ポンが、その風を胸《むね》いっぱいに吸《す》いこむと、甘《あま》くて、きりっとした香りがした。オレンジのような香りだ。

ポンは首を思いっきりそらして、アムパイの霊《れい》を見あげた。アムパイは上着の襟《えり》を立てると、ポンに笑いかける。ポンの目に涙《なみだ》があふれた。アムパイは、オレンジの香りの風を目で追うように北を見つめると、総督《そうとく》のあとを追って街にむかって歩きだした。一歩ふみだすごとに、百メートルの距離《きょり》を進んでいく。

ポンは、アムパイの後《うし》ろ姿《すがた》が消えるまで見つめていた。ふりかえると、闇《やみ》のなかにただひとり、チャム師《し》がたたずんでいた。今度はポンの目をまっすぐ見つめて、ゆっくりとすべるように船に近づいてくる。

ポンの胸《むね》が、また早鐘《はやがね》を打ちはじめた。チャム師《し》は、白い手をのばし、ポンの左手首に巻《ま》かれた組みひもにふれた。なにもいわない。ポンをじっと見つめ、ポンが話しだすのを待っている。

ポンは、ごくりとつばを飲みこんだ。

「おれ、探《さが》しものを見つけてもいいですか?」

チャム師《し》はうなずき、にっこりと笑った。

どんなにこの笑顔《えがお》を恋《こい》しいと思っていたことだろう!

「チャムさまは、おれが探《さが》しものを見つけることを望まれています」声が、かすれてしまう。「それで、もうすぐ見つけられそうなんです。だから、チャムさまは姿《すがた》をあらわしてくださったんでしょう? あと少しで見つかるから。おれの探《さが》しているのは自由です。ずっと自由になりたかったんです」

だが、チャム師《し》の反応《はんのう》は思いがけないものだった。人差し指で鼻のわきをこすると、うつむいて視線《しせん》を落とし、船底のようすが気になってしかたがないというふりをしだしたのだ。それは、老僧《ろうそう》お得意《とくい》のしぐさだった。寺にいたころ、何度いらいらさせられたかわからない。チャム師《し》は、ポンのいうことに賛成《さんせい》できないとき、そうやってポンにさらに考えさせるのだ。

ポンはため息をついた。亡《な》くなっても、あいかわらずチャムさまは、簡単《かんたん》に答えを教えてはくれない。

「でも、それがおれの求めているものなんです。おれは自由が欲《ほ》しい――もちろんですよね。自由になりたくないひとなんか、いるはずがないんだ」

そう声をはりあげてはみたものの、自由は自分が求めているものの半分でしかないことに、ポンは気がついていた。

ポンは目を閉《と》じ、これまでにあったいろんな出来事を、川をさかのぼるように思いだしていき、二度と考えたくない場所にたどりついた。

「ナムウォン」ポンはつぶやいた。「あそこから逃《に》げだせれば、もっといいところが見つかると思っていました。外の世界はちがうはずだと」

ここで師《し》の霊《れい》を目の前にしていてもなお、ポンの耳のなかでは、総督《そうとく》のあの言葉が響《ひび》いていた。

――世界は闇《やみ》に満ちており、それはけっして変わらない。

だが、総督《そうとく》の正体や、どこからやってきたのかを知ったいま、その言葉はかつての力を失い、ひどく薄《うす》っぺらで、もろいものに思われた。ポンは、クモの巣をはらうように、顔の前で手をふった。

「外の世界は、おれが期待してたのとはちがってました」目をつぶったまま、ポンはつづけた。「チャッタナーも、タナブリでさえ。ずっと遠くまで逃《に》げることができれば、完璧《かんぺき》な世界が、すべてのひとが公平にあつかわれる善良《ぜんりょう》な世界が見つかると思ってました。けど、うまく海に出られたって、この世の果てまで行ったって、そんな場所は見つからないんだ。そんなところは存在《そんざい》しないんだから」

ポンは目を開いた。チャム師《し》は身を乗りだして、真剣《しんけん》な面持《おもも》ちでポンの言葉に耳をかたむけている。ポンには、わかっていた。つぎに口にするのは、大事な言葉でなくてはならない。真実の言葉でなくては。

「闇《やみ》から逃《に》げることはできないんだ」ポンは、ささやくようにいった。「闇《やみ》は、どこにでもあるんだから。闇《やみ》を開くには、光で照らすしかないんです」

チャム師《し》は目を閉《と》じてほほえみ、空をあおいだ。答えに満足してよろこんでいるときにしていたしぐさだ。

「チャムさま！」

ポンは大声で呼《よ》びかけ、手をのばした。だが、チャム師《し》は、ろうそくの煙《けむり》のように、するりとその手をかいくぐる。白いもやが消えると闇《やみ》が薄《うす》れ、ポンはただひとり川面《かわも》にとりのこされていた。

41

ノックは、夕闇《ゆうやみ》が迫《せま》るチャッタナーを足早に歩いていた。最終便の客船になんとか乗りこんで、街に引きかえすことができた。北にむかう旅は、延期《えんき》するしかない。手持ちのお金が底をつきかけていたし、なにより越境管理局《えっきょうかんりきょく》の窓口《まどぐち》にパスポートを置いてきてしまった。

街にもどってくるのも大変だったが、今度は巨人橋《きょじんばし》まで行かなくてはならない。越境《えっきょう》管理局の職員《しょくいん》たちは、アムパイが火事に巻《ま》きこまれて亡《な》くなったといっていた。火事が起こったのは、ノックが総督《そうとく》のもとを訪《たず》ねたほんの数時間後だ。偶然《ぐうぜん》であるはずがない。総督《そうとく》が火事を口実に行進を弾圧《だんあつ》しようとしていると聞けば、なおさらそう思えてくる。

数日前なら、総督《そうとく》がこんなことをできるひとだとは思わなかっただろう。だが、いまやノックの世界は、がらりと変わってしまった。教えられたことのすべて――総督《そうとく》のこと、法律《ほうりつ》のこと、自分自身のことさえ――が、真実ではなかったのだから。

ノックはまた、左手首の肌《はだ》にふれた。今日だけで、百回は同じことをしている。いまも自分の出生の秘密《ひみつ》を知ったことで動揺《どうよう》しているが、アムパイが亡《な》くなったと聞けば、それどころではない。

ひとがひとり亡《な》くなった。

もし、もっとたくさんのひとが亡《な》くなったら？　けがをしたら？　刑務所《けいむしょ》に送られたら？　総督《そうとく》は逆《さか》らう者を罰《ばっ》するといっていた。橋に行って、だれかに知らせなければ。罠《わな》にむかって歩いているとは、だれも思ってはいないだろう。

幸いなことに、巨人《きょじん》橋にむかう道は人通りが少なくて歩きやすかった。とちゅうで目にした通路にも水路にも、ほとんどひとがいない。気味が悪かったが、なにが起こっているのか考えているひまはない。ノックは橋に急いだ。だが、その橋もまた、静まりかえっている。いつもなら、観光客が景色を楽しんだり、物売りが傘《かさ》や冷たい飲み物を売ったりしているが、今夜は、四、五人ほどのひとが欄干《らんかん》のそばに立っているだけだ。そのひとたちは、嵐《あらし》の気配をかぎつけた獣《けもの》のように、静かになにかを警戒《けいかい》している。

橋のまんなかまで行くと、ノックは立ちどまった。橋の西側で、ひとりの男がうろうろしながら、シャツの裾《すそ》でしきりに眼鏡《めがね》をふいている。その姿《すがた》を見たとたん、ノックの計画はすべて消しとんでしまった。

「お父さん！」

持っていた槍《やり》を落とすと、ノックは父親のもとにかけよった。

父親は、とつぜんあらわれた娘《むすめ》にびっくりして、目を見ひらいた。

「ノックか?」両腕《りょううで》を広げて、娘《むすめ》を胸《むね》に抱《だ》きよせる。「ノック! こんなところでなにをしているんだ」

永遠《えいえん》に家族のもとを去ろうと決めたはずなのに、父親に抱《だ》きしめられたノックは、その腕《うで》をふりはらえずにいた。

「みんな、死ぬほど心配していたんだよ!」

その言葉どおり、父親はやつれきった顔をしていた。上下がちぐはぐの服はしわだらけだし、目の下に黒いくまができている。父親はノックの両肩《りょうかた》に手を置くと、娘《むすめ》の顔をまじまじと見つめた。鼻の上にずれた眼鏡《めがね》を直そうともしない。

「その傷《きず》はどうした? いったい、なにがあったんだ?」

ノックは、顔の傷《きず》に手をやった。総督《そうとく》の護衛《ごえい》に家畜《かちく》小屋にほうりこまれたときにできたものだ。

「なんでもないの、お父さん。ただのかすり傷《きず》よ」

父親は、娘《むすめ》が逃《に》げだすのではないかと心配しているように、ノックをまたぎゅっと抱《だ》きしめた。

「おまえがタナブリ村の学校に一度も行っていないと連絡《れんらく》があったんだ。それで槍《やり》の道場に探《さが》しにいったが、昨日のうちに荷物をまとめて出ていったといわれてね。いったい、いままでどこにいたんだい?」

「ああ、お父さん……」

ノックはつぶやくと、目を閉《と》じた。

父親は、娘《むすめ》の顔にかかる髪《かみ》を、そっと手ではらった。

「話しておくれ、ノック。どんなことでも聞くよ」

「わたし――わたし、まちがったことをしてしまったの」震《ふる》える声でそういったノックは、胸《むね》に押《お》しあてていた左腕《ひだりうで》を差しだして袖《そで》をまくった。火傷《やけど》の跡《あと》のところに、入《い》れ墨《ずみ》がくっきりと浮《う》かんでいる。「お父さんも、まちがいをおかしたんだよね？」

父親は息をのんで、両手でノックの腕《うで》をとった。傷跡《きずあと》をなで、指で入《い》れ墨《ずみ》をなぞっている。

「だが……どうして？」

「総督《そうとく》に会いにいったの」ノックは、青い文字を指さした。「総督《そうとく》が、自分の力を使ってこんなふうにしたんだよ」

父親は口もとをゆがめ、眉間《みけん》にしわをよせると、ふりかえって西岸のほうをにらみつけた。

「なんてやつだ！」父親は、奥歯《おくば》をぎりぎりとかみしめた。「それで、あの男は……おまえになにかも話したのか？」

ノックはうなずいた。

「うん。ぜんぶ聞いたよ」ノックは、消えいるような声でいった。「ごめんなさい」

「ごめんなさいだと？」父親は、両手でノックのほおをはさむ。「おまえが謝《あやま》ることなんて、なにもないだろう？」

ノックの目に涙《なみだ》があふれ、ほおをつたって父親の指をぬらした。

「わたし――わたしのせいで、なにもかもめちゃくちゃになってしまって」

スィヴァパン氏は娘《むすめ》を引きよせ、しっかりと抱《だ》きしめた。

「ああ、ノック、そんなことあるものか。おまえは、すばらしい娘《むすめ》だ。完璧《かんぺき》な娘《むすめ》だ。自分でわからないのかい？　おまえが生まれたとき、おまえの顔をはじめて見たとき、そう思ったんだよ。完璧《かんぺき》な娘《むすめ》だと」

「わたし、完璧《かんぺき》なんかじゃない」ノックは、泣きながらいった。「そうなろうと思ったけど、なれなかったの」

父親は、ふたたびノックの両肩《りょうかた》に手を置くと、娘《むすめ》の目をしっかりと見つめた。父親のほおも、涙《なみだ》でぬれている。

「わたしにとっては、かけがえのない娘《むすめ》だ」父親は、きっぱりといった。「おまえのいったことは正しいよ。わたしは、まちがいをおかしてしまった。たくさんおかしてしまった。だが、おまえが生まれたことは、けっしてまちがいなんかじゃない。たったいま、わかったよ。わたしの最大のあやまちは、おまえに真実を告《つ》げなかったことだ」父親は地面に目を落とし、ゆっくりと息を吐《は》きだした。「何年も前、わたしが弁護士《べんごし》として働いていたころの話だ。勤《つと》めていた事務所《じむしょ》の下の階に喫茶店《きっさてん》があって、そこで働いていたひとりの女性《じょせい》と恋《こい》に落ちてしまったんだ。そんなことは、すべきじゃなかった。そのせいで、家庭を壊《こわ》してしまうところだった」父親は、ノックの目をちらりと見た。「わたしのことを軽蔑《けいべつ》しているだろうね。当然だ。だが、おまえがそのひとのことを恥《は》じる必要はまったくない。善良《ぜんりょう》な心を持った、立派《りっぱ》な女性《じょせい》だったよ」

ノックは、首を横にふった。

「けど、犯罪者《はんざいしゃ》だった。泥棒《どろぼう》だったんだよね」

「やっとやっと生きていたんだよ。助けてくれる家族もいなかった。いっしょけんめいに働いていたが、それでも暮《く》らしていけなかった。で、ある日、客のひとりが店に置き忘《わす》れた財布《さいふ》に手をつけてしまったんだ。わたしに相談してくれてさえいたら……」父親は首をかしげ、肩《かた》で眼鏡《めがね》を押《お》したが、眼鏡《めがね》はかたむいたままだ。「それで捕《つか》まって、ナムウォンに送られた。やっと居所《いどころ》がわかったとき、わたしは総督《そうとく》に釈放《しゃくほう》してくれるように頼《たの》んだが断《ことわ》られた。だから、おまえはあそこで生まれることになってしまったんだ」

「そして、亡《な》くなった……」ノックは、つぶやいた。

父親は、悲しい顔をして、うなずいた。

「総督《そうとく》はわたしに、おまえを引きとりたければ刑務所長《けいむしょ》として働けといってきた。もちろん承知《しょうち》したよ——おまえをそばに置くためなら、どんな条件《じょうけん》でものんだだろう」父親はノックの手をとると、傷跡《きずあと》に浮《う》きだした入《い》れ墨《ずみ》をこすった。「おまえが生まれたことを後悔《こうかい》したことは一度もない。だが、やり方がまちがっていた。おまえの出自について、ウソをつくべきじゃなかった」

「でも、お母さんのためにそうしたんでしょ？」そういってから、ノックはいいなおした。「ていうか、お父さんの奥《おく》さんのために」

「お母さんは、おまえのお母さんだ。おまえが思っているよりずっと、お母さんはおまえを愛しているよ」父親は、しばし目を閉《と》じた。「お母さんをひどく傷《きず》つけてしまったが、悪いのはわたしだ。おまえのせいじゃない。けっきょく、お母さんはわたしを許《ゆる》してくれた。おまえが生まれたとき、お母さんはすぐに養子にしようといってくれたんだ。それからずっと、お母さんはおまえのことを自分の本当の娘《むすめ》のようにかわいがってきたんだよ。いまだってお母さんは、おまえのために捜索隊《そうさくたい》を出している。おまえのことを探《さが》そうと、自分でタナブリまで出かけていったしね。村にいないことがわかると、心配のあまり気が動転していたよ！」

「でも、うちの評判《ひょうばん》が……うちの一家の……」

父親は、ため息をつくと後ろをふりかえり、チーク材で作られた屋敷《やしき》が整然とならぶ西岸の街《まち》なみに目をやった。

「お母さんは、おまえたち子どものためによかれと思うことを、せいいっぱいやろうとしている。いままで従《したが》ってきた決まりで、がんじがらめになっているだけだ。わたしたちみんながそうなんだよ」

父親は、もう一度眼鏡《めがね》を直そうとしたがうまくいかず、わずらわしそうに外すと、シャツのポケットにしまった。父と娘《むすめ》のあいだをへだてる曇《くも》ったレンズがなくなり、涙《なみだ》に洗《あら》われた父親の目が光っているのがはっきりと見えた。「決まりがまちがっているんだ。そんな決まりを、正しいことをしないいいわけにしてはいけない。うちの家族はみんな、おまえのことを愛しているし、誇《ほこ》りに思っている。大切なのは、それだよ」

ノックは、泣きじゃくっていた。父親に強く抱《だ》きしめられながら、顔を父親のシャツにうずめていた。父親からは、家の台所の、母親の、兄妹《きょうだい》たちの、そして父親自身のにおいがする。ふいに、ノックは不思議な感覚におちいった。この場で眠《ねむ》ってしまい、小さな子どものころのように父親に抱《だ》きかかえられたい。そのまま家に連れてかえってもらって、ベッドに寝《ね》かせてほしい……。

ほおを父親の胸《むね》もとにこすりつけると、ポケットのなかの眼鏡《めがね》がカチャカチャと音を立てた。父と娘《むすめ》は、鼻をすすりながら笑いあった。父親が眼鏡《めがね》をとりだし、涙《なみだ》にぬれたシャツでレンズをふく。

「ずいぶん古くなった。新しいのに買いかえないと……」

と、眼鏡《めがね》をかけた父親の顔がこわばった。

ノックは、父親の視線《しせん》を追った。まわりにひとが、どんどん集まってきている。

「もっと話しあいたいことがあるが、いまは時間がない」父親が、低い声でいった。「すぐに家に帰って、そこで待っていなさい。ここにいては危《あぶ》ないから」

とつぜん、チャッタナーにもどってきたわけを、ノックは思いだした。服の袖《そで》で、ぐいっと顔をぬぐう。

「お父さん、聞いて。今夜、橋の上で行進があるの。平和な行進だけど、総督《そうとく》は弾圧《だんあつ》しようと思っている。ひとり残らず逮捕《たいほ》するつもりだって」

父親はおどろいて、思わずのけぞった。

「そんなことを、どうして知ってるんだ？」

「お父さん、総督《そうとく》を止めなきゃ！　そんなのまちがってるよ！」

父親は、かぶりをふった。

「一時間ほど前に、総督《そうとく》がわたしのところに来たんだ。法律《ほうりつ》を変えろといってきたよ。いま、おまえがいったとおりのことができるように」

「で、どうしたの？」

ノックは息をつめて、父親の答えを待った。

「わたしは――わたしは正直、どうすればいいかわからなかった」父親はうつむいて、靴下《くつした》がずりさがった足もとを見た。「法務局《ほうむきょく》長には向いてないんだよ、わたしは。向いているなら、総督《そうとく》になんと答えればいいか、すぐにわかったはずだ。重要な文献《ぶんけん》を引用したり、歴史《れきし》から学んだ教訓を持ちだしたりしてね。だが、なぜか、そういう知識《ちしき》が頭からぜんぶ飛んでいってしまった。総督《そうとく》は、なんとも自信たっぷりだった。今夜の行進について、法律《ほうりつ》について、総督《そうとく》が話せば話すほど、わたしはどうすればいいかわからなくなった……」

「ああ、お父さん……」

「だが、どうしても総督《そうとく》の指示《しじ》には従《したが》えなかった。そんなことをすれば、自分の子どもたちに合わせる顔がなくなってしまうとわかっていたからね。だから、断《ことわ》ったよ」

ノックは、父親の両手をとり、ぎゅっとにぎりしめた。

「お父さんは、正しい行いをしたんだよ！」

「そうかもしれないね。だが、抵抗《ていこう》しても意味はなかったよ。総督《そうとく》はわたしをクビにしたんだ」

「えっ！」

父親はうなずいた。

「ほかの局長も、何人か解雇《かいこ》されたらしい。わたしは刑務所《けいむしょ》に入れられなかっただけ運がいいんだ。いずれにしろ、総督《そうとく》は法律《ほうりつ》を変えるだろうよ。この街を意のままにできなくなってきたから、ますます締《し》めつけを厳《きび》しくしようとしている。だから、おまえはいますぐ家に帰りなさい。ここは、ひどく物騒《ぶっそう》だから」父親は、まわりにいるひとたちを、そっと指さした。「ほら、わかるかい？　みんな、変装《へんそう》した警察官《けいさつかん》だ。総督《そうとく》も護衛《ごえい》を引きつれて姿《すがた》をあらわすかもしれない。なにをするかわかったもんじゃないよ。あの男は、本当におそろしいぞ」

橋にいるひとたちのようすがなんだかおかしいのは、そういうわけだったのだ。みんな、同じ衣《い》装箱《しょうばこ》から引っぱりだしてきたように、おそろいの服を着ている。そばに立っている男の上着から、警棒《けいぼう》の先端《せんたん》がちらりとのぞいていた。

そのとき、東岸のほうから、低く響《ひび》く太鼓《たいこ》のような音が聞こえてきた。その音は、どんどん大きくなり、こっちに近づいてくる。しばらくして、なんの音かわかった。何百人ものひとが立てる足音だ。

橋の上の警察官《けいさつかん》が浅瀬《あさせ》に群れる魚のように集まって、いままではおっていた特徴《とくちょう》のない服をぬぎだした。

「さあ、いよいよだ」父親がいう。「早く家に帰って——おい、ノック！　なにをするつもりだ？　待ちなさい！」

警察官《けいさつかん》の列のあいだに割《わ》って入ったノックは、槍《やり》を拾うなり、黒髪《くろかみ》を後ろになびかせて走りだした。まっすぐに行進の列のほうへかけていく。

42

ポンは、高速ボートの舵《かじ》の先についたプロペラを深く水に沈《しず》めた。これで少しは速度が上がってくれればいいが……。一刻《いっこく》も早く北にもどりたい。長く呼吸《こきゅう》を止めたあとで思いきり息を吸《す》いこんだときのように、あばら骨《ぼね》が痛《いた》い。胸《むね》のなかの箱が粉々《こなごな》に砕《くだ》けてしまったように、左右の肺《はい》のあいだで、心臓《しんぞう》が熱く、激《はげ》しく高鳴っている。

不思議な感覚だ。だが、はじめてではない。何年も前に、同じ感覚を覚えたことがある。総督《そうとく》に会う前、そう、「世界は闇《やみ》に満ちており、それはけっして変わらない」といわれる前だ。

ずいぶん長いあいだ、ポンは総督《そうとく》の言葉に囚《とら》われていた。だがいまは、それがどれほど悲しく、残酷《ざんこく》な言葉なのかわかっている。その言葉を信じてしまえば、この世界を決めるのは、法廷《ほうてい》と裁判《さいばん》官《かん》と法律《ほうりつ》と刑務所《けいむしょ》だけになってしまうではないか。たしかに、そういうものは街を整然と保《たも》ってきた。ひとびとに秩序《ちつじょ》をもたらした。だが、それだけでは世の中はちっとも良くならない。

チャムさまは、そのことをわかっていた。だからこそ、総督《そうとく》に魔法《まほう》の力を与《あた》えるというまちがいをおかしてしまってもなお、世の中を良くすることをけっしてあきらめなかった。願いごとや魔法《まほう》の力を使うのではなく、ひとびとの心にひそむ燃《も》えさしに息を吹《ふ》きかけ、燃《も》えあがらせて、とてつもないことをやりとげるようにと世に送りだしていたのだ。

ポンは、チャム師《し》がいつもかけてくれていた言葉を思いだした。

――おまえは善良《ぜんりょう》な心の持ち主だ。

いまはじめて、その言葉がウソやまちがいじゃないと素直《すなお》に思える。いまはじめて、その言葉を心から信じることができる。

ポンは、もう一度大きく息を吸《す》った。総督《そうとく》の魔法《まほう》の力は、じつはチャム師《し》から授《さず》けられたものだった。その秘密《ひみつ》をみんなに打ちあけるときのことを思うと、うれしいような、こわいような気がする。ソムキットとマークさんに話して、いっしょに総督《そうとく》と話しあう方法を考えよう。さっき見た幻影《げんえい》のことを話し、チャム師《し》はこんな結果を望んでいなかったと伝えよう。総督《そうとく》だって、チャム師《し》の名前を出して自分の赤と金色の組みひもを証拠《しょうこ》として見せれば、耳をかたむけることだろう。

だが、はたして行進に間にあうだろうか？　プロペラはできるだけ深く水に沈《しず》めたが、船の速度はそれほど変わらない。橋どころか街の明かりさえ見えてこない。こんな調子では、街の境界《きょうかい》に着くまでに行進が終わってしまうかもしれない。

発動機のスイッチを切り、水のなかからプロペラを出した。ああ、どうして機械の仕組みがさっぱりわからないんだろう？　いらいらしながら、手のひらで発動機の側面をひっぱたいた。

「いてっ！」

息をのんだ。親指のつけ根のやわらかいところに、鋭《するど》い痛《いた》みが走る。痛《いた》めた手をさすりながら、もう片方《かたほう》の手で発動機のつるんとしたカバーにさわった。横から四角い金属片《きんぞくへん》がつきでている。

スイッチだ。そのスイッチをパチンと下げて発動機を動かした。とたんに、大きいほうの光の玉が輝《かがや》きだす。翡翠《ひすい》色の光があまりにまぶしくて、目がくらんだ。さっきより、発動機のうなりも大きくなった。

プロペラを水のなかに沈《しず》めたとたん、高速ボートはロケットのように川面《かわも》を走りだした。ソムキットのいっていた「改造」は、これだったのか！

風がびゅんびゅんと顔にあたり、目のはしに残っていた最後の涙《なみだ》が、暗い川に吹《ふ》きとばされる。ポンは片手《かたて》で船べりをしっかりにぎりながら祈《いの》った。いざ時が来たら、いうべき言葉がわかりますように。その言葉を口から出す勇気を持てますように……。

43

槍《やり》を胸《むね》にしっかりとかかえて、人混《ひとご》みをぬうように歩きながら、ノックはすれちがうひとたちの顔をひとつひとつ確《たし》かめていた。本当にたくさんのひとがいる。肩《かた》をならべて歩く大勢《おおぜい》のひとが橋の上をうめつくしているが、まだまだ街のほうから押《お》しよせてくる。おそらく何千人もいるのではないか！

自分に腹《はら》がたって、目頭《めがしら》に涙《なみだ》がにじんできた。あらゆる物事や、あらゆるひとたちのことを、ずっと誤解《ごかい》していた。なかでも、あの少年のことを。

「あの、すみません」肩《かた》をぶつけながら通りすぎるひとたちに声をかけていく。「ポンという男の子を探《さが》してるんです。知りませんか？」

「ポンだって？」少女がいった。金色の光の玉をつるした棒《ぼう》を手にしている。「あそこにいるじゃない」

はっとしたが、少女が指さしているのは十代くらいの長髪《ちょうはつ》の少年だ。

「あの子じゃないポンのことだけど」

ノックは、少女の背中《せなか》にいった。

こんなやり方じゃ見つけられっこない。ポンの名字だって知らないのだから。

「ポンっていう男の子、知りませんか？」それでも、何度もきいてみる。「だれか、知らない？　わたしと同じくらいの年ごろで、頭を剃《そ》ってる子だけど」

「げーっ、たいしたもんだね」ノックの後ろで、だれかがぶつぶつといった。「こんなとこまで、追いかけてくるのかよ」

ふりかえると、手に手に金色の光の玉をつるした棒《ぼう》を持つ集団《しゅうだん》のなかに、ソムキットがいた。赤んぼうを抱《だ》く女の光の玉をいじりながら、いやなものを見てしまったという顔で、ノックをにらんでいる。

「ほうら、ここですよ」ソムキットは、玉からのびている二本の銅線《どうせん》をねじって、女に説明した。「接続《せつぞく》部分が外れてたので、くっつけました。ほかのみなさんはどうですか？　みんな、点《つ》いてるね……ようし、だいじょうぶだ……じゃあ、行ってください」

女たちの一団《いちだん》は行ってしまったが、ソムキットはそこにとどまったまま、こっちをにらみつけている。

ノックは、あることに気づいて目を丸くした。行進の参加者の十人にひとりは、金色の光の玉を持っているのだ。ノックは、人混《ひとご》みをかきわけてソムキットに近づいた。

「いったい、どこで？　どうやって、金色の玉をこんなにたくさん手に入れたの？」

「いっとくけど、盗《ぬす》んだんじゃないぞ」ソムキットは、顔をしかめたままいう。「おれたちが、作ったんだ」

いっていることがよくのみこめないが、くわしくきいているひまはない。

「ポンも、ここにいるの？」

ソムキットは、ますますこわい顔になった。

「おまえには、関係ないだろ」

「お願い、教えて。大事なことなんだから」ノックは、ソムキットの腕《うで》をつかんだ。「ポンを助けたいの」

ソムキットは、鼻にしわをよせた。ノックを信じようかどうか迷《まよ》っているようだ。

「いいことをしたいんなら、別のところでやるんだな」しまいに、ソムキットは答えた。「ポンはここにいないよ。夕方、街を出たんだ」

「街を出たって？」

「ああ。だから、おれのこともほうっといてくれよ」

ノックがつかんでいる腕《うで》を、ソムキットはぐいっと引っぱってふりほどいた。

ノックは、半歩後ろに下がった。ソムキットは、まだ憎《にく》くてたまらないという目つきで、こっちをにらんでいる。

「そう。それならよかった。街の警察官《けいさつかん》全員が、この橋の西側に集まってるの。もし捕《つか》まれば、ポンは一生刑務所《けいむしょ》から出られなくなるからね」

ソムキットの顔に、不安が波のように広がった。

「全員が集まってるって？　なんでだよ？」

「今夜、行進に参加するひとを、ひとり残らず逮捕《たいほ》するんだって」

ノックは、声をひそめていった。もしまわりに聞こえたら、大さわぎになる。

「そんなこと、できるもんか」ソムキットがいいかえした。「まわりを見ろよ。だれも武器《ぶき》なんか持ってないんだから。おれたちは、なにも悪いことをしてないぞ！　おまえの父ちゃんにいって、警察官《けいさつかん》をみんなうちに帰らせろよ。おれたちは、いいたいことがあるだけで、さわぎを起こすつもりはこれっぽっちもないんだから」

「ちっともわかってないんだね。総督《そうとく》が、ここにいる全員を逮捕《たいほ》できるように法律《ほうりつ》を変えろって父に命令したの。けど、父は従《したが》わなかった。で、総督《そうとく》は父をクビにして、法律《ほうりつ》を変えてしまったの。総督《そうとく》は、今夜この橋の上にいるひとを、ひとり残らず刑務所《けいむしょ》に入れようとしてるんだよ！」

そうはいったものの、この大人数を収容《しゅうよう》するのが無理なことは、ノックにもわかる。だが、総督《そうとく》は本気だ。ノックの背筋《せすじ》に冷たいものが走った。もし、暴動《ぼうどう》が起こったら？　総督《そうとく》はどうするつもりなのか。

「あんたも、ここにいちゃだめ」ノックはソムキットにいった。「なにが起こるか、もう心配で、心配で。あんただって危《あぶ》ないんだからね」

ソムキットは持っている光の玉を見下ろし、それから顔をあげると集まっているひとたちに目をやった。

「ここを離《はな》れたりできないよ。おれたち、それこそ必死になって準備《じゅんび》したんだから。ほら、こんなにたくさん集まってくれて……」

そのとき、一陣《いちじん》の涼《すず》しい風が南から橋の上に吹《ふ》いてきた。ソムキットとノックは、その風を深く吸《す》いこんだ。ノックが何度もかいだことのある香りがする。きりっとしていて、きらきら輝《かがや》いていて、まるでオレンジのような。ソムキットがノックのほうにむきなおった。その顔からは、さっきの心配そうな表情《ひょうじょう》が、きれいさっぱり消えていた。

もう一度、胸《むね》いっぱいにオレンジの風を吸《す》いこんだソムキットは、ノックにうなずいた。

「いいか。危《あぶ》ないって教えてくれたのはありがたいけど、おれはぜったいここを離《はな》れない。なにがあっても計画をやりとげるよ」

ソムキットはノックのわきを通りぬけると、橋の中央にむかう群衆《ぐんしゅう》のなかに入っていった。

「待って……お願い！」

ノックも向きをかえて人波にもまれながらも、行進の参加者たちのあいだに割《わ》って入った。

そのまま橋のまんなかまで流されていく。ほとんど行進の先頭だ。ソムキットを探《さが》したが、どこにも姿《すがた》が見当たらない。前方には、光の玉の明かりに照らされた警察官《けいさつかん》の制服《せいふく》のボタンが、ぴかぴかと光っている。だが、警察官《けいさつかん》たちは行進に近づいてこようとはしない。なにかを待っているようだ。

警察官《けいさつかん》たちの背後《はいご》で、西岸の家の鎧窓《よろいまど》がつぎつぎと閉《と》ざされていく。窓《まど》に灯《とも》っていた金色の明かりは、ひとつも見えなくなった。今夜、橋の上でなにが起ころうとも、西岸の住人たちは目にしたくないのだ。

行進の参加者たちから、ざわめきがとぎれることなく聞こえていた。だれかが歌をうたいはじめ、歌声が波のように広がっていく。と、ふいに歌声や話し声がぴたりとやみ、先頭から後ろへおびえたようなささやきが伝わっていった。

「やってくるぞ!」

「あそこにいる!」

「総督《そうとく》が来るぞ!」

44

やっと街に着いた。ソムキットが改造した発動機の振動《しんどう》に耐《た》えて、にぎりしめていたこぶしと、かみしめていた奥歯《おくば》が痛《いた》い。雲がいくつも流れてくる。大嵐《おおあらし》の前にあらわれる低い雨雲だ。ほんの一瞬《いっしゅん》、どしゃぶりになれば、みんな家から出てこないかもしれないし、すでに橋にいるひとたちも雨宿りに行くかもしれないと、ポンは思った。だが、空気はまだ乾《かわ》いていて、今夜は雨が降《ふ》りそうにない。

街の明かりが雲に反射《はんしゃ》して、ヘッドライトを点《つ》けなくても、あたりはじゅうぶんに明るい。ポンは右手で船を操縦《そうじゅう》しながら、左手で通行証《つうこうしょう》をにぎっていた。警察《けいさつ》に止められたときに、すぐに見せられるようにしておきたい。だが、警察《けいさつ》船はどこにもいない。それどころか、川には船が一艘《そう》も見当たらなかった。ひとけのない桟橋《さんばし》のそばを通りすぎる。川沿《かわぞ》いにある船着き場にも通路にもひとがいない。レストランのバルコニーから音楽が流れているが、テーブルには客の姿《すがた》がない。みんな、行進のために橋に行ったのだろうか。

さらに船を進めると、どうして警察《けいさつ》船がいなかったのかわかった。前方に、街じゅうの警察《けいさつ》船が船体を横向きにずらりとならべて、川幅《かわはば》いっぱいにバリケードを築《きず》いているのだ。発動機を切ったポンは、途方《とほう》に暮《く》れて目の前の光景をながめた。

行進が終わる前に橋に着くには、ここを通らなければならない。船を岸に停《と》めて歩いていくのでは、時間がかかりすぎる。ポンは大きくひとつ息を吸《す》い、発動機の出力を半分に設定《せってい》してから動かして、ゆっくりとバリケードに近づいていった。

警察官《けいさつかん》がたくさん乗っているものと思っていたが、船に人影《ひとかげ》は見当たらない。船はならんだまま錨《いかり》をおろし、静かに上下している。

「すみませーん」ポンは声をかけた。「だれかいますか？　すみませーん」

返事はない。

ポンは船の方向を変えると、警察《けいさつ》の船の列に沿《そ》って進みながら、船体をひとつひとつ見ていった。ソムキットといっしょにマニット巡査《じゅんさ》の警察《けいさつ》船を盗《ぬす》んで逃《に》げたときに覚えた船舶《せんぱく》番号を探《さが》す。ソムキットが、無事にマニット巡査《じゅんさ》の船を返せていればいいが……。

あった。マニット巡査《じゅんさ》の船が二階建ての大きな巡洋艦《じゅんようかん》につながれて、ゆらゆらとゆれている。だが、だれも乗っていないようだ。

「すみませーん！」ポンは、巡洋艦《じゅんようかん》にむかってさけんだ。「だれかいますか？」

巡洋艦《じゅんようかん》の探照灯《たんしょうとう》が点《つ》いたかと思うと、くるりとこちらにむけられ、強烈《きょうれつ》な光がポンの目をまともに照らしてきた。

「ちょっと！　そこの船に乗ってるあんた！」警察官《けいさつかん》の声がした。「ここは通行止めよ！　岸に上がるか、さもなきゃ朝まで待ちなさい！」

「お願いです、通してくださあい」

ポンは大声でいった。

「通行止めだっていったでしょ？　ここから立ちさりなさい！」

探照灯《たんしょうとう》の光から目をかばいながら、ポンはもう一度大声でいった。

「お願いです！　マニット巡査《じゅんさ》はいますか？　話があるんです！」

「はい、はい。あんたみたいな、やせっぽちの街ネズミは、みんなそういうの。でも、今夜は物乞《ものご》いの相手をしているひまはないよ。さあ、もう行きなさい！」

探照灯《たんしょうとう》が、ポンから外される。ポンは、うめき声をあげた。時間がない。はじめて警察《けいさつ》に注目してもらいたいときが来たというのに、失《う》せろといわれるとは。

震《ふる》える指で、何度も何度も左手首に巻《ま》かれたぼろぼろの白いひもをなでる。そのときふいに、入《い》れ墨《ずみ》を消してくださいと頼《たの》んだときにチャム師《し》がいった言葉を思いだした。

――いつかその入《い》れ墨《ずみ》を必要とする日が来たらどうする？

ポンは、大きく息を吸《す》った。

「待って！」もう一度、巡洋艦《じゅんようかん》にむかってさけぶ。「おれ、脱獄囚《だつごくしゅう》なんです！　ナムウォンから逃《に》げたんだ！　これから自首します！」

一瞬《いっしゅん》の間を置いてから、探照灯《たんしょうとう》の光がまた顔にあてられた。ポンは目を細めながら、左腕《ひだりうで》を高くかかげた。手首をおおう白いひもを引きさげ、青い入《い》れ墨《ずみ》を見せる。

「ほらね、脱獄《だつごく》したんだ！」ポンは大声でつづけた。「自首するっていったけど、ほかのひとじゃなくって、マニット巡査《じゅんさ》に自首したいんです！　だから、早く連れてきて！　いますぐに！」

「あっ……ああ……」警察官《けいさつかん》は、つっかえながらいう。「わ、わかった。動かないで。法律《ほうりつ》によって命令します。両手を挙げて、そのまま動いてはいけません！　マニットさあん！　マニット巡査《じゅんさ》！　こっちに来てくださあい！」

船内に急ぎ足で下りていく足音が聞こえ、今度は複数《ふくすう》の足音が階段《かいだん》を上ってくる。

「わかった、わかった。落ちつきなさい」探照灯《たんしょうとう》の後ろから、声がした――聞いたことのある声だ。

「待てよ。おまえ、ソムキットのいとこだろ？　いったい、どういうことだ」

「お願いです」ポンは、挙げていた両手を下ろした。「ほんとに話さなきゃいけないことがあって」

マニット巡査《じゅんさ》は巡洋艦《じゅんようかん》の後部甲板《かんぱん》に立って、開いた手を差しだしてきた。ポンがロープを投げると、巡査《じゅんさ》はそれをつかんでたぐりよせ、最後にポンの手をとって自分のとなりにぐいっと引っぱりあげた。

「心配ないよ。この件《けん》は、おれが引きうけるから」マニット巡査《じゅんさ》は、後ろにいる警察官《けいさつかん》にむかっていった。「となりに停《と》めてある輸送船《ゆそうせん》に移動《いどう》して、待機していてくれ。すぐに、この囚人《しゅうじん》を連れていく」

警察官《けいさつかん》はうなずき、甲板《かんぱん》の手すりを乗りこえると、となりで上下にゆれている小さめの船に乗りこんだ。

マニット巡査《じゅんさ》は、ポンの左手首に目をやると、かぶりをふった。

「で……？」髪《かみ》が一センチほどのびたポンの頭に視線《しせん》を移《うつ》して、マニット巡査《じゅんさ》は自分のおでこをパチンとたたいた。「なんてこった。おれをだましてたんだな。あの僧侶《そうりょ》か？　警察《けいさつ》をあげて捜索《そうさく》している脱獄囚《だつごくしゅう》なのか？」

ポンはうなずいた。

「そうです」

「おまえのいとこは？」マニット巡査《じゅんさ》が、厳《きび》しい声でたずねた。「ソムキットは、どこにいるんだ」

「だから、力を貸《か》してほしいんです。ソムキットを助けたいから」ポンは、必死で訴《うった》えた。「どうしても、あいつのところに行かなきゃ。けど、ここのバリケードのせいで先に進めなくて」

「いいや、ソムキットは橋にはいないよ」マニット巡査《じゅんさ》は、首を横にふった。「今朝、街を出たからな。おれが通行証《つうこうしょう》を手配してやったから、無事に出られたはずだ」

「それって、これのことですか？」

ポンは、持っていた通行証《つうこうしょう》を見せた。

マニット巡査《じゅんさ》は、あんぐりと口を開いた。

「いったい、なんでまた……？　二、三日、隠《かく》れてろって、あの子に用意してやったのに！　おまえみたいな子どもは、街にいたら危《あぶ》ないからっていってな。このあたりは、物騒《ぶっそう》なことがいつ起きてもおかしくない」

「物騒《ぶっそう》なことってなんですか？」

後ろを確《たし》かめてから、マニット巡査《じゅんさ》は声をひそめてつづけた。

「総督《そうとく》が、警察官《けいさつかん》と自分の護衛《ごえい》を巨人橋《きょじん》にむかわせたんだよ。行進するひとたちと対決させるためにな。全員を逮捕《たいほ》するつもりらしいが、何人いるかは把握《はあく》していないはずだ。さっき東岸をざっと見まわってきたが、どこもかしこも空っぽだ。そんなに大勢《おおぜい》を逮捕《たいほ》するなんて、できっこないんだよ！　牢屋《ろうや》だって足りないはずだし。だから、どんな手を使うのかわからんが、なんだかいやな予感がするんだよな」

ポンの胃《い》は、不安でぎゅっとしめつけられた。

「マニットさん、ソムキットは、ほんとに行進のみんなといっしょにいるんですよ。今夜、橋に行くんです。もしかしたら、いまごろ行進のまんまんなかにいるかも」

マニット巡査《じゅんさ》は、わけがわからんというように首をふっている。ふたたび、ポンになにかきこうとしたとき、かすかに音楽が聞こえてきた。ポンとマニット巡査《じゅんさ》は口をつぐんで、じっと耳をすました。歌声だ。何千人ものひとたちが、歌をうたってる。そのメロディーは、ポンも知っていた。人気のあるラブソングだが、歌詞《かし》はちがっている。

――この手をとって、きょうだいたちよ。どうかわたしといっしょに歩いて……。

歌声はまだ遠いが、どんどん近づいてくる。太鼓《たいこ》をたたく音もしている。いや、太鼓《たいこ》ではない。何千人ものひとたちが行進する足音だ。

ポンは、マニット巡査《じゅんさ》のほうをむいた。親指で入《い》れ墨《ずみ》をこすりながら、どうか一か八かの賭《か》けに出たかいがありますようにと心のなかで祈《いの》った。そうでなければ、なにもかもひどいことになってしまう。

「マニットさん。ソムキットが、なんていってたか知ってますか？　マニットさんは、いつも正しいことをするひとだっていってました。それが本当なら、どうか助けてください。どうしても、あの橋に行かなきゃいけないんだ。それがすんだら、おれは自首します。バングラットに入れてください。約束します」

マニット巡査《じゅんさ》は、ポンの入《い》れ墨《ずみ》に目をやった。

「むだだよ。今夜は、なにをしようが事態《じたい》を止めることなんてできやしない。総督《そうとく》自身が橋に行くことになってるんだ。おまえにはどうすることもできない。だれにだって無理なんだよ」

「お願い。とにかく橋に連れていって、やるだけやらせてください。止められるのは、おれだけなんだから」

マニット巡査《じゅんさ》は、顔をしかめた。群衆《ぐんしゅう》のざわめきが、ますます大きくなる。

「どうして、そんなに自信があるんだね」

赤と金色の組みひもを指先でなでながら、ポンはいった。

「ただの第六感です」

マニット巡査《じゅんさ》は、ため息をついた。

「ほら、そこにすわれ」そういいおいて、操舵室《そうだしつ》につづく階段《かいだん》を上っていく。「おまえは運がいいぞ。おれは第六感ってやつを信じてるんだ」

45

ノックは、汗《あせ》ばむ両手で槍《やり》をにぎりしめながら考えていた。どうしたらいいだろう？　ここから離《はな》れなければいけないのか。そして、橋の向こう側にいる父親のもとに行くほうがいいのだろうか。準備《じゅんび》をしていないテストを受けているような気分だ。

警察官《けいさつかん》の隊列が割《わ》れると、護衛《ごえい》を両わきに従《したが》えた総督《そうとく》が姿《すがた》をあらわした。護衛《ごえい》たちも、警察官《けいさつかん》と同じように長い木の警棒《けいぼう》を持っている。腰《こし》のベルトに差した短剣《たんけん》がゆれていた。

総督《そうとく》が進みでると、群衆《ぐんしゅう》は水を打ったように静まりかえった。純白《じゅんぱく》の礼服をまとい、その足もとに長い裾《すそ》が絹《きぬ》の水たまりのように広がっている。ひとびとが手にしたおびただしい数の金色の光の玉におどろいているかもしれないが、そんなそぶりは、みじんも見せない。表情《ひょうじょう》はいたって冷静で、動揺《どうよう》のかけらもなかった。そのまま冷ややかな目で、行進の参加者をじっと見すえている。まわりのひとたちは呼吸《こきゅう》すらできないようだと、ノックは思った。

とうとう総督《そうとく》が口を開いた。静寂《せいじゃく》を破《やぶ》ったその声は、あたりに朗々《ろうろう》と響《ひび》きわたった。

「街の者たちよ、だれにそそのかされて、法に背《そむ》いてここに集まったのかは知らないが、いますぐ愚《おろ》かな行動をやめろ」

行進の参加者たちのなかから、食堂《しょくどう》の給仕《きゅうじ》係のような前かけをつけて眼鏡《めがね》をかけた、背《せ》の低い男が進みでた。その男のすぐ後ろにソムキットがいる。

「総督閣下《そうとくかっか》」眼鏡《めがね》の男がいった。「行進をするのは、お、おれたちの……おれたちの権利《けんり》です。いいたいことがあって、こうして集まったんです」男は、集まっているひとたちにむかってうなずいた。「みんな、苦しんでるんですよ。おれたちは、もう何年も暗闇《くらやみ》のなかで暮《く》らして、どんどん貧《まず》しくなっている。閣下《かっか》の作った法律《ほうりつ》のせいで、とほうもない重荷を背負《せお》ってるんです。だから、こうして集まって、あなたにお願い――い……いや、要求することにした――おれたちを支配《しはい》する法律《ほうりつ》に対していいたいことがある。もう物事を変えるときなんです」

背《せ》の低い男は、スピーチをしなれていないようだが、いっしょけんめいに訴《うった》えようとしている。だが、男の声が震《ふる》えているせいで、ますます総督《そうとく》は強気になったようだ。

「それほど法律《ほうりつ》に関心があるなら、こうして話しているあいだにも、おまえたちは法を破《やぶ》っていると知るべきだな」総督《そうとく》が右側にいる護衛《ごえい》に合図すると、護衛《ごえい》は紙の束をとりだして高くかかげた。それを指さした総督《そうとく》は、声高らかにいいはなった。「ここに宣言《せんげん》する。わたしに対するあらゆる抗議《こうぎ》活動は、この街に対する脅威《きょうい》である。よって、その活動に参加した者は厳罰《げんばつ》に処《しょ》するものとする」

不安にかられたひとびとのささやきが、波のように広がっていく。

「厳罰《げんばつ》だと？」

「どういうことだ。刑務所《けいむしょ》に入れるというのか？」

行進の参加者たちは、そわそわと体を左右にゆらしだしたが、だれもその場から動こうとしない。

総督《そうとく》が、参加者たちに近づいた。その目は、いうことを聞かないペットを見るように、いらだっている。

「おまえたちがなにを要求しているのか考えてみるがいい。本当に、わたしがこの街にあらわれる前の状態《じょうたい》にもどりたいのか？　規律《きりつ》も光もなかった時代に。どうだね、どれほど火が危険《きけん》か思いだしたにちがいない。それとも、この街の住人が灰《はい》のなかをのたうちまわり、泥《どろ》にまみれて死んでいった過去《かこ》を忘《わす》れてしまったというのか？」

総督《そうとく》は、大火のときに起こったおそろしい出来事をつぎからつぎへ挙げはじめた。低く重々しい声が響《ひび》く。冷たいまなざしを、しばしひとりの顔にすえ、また、つぎの者にすえる。ひとびとは、催《さい》眠術《みんじゅつ》にかかったように、暗黒の時代の身の毛もよだつ話に耳をかたむけていた。ノックも、同じように聞きいっていたが、総督《そうとく》が口にした言葉に、はっとわれにかえった。

「法は光であり、光は価値《かち》ある者を照らす……」

また、あの言葉だ。

いままでは、いつもその言葉になぐさめられてきた。だが、今夜ははじめて聞いたような気がする。そして、その言葉が正しいとは、これっぽっちも思えなかった。

ノックは、これまでずっと総督《そうとく》のいう光を手に入れようともがいてきた。あらゆる点で完璧《かんぺき》になれば――槍《やり》の大会で優勝《ゆうしょう》して、勉強でもいちばんになって、完璧《かんぺき》な娘《むすめ》に、非《ひ》の打ちどころのない人間になれば――その光に照らされる、価値《かち》ある者になれると思っていた。だが、なにもかもがひっくり返ってしまった。総督《そうとく》に対する思いも。

ノックは、まわりにいるひとたちを見まわした。持っている光の玉が、ひとりひとりの顔をやわらかに照らし、そのひとたち自身が輝《かがや》いているように見える。そのとき、槍術《そうじゅつ》の歴史《れきし》の本に書かれていた言葉が、ふと頭に浮《う》かんだ。

――ひとはだれでも自分の奥底《おくそこ》に光を持っている。

ノックは、道着の左の袖口《そでぐち》のボタンを外し、袖《そで》をひじまでまくりあげた。長年日光にあたっていない腕《うで》の傷跡《きずあと》が、金色の光に照らされて青白く見える。

「法に背《そむ》く者は暗闇《くらやみ》とともにある」総督《そうとく》の厳《きび》しい声がつづく。「東岸の者たちよ、自分たちが何者なのか考えてみるがいい。犯罪者《はんざいしゃ》じゃないか。物乞《ものご》いじゃないか」総督《そうとく》は、唇《くちびる》に冷笑《れいしょう》を浮《う》かべて、眼鏡《めがね》をかけた背《せ》の低い男を見すえた。「わたしにたてつく者たちよ、あれを見ろ！」総督《そうとく》は、西岸の鎧窓《よろいまど》が閉《と》ざされた家々を指さした。「法を守る西岸のひとたちは、おまえたちにかたく窓《まど》を閉《と》ざしているではないか。おまえたちの訴《うった》えがまともなものならば、どうして西岸の価値《かち》ある者たちは、だれも味方をしないのだ？」

「味方は、いる！」

行進の参加者たちは息をのんで、声のしたほうをむいた。

「味方は、いるよ！」

もう一度そうさけぶなり、ノックは群衆《ぐんしゅう》の先頭から前に進みでて、橋のまんなかまで歩いていった。総督《そうとく》と行進の参加者とのあいだの、だれもいない場所だ。何千もの目がノックを見つめる。

「ノック！」警察官《けいさつかん》の列の後ろから大声があがった。娘《むすめ》のもとに走っていこうとした父親は、総督《そうとく》の護衛《ごえい》に止められた。

「手を離《はな》せ！」護衛《ごえい》から逃《のが》れようと父親はわめき、必死でもがく。「あの子はわたしの娘《むすめ》だ！　ノック！」

ノックの背後《はいご》で、ひとびとが口々にささやきはじめる。

「法務局長《ほうむきょく》の娘《むすめ》だよ！」

「スィヴァパン局長の？」

「ああ、そうだ――たしかに、あの子だよ！」

総督《そうとく》は、身じろぎもせずに立っていた。ネコのように目だけを動かし、ノックを見つめている。

ノックは両足を大きく広げ、体の前でゆっくりと槍《やり》をふった。槍《やり》の試合が始まる前にする合図だ。

背後《はいご》の群衆《ぐんしゅう》が、いっせいに息をのむ。総督《そうとく》の護衛《ごえい》たちも警棒《けいぼう》をかまえた。ノック・スィヴァパンのうわさを耳にした者は、槍《やり》の達人であることを知っていたし、達人ができることも知っていた。

ノックは、総督《そうとく》の冷たい目をまっすぐに見すえていった。

「この橋にいるひとたちは、みんな価値《かち》あるひとたちです。そして、わたしたちは自分たちの光を見つけました」

総督《そうとく》から目をそらさずに、ノックはかがんで槍《やり》を足もとに置いた。それから、ゆっくりと後ろに下がって、行進の参加者たちの最前列にならんだ。みんな、おどろきのあまり口もきけずに、ノックを見つめている。

「ちょっと、ノック」

となりで、ささやき声がした。

ソムキットが立っている。にーっと笑いかけながら、先端《せんたん》に金色の光の玉をつった棒《ぼう》を差しだしている。ノックは、その棒《ぼう》を受けとると、光の玉を高くかかげた。すると、ほかのひとたちも、持っている光の玉をつぎつぎに高くかかげはじめた。

うろたえた警察官《けいさつかん》たちは、たがいに視線《しせん》を交《か》わしてから、総督《そうとく》のほうを見て指示《しじ》を待った。

静かに怒《いか》りをたぎらせていた総督《そうとく》は、にわかに両手を挙げた。橋の上の緊張《きんちょう》が一気に高まる。

「おまえたちは、わたしが必要ないというのだな？」

総督《そうとく》は、落ちついた声で群衆《ぐんしゅう》にきいた。

その声にある氷のような自信を感じとったノックは、思わず震《ふる》えた。

「昔のような暮《く》らしにもどりたいというのか？　ならば、もどるがいい」

そういうと、総督《そうとく》は虹《にじ》色の光が灯《とも》る東岸のほうに片腕《かたうで》をのばした。手を大きく広げる。その腕《うで》をふると、たちまちあたりの空気が薄《うす》くなり、気温が下がった。今度は、その手をぎゅっとにぎりしめる。

つぎの瞬間《しゅんかん》、東岸の光がひとつ残らず消え、街は闇《やみ》に包まれた。

46

マニット巡査《じゅんさ》は、ヘッドライトと発動機を切り、巨人《きょじん》橋の橋脚《きょうきゃく》に船を近づけた。

「柱の横に梯子《はしご》がある。見えるか？」マニット巡査《じゅんさ》は、彫刻《ちょうこく》がほどこされた橋脚《きょうきゃく》を指さしながらいった。「いちばん上までは届《とど》いてないが、近くまで上ることができる。そこから先は、少しよじのぼれば橋の上に出られるぞ。おれはここにいて、だれかに見つからないように見張《みは》っているよ」

ポンは頭をのけぞらせて、橋を見あげた。

「わかりました」胃《い》からなにかがこみあげてきて、くらくらとめまいがしたが、ぐっと飲みこんだ。

「じゃあ、行きます」

両腕《りょううで》をふって勢《いきお》いをつけ、船から橋脚《きょうきゃく》に飛びうつると両手で梯子《はしご》をつかんだ。鉄の梯子《はしご》は錆《さ》びてざらざらしているから、すべる心配はなさそうだ。履物《はきもの》はマニット巡査《じゅんさ》の船に置いてきたので、はだしの足で錆《さ》びた梯子《はしご》を上りはじめた。橋は前に飛びおりた崖《がけ》ほど高くはないが、それでも下は見たくない。橋脚《きょうきゃく》に刻《きざ》まれた天女《てんにょ》たちが、励《はげ》ますように見つめている。

橋が近づくと、ポンは前よりゆっくり上りながら、総督《そうとく》にいう言葉を練習しはじめた。だが、暗記する時間はなさそうだ。橋の上でなにかが起こっている。

だれかが、よく響《ひび》く低い声で話している。総督《そうとく》のようだ。だが、なにをいっているのだろう。言葉が聞きとれない。

ポンは、いそいで梯子《はしご》を上りはじめた。

総督《そうとく》の声がとぎれる。そのとき、とつぜん少女のさけび声が聞こえた。

「味方は、いる！」

橋の上の群衆《ぐんしゅう》がいっせいに息をのむのがわかった。なにかが起こったのだ。なんだろう？　少女がまたなにかいったが、声が小さすぎて聞きとれない。

やっと梯子《はしご》を上りきって、川を見下ろした。マニット巡査《じゅんさ》がいるはずだが、インクのように黒い水のほかはなにも見えない。

また総督《そうとく》の声がした。ひと言、ふた言、なにかをいったかと思うと、想像《そうぞう》を超《こ》える出来事が起こった。

チャッタナーの東岸の明かりが、すべて消えたのだ。

ポンは口をあんぐりと開け、一面の闇《やみ》に包まれた岸を見つめた。まず橋の上で悲鳴があがり、つづいて街があるはずのところからも泣きさけぶ声が聞こえてくる。

ポンはおそろしさのあまり、体が震《ふる》えた。急がなければ。

橋の街灯は、まだいくつか点《つ》いていたし、行進の参加者たちが持つ金色の玉の明かりもあるので、なんとかいまいる場所がわかった。ゆっくりとつま先立ちになり、橋の欄干《らんかん》に手をかける。それから、思いっきり両腕《りょううで》に力をこめ、体をぐいっと引きあげた。

橋の上に顔を出したポンは、あたりをうかがった。いくらか明るいので、どうにかようすはわかったが、幸い身を隠《かく》すくらいの影《かげ》はあった。行進の参加者たちは、不安げにささやきあっていた。総督《そうとく》は、橋の中央より少し西側、ポンから見てななめ左の数メートル離《はな》れたところに立っている。両腕《りょううで》を挙げた総督《そうとく》は、片方《かたほう》の手を橋の上の街灯のほうにのばした。その手をにぎっては開き、開いてはにぎる。こぶしをにぎるたびに、明かりがひとつ、またひとつと消えていく。

ポンは、すばやく欄干《らんかん》をまたぎ、橋の上に着地した。総督《そうとく》は服の袖《そで》をひじまでまくりあげ、右手を群衆《ぐんしゅう》のほうにのばしている。

「おまえたちが、これを選んだのだぞ」自信に満ちた冷たい目が、ひとびとをにらみつける。「おまえたちに、わたしの光を与《あた》える価値《かち》はない！」

空気がパチパチと音を立てた。ポンの頭は、きりきりとしめつけられ、髪《かみ》が逆立《さかだ》った。すると、総督《そうとく》がのばした右の手のひらに巨大《きょだい》な光のかたまりがあらわれ、ぐるぐると回転しはじめた。星の中心のように、目がくらむような明るさだ。光のかたまりは、どんどん大きくなっていく。集まっているひとたちはさけび声をあげたが、橋はひとでいっぱいで、だれひとり逃《に》げだすことができない。総督《そうとく》が右手を後ろに引いた。巨大《きょだい》な光のかたまりを、橋の上のひとたちに投げつけようとしているように。

ポンは、がっくりと肩《かた》を落とした。計画どおりにはいきそうにない。この男とは、話しあうこともできなければ、説得《せっとく》することもできない。チャム師《し》のことを思いださせても、赤と金色の組みひもを見せても、考えをあらためさせることはできないだろう。

そう、組みひもだ！

ポンは、総督《そうとく》の左手首を見た。あった、あれだ。いままでだれもその存在《そんざい》に気がつかなかった。四年前にあれほど総督《そうとく》に近づいたポンですら、見ることができなかった。

アムパイの、そしてポンのものと同じ赤と金色の組みひも。

——おまえの力で、チャッタナーが光をとりもどせるように。

いま、なにをなすべきか、ポンはわかった。まばゆい光から目をかばいながら、総督《そうとく》めがけて走りだす。

そして、だれにも気づかれないうちに、総督《そうとく》の左手首をしっかりつかんだ。

47

ポンの手は燃《も》えている。炎《ほのお》のない火で。

ポンが総督《そうとく》の左手首をつかんだとたん、総督《そうとく》のもう片方《かたほう》の手のひらでぎらぎらと渦《うず》まいていた光が消え、橋は闇《やみ》に包まれた。つぎの瞬間《しゅんかん》、総督《そうとく》から放たれるエネルギーが、脈打《みゃくう》ちながらポンの指先に流れこんできた。なんと不思議な感覚だろう。火が移《うつ》って燃《も》えているのに、まったく痛《いた》みを感じない。

そのまま総督《そうとく》の手首をにぎっていると、金色の光は、ポンの指先から手のひらへ、左の手首へ、さらに腕《うで》へとあふれていく。

「おい、なにをする？」

総督《そうとく》は息をのんで、ふりほどこうとした。だが、ポンは離《はな》さない。

まわりにいる護衛《ごえい》たちが近づこうとしたが、恐怖《きょうふ》にかられてあとずさりした。とつぜんポンの左手首の入《い》れ墨《ずみ》が光りだしたのだ。

指先から流れこんだ金色の光は、ポンの皮膚《ひふ》の下に捕《と》らえられていた。逃《に》げ道《みち》はたったひとつ、手首の入《い》れ墨《ずみ》しかない。ポンの左手首から、細い光線が幾筋《いくすじ》も暗い夜空に放たれ、低くたれこめる雲に反射《はんしゃ》した。

「ポン！」

ソムキットが、ポンを助けようとかけよった。ポンの右腕《みぎうで》をつかむなり、行進の参加者たちのほうへ引っぱっていこうとする。とたんにソムキットは、自分の手首を見て目をむいた。

「うわぁ！　なんだよ、これ？」

光が、ポンからソムキットの手に流れこんでいく。金色の光線が、ソムキットの線で消された入《い》れ墨《ずみ》からもあふれだす。

総督《そうとく》は、獣《けもの》のようなうなり声をあげると、つかまれていないほうの手をあげて、ポンをなぐろうとした。こぶしをふりおろそうとしたそのとき、群衆《ぐんしゅう》のなかから、黒い影《かげ》が飛びだした。ノックだ。ポンのそばにかけよると、ノックは両腕《りょううで》を顔の前で交差させて総督《そうとく》のこぶしを受けとめた。それから槍術《そうじゅつ》の古式の技《わざ》どおりに、両手で総督《そうとく》の手首をつかみ腕《うで》を後ろにねじりあげた。と、ノックもまた、あっけにとられて自分の左手首を見つめた。

火傷《やけど》に浮《う》きだした入《い》れ墨《ずみ》から、さざ波のようにゆらめく光線が放たれているではないか。

総督《そうとく》は大声をあげてポンたちをつきとばすと、手の届《とど》かないところまで、よろよろとあとずさりした。

だが、三人から出ている光は総督《そうとく》が離《はな》れても消えない。ポンたちは身をよせあって立ちすくみ、自分たちの手首からあふれでる光をじっと見つめた。暗い橋の上にたたずむ三人は、人問のランタンのように輝《かがや》いている。

ようやく、行進の参加者たちが三人に近づいた。最初はおずおずと、三人の肩《かた》に手を置く。それから、もう片方《かたほう》の手をのばすと、まわりの人たちがその手をとり、つぎつぎに手をつなぎあった。するとはっと息をのむ音がひとからひとへ波のように伝わっていった。自分の身体《からだ》に光が勢《いきお》いよく流れこみ、闇《やみ》を明るく照らしはじめたのに気づいたのだ。入《い》れ墨《ずみ》のないひとたちも、提灯《ちょうちん》のように、やわらかな光を放っている。おどろきの声が、感嘆《かんたん》の声へ、そして歓喜《かんき》の声へ変わっていった。

「あたしを見て！　ああ、なんてこと、あんたも光ってるじゃない！」

「まったく、信じられねえよ」

「上を見ろ、上を！　こんなの見たことあるか！」

低くたれこめる雲が、橋から放たれた光を照りかえしている。夜だというのに、あたりは夜明けのように、明かりの灯《とも》された街のように輝《かがや》いていた。橋の西側にいる警察官《けいさつかん》たちが、ひとり、またひとりとかまえていた長い警棒《けいぼう》を下ろした。その場から立ちさる者、おどろきのあまりひざから崩《くず》れおちる者、数こそ少ないが、行進の参加者たちに近づいて顔見知りの近所のひとたちと抱《だ》きあう者もいる。

ポンは、大さわぎをしているひとたちから離《はな》れて、欄干《らんかん》のそばまで行った。数歩向こうで、総督《そうとく》が光り輝《かがや》くひとびとをにらみつけている。怒《いか》りに顔をゆがめ、肩《かた》で荒《あら》い息をついている。

それから総督《そうとく》は、さっき東岸の明かりを消したときのように、群衆《ぐんしゅう》にむかって腕《うで》をふりあげた。のばした手を大きく開いてから、ぎゅっとにぎりしめる。だが、なにも起こらない。もう一度、さらにもう一度……。何度やっても、チャッタナーのひとたちからあふれでる光を消すことはできない。

「この光は、おまえのものじゃないんだ」

ポンは、総督《そうとく》の目をまっすぐに見てそういった。

「ノック！」

とつぜん、さけび声が聞こえた。

髪《かみ》をふりみだしたスィヴァパン氏が、ひざをついている護衛《ごえい》たちのあいだから出てきて、ノックの腕《うで》をつかんだ。そのまま、父と娘《むすめ》はしっかり抱《だ》きあった。スィヴァパン氏は、高い高いをするようにノックを持ちあげた。ふたりは笑い声をあげながら、くるくるとまわりはじめる。ノックが、小さな子どものように両手を頭の上にのばすと、まばゆい光の筋《すじ》が夜空に放たれた。

ポンがふりかえると、大勢《おおぜい》のひとのなかに、にこにことポンに笑いかけるソムキットの丸い顔があった。ソムキットは、美しい光を放つ左手首をポンのほうにむけ、右手をその前でひらひらとふってみせる。ポンも、にっこり笑った。

ソムキットのほうへ一歩足をふみだしたとき、だれかにぐいっと引きもどされた。後ろから両肩《りょうかた》をつかまれている。ポンが最後に見たのは、怒《いか》りに満ちた総督《そうとく》の目だ。総督《そうとく》は、ポンを引きよせるなり欄干《らんかん》の外へほうりなげた。

48

何年も前、まだ小さな子どもだったポンがナムウォンで暮《く》らしていたころのこと。日曜日になると、ソムキットとふたりで川に面した門のそばにすわり、近くの川岸にやってくるおじいさんと孫の男の子をながめていたものだ。

おじいさんが川のなかに入っていくと、男の子は籠《かご》を持って岸にすわった。おじいさんは、大きくひとつ息を吸《す》いこむと、岸のそばに打たれている杭《くい》をつたって、水にもぐった。

男の子は川面《かわも》を見つめたまま、おじいさんが上がってくるのを待っていた。

「なにしてるのかな？」と、ソムキットにきいたことがあった。

「カニを獲《と》ってるんだよ。川底の泥《どろ》のなかに、すっごくでかいのが、はいまわってるんだ」

じっと待っていたけれど、おじいさんは上がってこない。いつまで待っても、水のなかから顔を出さない。

「ねえ、ソムキット。あのおじいさん、暗い川の底でどうやってカニを見つけるんだよ」

「カニの鋏《はさみ》で指をはさまれるまで、泥《どろ》のなかを手で探《さぐ》るんだ」

おぼれてしまったにちがいないと思うころになって、おじいさんはやっと水の上に顔を出した。両手にひとつずつ大きな黒いカニを持っている。男の子は大よろこびで、おじいさんの獲《と》ったカニを籠《かご》に入れた。

ポンがそのとき思ったのは、暗い川底で、甲羅《こうら》のごつごつしたカニの鋏《はさみ》にはさまれるのを待ってるなんて、どんなにこわいだろうということだけだった。

そしていま、チャッタナー川の暗い水底に沈《しず》んだポンは、同じことを考えていた。背中《せなか》じゅうを足の太いカニがはいまわって、ちくちく痛《いた》い。大きな川の底でおぼれてしまう前に、何十匹《びき》もの気味の悪いカニに、体じゅうをはいまわられるにちがいない。

なんという悲惨《ひさん》な死に方だろう。

首のあたりにもカニがいる。シャツの襟《えり》もとにも。シャツの背中《せなか》に体を丸めて入ってきたカニが、ぎゅうぎゅうとすごい力でポンを引っぱる。まるで人間の指のように。

そして、目の前が真っ暗になった。

もう水のなかではないと気づいたとき、あたりはまだ暗かった。

ポンは、ぬかるみに横たわっていた。胸《むね》をぐいぐいと押《お》されている。痛《いた》い。開いた口に、だれかの唇《くちびる》が押《お》しつけられたかと思うと、レモンケーキのような味の息がいっきに吹《ふ》きこまれた。まわりから、大勢《おおぜい》の声が聞こえる。最初は水のなかにいるように遠く、それからだんだんはっきりと。

マニット巡査《じゅんさ》の声がする。

「そのまま心臓《しんぞう》マッサージをつづけるんだ！」

マークさんの声も。

「もう一度、人工呼吸《こきゅう》をしてやれ！　あとひと息で目をさましそうだぞ！」

「ねえ、ノック。そろそろどいたほうがいいよ。顔に水を吐《は》かれちゃうぞ！」

ソムキットの声だ。

ポンは、そろそろと目を開けた。何本ものまぶしい金色の光線が目の前でちかちかしていて、まわりがよく見えない。

はじめておぼれかけたときは、目を開けるとニワトリがいた。二度目は、満月みたいに丸い笑顔《えがお》に助けられた。

そして、三度目。視界《しかい》がはっきりすると、あの鳥のような黒い目が見つめていた。

ノックの顔に、髪《かみ》がはりついている。服はびしょびしょで、鼻の頭からしずくがぽたぽたとたれている。心配そうにポンをのぞきこんでいる。

「ポン。お願いだから、なにかいって！」

ポンは大きく息を吸《す》ってから、しゃがれ声でいった。

「今度こそ、泳ぐ練習をするよ」

光を放ちながら周囲《しゅうい》をとりかこんでいるひとたちから、わあっと歓声《かんせい》があがった。

ノックは、満面の笑《え》みを浮《う》かべている。その笑顔《えがお》はひときわ明るく、いままでに見た、そしてこれから見るどんな光もかなわないほど輝《かがや》いていると、ポンは思った。

49

マンゴーの木の下を行ったり来たりしながら、ポンは川の向こう岸をながめていた。沈《しず》みかけた夕日を背《せ》にして、西岸の家々が影絵《かげえ》のように浮《う》かびあがり、空は輝《かがや》かしい紫《むらさき》とオレンジ色の光であふれている。

二度とナムウォンにはもどらないと心に決めたポンだったが、いまいるのは、その場所だ。周囲《しゅうい》にめぐらされていた金網《かなあみ》と門の鉄格子《てつごうし》はとりはらわれて、入り口には「チャム師《し》学習所」という看《かん》板《ばん》がかかっている。かつて刑務所《けいむしょ》だったこの場所は、タナブリ村の学校によく似《に》た学校に生まれかわっていた。

もう刑務所《けいむしょ》ではないが、ポンにとっては気軽に来られる場所ではない。正面の看板《かんばん》はすぐにとりかえられても、ここにいたころの気持ちをすっかり忘《わす》れるのは簡単《かんたん》ではなかった。学習所に通ってくるのは、ほとんどがナムウォンの囚人《しゅうじん》だった子どもたちだ。制服《せいふく》も、囚人服《しゅうじんふく》の胸《むね》のポケットに学校の名前を書いたワッペンをはったものだ。だが、ポンは週に二回この学校に来ることにしている

——いまはドリアンの皮の入った籠《かご》にもぐらなくても、自分の足で歩いてここを出られることを確《たし》

かめるためだけに。

夕日がすっかり沈《しず》んで、マンゴーの木につるされた金色の光の玉が灯《とも》ると、ポンは眉間《みけん》にしわをよせた。槍《やり》の稽古《けいこ》は、一時間前に終わったはずだ。いったい、なにをぐずぐずしているのだろう。

「待った？」

「わあっ！」

さけび声をあげてふりかえると、鋭《するど》い黒い目が、すぐ近くでポンを見つめている。だれなのかすぐにわかったのに、ぎょっとして飛びあがってしまった。

「そういうの、やめてくれるかな？」

ノックは、にっこり笑った。

「ごめん、ごめん。一日じゅう『無の歩み』の練習をしてたからね。足音を立てずに後ろからしのびよっちゃだめってこと、ついつい忘《わす》れちゃうの」

「どうして、こんなに遅《おそ》くなったんだよ」

「市場により道して、これを買ってたから」

ノックは、大きな布袋《ぬのぶくろ》をかかげてみせた。ドリアンの皮のとげとげが、布《ぬの》からつきでている。ポンは、思わず鼻をつまんだ。

「ポンにあげるんじゃないよ。ソムキットにあげようと思って。ここにいるんでしょ？」

ポンは、以前は看守《かんしゅ》の宿舎《しゅくしゃ》だった建物のほうにあごをしゃくった。

「まだ授業中《じゅぎょう》だけどね」

ノックは、木の根もとに袋《ふくろ》を置いた。

「なにを教わってるの？」

ポンは、にっこり笑った。

「教わってるんじゃなくて、教えてるんだ。光とエネルギーについてとか、ほかにもいろんなこと。おれにはまだわかんないけどね」

窓《まど》のなかに、ソムキットの姿《すがた》が見える。教室の前に立って、手に持った光の玉を見せながら、黒板に太陽の絵を描《か》いているところだ。生徒たちは、ノートをとっていた。

「近いうちにノックの学校にも教えに行くだろうから、ノックも教えてもらえるよ」

ノックは、「あーあ！」というように、夕空を仰《あお》いだ。

「ソムキットったら、ぜったい、わたしの成績《せいせき》をつけるのを楽しみにしてるよね」

ノックは、ナムウォンから川を隔《へだ》てたところにある名門のチャッタナー女学院に入学した。学校が始まってから、ポンはノックとあまり会えなくなった。勉強に、槍《やり》の稽古《けいこ》に、家の手伝いにと、ノックはいそがしくしていた。それに、ポンもいそがしかった。ポンとソムキットは、マニット巡《じゅん》査《さ》の家から男子校に通いはじめた。マニットさん夫婦《ふうふ》は、ふたりに住む場所を与《あた》えてくれたばかりか、毎日、学校の送《おく》り迎《むか》えまでしてくれる。

シン寺院や泥《どろ》ハウスで暮《く》らしていたころとは大ちがいだ。そして、その日の朝、マニットさんは、ポンとソムキットに、ふたりを養子にする手続きを始めたと打ちあけた。みんなでさんざん抱《だ》きあい、笑いあったあとで、マニットさんの妻《つま》がいった。

「これで、あなたたちは本当の兄弟になれるのよ！」

ポンとソムキットは、これまでに何度も大変な出来事を乗りこえてきた。けれど、こんなにすばらしい出来事に会うのは生まれてはじめてだってことを、奥《おく》さんは気がついていないのかもしれない。

ノックは、船着き場のほうに歩いていった。川に面した門があったところだ。川辺に立つノックの後《うし》ろ姿《すがた》を、ポンはしばらくながめていた。ノックを見るたびに、あの夜、あの橋の上で、ノックの腕《うで》からあふれでていた光のことを思いだす。

総督《そうとく》から街のひとたちに流れこんだ光は、いまはもう消えている。ひと晩《ばん》じゅう闇《やみ》を明るく照らしていたが、朝になるころにはすっかり消えていた。すばらしい出来事があったというたったひとつの証拠《しょうこ》は、ひと晩寝《ばんね》て起きると、ひとびとの左手首にあった刑務所《けいむしょ》の入《い》れ墨《ずみ》が、きれいさっぱりなくなっていたことだけだ。

朝になる前に、総督《そうとく》もまた姿《すがた》を消していた。どうやら、光を操《あやつ》る力をすべて失ったらしい——少なくとも、総督《そうとく》が光の玉を光らせようとして、できなかったところを見たというひとがいる。総督《そうとく》が街を出て、暗い森に逃《に》げこんだところを見たというひとも。

ソムキットが作った太陽の光の玉のことが知れわたると、街のひとがこぞって欲《ほ》しがったので、ソムキットは大人でいっぱいの教室で授業《じゅぎょう》をすることになった。とはいえ、総督《そうとく》がいなくなって不便なこともあった。たとえば、料理をするために、また火を使わなければならなくなった。だが、ぜったいに火事を起こさないことなどできるだろうか。安全か自由か、そのどちらを選ぶべきか。そもそも、どちらかを選ばなければならないのか。

街のどちら側に住んでいるひとも、新しいやり方を考えなければならなかった。ノックの父親とマークさんは協力して、来月に予定している選挙の準備《じゅんび》をしている。大火が起こって以来、はじめての選挙だ。だが、まだまだ決めなければいけないことが山ほどある。街の治安をどのように守っていけばいいのだろう。新しい法律《ほうりつ》を作るべきか。もし作るなら、だれが作るのか。東岸には、いまも苦しんでいる貧《まず》しいひとたちが大勢《おおぜい》いる。そういうひとたちに富と機会を平等に分けるには、どうするのがいちばんいいのだろう。総督《そうとく》がいたころのほうがよかったと考えるひとはほとんどいないが、なにもかも決めてもらうのは楽ではあった。

ポンは川のほとりまで歩いていくと、ノックのとなりに立った。街の明かりがひとつ、またひとつと灯《とも》っていき、やがて何千もの明かりが輝《かがや》きだす。

「わあ、ここからだと本当に西岸がぜんぶ見わたせるんだね」ノックは、うっとりと見とれている。

「でも、わたしは、ソムキットにいろんな色の光の玉を作ってほしいな。みんなが金色の光を使えるようになったのはいいことだけど、虹《にじ》色に輝《かがや》いていた街がちょっぴり恋《こい》しいから。そう思わない？」

ポンはうなずいた。しばらくしてから、きいてみた。

「おれたち、正しいことをしたのかな」

答えはわかっていたが、ノックの口から聞きたかった。

「もちろんでしょ」

ノックは、ちっちゃな子どもにバカなことをきかれたように、目玉をくるりとまわす。ポンはほっとした。

「だって、わたしのお母さんですら、いまのほうがいいと思ってるんだよ」

ノックが母親のことを口にしたのを聞いて、ポンの胸《むね》にこみあげてくるものがあったが、すぐに消えてしまったので、それがなにかはわからなかった。ノックは、自分の家族のことをあまり話そうとしない。ポンにはよくわからないところがあるが、きっと新しい政治体制《せいじたいせい》を始めるのと同じくらい複雑《ふくざつ》なのだろう。

それでも、ノックは幸せそうだ。会うたびに、背負《せお》っていた重荷をどんどん下ろすように、明るく元気になっていく。だが、いまは、なにか考えているようだ。道着からほつれた糸をくるくると指先に巻《ま》きつけている。

ノックがポンを見て、また目をそらした。だが、しばらくしてから、ふいにこういった。

「いままで一度も謝《あやま》ってなかったよね。ほら……あの……いろんなこと」

ポンは、思わず右手で左の手首を隠《かく》した。逃《に》げていたころのことを思いだすと、いまだにそうしてしまう。

「いっておきたかったの。わたしは、まちがってた。それに……えーっと……」だまりこんだあとで、また話しだした。「お父さんから聞いたんだけど、巨人《きょじん》橋の名前を変える計画があるんだって。だから、わたしはいったの。ポンにちなんだ名前をつけるべきだって」

ポンは、苦笑いした。

「ポン橋ってか？　そのうち慣《な》れるかも」

ノックは、ポンをじっと見つめた。真剣《しんけん》な、ちょっとばかり傷《きず》ついたような目をしている。

「わたしは、『善良《ぜんりょう》な心の橋』はどうかっていったのよ」

ポンは、さっと顔をそむけた。ノックの言葉をかみしめると、思わず笑《え》みがこぼれてしまう。それから、刑務所《けいむしょ》の入《い》れ墨《ずみ》が消えた左手首に目をやった。総督《そうとく》に橋の上から投げおとされたときに、巻《ま》かれていたひもはすべて切れてしまった。赤と金色の組みひもも。しばらくのあいだ、ポンは悲しくてしかたがなかった。手首のひもは、たったひとつのチャム師《し》との思い出の品だったから。だが、いま思いあたった。すべての願いがかなったから、ひもがなくなったのだ、と。

川から涼《すず》しい風が吹《ふ》いてきて、マンゴーの葉をざわざわと鳴らす。見あげると、熟《う》れたマンゴーの実が、金色に輝《かがや》く光の玉のとなりでゆらゆらとゆれている。ふいにポンは、この木の下で待ちあわせたわけを思いだした。

「ポン、どうしたの？　わたし、なにか——」

「シーッ、ここに立って……」ポンは、ノックの腕《うで》をとり、一歩右に歩かせた。「そこじゃないよ……もっとこっち……」そういって、もう一歩だけ歩かせる。「そう、そこだ」つぎに、ノックの両手をとり、手のひらを上にして体の前に出させた。「さあ、耳をすまして……」

ふたりはそのまましばらく立っていた。と、マンゴーの実が枝《えだ》から離《はな》れるプチッという小さな音がする。

ノックは息をのんだ。待ちかまえた手のなかに、その実がまっすぐに落ちてきたのだ。ノックはポンに、輝《かがや》くような笑顔《えがお》をむけた。

ポンも、にっこり笑った。

「おれを信じて。その実は、すっごく甘《あま》いよ」

謝辞《しゃじ》

この物語が世に出るのを助けてくださったみなさまに心から感謝《かんしゃ》を申しあげます。著作《ちょさく》権代《けんだい》理人のステファニー・フレトウェル - ヒル、ポンとノックを完璧《かんぺき》な場所に導《みちび》き、出版《しゅっぱん》までの長い道のりをともに歩んでくれて、ありがとうございました。あなたが助けてくださって、わたしは幸運でした。すぐれた編集者《へんしゅうしゃ》であるアンドレア・トンパは、最初からポンやノックの心情《しんじょう》を理解《りかい》し、物語の全体像《ぜんたいぞう》を見すえながら細部にも目を配ってくださいました。あなたといっしょに働けたことは、わたしの誇《ほこ》りです。

そして、若《わか》い読者のために尽力《じんりょく》してくださったキャンドルウィック社のすばらしいチームのみなさん、ありがとうございました。

本書の執筆過程《しっぴつかてい》で原稿《げんこう》を読んでくださった、たくさんの方々にも感謝《かんしゃ》いたします。作家仲間のエイミー、ショーン、ジェイソン、そしてアンドルー、まだ草案段階《だんかい》のむずかしい時期に励《はげ》ましてくれて、ありがとうございました。ペイジ・ブリット、あなたの知恵《ちえ》を貸《か》してくれるとともに、わたしの人生に前向きな力を与《あた》えてくれて、ありがとうございました。アナ・ワーグナーとローリ・M・リー、原稿《げんこう》を読んで鋭《するど》いご意見をくださり、ありがとうございました。ダウ・プミラク、ていねいに原稿《げんこう》に目を通し、すてきな言葉をかけてくれたこと、そして、あなたの友情《ゆうじょう》に感謝《かんしゃ》しています。クインシー・スラスミス、この物語を信じ、より力強いものにしてくれて、ありがとうございました。

娘《むすめ》のエロウィンとエイヴン、ありがとう。わたしのすべての物語は、あなたたちふたりから始まります。夫のトム、いつもそばにいてくれて、ありがとう。あなたの愛情《あいじょう》とサポートなしには、この物語を書きあげられなかったでしょう。

いまのわたしがあるのは、これまで多くの犠牲《ぎせい》を払《はら》ってくれた年長の家族のおかげです。とくに、父のアムナート・スーントーンヴァットに感謝《かんしゃ》しています。彼《かれ》は、わたしが出会ったなかで、もっとも偉大《いだい》な物語の語り手です。彼《かれ》がタイで過《す》ごした青少年時代の話は膨大《ぼうだい》で、本にすれば図書館をまるまる埋《う》めつくすでしょう。お父さん、わたしのためにしてくれたすべてのことに感謝《かんしゃ》しています。あなたの存在《そんざい》は、この本のすべてのページに刻《きざ》まれています。

そして、わたしの子ども時代を芸術《げいじゅつ》と本で満たしてくれた、母のウィルナ・ジーン・ギレスピーに最大の感謝《かんしゃ》を。わたしが十歳《さい》のときに母は、囚人《しゅうじん》と警察官《けいさつかん》が登場する、人間が作った法と神さまの法との違《ちが》いについての物語を読んでくれました。数年後、『レ・ミゼラブル』を自分で読んだとき、大きく心を動かされ、自分も物語を語りたいと思うようになりました。お母さん、本当にいろいろありがとう。

訳者《やくしゃ》あとがき

みなさんは、火のない暮《く》らしがどのようなものか、想像《そうぞう》したことはありますか。電化が進んだいまの世の中でも、たき火やストーブにゆらめく美しい炎《ほのお》は、ともすれば危険《きけん》であっても、心を温めてくれるものです。けれども、この物語の舞台《ぶたい》となるタイを思わせる架空《かくう》の街チャッタナーでは、街を焼きつくした大火以後は火を使うことを禁《きん》じられ、いずこからともなく現《あらわ》れ、いまでは街じゅうのひとたちからあがめられる総督《そうとく》の不思議な力によって産みだされる光が、光の玉による照明をはじめ、発動機や調理にも使われる唯一《ゆいいつ》のエネルギーとして街を動かしています。

物語の主人公である少年ポンは、チャッタナーにある女子刑務所《けいむしょ》で暮《く》らしています。とはいっても自分が罪《つみ》を犯《おか》したわけではなく、受刑者《じゅけいしゃ》である母親から生まれたため、法律《ほうりつ》によって十三歳《さい》になるまで囚人《しゅうじん》として暮《く》らさなければならないのです。ところがある日、偶《ぐう》然《ぜん》の出来事によって脱獄《だつごく》に成功し、たったひとりの親友ソムキットを置きざりにして、逃《とう》亡《ぼう》生活をはじめます。

いっぽう刑務所長《けいむしょ》の娘《むすめ》ノックは、たまたまポンに遭遇《そうぐう》し、脱獄者《だつごくしゃ》を出してしまった父親の汚名《おめい》をすすぐため、執拗《しつよう》にポンを追いはじめます。ポンの息詰《いきづ》まる逃走劇《とうそうげき》もさることながら、エネルギーの独占《どくせん》、犯罪者《はんざいしゃ》の烙印《らくいん》を押《お》された者に対する不当な差別、おかしいと思ったことに声を上げる勇気など、さまざまなことを考えさせられる物語になっています。

この物語の作者のクリスティーナ・スーントーンヴァットは、一九八〇年にテキサス州の小さな町でタイ料理店を営《いとな》む両親のもとに生まれました。タイとテキサスの両方にルーツを持つことを、とても誇《ほこ》りに思っているといっています。大学で機械工学と科学教育の学位を得《え》ており、作家として活動を始める前は、科学博物館に勤《つと》めていたということです。本作は二〇二一年に優《すぐ》れた児童書に与《あた》えられるニューベリー賞《しょう》の候補《こうほ》となり、同時にタイの洞窟《どうくつ》に少年サッカーチームの子どもたちが閉《と》じこめられる事故《じこ》を書いたノンフィクション *All Thirteen: The Incredible Cave Rescue of the Thai Boys' Soccer Team* も候補《こうほ》にあげられたことから同賞初《どうしょう》の快挙《かいきょ》と話題を呼《よ》びました。二〇二三年には、*The Last Mapmaker* も同《どう》賞《しょう》の候補作《こうほさく》になっています。これから、フィクション、ノンフィクションの両方で、どんな作品を書いてくれるのか、楽しみにしています。なお、邦訳《ほうやく》されたのは、本作が初めてです。
最後になりましたが、タイの固有名詞《めいし》の発音を丁寧《ていねい》に教えてくださった東京農工大学ASEAN事務《じむ》所所長の河井栄一さんに厚《あつ》くお礼を申し上げます。河井さんは、タイ国立チュラロンコン大学理学部で長年教鞭《きょうべん》をとってこられました。河井さんを紹介《しょうかい》してくださった竹本高敏さん、翻訳家《ほんやくか》の八木恭子さんにも。また、入念な下調べと、細かいチェックをしてくれた共訳者《きょうやくしゃ》の辻村万実さん、なにより長い物語を最後まで読んでくださった読者のみなさん、ありがとうございました。

二〇二四年一月　　　　　　　　　　　　　　こだまともこ

クリスティーナ・スーントーンヴァット　作

児童文学作家。テキサスの小さな町で生まれ育つ。幼いころは、両親が経営するタイ料理レストランのカウンターの後ろで、夢中になって本を読んで過ごした。本作とノンフィクション作品 *All Thirteen: The Incredible Cave Rescue of the Thai Boys' Soccer Team* の2作品が同時に2021年のニューベリー賞オナーブックとなり、その後も数多くの児童文学作品を発表している。

こだまともこ　訳

出版社勤務を経て、児童文学の創作、翻訳にたずさわる。創作に『3じのおちゃにきてください』（福音館書店）、翻訳に『ぼくが消えないうちに』（ポプラ社）、『ぼくはおじいちゃんと戦争した』（あすなろ書房）、『きみのいた森で』、『トラからぬすんだ物語』、『わたしの名前はオクトーバー』（評論社）、「大草原の小さな家」シリーズ（共訳、講談社）などがある。

辻村万実（つじむら・まみ）　訳

大阪府在住。英日翻訳者。大阪外国語大学（現大阪大学外国語学部）卒業。フェロー・アカデミーで出版翻訳を学び、同校のサポートにより本書の共訳が実現する。現在、YA向けアンソロジーを翻訳中。

闇《やみ》に願《ねが》いを

2024年3月19日　初版発行

著　者　クリスティーナ・スーントーンヴァット
訳　者　こだまともこ、辻村万実
発行者　吉川廣通
発行所　株式会社静山社
〒102-0073　東京都千代田区九段北1-15-15
電話 03-5210-7221
https://www.sayzansha.com
印刷・製本　中央精版印刷株式会社
装　画　ゲレンデ
装　丁　城所潤（ジュン・キドコロ・デザイン）
編　集　荻原華林

ISBN978-4-86389-753-3 Printed in Japan